古典文獻研究輯刊

三　編

潘美月・杜潔祥　主編

第22冊

賀裳《載酒園詩話》研究

王熙銓　著

《烏臺詩案》研究

江惜美　著

國家圖書館出版品預行編目資料

賀裳《載酒園詩話》研究 王熙銓著／《烏臺詩案》研究 江惜美
著 — 初版 — 台北縣永和市：花木蘭文化出版社，2006〔民95〕
目 1+85 面；19×26 公分＋序 1+ 目 1+150 面；19×26 公分
（古典文獻研究輯刊 三編；第 22 冊）

ISBN：978-986-7128-52-2（精裝）
ISBN：986-7128-52-4（精裝）
1. 中國詩－評論－研究與考訂
821.87   95015452

ISBN 986712852-4

古典文獻研究輯刊   ISBN：978-986-7128-52-2
三 編 第二二冊   ISBN：986-7128-52-4

賀裳《載酒園詩話》研究
《烏臺詩案》研究

作　　者　王熙銓／江惜美
主　　編　潘美月　杜潔祥
企劃出版　北京大學文化資源研究中心
出　　版　花木蘭文化出版社
發 行 所　花木蘭文化出版社
發 行 人　高小娟
聯絡地址　台北縣永和市中正路五九五號七樓之三
　　　　　電話：02-2923-1455／傳眞：02-2923-1452
電子信箱　sut81518@ms59.hinet.net
初　　版　2006 年 9 月
定　　價　三編 30 冊（精裝）新台幣 46,500 元

賀裳《載酒園詩話》研究

王熙銓　著

作者簡介

王熙銓，成功大學中文系，政治大學中文研究所碩士班畢業。本論文為碩士論文，目前服務於台北市立中山女子高級中學。

研究興趣在於文學史及文學批評，對於唐代以後至清代之詩文，較為專注。旁及於政治、社會、文化及軍事之與文學的影響互動，抱持高度興趣。近年來鑑於國家及世界局勢之走向、兩岸關係之弛張，對近現代軍事思想及軍事學領域，多所涉獵，以期能在文學之外，建立基本的兵學素養。

此外，對於西洋文學，也留心已久。除在於英語語言的閱讀之外，對英美文學之小說、散文及詩歌，探討其與中國文化相通互補之處。在東西方文化基層的差異、文學流派的學說詮解、文人學士心靈與關懷的面向及未來文學發展的趨勢等焦點上，嘗試釐清，以求脈絡源流，會通連貫。

除寫作研究論文外，亦喜好雜文抒感，記錄思慮，表達觀點，兼作為閱讀心得與教學引導之用。

提　　要

清代詩話之作，就質而言，能對往古之理論深入研究，剖析詳明；於古人之詩作，亦能反覆吟詠，深思體察，加以實際之品評。就量而言，遠邁前代，甚至超過清代以前所有論詩之作的總和。這種質精而量多的特性，使詩話於清代文學理論，提供了廣闊的研究空間。

清代詩話的重要著作，前人研究已多，其價值也已受到充分的了解與肯定。然而一些極有價值的詩話，因少見而未受注意者，也所在多有，賀裳《載酒園詩話》，即屬此類。本論文即就《載酒園詩話》作一全面之探討。

本論文以郭紹虞主編之《清詩話續編》中《載酒園詩話》為底本，加以探討。所使用之方法，不主一端，大致以歸納法、類比法為主，演繹法、分析法為輔，綜合使用，以見其內容，並盡量發掘顯明其微旨。

全文共分六章：

第一章：賀裳之傳略與《載酒園詩話》之體例。凡三節，敘述作者傳略，詩論之淵源，及《載酒園詩話》之體例。

第二章：《載酒園詩話》論詩之本質。凡四節，敘述《詩話》中的四項本質：「詩當抒情寫意」、「詩不論理」、「詩貴含蓄」、「詩須有氣格」，四項詩歌創作的原則。

第三章：《載酒園詩話》論詩之創作。凡九節，敘述詩歌創作的方法與技巧，並論及各種題材詩歌的寫作原則。

第四章：《載酒園詩話》論讀詩的問題。凡五節，敘述《詩話》中對於讀詩所可能產生之問題的討論。

第五章：《載酒園詩話》之實際批評。凡三節，敘述唐詩、宋詩之流變，並唐人詩作與宋人詩作之批評。

第六章：結論。總述整部《詩話》之特色，並對作者評詩之得失，作一檢討。

目錄

第一章　賀裳傳略與《載酒園詩話》之體例

第一節　賀裳傳略與著作

　　《載酒園詩話》作者賀裳，字黃公，生卒年不詳，明末清初江蘇丹陽人。《載酒園詩話》中記其別號，署爲「九曲阿隱者賀裳黃公氏論次」，是知其自號爲「九曲阿隱者」。其生平資料極爲有限，今就所見，羅列如次：

　　據江蘇省《重修丹陽縣志》卷二十〈儒林傳〉云：

　　　　賀裳，字黃公，號蘗齋，邑文生，與吳門張溥、楊廷樞，執復社牛耳。茸載酒園，與名流觴詠其中，一時推爲風雅之宗。

　　又楊鍾羲《雪橋詩話續集》卷一云：

　　　　賀黃公……。讀書處曰載酒園，在蔣墅園中，四時之花畢備，喜賓客，花開宴客，至花落未已，而餘花復開。花盡則賞月，隆冬則賞雪，無雪則圍鑪煮酒，出名畫懸而賞之，一歲無虛席焉。諸葛程詩：愛客開筵爲賦詩，午橋別墅繞花枝。名園載酒尋常事，載得圖書到處隨。可以想見高致。

　　此外，就賀裳之著作而言，據江蘇省《重修丹陽縣志》卷三十五〈書籍志〉記載：

　　　　賀裳：《少賤齋集》、《史折》、《續史折》、《戰國論略》、《紅牙詞》、《載酒園詩話》、《皺水軒詞筌》。

在本條之下，《丹陽縣志》又引《曲阿詩綜》〔註1〕及《賀寬賀黃公傳》〔註2〕，

〔註1〕《曲阿詩綜》三十二卷，清劉會恩編。據《丹陽縣志》卷三十五《書籍志》所載，引劉鳳誥《曲阿詩綜詞綜‧序》云：「當其閉戶決擇，積書等身，上自德門、望族、

－1－

記載賀裳之著作爲：

　　《曲阿詩綜》：黃公與吳門張天如、楊維斗執復社牛耳，名甚噪，一時推爲風雅之宗。所著有《載酒園詩話》、《史折》、《少賤齋集》、《紺雪齋詩集》、《紅牙詞》、《詞筌》、《錦鱗集》、《尺牘》諸書。

　　《賀寬賀黃公傳》：總計著述，論史則有《史折》、《續史折》、《戰國論略》。論文則有《文隴》、《文隴外編》。論詩則有《載酒園詩話》。論詞則有《皺水軒詞筌》。自著則有《少賤齋集》、《尋墜齋集》。纂錄則有《左》、《國》、《史》、《漢》及《管》、《韓》諸子，《唐宋八家明文》，《尚型》、《破愁》、《保殘》三集，又有《文正》、《文型》、《文軌》、《鳳毛》諸集，《唐詩鈔》、《宋詩涇泩》、《明詩擇聞集》、《逸詩紀》等，最後又得《檗子說孟》，惜乎未成而卒。

由上列可知賀裳之著作頗多，兼及四部，尤其於詩、文、詞方面用力甚多。

　　又近人張慧劍所編《明清江蘇文人年表》〔註3〕，亦記載有關賀裳之資料：

　　西元一六二九年，己巳，崇禎二年，後金天聰三年，丹陽賀裳（黃公）、賀燕徵（元生）、荊廷實（實君）等，先後入復社。

　　西元一六四四年，甲申，崇禎十七年，清世祖福臨順治元年，丹陽賀裳刻所著《蛻疣集》二卷、《紅牙詞》一卷、《皺水軒詞筌》一卷。《販書偶記》：裳所編著還有《文隴》、《文隴外編》、《唐詩鈔》、《宋詩涇泩》、《明詩擇聞集》、《載酒園詩話》二卷、《史折》四卷、《少賤齋集》、《尋墜齋集》。

　　西元一六八一年，辛酉，康熙二十年，崑山吳喬錄與丹陽賀裳論詩語入詩話。（《圍爐詩話序》）

以上資料乃對賀裳之活動年代，能有較詳細之記錄者。

　　又孫殿起《販書偶記》卷二十，亦記載：

　　《載酒園詩話》一卷，《又編》三卷。九曲阿隱者賀裳撰，無刻書年月，約康熙間刊。又編印初盛唐一卷，中唐一卷，晚唐一卷，又名《賢

　　閭閻、縉紳，以逮閭閻、山林、郵亭、寺觀，一字一句，有關風雅者，必手抄副本，以供編次，幾及三十寒暑，書始告成。」又引王宗誠序云：「自漢迄今，所得詩人幾九百餘家，凡土著、外邊、流寓，以及閨秀、方外，皆細證其實，不濫爲旁徵泛引，歷三十餘載，三易其稿。」可知其保存丹陽一帶詩人資料甚多，惜未得見。

〔註2〕《賀寬賀黃公傳》不知引自何書。

〔註3〕《明清江蘇文人年表》一書，大陸學者張慧劍主編，上海古籍出版社，1986年12月版。

己集》〔註4〕。

卷十三記載：

> 《蛻疣集》二卷，《紅牙集》一卷、《附詞筌》一卷。明江左賀裳撰，
> 崇禎甲申（崇禎十七年，西元一六四四年）鴛鴦閣刊。裳著有《史折》，
> 已見《四庫存目》。

又據《四庫全書總目提要》卷九十，史部史評類存目二，《史折》三卷《續》
一卷條下：

> 國朝賀裳撰，裳字黃公，丹陽人，康熙初諸生。是書取明人評史諸
> 書，義有未當者，折衷其是。

可知賀裳乃康熙初年諸生，其《史折》一書則是對明人評史諸書，作一番是非折
衷。

此外，於江蘇省《丹陽縣志》中，亦可檢尋出一些與賀裳相關之資料，以做
補充。

卷二十《文苑傳》：

> 賀國璘，字天山，邑文生，受業於賀裳之門。

賀國璘乃賀裳之從子，受業於賀裳之門，並輯錄黃公之《載酒園詩話》。

卷二十二《孝友傳》：

> 賀理昭，字孟循，號著軒，太學生。祾祴中，父向竣以諸生殉國難，
> 母史氏矢節撫孤。十歲從叔父國璘受經，穎悟異常。母泣曰：兒父慘死，
> 但得勉讀父書，使天下知其父有孤幸矣，功名非所望也！理昭奉母教，
> 終身不敢違。

賀理昭乃黃公之從孫，以孝友知名，著有《賀孟循集》，與從父賀國璘共同輯錄黃
公之《載酒園詩話》。

卷三十五《書籍志》：

> 賀易簡（裳子）與弟對達、對揚，有《載酒園同懷集》。

賀裳有子名賀易簡、賀對達、賀對揚，並合三人之作，成《載酒園同懷集》一書。

又《丹陽縣志補遺》卷十《儒林傳》：

> 賀王醇，字魯縫，邑廩生，入復社中。與從父黃公、從弟儒珍，稱
> 「鶴溪三鳳」。

賀黃公與從子賀王醇、賀儒珍，有「鶴溪三鳳」之稱。

〔註4〕孫殿起《販書偶記》此處所記，分又編為三卷，初盛唐一卷、中唐一卷、晚唐一卷，
則遺漏賀黃公評宋人詩一卷，或許是孫殿起當時未曾得見。

另據清陳田《明詩紀事》辛籤卷二十二，引劉會恩《曲阿詩綜》云：

黃公與從姪黃序有二黃之目，工樂府古詩。

是知賀黃公與從姪賀黃序，人稱「二黃」。黃公並擅長於樂府古詩。

綜合上列的資料，我們可以對賀裳的生平做一番大概的了解：

賀裳，字黃公，號檗齋（一作檗齋），又號九曲阿隱者。明思宗崇禎二年，即後金天聰三年（1629）與賀燕徵（元生）、荊廷實（實君）先後入復社。據此推斷：若以弱冠之年左右入復社，則黃公約生於明萬曆三十七年（1609）前後。若再上推幾年，黃公是在二十幾歲以後，甚至三十歲才入復社，則黃公出生最早也當在明萬曆中期左右。至於黃公的卒年，並沒有比較確實的資料可據，唯《四庫全書總目提要》云黃公乃康熙初諸生。又吳喬於《圍爐詩話·序》云「錄與丹陽賀裳論詩語入詩話」，此時為康熙二十年（1681），若黃公仍健在，也已約八十歲左右了（自明萬曆中期推算），故黃公之卒年當在康熙初年左右，較為合理。

黃公為康熙初諸生，所處的時代為明清鼎革之際，極可能為心懷黍離麥秀之悲，故絕意仕進，不求科舉顯達一途，所以不得究其用於時〔註5〕，而將全部心力用於「讀古考道，以淑天下」上了。黃公於崇禎二年進入復社，與吳門張溥（天如）、楊廷樞（維斗）執復社牛耳。修築了一座載酒園，與賓客賞花賞雪、圍鑪煮酒，賦詩其間，因此，人推為風雅之宗。諸葛程作詩描述載酒園中的活動情形：「愛客開筵為賦詩，午橋別墅繞花枝。名園載酒尋常事，載得圖書到處隨。」可以見出黃公當時隱然為文壇領袖之一的地位。

黃公在當時以樂府古詩聞名，惜其作品未能得見，只有少數幾首存留〔註6〕在當時黃公與從子賀王醇，賀儒珍，有「鶴溪三鳳」之稱。又黃公與從姪黃序也有「二黃」的稱呼。此外，黃公的兒子賀易簡、賀對達、賀對揚也都頗有文采，著《載酒園同懷集》，當是懷念其父及記錄當時載酒園宴飲賦詩的盛事。

黃公既然不求仕進，志在「讀古考道，以淑天下」，因此著作甚多，堪稱博學。其著作有：

論史方面：

《史折》三卷

〔註5〕眭修季《載酒園詩話·序》云：「今黃公不得究其用於時，天若縱之讀古考道，以淑天下，意固亦有所寓，而無如未易窺也。」
〔註6〕賀裳詩集今多無法得見，僅《明詩紀事》中錄其詩作四首：《擬古謠諺》、《詠古》、《送人之塞下》、《白塔懷古》。又楊鍾義《雪橋詩話續集》卷一，錄其讀《空同集》、《滄溟集》、《弇州集》各一首，合共七首可見。

《續史折》一卷

《戰國論略》

論文方面：

《文隣》

《文隣外編》

論詩方面：

《載酒園詩話》五卷〔註 7〕

論詞方面：

《皺水軒詞筌》一卷

文學創作方面：

《蛻疣集》二卷

《紅牙詞》一卷

《少賤齋集》

《尋墜齋集》

纂錄方面：

《左傳》、《國語》、《史記》、《漢書》

《管子》、《韓非子》

《唐宋八家明文》

《尙型集》

《破愁集》

《保殘集》

《文正集》

《文型集》

《文軌集》

《鳳毛集》

《唐詩鈔》

《宋詩涇泚》

〔註 7〕《載酒園詩話》之卷數，各家所說不同。吳喬《圍爐詩話・序》作三卷，孫殿起《販書偶記》作四卷，張慧劍《明清江蘇文人年表》引《販書偶記》作二卷，青木正兒著、陳淑女譯《清代文學評論史》作五卷。此處依孫殿起之分法，再加上宋代一卷，即青木正兒之分五卷爲較佳。以卷一爲一卷，初盛唐一卷，中唐一卷，晚唐一卷，宋代一卷，是爲五卷。

《明詩擇聞集》

《逸詩紀》

《檗子說孟》（未成）

第二節　賀裳詩論之淵源

　　黃公的詩學見解，俱存於《載酒園詩話》中，這也是黃公唯一的論詩著作，
欲探討黃公詩學的系統與淵源，也必從此書發其義蘊。黃公論詩評詩，自有其特
色；然於《載酒園詩話》中，卻未曾明白表示其詩論之所出〔註8〕。與黃公同時的
吳喬，著有《圍爐詩話》，其自序中曾云：「一生困阨，息交絕游，惟常熟馮定遠
班、金壇賀黃公裳所見多合。」馮班（1614～1681），字定遠，號鈍吟，江蘇常熟
人。吳喬（1611～1695以後），又名殳，字修齡，江蘇太倉人，後入贅崑山。由於
三人所處時代相同，而且同在江蘇一帶擅名，可知馮班與吳喬必然對於黃公的詩
學見解有所影響與啓發〔註9〕。

　　由於馮班是錢謙益的學生，也是錢謙益的同鄉。馮舒與馮班兄弟在論詩的意
見上，受錢謙益的教導，相合相仿之處，必然也多。近人張鴻輯印《常熟二馮先
生集》，其跋謂：

　　　　啓禎之間，虞山文學蔚然稱盛。蒙叟、稼軒赫奕眉目，馮氏兄弟奔
　　　　走疏附，允稱健者。祖少陵，宗玉溪，張皇西崑，隱然立虞山學派，二
　　　　先生之力也〔註10〕。

隱然立虞山學派，爲二馮兄弟之力；而其領袖，自以錢謙益爲首。錢謙益於《初
學集》中云：

　　　　自余通籍以至於歸田，海內之文人墨卿，高冠長劍，連袂而游於虞
　　　　山者，指不可勝屈也〔註11〕。

虞山位於江蘇省常熟縣西北，錢謙益、馮舒、馮班都爲常熟人，因此清初詩壇目
爲「虞山詩派」。而黃公與吳喬亦爲江蘇人，且論詩也與錢、馮諸人相近，因此後

〔註 8〕賀黃公《載酒園詩話》，多評唐宋人詩，兼及元明詩話、詩論之作，不曾述及其師
　　　　友講學，交游議論的情形，故不易見黃公自論其詩學議論的淵源或承襲。

〔註 9〕馮班、賀裳、吳喬三人交往情形，典籍中未見記載。惟吳喬於《圍爐詩話》中大量
　　　　引述馮班《鈍吟雜錄》及賀裳《載酒園詩話》卷三論唐詩部分，卷五論宋詩部分，
　　　　可知吳喬《圍爐詩話》成書最晚，且三人詩學見解應是相似相通的。

〔註10〕此據郭紹虞《中國文學批評史》第五篇第一章引。蒙叟指錢謙益，稼軒指瞿式耜。

〔註11〕見錢謙益《初學集》卷三十三，《林六長虞山詩序》。

人皆以黃公與吳喬歸之於「虞山詩派」〔註12〕。

　　黃公的詩論淵源，既屬「虞山詩派」，從《載酒園詩話》中，可以見出端倪。

　　首先，黃公論詩貴有真性情，認為作詩必須以真性情出之，如此方能感人。
如《詩話》卷一「翻案」云：

　　　　大都詩貴入情，不須立異。

又如卷二「評盛唐詩人孟浩然」云：

　　　　孟詩佳處只一「真」字，初讀無奇，尋繹則齒頰間有餘味。

詩為人類感情的一種宣洩，既是以抒發情感為主，則必以「真情流露」為依歸。《莊
子》有言：「真者，精誠之至也。不精不誠，不能動人。」要能感動人心，必先融
真性情於詩中。如卷三「評中唐詩人李賀之《採玉歌》」云：

　　　　又其《採玉歌》曰：「採玉採玉須水碧，琢作步搖徒好色。老夫饑
　　　　寒龍為愁，藍溪水氣無清白。夜雨岡頭食蓁子，杜鵑口血老夫淚。藍
　　　　溪之水厭生人，身死千年恨溪水。斜山柏風雨如嘯，泉腳掛繩青裊裊。
　　　　村寒白屋念嬌嬰，古臺石磴懸腸草。」此詩極言採玉之苦，以繩懸身
　　　　下溪而採，人多溺而不起，至水亦厭之。採時又饑寒無食，惟摘蓁子
　　　　為糧。及得玉，僅供步搖之用，充玩好而已。傷心慘目之悲，及勞民
　　　　以求無用之意，隱隱形於言外。此真樂天所云：「下以洩導人情，上可
　　　　以補察時政」者。

從對李賀詩的評論中，可以看出黃公能深切體會這首詩的涵義，並對當時採玉人
的辛苦悲傷，寄予高度的關懷與同情。這種強大的感染力量，除了文字的表達能
力以外，就必須是融真情於其間，以人類情感的交流彌補時空所造成的隔閡，這
也是詩歌最重要的功能之一。又如卷三「評中唐詩人司空曙」云：

　　　　司空文明每作得一聯好詩，輒為人壓占。如「乍見翻疑夢，相悲各
　　　　問年」，可謂情至之語。李益曰：「問姓驚初見，稱名憶舊容」，則情尤深，
　　　　語尤愴，讀之者幾乎淚不能收。

司空曙原詩題為《雲陽館與韓紳（一作韓升卿）宿別》，全詩為：「故人江海別，
幾度隔山川。乍見翻疑夢，相悲各問年。孤燈寒照雨，溼竹暗浮煙。更有明朝恨，
離杯惜共傳。」李益原詩題為《喜見外弟又言別》，全詩為：「十年離亂（一作亂
離）後，長大一相逢。問姓驚初見，稱名憶舊容。別來滄海事，語罷暮天鐘。明

〔註12〕如郭紹虞《中國文學批評史》、青木正兒《清代文學評論史》、黃保真《中國文學理
　　　論史》第六編第一章「論明清之際文學思潮的轉變」、吳宏一《清代詩學初探》等，
　　　都將賀裳、吳喬視為「虞山詩派」之大將。

日巴陵道，秋山又幾重。」兩詩同是敘別離之情，黃公以爲李益詩「問姓驚初見，稱名憶舊容」二句，情感尤爲深刻，而這種經驗給人的震撼，也較司空曙詩「乍見翻疑夢，相悲各問年」來得更爲鉅大鮮明。詩之動人，常在情感之深切。黃公論詩貴有眞性情，也可見一斑。

虞山詩派中，論詩也是重視眞實情感的。錢謙益論詩即致力於此，他曾說：

> 古之爲詩者，必有深情蓄積於內，奇遇薄射於外，輪囷結轖，朦朧萌折，如所謂驚瀾奔湍，鬱閉而不得流；長鯨蒼虬，偃蹇而不得伸；渾金璞玉，泥沙掩匿而不得用；明星皓月，雲陰蔽蒙而不得出，於是乎不能不發之爲詩，而其詩亦不得不工〔註13〕。

又說：

> 古之爲詩者，必有獨至之性，旁出之情、偏詣之學，輪囷偪塞，偃蹇排奡，人不能解而己不自喻者，然後其人始能爲詩，而爲之必工〔註14〕。

所謂「深情蓄積於內，奇遇薄射於外」，「獨至之性、旁出之情、偏詣之學」，都指出人必須要有自我的性情，以自我的眞性情作出發。而在遇到「輪囷偪塞、偃蹇排奡」，受外界事物所阻絕干擾時，志意鬱結，不得排解，乃發之爲詩，則這種詩由於有眞實的個性與情感，所以才能動人，而非無病呻吟、百無聊賴之作可比。

錢謙益也特別重一「眞」字，曾云：

> 太史公曰：國風好色而不淫，小雅怨誹而不亂，此千古論詩之祖。……三百篇變而爲騷，騷變爲漢魏古詩，根柢性情，籠挫物態，高天深淵，窮工極變，而不能出于太史公之兩言。……人之情眞，人交斯僞，有眞好色，有眞怨誹，而天下始有眞詩。一字染神，萬劫不朽〔註15〕。

詩要能「根柢性情，籠挫物態，高天深淵，窮工極變」，非「眞」不足以爲功。眞好色與眞怨誹，也必須是奠基於眞性情之上。詩若能眞，則可歷萬劫而不朽了。

而在所謂的「眞詩」上面，錢謙益以爲：

> 詩言志，志足而情生焉，情萌而氣動焉。如土膏之發，如候蟲之鳴，歡欣噍殺，紓緩促數，窮于時，迫于境，旁薄曲折而不知其使然者，古今之眞詩也〔註16〕。

〔註13〕見《初學集》卷三十二，《虞山詩約序》。
〔註14〕見《初學集》卷三十二，《馮定遠詩序》。
〔註15〕見《有學集》卷十七，《季滄葦詩序》。
〔註16〕見《有學集》卷四十七，《題燕市酒人篇》。

由言志而情生而氣動，是一種詩歌創作中表達與感染的過程，卻是必須如土膏之發，候蟲之鳴，有其規律節奏，輔以外在興會而成，如此盈於志，蕩於情，乃能具真性情而稱得上為「真詩」。

如上所述，錢謙益論詩主張要有真性情，以他在詩壇的地位，又是黃公的前輩與同鄉，是必然會影響到黃公在這一見解上的。

當然，馮氏兄弟承襲錢謙益這一觀點，也可說黃公受到了馮氏兄弟的影響。如馮舒嘗言：

> 詩有情乎？曰：有。國風好色而不淫也，小雅怨誹而不亂也，是也。……含情而言法，則陽虎貌似，僅可以欺匡人也〔註17〕。

馮班也說：

> 詩之興也，殆與生民俱矣。民生而有喜怒哀樂之情，情動乎中，形乎言。言之不足而長言之，詠歌之〔註18〕。

二馮兄弟也都是主張詩以道性情。在這一點上，黃公繼承錢、馮的意見，而成為「虞山詩派」論詩的基本主張〔註19〕。

黃公論詩除了重視真性情之外，我們也可以發現他是一個很博學的人。《載酒園詩話》中，黃公就唐宋二代，列舉了二百一十五位詩人，分別對他們的詩作加以批評鑑賞，這種系統的個別的評騭工夫，不能博學多讀，是難以成就的。在《載酒園詩話》中，黃公未曾明講過作詩或論詩要博學多讀，然而在黃公的評詩裏，仍舊可以見出黃公是主張要多讀書的。如：

> 不讀《全唐詩》，不見盛唐之妙；不遍讀盛唐諸家，不見李、杜之妙〔註20〕。

> 讀詩得別本互看為佳。如溫飛卿《經故秘書崔監揚州舊居》曰：「昔年曾識范安成，松竹風姿鶴性情。惟向舊山留月色，偶逢秋澗似琴聲。乘舟覓吏經興縣，為酒求官得步兵。玉柄寂寥談客散，卻尋池閣淚縱橫。」今新舊本領聯皆作「西披曙河橫漏響，北山秋月照江聲」，末云「千頃水流通故墅，至今留得謝公名」，相去遠矣。〔註21〕

作詩或評詩必須多讀他人詩作，自不待言。即使純作欣賞吟詠的讀詩，也是需要

〔註17〕見馮舒《默庵遺稿》卷九，《陸勑先詩薰序》。
〔註18〕見馮班《鈍吟雜錄》卷三，《正俗篇》。
〔註19〕論詩重真性情，除了錢謙益以外，馮舒、馮班、賀裳、吳喬及稍後的錢良擇都表示相同的看法，也成為「虞山詩派」論詩的基本主張。
〔註20〕見《載酒園詩話》卷二，「評盛唐詩人李白」條。
〔註21〕前引書卷一，「別本」條。

廣泛的閱讀，才能有所體會。《載酒園詩話》中，黃公特別對多部詩話之作，加以評析，定其優劣，如《野客叢談》、《瀛奎律髓》、《苕溪漁隱》、《升菴詩話》、《藝苑巵言》、《謝榛詩家直說》、《詩歸》等，都是使人對於作詩或評詩，能有所參考，多加研讀。

　　然而，讀書並非只是讀詩，或讀詩話之作而已。還應該要多讀經史百家之著作，才能有助於對詩的創作與了解。朱庭珍《筱園詩話》云：「不但求於詩也，求詩於詩，必不能超凡入聖，直逼古人，積理於經，養氣於史，鍊識儲材於諸子百家，閱歷體驗於人情世故，壯觀於花鳥山川，勿論讀書涉世，接物縱遊，皆於詩有益。詩人觸處會心，貫通融悟，蓄積深厚，醞養粹精，一於詩發之，大小淺深，引之即出，其言有物，自然勝人。」〔註22〕

　　求之黃公《載酒園詩話》中，則融於實際的詩評：

　　　　王江寧詩，其美收之不盡，「姦雄乃得志」一篇，尤是集中之冠。「一人計不用，萬里空蕭條」，每一讀之，覺皇甫酈之論董卓，張九齡之議祿山，李湘之策龐勛，千載恨事，歷歷在目，真天地間有數語言〔註23〕。

　　　　少時讀杜，最厭「冠冕通南極，文章落上台」二語，嫌其板而肥膩。今乃知正陰用尉陀魋結見陸生事，深切南海。次句則因相國自製文。因歎古人下筆，無一字苟且，深愧向來淺率〔註24〕。

　　　　毛詩無處不佳，予尤愛采薇、出車、杕杜三篇，一氣貫串，篇斷意聯，妙有次第。千載後得其遺意者，惟老杜出塞數詩〔註25〕。

從這些詩評中，可以見到黃公對原詩的體會，而且融史事於興會感發之間，不能多讀經史百家，只是「求詩於詩」，是無法「觸處會心，貫通融悟」的。

　　博學的觀念，並非什麼創見，而是論詩文者時常強調的一種累積的工夫。黃公論詩主博學，仍是受虞山詩派詩學的影響。錢謙益所主張的「別裁偽體，轉益多師」，即可謂是一種博學深造的涵義：

　　　　自古論詩者，莫精於少陵別裁偽體之一言。當少陵之時，其所謂偽體者，吾不得而知之矣。宋之學者，祖述少陵，立魯直為宗子，遂有江西宗派之說。嚴羽卿辭而闢之，而以盛唐為宗，信羽卿之有功於詩也。自羽卿之說行，本朝奉以為律令，談詩者必學杜，必漢魏盛唐，而詩道

〔註22〕據黃師景進《王漁洋詩論之研究》頁134引杜松柏《禪學與唐宋詩學》頁466。
〔註23〕見《載酒園詩話》卷二，「評盛唐詩人王昌齡」條。
〔註24〕前引書卷二，「評盛唐詩人杜甫」條。
〔註25〕同前註。

榛蕪彌甚。羽卿之言，二百年來，遂若塗鼓之毒藥，甚矣僞體之多，而別裁之不可以易也。嗚呼！詩難言也。不識古學之從來，不知古人之用心，狗人封己而矜其所知，此所謂以大海內於牛跡者也。……先河後海，窮源溯流，而後僞體始窮，別裁之能事始畢。〔註26〕

就別裁僞體而言，錢謙益教人窮源溯流，從儒家經典中尋求指導文學創作的思想、藝術原則，並以此做爲鑒別眞僞的標準。而從轉益多師來說，錢謙益則主張無所不學，無所不舍，對一切優秀遺產都要有所汲取，有所揚棄，批判地繼承〔註27〕。多讀多思，自得妙悟，所謂：

讀書破萬卷，下筆如有神。別裁僞體親風雅，轉益多師是汝師。得之者妙無二門，失之者邈若千里，此下學之徑術，妙悟之指歸也〔註28〕。

同錢謙益一樣，馮氏兄弟也主張要多讀書，承襲錢謙益的見解，成爲虞山詩派的另一基本詩論，同樣影響於黃公。馮班在《鈍吟雜錄》中有云：

余不能教人作詩，然喜勸人讀書，有一分學識，便有一分文章。但得古今十分貫穿，自然才力百倍。相識中多有天性自能詩者，然學問不深，往往使才不盡。

多讀書則胸次自高，出語皆與古人相應，一也。博識多知，文章有根據，二也。所見既多，自知得失，下筆知取捨，三也。〔註29〕

除了錢謙益、馮班以外，在博學的這一觀點上，吳喬也有同樣的看法。也許吳喬的《圍爐詩話》在馮班《鈍吟雜錄》、黃公《載酒園詩話》三書中，是成書較晚的一部。但由於吳喬與馮班爲至友，三人的著作又相匹敵〔註30〕，吳喬的議論見解於黃公仍是有所影響的。吳喬所謂：

學業從苦心厚力而得，恃天資而乏學力，自必無成。〔註31〕

〔註26〕見錢牧齋《初學集》卷三十二，《徐元歎詩序》。
〔註27〕本段話引自北京出版社出版《中國文學理論史》第六編第一章第三節《明代文學理論的總結者—錢謙益的詩文理論》頁75。
〔註28〕見錢牧齋《初學集》卷四十，《馮巳蒼詩序》。
〔註29〕所引二則，俱見馮班《鈍吟雜錄》卷三《正俗》篇。
〔註30〕吳喬於《圍爐詩話》序云：「一生困阨，息交絕游，惟常熟馮定遠班、金壇賀黃公裳，所見多合。」閻若璩《潛邱箚記》亦載吳喬以三人論詩之語，爲談詩三絕。吳喬息交絕游，惟馮班、賀裳，所見多合，是應除了看過二人的著作，覺得意見相合以外；也應該是有實際的交游往來，彼此談詩論藝才是。否則素昧平生，僅是紙上之友，便大膽抄錄二人之語於《圍爐詩話》之中，是與常理不合。今《圍爐詩話》卷吳喬有用「吾友賀黃公曰」之語，可以爲證。
〔註31〕見《圍爐詩話》卷四。

唐人詩，須讀其全集，而後知其境遇、學問、心術。……〔註32〕

學古則窒心，騁心則違古。惟是學古人用心之路，則有入處〔註33〕。

苦心厚力以積學，且能從古人用心之處去學，明瞭其境遇、學問、心術，自然能深入有得。多讀博學，實與黃公的見解相通。

從《載酒園詩話》中，我們也可以發現黃公論詩很注意流變的問題，能夠明瞭詩壇的流變，自然容易掌握詩人、詩作與時代的關係，如此，才比較能建立評詩論詩的標準與依歸。《文心雕龍・通變篇》云：

夫設文之體有常，變文之數無方，何以明其然耶？凡詩賦書記，名理相因，此有常之體也；文辭氣力，通變則久，此無方之數也。名理有常，體必資於故實；通變無方，數必酌於新聲。……

就任何一種文學形式而言，其體裁常有一定，而其變化的規律則沒有一定。詩也是如此，黃公既屬博學多聞之士，讀詩必多，自然也會注意到詩作因時代不同而產生的流變情形。例如：

初唐人專務鋪敘，讀之常令人悶悶，惟閨閨、戎馬、山川、花鳥之辭，時有善者。（卷二「評初唐張九齡」）

樸厚自是初唐風氣。（卷二「評初唐沈佺期」）

吾讀盛唐諸家，雖淺深濃淡，奇正疏密，各自不同，咸有昌明之象。（卷二「評盛唐常建」）

中唐數十年間，亦自風氣不同。其初，類于平淡中時露一入情切景之語，故讀元和以前詩，大抵如空山獨行，忽聞蘭氣，餘則寒柯荒阜而已。（卷三「評中唐嚴維」）

貞元以前人詩多樸重。（卷三「評中唐韓翃」）

中唐人固多佳詩，不及盛唐者，氣力減耳。雅澹則不能高渾，雄奇則不能沈靜，清新則不能深厚。至貞元以後，苦寒、放誕、纖縟之音作矣。（卷三「評中唐李益」）

詩至晚唐而敗壞極矣，不待宋人。大都綺麗則無骨，至鄭谷、李建勳，益復靡靡；樸澹而寡味，李頻、許棠，尤無取焉。甚則粗鄙陋劣，如杜荀鶴、僧貫休者。（卷四「評晚唐貫休」）

宋初全學晚唐，故氣格不高，中聯特多秀色。（卷五「評宋李建中等」）

〔註32〕同前註。
〔註33〕同前註。

宋人先學樂天，學無可，繼乃學義山，故初失之輕淺，繼失之綺靡。
都官（梅堯臣）倡爲平淡，六一（歐陽修）附之，然僅在膚膜色澤，未
嘗究心於神理。其病遂流于粗直，間雜長句，硬下險字湊韻，不甚求安，
狀如山兒野麋，令人不復可耐。後雖風氣屢變，然新聲代作，雅奏日湮，
大率敷陳多于比興，蘊藉少于發舒，求其意長筆短，十不一二也。（卷五
「評宋王安石」）

總觀上列諸條，黃公於唐宋二代詩風之流變，可謂見之廣而論之詳。而黃公重視
詩之流變，窮其理論所出，應該是本於錢謙益的「世運」說。他說：

夫文章者，天地變化之所爲也。天地變化與人心之精華交相擊發，
而文章之變不可勝窮〔註34〕。

夫文章者，天地之元氣也。忠臣志士之文章與日月爭光，與天地俱
磨滅。然其出也，往往在陽九百六淪亡顛覆之時，宇宙偏沴之運與人心
憤盈之氣，相與軋磨薄射，而忠臣志士之文章出焉。有戰國之亂，則有
屈原之楚辭；有三國之亂，則有諸葛武侯之出師表；有南北宋、金、元
之亂，則有李伯記之奏議，文履善之指南集〔註35〕。

由世運之不同，而造成文章體裁與風格之不同，因此在閱讀古人作品時，我們更
必須要留心作品與時代的關聯性，是繼承作品時，我們更必須要留心作品與時代
的關聯性，是繼承或加以改變，是進步或者退步，而這也就是明流變的功用所在。
馮班繼承錢謙益之說，嘗言：

錢牧翁教人作詩惟要識變，余得此論，自是讀古人詩，更無所疑，
讀破萬卷，則知變矣〔註36〕。

由博讀方能識變，因此要能識詩體之變，必須多讀各代詩作，才能建立此「識」。

除錢、馮二人以外，吳喬論詩也是重視識變的，對於黃公必然有所啓發與影
響。他曾說：

詩道不出乎變復，變謂變古，復謂復古。變乃能復，復乃能變，非
二道也。漢魏之詩甚高，變三百篇之四言爲五言，而能復其淳正。盛唐
詩亦甚高，變漢魏之古體爲唐體，而能復其高雅；變六朝之綺麗爲渾成，
而能復其挺秀。藝至此尚矣！晉宋至陳隋，大曆至唐末，變多于復，不
免于流，而猶不違於復，故多名篇。此後難言之矣！宋人惟變不復，唐

〔註34〕見錢牧齋《有學集》卷三十九，《復李叔則書》。
〔註35〕見錢牧齋《初學集》卷四十，《純師集序》。
〔註36〕見馮班《鈍吟雜錄》卷三，《正俗篇》。

人之詩意盡亡；明人惟復不變，遂爲叔敖之優孟〔註37〕。

此即吳喬的「變復」說，所謂的變，乃是變文章的體裁；所謂的復，則是復文章的風格。變復必須同時進行，並駕齊驅，才能彰顯一代文學的特色。因此，當作詩學的妙諦，「變復」說是足可以表彰的篤論。〔註38〕

黃公的詩論，除了上述三點：重性情、主博學、識流變之外。我們可以很明顯的發現，黃公論詩是尊唐而薄宋的。例如：

> 不讀全唐詩，不見盛唐之妙；不遍讀盛唐諸家，不見李、杜之妙。

（卷二「評盛唐李白」）

宋詩之惡，生硬鄙俚兩途盡之。（卷一，「音調」）

宋人亦往往有佳思，苦以拙句敗之。（同前）

宋人作詩極多蠢拙，至論詩則過于苛細。（卷一，「宋人議論拘執」）

黃公論唐詩，以盛唐爲最高，特別推崇杜甫，而對中晚唐較表不滿。在宋代而言，最推崇王安石，但整體來看，黃公是認爲宋詩遠不如唐詩的。就這一點來說，黃公是與錢謙益之提倡宋詩，大相逕庭的，而與馮班較爲接近。馮班是尊崇溫庭筠、李商隱及宋初西崑體諸詩人的，他曾說：

> 徐庾爲傾仄之文，至唐而變；景龍、雲紀之際，颯颯乎盛世之音矣。
> 溫、李之於晚唐，猶梁末之有徐、庾；而西崑諸君子則似唐之王、楊、盧、駱。杜子美論詩，有江河萬古流之言，歐陽永叔論詩，不言楊、劉之失而服其工，古之論文者其必有道也。蓋徐、庾、溫、李，其文繁縟而整麗，使去其傾仄，加以淳厚，則變而爲盛世之作〔註39〕。

馮班推崇晚唐溫、李及宋初西崑體諸詩人，與黃公不盡相合，然而，就詩學見解而言，只是大同而小異。誠如吳宏一先生所言：

> 賀裳論詩，雖與馮班有合有不合，但不合者僅在於對中晚唐詩所抱的態度。賀氏於中晚唐詩雖略表不滿，但《詩話》中卻詳於中晚而略於初盛（見《詩話·自序》），給讀者的印象，恐怕仍然與提倡中晚唐的馮班等人有暗合之處，所以吳喬才將之與馮班相提並論。〔註40〕

除馮班以外，吳喬也是尊唐而抑宋，與黃公意見一致。如他曾云：

〔註37〕見吳喬《圍爐詩話》卷一。
〔註38〕語見《清代文學評論史》頁23，青木正兒著，陳淑女譯。
〔註39〕見馮班《鈍吟文稿》、《陳鄴仙曠谷集序》。據郭紹虞《中國文學批評史》下卷第五篇第一章引。
〔註40〕見吳宏一先生之《清代詩學初探》頁130。

> 　　唐人以詩爲詩，宋人以文爲詩。唐詩主於達性情，故於三百篇近；
> 宋詩主於議論，故於三百篇遠〔註41〕。
>
> 　　唐詩固有驚人好句，而其至善處在乎澹遠含蓄，宋失含蓄，明失澹
> 遠〔註42〕。

馮班、吳喬於「尊唐薄宋」的詩學見解上，當給予黃公很大的影響；而三人於錢
謙益之提倡宋詩的觀點上，則另闢蹊徑，自開門戶，而非亦步亦趨的完全繼承。

第三節　《載酒園詩話》之體例

　　賀黃公《載酒園詩話》由於頗爲少見，又屬晚出，刊本行世流傳，恐亦不廣，
幸賴郭紹虞先生加以搜集排比，收於《清詩話續編》中，方能便於學者參研〔註43〕。
在討論《載酒園詩話》之體例以前，必須對其卷數作一說明：

　　《載酒園詩話》之卷數，各家所說不盡相同，吳喬在《圍爐詩話・序》裏作
三卷，孫殿起《販書偶記》作四卷，張慧劍《明清江蘇文人年表》引《販書偶記》
則作二卷，青木正兒著，陳淑女譯的《清代文學評論史》作五卷，這其中又以孫
殿起及青木正兒所述較爲明確：

　　孫殿起《販書偶記》卷二十：

> 　　《載酒園詩話》一卷，又編三卷，九曲阿隱者賀裳撰，無刻書年月，
> 約康熙間刊。又編即初盛唐一卷，中唐一卷，晚唐一卷，又名《賢己集》。

　　青木正兒《清代文學評論史》頁二十五：

> 　　馮、吳二人的心友賀裳，他的《載酒園詩話》五卷，可說是一部編
> 次頗爲完整的著作。第一卷論考有關詩法的一般事項，第二、三、四卷
> 是論初、唐、中、晚唐詩人，第五卷乃大體將宋代詩人，依據年代的順
> 序加以排列，做了詳細的評論。

綜合二家所論，可知孫殿起所記，《載酒園詩話》又編，即是對有唐一代詩人詩作
的批評，亦名《賢己集》。而忽略了對宋代一卷的記錄，不知是否孫殿起當時未曾

〔註41〕見吳喬《圍爐詩話》卷一。

〔註42〕同前註。

〔註43〕研究清代文學批評者，觸及賀裳《載酒園詩話》者不多。而曾論及者，如青木正兒
　　　　之《清代文學評論史》、吳宏一先生之《清代詩學初探》，都未能親見《載酒園詩話》
　　　　原本，而是藉吳喬《圍爐詩話》中所摘錄者來論述，故郭紹虞編《清詩話續編》，
　　　　方使《載酒園詩話》得以廣泛流佈。

得見？至於青木正兒所記，則與郭紹虞《清詩話續編》本相合。此外吳宏一先生於《清代詩學初探》之附錄《清代詩話知見錄》中，《載酒園詩話》條下附有案語稱：「另據近人著錄清初賀氏皺水軒刊本、嘉慶己卯刊本、神州國光社本（附歙縣黃生扶孟評）知至少有五卷。」由以上資料，可以推知《載酒園詩話》應作五卷爲是，即卷一爲黃公之詩學見解，卷二爲初盛唐詩人詩作之批評，卷三爲中唐，卷四爲晚唐，卷五爲宋代。

《載酒園詩話》之體例，概略而分，約爲兩部份：其一爲黃公自抒其詩學見解，闡明他對詩的一些主張與看法。其二則爲黃公對唐宋二代詩人詩作的實際批評，也就是黃公詩學意見的應用與發揮。第一部份集中在詩話卷一。第二部份則是詩話卷二至卷五，可稱爲唐宋詩人詩作品評的專輯。〔註44〕

詳細而分，卷一有四十一條條目，就其性質與內容而論，可分爲四類：論詩的本質、論詩的創作、論讀詩的問題及對各家詩話的批評。今列表以明其意：

一、論詩的本質

條目名稱	性 質 或 內 容
詩不論理	詩不可理拘執，必理與辭相輔乃善
用意	詩必須涵義深遠，又當有味，斯佳
詩嫌於盡	詩不求盡，須留讀者有想像之空間
音調	詩宜有氣格，不宜有氣質，詩之工拙不在聲調

二、論詩的創作

條目名稱	性 質 或 內 容
用事	用事須合情理，詩中使事如使材，在能者運用。
三偷	即指「偷法」而言，師其意不師其辭之謂，妙於以相似之句，用於相反之處。然詆之則曰偷勢，美之則曰擬古，須由工拙裏分別。
詠史	詠史詩須比擬當于其倫，戒失實。

〔註44〕青木正兒《清代文學評論史》頁25云：「自第二卷以下，是可當作一部唐宋詩史看，詩話中，很少有整理得如此完整的著作。」可謂頗爲稱許。案：詩話著作中，類似黃公此種體例編著者，有舊題尤袤所輯的《全唐詩話》六卷，及孫濤所輯的《全唐詩話續編》二卷，都是以人繫詩之作。惟二書詳於人、事，而薄於評詩。因此，就詩話之性質而言，不如黃公詩話之精於品評軒輊。

豔詩	作豔詩貴含蓄，能照攝樂而不淫之義乃善。
詠物	詠物詩惟精切乃佳，亦須脫俗。
詠事	詠事詩須於題外相形，意出字句，乃能意味深長。
前後失貫	作詩宜首尾貫徹，不可別立論頭，前後牴牾。
字法	用字貴新，不可入僻；又貴於自然無跡，而忌氣質。
屬對	佳句每難佳對，對仗精工固爲佳事，但作詩必先觀大意，若以爭奇字句之間，意不得遠，亦不爲貴。

三、論讀詩的問題

條目名稱	性　質　或　內　容
考證	考證雖重事實，但若切合詩意，不必強求膠執。
末流之變	詩家宗派，雖有淵源，然推遷既多，往往耳孫不符鼻祖。
樂府古詩不宜並列	言編詩者，不宜以樂府編入七言古詩中。
翻案	翻案之作，止於出奇倖勝，不可爲常。
佳句各有所宜	詩中佳句，有宜於作絕句者，有宜於作律詩者。
一聯工力不均	詩有名爲佳聯而上下句工力不能均敵者，有好壞、雅俗、妙庸之分。
改古人詩	言改古人詩弄巧成拙者實多，能後人發前人之覆者甚少。
集句	言集句詩皆惡，惟王安石集胡笳十八拍爲佳。
詩魔	言詩有常用之字，缺之不可，縱成詩亦不佳。
疑誤	言詩之誤在上下文氣不相呼應，不若另換一字；或版本誤刻，或誤於不符詩意等。
別本	讀詩得別本互看爲佳，以見優劣好壞。
杜註	言杜詩千家註有佳者，但舛錯處亦不少。
李賀詩註	言李賀詩半賴註而明，誤處亦不少。
宋人論事失核	評韓子蒼及苕溪漁隱論韋應物之謬。
宋人議論拘執	言宋人作詩極多蠢拙，論詩則過於苛細，不能得其大要。
和詩	言和詩之作，和意重於和韻。

四、對各家詩話之批評

條目名稱	性 質 或 內 容
野客叢談	言本書中多辨論，賀黃公只喜評白居易長恨歌一則。
瀛奎律髓	言瀛奎律髓雖推尊少陵，佳者多遺，閒泛者悉錄。註解唐人詩，尤多舛謬。
劉須溪	言劉須溪評詩極佳，微有過當之處。
高英秀	言高英秀論詩拘執。
茗溪漁隱	言茗溪漁隱論詩，多不以為善。
升菴詩話	言升菴詩話評許渾詩，並論晚唐之詩學張籍與賈島。
顧華玉論詩	言顧華玉評李義山之詩不為得當。
藝苑巵言	言藝苑巵言所論雖佳，亦頗有可議處。王世貞所論非盡獨創，實與古人相發明。
謝榛詩家直說	言謝榛論詩不顧性情義理，拘於聲律，亦多苛僻。
袁石公論詩	言袁宏道盛推宋詩文為不當。
詩歸	言鍾惺詩歸有得有失，其失在以深心成僻見，好標新立異，下筆卻魯莽，評詩只在字句之間，不能從時代背景考察，失其要旨。
譚評蘇詩	言譚元春評蘇軾詩，大致不離於僻，然有當佩服者。

由上表所列，可以知曉《詩話》卷一中，各條條目之名稱，並其性質與內容。

　　《詩話》卷二至卷五則分述初唐、盛唐、中唐、晚唐及宋代之重要詩人兩百一十五位，引其詩句，以評優劣良窳。主要以詩作之品評為先，而兼及人與事之介紹或考證。對於詩作進行比較、分析、綜合的考察，評其高下。雖不免偏於主觀，流於印象式的批評，但仍不失為對唐宋二代詩人，作出頗具系統的評價。以下列出詩人之目錄：

初唐　二十六人

　　太宗皇帝　徐賢妃　章懷太子　貞觀諸家（魏徵、虞世南、馬周、楊師道）　王績　四傑（王勃、楊炯、盧照鄰、駱賓王）　陳子昂　杜審言　沈佺期　宋之問　劉希夷　喬知之　崔融　李嶠　崔湜　郭元振　張說　蘇頲　張九齡　孫逖

盛唐　三十人

　　張若虛　盧鴻一　蕭穎士　李華　崔顥　崔國輔　王維　儲光羲　丘為　祖詠　盧象　綦母潛　裴迪　王縉　孟浩然　張子容　劉眘虛　王昌齡　李白　杜

甫　高適　岑參　李頎　常建　嚴武　元結　王季友　沈千運　孟雲卿　張謂

中唐　三十六人

劉長卿　錢起　郎士元　李嘉佑　韓翃　韋應物　盧綸　秦系　皇甫冉　皇
甫曾　李端　嚴維　耿湋　司空曙　顧況　李益　于鵠　戎昱　戴叔倫　羊士諤
李涉　呂溫　柳宗元　劉禹錫　韓愈　盧仝　孟郊　李賀　張籍　王建　白居易
元稹　李紳　沈亞之　賈島　姚合

晚唐　四十五人

朱慶餘　周賀　章孝標　章碣　張祜　杜牧　李群玉　溫庭筠　李商隱　劉
滄　許渾　邵謁　馬戴　項斯　劉駕　喻鳧　于濆　許棠　李洞　無可　羅鄴
羅隱　皮日休　陸龜蒙　薛能　李中　林寬　鄭鏦　曹松　方千　崔塗　張喬
張蠙　李昌符　鄭谷　秦韜玉　劉兼　韋莊　吳融　李咸用　杜荀鶴　貫休　李
建勳　王周　胡曾

宋代　七十八人

王禹偁　寇準　李建中　楊徽之　趙湘　王操　潘閬　魏野　曹良弼　魯交
林逋　僧惠崇　僧宇昭　楊億　錢惟演　劉筠　晏殊　李宗諤　二宋（宋庠、宋
祁）　韓琦　趙抃　蔡襄　余靖　歐陽修　蘇舜欽　梅堯臣　陶弼　李覯　王安
石　王珪　舒亶　方子通　司馬光　范純仁　劉敞　邵雍　曾鞏　鮮于侁　劉攽
鄭獬　文同　蘇軾　蘇轍　秦觀　晁補之　黃庭堅　陳師道　張耒　賀鑄　晁沖
之　孔文仲　徐積　唐庚　韓駒　劉跂　韋冠之　釋惠洪　李綱　汪藻　劉子翬
朱松　張九成　沈與求　呂本中　曾幾　陳與義　陳淵　范浚　周必大　朱熹
陳傅良　葉適　劉宰　吳龍翰　洪适　裘萬頃　尤袤　楊萬里　范成大　陸游
李昴英　四靈（徐照、徐璣、翁卷、趙師秀）　嚴羽　蕭彥毓　趙蕃　劉克莊　江
湖詩（韓南澗、韓澗泉、戴式之）　王鎡　文天祥　林景熙　唐涇　謝皋羽

　　今《清詩話續編》本之《載酒園詩話》內，有黃白山〔註45〕之評，自卷一至
卷五共計一百三十則，其中或對黃公評詩加以補充，或對黃公評詩加以批判；在

〔註45〕《清儒學案小傳》卷三，《白山學案》記黃白山之生平爲：「黃生，字扶孟，一字黃
　　　　生，號白山。歙縣人，明諸生，淹貫群籍，於六書訓詁，尤有專長。嘗著《字詁》
　　　　一卷，根據奧博，與穿鑿者迥殊。……生平著述，好以古人書名其書。又有《論衡》
　　　　及《識林》二種、《葉書》一卷、《杜詩說》十二卷、《一木堂詩槀》十二卷、《文槀》
　　　　十八卷、《內槀》二十五卷、《外槀》三十卷、《一木堂字書》、《四部雜書》十六種、
　　　　《古文正始》、《經世名文》、《文筏》三十卷、《詩筏》二十卷，又有《三禮會篇》、
　　　　《三傳會篇》等書，惜多不傳。」

黃白山的評論裏，稱許黃公詩評者不多，而批駁貶斥黃公謬誤者，卻隨處可見，可以看出黃白山對黃公評詩頗不以爲然〔註 46〕。即使如此，我們從黃白山的評論中，卻可以發現在「尊唐薄宋」的這一觀點上，黃白山與賀黃公是相當一致的，可以說在基本詩學觀念的理解上，二人是頗爲接近的，只是對於詩作的評析鑒賞上，難免因主觀的意見不同，造成分歧。也由於這種「尊唐薄宋」觀念的一致，使《載酒園詩話》成爲黃白山注意的焦點，特別是對唐宋兩代詩人個別的評析上，意欲對黃公的批評有所比較和批判，而這或許是使黃白山對《載酒園詩話》作評論的原因之一。

〔註46〕黃白山評賀黃公之詩評，於《載酒園詩話》中共計一百三十則，而對黃公評詩表示不滿者，概略統計已超過半數，而正面肯定黃公所評者，僅不到十分之一，可以見出黃白山對黃公之詩評，表示了強烈的保留態度。

第二章 《載酒園詩話》論詩之本質

　　所謂詩的本質論，簡而言之，即是對詩這種體裁的性質，做一番探討。這種性質應該就是詩的最基本的理念，也就是最深層的架構，一切詩的創作，應該都是涵蓋在此範圍之下。詩的本質與詩的原理，乍看之下，頗爲相似；然而細思之，畢竟有所不同。詩的原理，若狹義來說，或許可以與詩的本質做同樣的解釋，然而廣義的看，原理卻不是只有本質一項而已。業師黃景進先生對「詩的原理」有一段非常詳細的論述：

　　　　所謂「詩的原理」其對象是整個詩的領域，而不是專對某一人或某一時代的詩而言。基本上，它只是客觀的分析，探討詩的性質與功能，而不在評價文學作品的優劣。它所要討論的問題可能包括下列幾項：一、詩的性質。詩是屬於語言的藝術，它與非詩的語言有何分別？這是論「詩」的最基本問題。二、詩的構成條件。例如韻律、意象、情感等，它們在詩裏面發生什麼作用？彼此有何關係？皆是探討的對象。三、詩的各種體裁。詩的領域並不是單純的，在詩的發展過程中，分化出許多種不同的體裁，這些體裁是如何產生？它們的特性爲何？彼此的異同與關係何在？皆可探討。四、詩的創作過程。這也許是最引人的問題，因爲沒有創作就談不到詩，而且詩的創作又似頗爲神祕，這問題一向就是注意的焦點。五、讀者的反應。作品必須要有讀者才有價值，而讀者如何進入詩的世界？從詩獲得什麼？閱讀之後有何變化？應以何種態度來讀詩？這些問題都值得討論。六、詩的功用。詩是文化現象之一，有許多人作詩，讀詩，並且編詩使其流傳，這些活動對文化、社會與個人究竟產生什麼影響？實在是很重要的問題。〔註1〕

〔註1〕見黃師景進著《王漁洋詩論之研究》，頁125，文史哲出版社。

詩的原理包括了這許多項，自與詩之本質不同，爲了釐清混淆，在此以詩之本質立論，對於賀黃公在《載酒園詩話》中對詩的本質的看法，做一探討。

第一節　詩當抒情寫意

詩之寫作，在中國的詩歌傳統演變中，向來以抒情言志爲主流；發抒內心之所感，宣洩胸中之所積，常是創作詩歌時所必經的過程，這不僅是理論之所當然，也是實際之所必然。劉勰《論詩》有言：

> 大舜云：詩言志，歌永言，聖謨所析，義已明矣。是以在心爲志，發言爲詩，舒文載實，其在茲乎？詩者，持也，持人情性；三百之蔽，義歸無邪，持之爲訓，有符焉爾。人稟七情，應物斯感，感物吟志，莫非自然。〔註2〕

詩之發人情志，可謂不變之的論。

同樣的，賀黃公在《詩話》中也表現了這種意見：

> 作詩以情意爲主，景與事輔之，兼之者宗工巨匠也，得一端者亦林之秀也。〔註3〕

這段話本是黃公評許渾詩所表達的一種批評觀點，卻正好可以看做黃公論詩的本質－以情意爲主的見解。詩要抒情寫意，方有內容精神可言；至於景與事，則是較爲次要的考慮。在這裏黃公以爲詩人若能兼備「情意」、「景事」，便可稱得上是大家，如若未能兼備而僅得其一，亦當得上是藝林之秀了。然而，情與意爲主，其對詩歌的重要性，必絕對的超過景與事，這是我們當明辨細察的。

類似的看法，黃公之心友吳喬，闡釋得更爲詳盡：

> 詩以道性情，無所謂景也。三百篇中之興「關關雎鳩」等，有似乎景，後人因以成煙雲月露之詞；景遂與情並言，而興義以微。然唐詩猶自有興，宋詩鮮焉；明之瞎盛唐，景尚不成，何況於興？〔註4〕

吳喬以爲詩根本就是發抒性情的，「關關雎鳩」是自然景物，但卻是用來引發情感的，而不是純粹的在描寫景物而已。後世把「情」、「景」並言，以爲是並重的兩項目標，實則誤解了詩人本義。另外一點，我們也可看出吳喬由這種角度來看後代詩作，明不如宋，宋不如唐，代代演變，每況愈下的詩史觀，印證了「尊唐薄

〔註2〕《文心雕龍·明詩篇》。
〔註3〕見《載酒園詩話》卷一，「升菴詩話」條。
〔註4〕見吳喬《圍爐詩話》卷一，《清詩話續編》本，木鐸出版社，頁478。

宋」的看法。

除了「情」以外，「意」也是黃公所強調的一種本質。「意」是與「情」難以畫分，相伴而生的；詩要能動人，「情」必然由作者本身的感發，藉著詩作，傳達到讀者的心中，以產生共鳴，這常是比較主觀與含蓄的。而「意」往往就是「情」的傳遞中，作者所帶給讀者的一種刻意安排，要能加強詩作的張力，也可以說是用來增加「情」這一方面的說服力與渲染力，所以「意」常常就是客觀而外露的，因此，「命意」、「立意」、「寫意」等等的說法，常要求為「高」、「奇」、「靈」等的達到某種境界。前人多有這種看法，如宋朝劉攽：

> 詩以意為主，文詞次之。或意深義高，文詞平易，自是奇作。世效古人平易句，而不得其意義，翻成鄙野可笑。〔註5〕

明末王夫之更深入的論道：

> 無論詩歌與長行文字，俱以意為主。意猶帥也。無帥之兵，謂之烏合。李、杜所以稱大家者，無意之詩，十不得一二也。煙雲泉石，花鳥苔林，金鋪錦帳，寓意則靈。若齊、梁綺語，宋人搏合成句之出處，役心向彼掇索，而不恤己情之所自發，此之謂小家數，總在圈績中求活計也。〔註6〕

所謂「以意為主」、「意深義高」、「寓意則靈」都強調了「意」在詩中的重要性，情內蘊而意彰顯。王夫之以「意」比喻為帥，「無帥之兵，謂之烏合」，用很形象化的語言表達了「意」在詩中所扮演的主導角色，使人印象深刻。

黃公論詩，主張抒情寫意，從《載酒園詩話》中，我們從黃公的評語裏，可以一窺信息：

> 大都詩貴入情，不須立異，後人欲求勝古人，遂愈不如古矣。〔註7〕

> 中唐數十年間，亦自風氣不同。其初，類于平淡中時露一入情切景之語，故讀元和以前詩，大抵如空山獨行，忽聞蘭氣，餘則寒柯荒阜而已。〔註8〕

在這裏，黃公都提及「入情」一詞，入情即能切合人情，能自然而不矯揉的發抒感情，合乎人性之情感流露，自然真切，故尤能動人。

此外，在黃公評賞詩作時，也可發現隱含在字裏行間的「抒情寫意」之義蘊，

〔註5〕見劉攽《中山詩話》，《歷代詩話》本。
〔註6〕見王夫之《薑齋詩話》，木鐸出版社。
〔註7〕見《載酒園詩話》卷一，「翻案」條。
〔註8〕前引書，卷三，評中唐詩人「嚴維」條。

如評劉長卿詩：

> 至如《嚴維宅送包佶》曰：「江湖同避地，分手自依依。盡室今為客，驚秋空念歸。歲儲無別墅，寒服羨鄰機。草色村橋晚，蟬聲江樹稀。夜深宜共醉，時難忍相違。何事隨陽雁，汀州忽背飛？」情旨溫然，又不徒寫景述事矣。〔註9〕

評劉長卿此詩為情旨溫然，旨即意旨、意念。實際，也就是以為此詩情意溫馨，令人讀後有回味餘韻，而不只是寫景述事而已，符合「抒情寫意」的要求。

又如評宋陳傅良詩：

> 《寄陳同甫》曰：「古來材大難為用，納納乾坤著幾人。但把雞豚宴同社，莫將鵝鴨惱比鄰。」上句即所謂「民之失德，乾餱以愆」也。合兩句並觀，見俗情慮淺，恩怨本無大故，而毀譽由之。同甫屢經禍患，故以為戒。下云「世非文字將安托，身與兒孫意孰親？一語解紛吾豈敢，祇應行道亦酸辛。」讀至此真欲淚下。嘗嘆如李伯禽者毋論，即「驥子好男兒」，少陵詎得其力！此困窮之士，齒豁頭童，旁搜遠紹，而不悔也。〔註10〕

對這首詩，黃公寄予無限的同情，認為陳傅良之詩能道出真情感，所以讀詩者能為其所感。而我們若跳出黃公之所評，細味此詩，確實也可發現，陳傅良抒一己之情，發一己之意，情深意重；雖是他個人主觀的閱世經驗，卻能帶給讀者極大的感染力，千載下引人噓唏浩歎。因此，詩歌之抒情寫意，每能動人極深。

又如評陳傅良另兩首詩，點出其立意甚高：

> 《送謝希孟歸黃巖》曰：「圭璧襲繅籍，山龍飾衣裳。不聞燧古初，而興自虞唐。毀車崇騎射，隸作篆籀藏。至今人便之，秦亦忽已亡。」又曰：「累觴以為懽，班荊以為儀。交際貴如此，勿使至意虧。頗嘗怪小雅，鹿鳴至魚麗。賓主禮百拜，六經似支離。」此重傷古道之不復也。前篇猶冷諷，次篇全用反語，令聞者自思，不惟立意高，安章頓句亦是雞群之鶴。〔註11〕

黃公對此二詩，不僅注意到其寫法的不同，也注意到章句的安排措置，超過凡俗；而立意之高，更使得二詩卓爾出眾，姑不論二詩是否如黃公所言之好，而其表達出「傷古道之不復」的真情與深意，卻是可感可知的。

〔註9〕前引書，卷三，評中唐詩人「劉長卿」條。
〔註10〕前引書，卷五，評宋詩人「陳傅良」條。
〔註11〕同上。

第二節　詩不論理

賀黃公於《載酒園詩話》卷一中，列有「詩不論理」一條，明白的表示出對詩歌本質的這種看法。他說：

> 「詩有別趣，非關理也。理原不足以礙詩之妙，如元次山春陵行、孟東野遊子吟、韓退之拘幽操、李公垂憫農詩，眞是六經鼓吹。樂天與微之書曰：「文章合爲時而著，歌詩合爲事而作。」然其生平所負，如哭孔戡諸詩，終不諧于眾口。此又所謂「言之無文，行之不遠」。故必理與辭相輔而行，乃爲善耳，非理可盡廢也。

在這一段話中，我們大概可以看出以下兩點訊息：

一、黃公贊成嚴羽的意見，但卻不拘執，理並不足以妨礙詩之妙。這一點上，黃公並不像錢謙益、馮班及吳喬等人那樣攻擊嚴羽「以禪喻詩」之謬，〔註12〕反而能參悟了解般的接受嚴羽的這一見解。但除了接受嚴羽「詩有別趣，非關理也」的意見之外；相反的，黃公卻也不否定「理」有一定的作用，好詩並不見得一定不能論理，只是不要拘泥固執。所以，如元次山的「春陵行」、孟東野的「遊子吟」、韓退之的「拘幽操」、李公垂的「憫農詩」，都是論理的好詩。

二、理與辭並重，不可一偏。黃公舉出白居易與元九書中的「文章合爲時而著，歌詩合爲事而作」的詩歌創作必有所因的功用說，來說明要使文學作品言之有物，行之久遠，就必須要理暢而辭達。黃公所謂的「言之無文，行之不遠」，「文」指的應當是文辭，是典雅的字句運用。詩歌的創作牽涉到語言及文字的方面；因此，在這裏，黃公認爲要能行之久遠的，是達到某種語言文字的要求。所以理與辭要「相輔而行」。但是，我們仍須注意，黃公在此處舉「理」與「辭」，他的重心在辭達以使理明，因此強調的是「理」的方面。

「詩有別趣，非關理也」，本是嚴羽《滄浪詩話》持論的重心，也是歷來爲人所稱道的一種詩學見解。《詩辨》篇中說：

> 夫詩有別材，非關書也；詩有別趣，非關理也。然非多讀書，多窮

〔註12〕錢謙益作有《唐詩英華序》，馮班作有《嚴氏糾繆》，吳喬於《圍爐詩話》中，都表達了對嚴羽「以禪喻詩」說的不滿。參見王夢鷗《古典文學論探索》頁 375～376，正中書局。更詳細的論述，可見黃師景進《嚴羽及其詩論之研究》頁 193～195，文史哲出版社。在虞山詩派中，賀黃公卻未曾批評過嚴羽「以禪論詩」的說法，但也非常含蓄的表示過不滿。如《載酒園詩話》中卷五評「嚴羽」條：「以嚴之精于紀律，有功詩學不少，吾終不推爲第一，獨屬之介甫。昔黃梅令學人悉誦神秀偈子，衣則授于盧能。滄浪素以禪論詩，余故爲下此轉語。」可以得見。

理，則不能極其至。所謂不涉理路，不落言筌者，上也。詩者，吟詠情性也。盛唐諸人，惟在興趣。羚羊挂角，無迹可求。故其妙處，透徹玲瓏，不可湊泊。如空中之音，相中之色，水中之月，鏡中之象，言有盡而意無窮。近代諸公乃作奇特解會，遂以文字爲詩，以才學爲詩，以議論爲詩。夫豈不工，終非古人之詩也。

「別材」、「別趣」，既不關書，也不關理，但卻不能靠直覺或天生本賦，不假外求便可得到的。相反的，更需要多讀書、多窮理，累積深厚，才有可能靈光乍現，寫出絕妙的詩篇。正如孔子「雖有生知安行之聖，不廢困勉下學之功。」積聚廣大之後，方能臻入化境；如此，也才能「不涉理路，不落言筌」了。「在嚴羽的論述中，並沒有把別材別趣和書理完全對立起來或割裂起來，而是同時也看到了這方面的必然的關係。」〔註13〕

在《載酒園詩話》中，清人黃白山有評語曰：

此語本嚴滄浪，「理」字原說得輕泛，只當作「實事」二字看。後人誤將此字太煞認眞，故以舂陵、游子、拘幽、憫農諸詩當之。方采山極詆滄浪此說，豈知全失滄浪本意，古人有知，必且遙笑地下矣。

黃白山的評語中，認爲黃公把「理」字看得太過嚴肅，把詩歌要看成融入聖賢之教，六經羽翼，才算爲「理」字，根本是誤解。其實「理」字也就是「實事」而已，是「描寫眞實景物」之意。這是黃白山的看法，把「理」字解釋爲「實事」，也不合乎滄浪之原意，讀書窮理，豈能只當「實事」來看呢？黃白山所評亦不爲當。

黃公在《載酒園詩話》裏，評論朱熹時，也表達過「詩不論理」之意：

詩雖不宜苟作，然必字字牽入道理，則詩道之厄也。吾選晦翁詩，惟取多興趣者。〔註14〕

又如評黃庭堅詩：

《詠弈棋》：「湘東一目誠堪死，天下中分尚可持」，終亦巧累於理。

〔註13〕括號所引見黃師景進《嚴羽及其詩論之研究》頁83，轉引取自敏澤《滄浪詩話述評》（《美學論叢》第二期頁80）。別材和詩，別趣和理的關係，黃師景進歸納近人之著作，大多擁護嚴羽之說：他們認爲嚴羽所說是就詩的特徵而言（與「文」相對），而詩確實有一種別材別趣，雖然並非與「學」、「理」成爲絕對對立，但有學問的人並不保證能寫出好詩，同時詩也不適合直接說理，這是事實；第二，他們認爲嚴羽雖然說詩非關書，非關理，可是接著又說「然非多讀書、多窮理，則不能極其至」，可見「在嚴羽的論述中，並沒有把別材別趣和書理完全對立起來，而是同時也看到了這方面的必然的關係的。」詳見黃師著作《嚴羽及其詩論之研究》，頁83，文史哲出版社。

〔註14〕見《載酒園詩話》卷五，評「朱熹」條。

〔註15〕
作詩太牽究道理、學理，抹殺了「抒情言志」的溫柔敦厚之旨，都不是好詩。

　　詩雖不宜論理，但也有以無理而妙者。賀黃公云：

> 詩又有以無理而妙者，如李益「早知潮有信，嫁與弄潮兒」，此可以理求乎？然自是妙語。至如義山「八駿日行三萬里，穆王何事不重來？」則又無理之理，更進一塵。總之詩不可執一而論。（卷一，「詩不論理」條）

李益此詩題爲《江南詞》，或作《江南曲》，原詩爲：「嫁得瞿塘賈，朝朝誤妾期。早知潮有信，嫁與弄潮兒。」描寫閨怨之情，細膩而且深刻，雖爲比擬寄託之詞，確實能使人會心一解。李義山詩題爲《瑤池》，原詩爲：「瑤池阿母綺窗開，黃竹歌聲動地哀。八駿日行三萬里，穆王何事不重來？」這首詩描寫時人學仙求道之心，頗有諷刺的意味。二詩都是用比喻的手法來描繪人的期盼之心，自然不在實理，不在實事，但卻傳達了極生動的寓意。

　　賀黃公讀詩認爲詩不必論理，但有時太過於背理，違反了人的理解範疇或思考邏輯，也不成爲好詩。他說：

> 論詩雖不可以理拘執，然太背理則亦不堪。溫飛卿《博山香爐》曰：「博山香重欲成雲，錦段機絲妬鄂君。粉蝶團飛花轉影，彩鴛雙泳水生紋。」二聯形容香煙之斜正聚散，雖紆曲猶可。末云：「見說楊朱無限淚，可能空爲路歧分？」因煙而思及淚，因淚而思及楊朱，用心眞爲僻奧，但燒香亦太濃矣，恐不是解兒。若如義山所云：「獸焰微紅隔雲母」，安有是事？

賀黃公以爲溫飛卿這首詩的思路太過僻奧，是違背人心的正常思考方向。此外，黃公又舉王元之的詩來說明背理傷巧的情形：

> 王元之《雜興》云：「兩株桃杏映籬斜，裝點商州副使家。何事春風容不得，和鶯吹折數枝花。」其子嘉祐曰：「老杜嘗有『恰似春風相欺得，夜來吹折數枝花。』」余以且莫問雷同古人，但安有化枝吹折，鶯不飛去，和花同墜之理？此眞傷巧。

黃公在此認爲這首詩至少有兩項缺失：一是雷同古人，直接借古人句入詩；二是鶯與花一起被風吹落，太過背理，不近事實。但是，這純粹是黃公從「理」字出發來看詩，所以認爲不佳傷巧。如果從「情趣」爲出發點來看，則溫飛卿與王元

〔註15〕前引書，卷五，評「黃庭堅」條。

之二人的詩，並不全然不好。反而有別趣蘊含在內。對於黃公的意見，黃白山有評語曰：

> 言楊朱爲路歧而泣，若香煙千頭萬緒，其爲路歧多矣，使楊朱見之，又當何如？此云：「因煙而思及淚」，有何相干？解詩如此，古人有知，眞欲哭矣。又曰：此正「詩有別趣」之謂，若必識其無理，雖三尺童子亦知鶯必不與花同墜矣。

詩不必論理，但也不能太過背理，黃公的意見是不錯的，然而對詩的鑑賞而言，卻往往因人而異，各自不同。對溫飛卿與王元之二人的詩。我們以爲黃白山所評較能得其大旨，較爲全面。

第三節　詩貴含蓄

賀黃公對詩之本質的看法，第三項即在於詩應當含蓄不露，才能有深刻的感人力量。歷來對詩當含蓄這個要素，發揮頗多，意見也多一致。如宋代張表臣云：

> 篇章以含蓄天成爲上，破碎雕鏤爲下。如楊大年西崑體，非不佳也，而弄斤操斧太甚，所謂七日而混沌死也。以平夷恬澹爲上，怪險蹶趨爲下。如李長吉錦囊句，非不奇也，而牛鬼蛇神太甚，所謂施諸廊廟則駭矣。〔註16〕

論詩以含蓄天成爲上，不在於雕鏤斧斤，怪險蹶趨。又如：

> 詩文要含蓄不露，便是好處。古人說雄深雅健，此便是含蓄不露也。
> 〔註17〕

以雄深雅健爲含蓄不露所呈現出來的效果或功用，亦頗有見地。

《文心雕龍·隱秀第四節　詩須有氣》佚文曾云：「情在詞外曰隱，狀溢目前曰秀。」情在詞外即是指含蓄性的美，狀溢目前則是指實感性的美。含蓄的美，光芒內歛，溫婉深曲，自然教人感到層次重重，具有幽邃的深度。因此含蓄性的美，特別適合東方人的美感領域與生活風範，所以自來中國之傳統詩評，無不以含蓄爲可貴，所謂「興象超遠，元氣渾然」，所謂「含不盡之意見於言外，狀難寫之景如在目前」，這種由含蓄蘊藉所激發出的美感，最能動人，也最使人難忘。

賀黃公對含蓄的意見，表現於以下幾處：

〔註16〕見宋張表臣《珊瑚鉤詩話》卷一，《歷代詩話》本，廣文書局。
〔註17〕見《詩人玉屑》卷十，引「漫齋語錄」條，頁171，商務印書館。

楊大年「風來玉宇烏先覺」，有作「轉」字者，便意味索然；「轉」字意已具於「覺」字內也。詩貴含蓄，忌淺露，雖一字實分徑庭。〔註18〕

劉庭芝藻思快筆，誠一時俊才，但多傾懷而語，不肯留餘。如「采桑」一篇，真尋味無盡。〔註19〕

作詩嫌于意隨言盡。〔註20〕

（于鵠）「秦女窺人不解羞，攀花趁蝶出牆頭。胸前空帶宜男草，嫁得蕭郎愛遠遊。」首二句即王江寧「閨中少婦不知愁，春日凝粧上翠樓」意。……然語意含蓄……可謂好色不淫也。〔註21〕

（羊士諤）與呂溫善而謫外，故發于詩：「紅衣落盡暗香殘，葉上秋光白露寒。越女含情已無限，莫教長袖倚闌干。」雖感慨，而含蓄不露，頗得風人之遺。〔註22〕

歐公古詩苦無興比，惟工賦體耳。至若敘事處，滔滔汩汩，累百千言，不衍不支，宛如面談，亦其得也。所惜意隨言盡，無復餘音繞梁之意。〔註23〕

讀臨川詩，常令人尋繹於語言之外，當其絕詣，實自可興可觀，不惟于古人無愧而已。〔註24〕

在這幾處詩評當中，黃公寄託了他對含蓄之意的看法，詩若能含蓄，就能「得風人之遺」，就能「餘音繞梁」，就能「好色而不淫」等等，這都是在說明含蓄的好處。反之若不能含蓄，意隨言盡，則淺露無餘，價值亦不高了。

唐司空圖曾著《二十四詩品》，其中即有《含蓄》一品，司空圖言：

不著一字，盡得風流。語不涉己，若不堪憂。是有真宰，與之沈浮。

如滿綠酒，花時反秋。悠悠空塵，忽忽海漚。淺深聚散，萬取一收。

司空圖用類似佛家偈語的形式，來說明含蓄的內涵。含蓄之特徵，常在「不著一字，盡得風流」，不必借用太多的文字，即能表達婉曲深刻的感情。而含蓄的表現，則在「語不涉己，若不堪憂。是有真宰，與之沈浮。如滿綠酒，花時反秋。」在若有似無，若隱若現之間，傳遞了作者所欲表達的概念或理想，使讀者能做會心

〔註18〕見《載酒園詩話》卷一，「疑誤」條。
〔註19〕同前引書，卷二，評初唐詩人「劉希夷」條。
〔註20〕同前引書，卷三，評中唐詩人「錢起」條。
〔註21〕同前引書，卷三，評中唐詩人「于鵠」條。
〔註22〕同前引書，卷三，評中唐詩人「羊士諤」條。
〔註23〕同前引書，卷五，評宋詩人「歐陽修」條。
〔註24〕同前引書，卷五，評宋詩人「王安石」條。

但合於作者原始意念所引導之下的了解，並且馳騁想像，從有限的文字當中體會到超過文字字面意義的境界，所謂「言有窮而意無窮」，常在含蓄的條件下產生。而含蓄的功用，即「悠悠空塵，忽忽海漚。淺深聚散，萬取一收。」無論在何種題材或內容的描寫下，含蓄皆能使主題收束集中，使人在某種路徑裏思考，產生巨大的藝術融匯力量。近人程兆熊先生以為詩的含蓄，在於典雅與洗煉之美，是屬於古典意味的優美表現，此說頗得其實。〔註25〕

黃公論詩貴含蓄，實即中國詩文傳統中一項普徧的質素。

第四節　詩須有氣格

賀黃公論詩的本質，另一項則是強調詩須有氣格，對於氣格，我們在《載酒園詩話》中可以見到的有：

作詩宜有氣格，不宜有氣質。宋人誤以氣質為氣格，遂以生硬為高，鄙俚為樸。〔註26〕

李賀骨勁而神秀，在中唐最高渾有氣格，奇不入誕，麗不入纖。〔註27〕

宋初全學晚唐，故氣格不高，中聯特多秀色。〔註28〕

方回推後山直接少陵，今觀其五言律，氣格誠有相近處。〔註29〕

姚合與閬仙善，兼效其體。古詩不惟氣格近之，尚無其酸言。〔註30〕

在這幾條評語中，我們可以發現，黃公把「氣格」稱許得頗高，凡是詩之佳者，可以許之為氣格高，或氣格高渾，或有氣格，因此，氣格乃是黃公對詩的一種要求，一種本質。詩，尤其是好詩，都必須要具備氣格。但是，對於氣格一詞，黃公卻未做明確的解釋，我們根據黃公的言語，嘗試加以定義，可以說氣格就是一種氣勢的格調，說文解釋「格」為「木長貌」，凡是樹木高長者皆曰格。因此，推而擴之，氣勢深長高遠，名之為「氣格」，似無不通，尚可得黃公命名之意。「作

〔註25〕程兆熊先生以為司空圖二十四詩品中，不僅代表二十四種風格，更已經論及到詩的二十四種風格中，所形成的二十四種美。而大別之，可分為壯美及優美二種，壯美及優美又可各分為四級，就其所論，含蓄屬於第一級之優美。詳見程兆熊著《中國文話文論與詩學》，第十六講《司空表聖之二十四品》，頁47～50，學生書局。

〔註26〕同註24所書，卷一，「音調」條。

〔註27〕同前引書，卷三，評中唐詩人「李賀」條。

〔註28〕同前引書，卷五，評宋詩人「李建中」條。

〔註29〕同前引書，卷五，評宋詩人「陳師道」條。

〔註30〕同前引書，卷三，評中唐詩人「姚合」條。

詩宜有氣格」，即指作詩須使氣勢深長高遠，這頗符合我們對詩歌創作的原則與要求。所以，「有氣格」、「氣格不高」、「氣格相近」，我們於此皆可明瞭其義。

　　另外，黃公也明白地點出，與氣格相反的是「氣質」，「作詩宜有氣格，不宜有氣質。宋人誤以氣質爲氣格，遂以生硬爲高，鄙俚爲樸。」在這句評語中，氣質恰是氣格的反面，宋人誤以氣質爲氣格，因此把生硬鄙俚當成高樸，從這裏的推論中，似乎黃公以高樸爲氣格，以生硬鄙俚爲氣質。生硬鄙俚指的多是字或句用法的粗俗不當，較不用在風格或內涵的代表上，因此與氣格之用於風骨或精神上，有所不同。我們試看黃公另一處提到「氣質」的地方：

　　　　下字尤忌氣質，如王鎬《送潘文叔》：「催租例擾潘郎老，付麥誰憐
　　石曼卿」，語意俱佳，「例」字卻張致可厭。〔註31〕

氣質用在對字法的批評上，寫詩用字時，要愼選適當之字，避免「氣質」，黃公舉王鎬此詩，以爲「例」字張致可厭，即過於庸俗，甚至有些匠氣。黃白山在此曾下一評語，以爲用「頗」字代替，較爲虛活，似乎有些道理。

　　於此，我們如果把「氣質」看成是一種字句用法上的呆滯，或直接以「生硬鄙俚」來定義它，似乎也可說得通。以氣質代氣格，不僅在意義上迥然互異，在使用上也是不相同的。

　　另外，黃公在《詩話》中，也提到「氣骨」一詞，亦需要作一番說明，黃公在評語中云：

　　　　顧況詩極有氣骨，但七言長篇，粗硬時雜鄙句，惜有高調而非雅音。
　〔註32〕

　　　　殷璠賞其（劉昚虛）《思苦語奇》，獨謂「氣骨不逮諸公」，此深識
　之論。〔註33〕

　　　　李建勳詩格最弱，如「殘牡丹詩」氣骨安在？卻有倚門人流目送盼
　之致，雖莊士雅人所卑，亦爲輕俊佻達者所喜。〔註34〕

　　　　晁（補之）之于秦（觀），較有骨氣。〔註35〕（劉長卿）亦有露氣
　骨處，如「獨立雖輕燕雀群」，終亦不放倒地步。〔註36〕

這幾段評語中，除「晁之于秦，較有骨氣」一段，用的是「骨氣」外，餘均是就

〔註31〕同前引書，卷一，「字法」條。
〔註32〕同前引書，卷三，評中唐詩人「顧況」條。
〔註33〕同前引書，卷二，評初唐詩人「劉昚虛」條。
〔註34〕同前引書，卷四，評晚唐詩人「李建勳」條。
〔註35〕同前引書，卷五，評宋詩人「晁補之」條。
〔註36〕同前引書，卷三，評中唐詩人「劉長卿」條。

「氣骨」而言。但什麼是「氣骨」呢？我們從黃公的評語裏，可以看出「氣骨」，實即「氣勢風骨」而言，重在骨力，是柔弱纖細的相反詞，常常在表現力量，表現精神方面，使用「氣骨」一詞。

「氣骨」在黃公之用法中，我們發現實與「氣格」相通，甚至可以說是等同。我們若把用「氣骨」之處，用「氣格」代之，似乎並無不可；把「氣格」用「氣骨」代之，亦可表達類似之意，黃公在《詩話》中雖各用「氣格」、「氣骨」，但是實在並無什麼差別。

黃公論詩重氣格，即強調在精神、氣象、氣度、氣骨上求其崇高雄渾，用「氣格」一詞，實將詩的氣勢與風格合而言之。謝榛曾云：

> 賦詩要有英雄氣象，人不敢道，我則道之，人不肯爲，我則爲之。
> 厲鬼不能奪其正，利劍不能折其剛。古人製作，各有奇處，觀者自當甄
> 別。〔註37〕

此種賦詩要有英雄氣象，正可爲黃公言作詩須有氣格，作一番補充與推擴。

〔註37〕見謝榛《四溟詩話》卷四，《四庫全書》本。

第三章　《載酒園詩話》論詩之創作

　　除了論詩的本質以外，在《載酒園詩話》中，賀黃公也提出了對作詩的一些看法。這些看法又可以大別為兩大類而言，一是對於作詩的方法或技巧加以說明，如「用事」、「用意」、「盜法」、「字法」、「屬對」等；一是對於各種詩體的寫法加以詮釋，如「詠史詩」、「詠物詩」、「詠事詩」、「艷詩」等。以下即就各項逐一說明。

第一節　論用事

　　作詩用事如使材，在乎能者善用，乃能變俗為雅。賀黃公曾舉例說：

> 顧況《哀囝》詩頗鄙樸，務觀用為「戲遣老懷」曰：「阿囝略如郎罷意」，便成一則典故，且語雖謔而有情致，此能化俗事為雅者也。又羅景綸《貓捕鼠》詩曰：「陋室偏遭黠鼠欺，貍奴雖小策勳奇。拖喉莫訝無遺力，應記當年骨醉時。」此用唐蕭妃臨死曰：「願武為鼠吾為貓」事也。
> 貓捕鼠本俗事，不足入詠，得此映帶遂雅。〔註1〕

按：顧況《哀囝》原詩為：「囝生閩方，閩吏得之。乃絕其陽，為臧為獲。致金滿屋，為髡為鉗，如視草木。天道無知，我罹其毒。神道無知，彼受其福。郎罷別囝，吾悔生汝。及汝既生，人勸不舉。不從人言，果獲是苦。囝別郎罷，心摧血下。隔地絕天，及至黃泉。不得在郎罷前。」閩省習俗呼子為囝，呼父為郎罷。這是一首描寫父子別離傷感的敘事詩，陸游借其意而入詩，黃公以為能謔而有情致，化俗事為雅事。

〔註1〕見《載酒園詩話》卷一，「用事」條。

　　羅景倫《貓捕鼠》詩，乃用唐高宗廢后王氏及良娣蕭氏為武則天所構陷事入詩。蕭氏初囚，曾大罵曰：「願阿武為老鼠，吾作貓兒，生生呃其喉！」後武則天令人杖庶人及蕭氏各一百，截去手足，投於酒甕中，曰：「令此二嫗骨醉」！〔註2〕以此段史事寫入詩中，黃公以為乃使俗事變雅，意義深刻。

　　用事戒支離破碎，太過繁瑣。黃公舉溫飛卿《和太常嘉蓮》詩二句：「同心表瑞荀池上，半面分粧樂鏡中」，以為是太過支離，並不適合入詩。因為其意不過在說蓮生池內，水澄如鏡，照見花影之景，不應用事如此，反成西崑體的一種流弊。〔註3〕

　　用事須合情理，忌乍看似佳，實則比擬不倫者。賀黃公舉例說：

　　　　語有乍看似佳，細思則瘡痏百出者。如戴敏才「惜樹不磨修月斧，愛花須築避風臺」，亦大費雕鏤而出。但花雖畏風，非臺可避，用飛燕事殊不當。修風事見《酉陽雜俎》，然伐樹何必修月之斧，修月之斧亦非人間所有。若用吳剛伐樹事，又與修月無干。總之止務瑰奇，不求妥貼，以眩俗目可耳，與風雅正自徑庭。〔註4〕

黃公之評語頗能得實，「止務瑰奇，不求妥貼，以眩俗目」尤其能道出用事之不易。《詩人玉屑》有言：

　　　　古人作詩，引用故實，或不原其美惡，但以一時中的而已。如李端於郭曖席上賦詩，其警句云：「新開金埒教調馬，舊賜銅山許鑄錢。」乃比鄧通耳，既非令人，又非美事，何足算哉？凡用故事，多以事淺語熟，更不思究，率爾用之，往往有誤。〔註5〕

此段可與黃公之言相參看。

　　此外，黃公也提及用事須「當于其大者，不在尺尺寸寸。」又說：俗題須得雅事襯貼，「但不宜句句排砌如類書」，又說：「使事著題，不著痕迹」，皆可以見出黃公對詩作「用事」之看法。

〔註2〕見《舊唐書》卷五十一，「高宗廢后王氏，良娣蕭氏」。鼎文書局。
〔註3〕賀黃公在舉溫飛卿此詩用事太過支離時，有言：「後有厭薄崑體者，正此種流弊。」黃公作《載酒園詩話》，略於初盛，詳於中晚。龔鵬程先生以為賀裳恐怕並不看輕厭薄崑體。反而「以美人之思、定情之詠為主要表現方式，學步西崑，以李商隱為矩範，牧齋之後，如吳喬、馮班、賀裳等人，均屬此類。」見龔鵬程著《詩史本色與妙悟》，頁59，學生書局。
〔註4〕同註1。
〔註5〕見《詩人玉屑》卷七，引《西齋話紀》，「率爾用事」條，頁131，商務印書館。

第二節　論用意

　　前章論詩之本質，曾舉出黃公論詩的本質之一是「抒情寫意」，情意雖並稱，但實以情爲主，意爲輔；情爲內在、主觀與含蓄的，意則是外在、主觀與開放的。因此，意常成爲作詩時不可不著力要求的一種境界表現，是以也構成創作時的技巧與方法。

　　賀黃公認爲今人多求奇於字句，用心於字句，而不知用心於「意」。曾引用楊億《談苑》書中一詩來說明古人今人讀書用意之深淺不同：

　　　　楊文公《談苑》曰：「余知制誥日，與余恕同考試，出義山詩共讀，酷愛一絕曰：『珠箔輕明拂玉墀，披香殿前鬥腰肢。不須看盡魚龍戲，終遣君王怒偃師。』擊節稱歎曰：『古人措辭寓意如此之深妙，令人感慨不已。』」余初讀此語，殊自茫然，暨思得之，此詩只形容女子慧心，男子一妬字耳。偃師事載《列子》：「周穆王自崑崙歸，途遇一獻工人名偃師，造能倡者獻王，鎮其頤則歌合律，捧其手則舞應節。王與盛妃觀之，技將終，倡者瞬其目招王侍妾。王大怒，欲誅偃師。偃師立剖散倡者，廢其心則口不能言，廢其肝則目不能視，廢其腎則足不能步，皆革木膠漆丹青之所爲，悉假物也。」余因自歎其鈍，而羨古人之敏，自此粗知執筆。每舉以問人，亦未有應聲而解者。今人之病，正在求奇字句，全不想古人用意處耳。

李義山此詩題爲《宮妓》，賀黃公藉楊億之稱賞此詩，翻查《列子》原文，乃明瞭詩意，而自覺獲益匪淺，粗知執筆，由此以示知後人，作詩不可不重用意。

　　黃公又曾說：「作詩貴于用意，又必有味，斯佳。」〔註6〕詩的寫作除了要有意以外，還要有味。但是什麼是「味」呢？黃公卻未明說，只舉了李義山的《槿花詩》加以評析：

　　　　「燕體傷風力，雞香積露文。殷鮮一桐雜，啼笑兩難分。月裏寧無姊，雲中亦有君。三清與仙島，何事亦離群？」此詩殊不可解。余嘗句揣之：「燕體」句言花枝娟弱，搖曳風中，猶燕之受風也。「雞香」者，雞舌香，入直者含之，言花含露而香似之，蓋對以上「燕」字耳。第三句言其色，第四句言其態。第五第六又因「啼笑」句來，以美人喻花，又非凡間美人可擬，故引「月姊」、「雲君」，以「仙島」、「離群」結之，見是天所謫降者。不徒奧僻，實亦牽強支離，有心勞日拙之憾。

〔註6〕同註1。

在這裏，黃公對李義山此詩加以試解，最後加以評論：「不徒奧僻，實亦牽強支離，有心勞日拙之憾。」這是指其用意過於偏僻冷澀，只求出奇，卻反而艱深，意也許故意求高，但卻無感人肺腑的餘韻，不能平易近人，自然合理，也許黃公所謂的「味」，即在這層意義上考量。

我們再看黃公評李義山另一首詩《亂石》，讚此詩爲「意味深遠」：

> 義山又有《亂石》一詩，亦深妙。余嘗選之而眾以爲疑。余曰：「虎距龍蟠縱復橫」，即柳州所云：「怒者虎鬥，企者鳥屬」也。「星光纔歛雨痕生」，乃用星隕地爲石兼將雨則楚潤二意。「不須併磯東西路，哭殺廚頭阮步兵」，魏步兵廚有美酒，阮籍因乞爲步兵校尉；又常駕車而出，不由徑路，每過途窮，則慟哭而返。亂石塞路，有類途窮，此義山寄托之詞，而意味深遠，不解其義，烏知其美乎！〔註7〕

黃公評此詩，認爲所寫多能合乎情理，且自用典中表出用意，寄託心志，餘韻深遠悠長，人亦能明瞭，因此稱許「意味深遠」。由此，我們推測黃公所認爲的「味」，可能就是自然合理，人所能知能感的義韻或餘韻。

另外，黃公以爲意味雖爲好詩所必備的條件，但卻有遠近的差異性，即「意」要能深遠，但「味」實在左近，繚繞不盡，回響不絕。黃公引謝茂秦語曰：

> 詩貴乎遠而近，凡靜室索詩，心神渺然，西遊天竺國，仍歸上黨昭覺寺，此所謂遠而近之法也。若經天竺，又向扶桑，此遠而又遠，于何歸宿？〔註8〕

類似這種細密的見解，我們也可看到黃公別出心裁，論詩精要細膩的觀察力。

第三節　論盜法

在詩的創作中，難免有所假借，或借其意，或借其辭，但只要是經過自己的熔冶經營，陶鑄歷鍊，卻不減損其價值，更不必畏懼被指爲抄襲之作。唐李德裕就曾說過：

> 世有非文章者曰：辭不出於風雅，思不越於離騷，模寫古人，何足貴也？余曰：譬諸日月，雖終古常見，而光景常新，此所以爲靈物也。

〔註7〕同註1。在此段引文中，黃白山評語與黃公持相反意見。黃評曰：「用意貴深至，以用事發己之意，則必易見其意，方妙。義山用事晦僻，正詩家大病。」

〔註8〕見謝茂秦《四溟詩話》卷四，《四庫全書》本。

〔註9〕

「終古常見，光景常新」，一語道出了文學創作中「變復」的本質，高才思士，凌雲健筆，自有創新，並且足以繼承前人以啓發後人。所以杜甫說：

> 不薄今人愛古人，清詞麗句必爲鄰。竊攀屈宋宜方駕，恐與齊梁作後塵。
>
> 未及前賢更勿疑，遞相祖述復先誰？別裁僞體親風雅，轉益多師是汝師。〔註10〕

都說明了創作中假借與轉換傳遞的過程與眞象。

賀黃公在《載酒園詩話》中，列有「三偷」一條，然細讀之下，似偏重於對「盜法」的探討，乃指對意義或意念的沿襲或繼承而言。按《詩人玉屑》中，有「三偷」一條，當爲黃公所本：

> 詩有三偷，偷語最是鈍賊，如傳長虞「日月光太清」，陳主「日月光天德」是也。偷意事雖可罔，情不可原。如柳渾「太液微波起，長楊高樹秋」。沈佺期「小池殘暑退，高樹早涼歸」是也。偷勢才巧意精，各無朕迹，蓋詩人偷狐白裘手也。如嵇康「目送歸鴻，手揮五絃」。王昌齡「手攜雙鯉魚，目送千里雁」是也。〔註11〕

「三偷」指「偷語」、「偷意」、「偷勢」而言，黃公多就「偷勢」作發揮，而名之爲「盜法」。黃公以爲盜法者，妙于以相似之句，用於相反之處，如此，可使意象清新，不覺爲盜。他說：

> 凡盜法者，妙于以相似之句，用之相反之處。如陳堯佐「千里好山雲乍斂，一樓明月雨初晴。」寫酣適之景如見。至楊萬里《梧桐夜雨》詩：「千里暮雲山已黑，一燈孤館酒初醒」，又覺淒颯滿目。如此相同，不惟無害，且喜其三隅之反矣。〔註12〕

意雖相似，卻能作不同之描寫，各抒其感，各狀其景，使人讀之，宛若情韻綿長不已，不以爲病，反收觸類旁通，舉一反三之效。由此看來，雖名家也難以避免創作時的這種衝激之情，不吐不快：

> 偷法一事，名家不免。如劉夢得「山圍故國周遭在，潮打空城寂寞回。淮水東邊舊時月，夜深還過女墻來。」杜牧之「煙籠寒水月籠沙，

〔註 9〕見李德裕《文章論》，《四部叢刊》集部，「李文饒文集」卷三。
〔註10〕見杜甫「戲爲六絕句」詩二首。
〔註11〕見《詩人玉屑》卷五，引李淑「詩苑類格」，「三偷」條，頁93，商務印書館。
〔註12〕見《載酒園詩話》卷一，「三偷」條。

夜泊秦淮近酒家。商女不知亡國恨，隔江猶唱後庭花。」韋端己「江雨
霏霏江草齊，六朝如夢鳥空啼。無情最是臺城柳，依舊煙籠十里堤。」
三詩雖各詠一事，意調實則相同。愚意偷法一事，誠不能不犯，但當爲
韓信之背水，不則爲虞詡之增竈，慎毋爲邵青之火牛可耳。若霍去病不
知學古兵法，究亦非是。〔註13〕

這三首詩所描寫的意念都是對家國興亡的感慨，但讀之各能曲盡其情，不覺重複
或抄襲，師其意而轉換之，加以吟詠摹寫，各擅勝場，此即黃公所謂的「盜法」
或「偷法」。黃公以爲「盜法」不能不犯，但必須是「意有所鬱結，不得通其道，
述往事，思來者」，這樣的有感而發，不寫不可，不得不用，才適合用「盜法」，
且詞語貴新妙，不作他人舊詞才佳。

　　對於「盜法」一事，黃公又言：

　　　　盜法一事，詆之則曰偷勢，美之則曰擬古。然六朝人顯據其名，唐
　　人每陰竊其實，雖謂之偷可也。獨宋人則偷亦不能。如介甫愛少陵「鉤
　　簾宿鷺起，丸藥流鶯囀」，後得句云：「青山捫蝨坐，黃鳥挾書眠」，自謂
　　不減於杜，人亦稱之。然二語何異截鶴脛而使短，眞與「雪白後園僵」
　　等耳。〔註14〕

在這裏，對於盜法的使用，有詆之者，有美之者。但似乎難以定奪，就黃公評王
介甫詩來看，似乎專就詩之工拙與否來分，就實際情形而言，確實也是必須從創
作成績高低來衡量，比較能得其情。所以黃公再舉例而言詩有同出一意而工拙自
分者：

　　　　戎昱《寄湖南張郎中》曰：「寒江近戶漫流聲，竹影當窗亂月明，
　　歸夢不知湖水濶，夜來還到洛陽城。」與武元衡「春風一夜吹鄉夢，又
　　逐春風到洛城」，顧況「故園此去千餘里，春夢猶能夜夜歸」同意，而戎
　　語爲勝，以「不知湖水濶」五字，有搔頭弄姿之態也。然皆本于岑參「枕
　　上片時春夢中，行盡江南數千里。」至方干「昨日草枯今日青，羈人又
　　動故鄉情。夜來有夢登歸路，不到桐廬已及明。」則又竿頭進步，妙于
　　奪胎。〔註15〕

賀黃公舉了這些詩句，分別高下，本來是很主觀的見解，在此，我們無須對孰優
孰劣多作討論，但詩有同出一意而工拙不同，卻是很自然的現象，各人才力不同，

〔註13〕同前註。
〔註14〕同前註。
〔註15〕同前註。

能師法其意而轉換引伸，自作新詞，卻是創作者不可不努力的方向之一。

另外，在蹈襲與出處之間的差別，黃公舉北宋魏泰《臨漢隱居詩話》之言曰：

「詩惡蹈襲古人之意，亦有襲而愈工，若出于己者，蓋思之愈精，則造語愈深也。李華弔古戰場曰：『其存其沒，家莫聞知。人或有言，將信將疑。悁悁心目，寢寐見之。』陳陶則曰：『可憐無定河邊骨，猶是春閨夢裏人』，蓋工于前也。」余以以文爲詩，此謂之出處，何得爲蹈襲。若如此苛責，則作詩者必字字杜撰耶。〔註16〕

這裏所提出的抄襲與用典或出處的差別，是一項頗爲重要的觀念，詩中之事，景、物，全在能者善用，大自然與人世間之一切，皆可入詩，因此，只要不字句雷同，經過自己之陶鑄變化，皆可成爲己有，不爲抄襲。此即「襲而愈工，若出于己」之意。

第四節　論字法

在詩的創作中，黃公提出「字法」一項。下字雖不見得有多麼重要，但往往用字太差或不當，而減損詩之價值者，亦所在多有。由字而影響句，由句而影響全篇，致使可能很有創意的篇章，因此而不見特出，甚至流於粗劣之作，實不可輕忽。對於「字法」，黃公有言：

作詩雖不必拘拘字句，然往往以字不工而害其句，句不工而害其篇。如林處士「鳥戀藥欄長獨立，樹欺詩壁半旁生，」膾炙今古。愚意「欺」字未善，當作愛惜遜避之意，始與「旁生」字相應。又東坡長君邁有「葉隨流水歸何處，牛帶寒鴉過別村」，寫景亦佳，然「何處」固不及「別村」之工。〔註17〕

「字不工而害其句，句不工而害其篇」，這的確是詩歌創作中的一個大問題。黃公舉林逋的詩句，作爲印證，以爲「欺」字下得並不適切。又另舉蘇軾之子蘇邁之詩，以爲「何處」不及「別村」。這雖牽涉到各人詩學造詣的深淺，以及對詩作批評的主觀意見，也許可有不同的看法，但下字之重要性仍是不容置疑的。

對於字法的重視，古有「煉字」一詞，字之使用須鍛鍊而來，《詩人玉屑》卷八，引葛常之「煉字」一條即云：

〔註16〕同前註。《載酒園詩話》原作「隱居語錄」，郭紹虞，富壽蓀校點後，以爲當是「臨漢隱居詩話」。
〔註17〕同前引書，卷一，「字法」條。

作詩在於煉字，如老杜「飛星過水白，落月動沙虛」，是煉中間一字。「地坼江帆隱，天清木葉聞」，是煉末後一字。酬李都督早春詩云：「紅入桃花嫩，青歸柳葉新。」若非「入」與「歸」二字，則與兒童之詩何異。

煉字原在於使詩句的精神煥發而出，讓讀者感到精彩、警醒、甚至震撼。因此一個字的使用，古人極盡心思，推敲琢磨，必求妥貼工整而後已。所謂「句鍛月煉」，信非虛言。在這裏所引杜甫的詩，煉中間，煉末後的說法，正是古人所謂的「詩眼」所在，「詩眼」的成立，其實皆是由鍛煉字法而來。沈括《夢溪筆談》中曾舉過一個有關煉字的例子，頗為深刻：

汪彥章移守臨川，吉甫以詩迓之云：「白玉堂中曾草詔，水晶宮裏近題詩」。先以示子蒼，子蒼為改兩字云：「白玉堂深曾草詔，水晶宮冷近題詩」。迥然與前不侔，蓋句中有眼也。古人煉字，只於眼上煉，蓋五字詩以第三字為眼，七字詩以第五字為眼也。〔註18〕

改「白玉堂中」為「白玉堂深」，「水晶宮裏」為「水晶宮冷」，副詞改為形容詞，使意象突出，更為深刻。所謂煉字在於眼上煉，正指句中最關鍵的字所在，必須詳加推敲，方能有力。而這最關鍵的字，往往是五言詩中的第三字，七言詩中的第五字，此說也值得我們參考。

作詩雖須煉字，但也不能入於險僻，黃公也表達了他的「過猶不及」的意見：

作詩雖貴句烹字煉，至入險僻，則亦可憎。〔註19〕

他舉出了武允蹈「露萱鉗宿蝶，風木撼鳴鳩」，極其苦搜，十字中只得一「鉗」字，其餘皆不新奇，尤其新而入俗，並不可貴。在詩的創作中，這也是過於鍛煉之弊，我們試觀賈島、李賀，雕鏤之作，苦搜務奇，卻往往不一定討好，正是入於險僻，而未能端正弘大，並不可取！

此外，黃公又提出了下字尤忌「氣質」之說：

下字尤忌氣質，如王鎬「送潘文叔」：「催租例擾潘邠老，付麥誰憐石曼卿」，語意俱佳，「例」字卻張致可厭。〔註20〕

所謂「氣質」，黃公曾云：「作詩宜有氣格，不宜有氣質。宋人誤以氣質為氣格，遂以生硬為高，鄙俚為樸。」（《載酒園詩話》卷一，「音調」條），在前章第三節中，我們認為「氣質」即指生硬鄙俚，是詩歌創作中字句的使用不當，近乎粗俗。

〔註18〕見《詩人玉屑》卷八，引沈括《夢溪筆談》，「句中有眼」條，頁143，商務印書館。
〔註19〕同註17。
〔註20〕同註17。

而下字尤忌氣質，實即作詩用字不要生硬鄙俚之意，用字若生硬則不自然，若鄙俚則遠風雅，黃公舉王鎬詩「催租例擾潘邠老」，以爲用此「例」字不佳，即是生硬了一些。

最後，黃公對作詩鍊字，除了消極的「避險僻」、「忌氣質」之外，他提出了一個積極的方法，那就是貴於自然無迹，是煉字的最高標準。他舉方干的例子而言：

> 余兒時嘗聞先君語曰：「方干暑夜正浴，時有微雨，忽聞蟬聲，因而得句。急叩友人門，其家已寢，驚起問故。曰：『吾三年前未成之句，今已獲之，喜而相告耳。』乃『蟬曳餘聲過別枝』也。」後余見其全詩，上句爲「鶴盤遠勢投孤嶼」，殊厭其太露咬文嚼字之態，不及下語爲工。凡作詩鍊字，又必自然無迹，斯爲雅道。〔註21〕

「鶴盤遠勢投孤嶼，蟬曳餘聲過別枝」，雖是佳對，但仍覺上句太過刻劃，未免險僻，下句則較自然貼切。作詩用字，與用事、用意、抒情、感發等，都是同樣貴於自然的，這正是詩文創作的一個共同要求與傳統，所謂「詩言志，歌詠言，文以道性情」，「自然」，正是詩文創作的一項永遠的圭臬。

第五節　論屬對

黃公論詩之創作，也提到「屬對」這一方面，也就是律詩中聯句的對仗問題。黃公以他讀詩的經驗作歸納，嘗嘆佳句難有佳對。他舉李義山詩爲例：

> 佳句每難佳對，義山之才，猶抱此恨。如「秋日晚思」「枕寒莊蝶去」，雖用莊周夢蝶事，實是寒不成寐耳；對曰：「窗冷胤螢消」，此卻是真螢，未免借對，不如上句遠矣。〔註22〕

李義山在此詩中用的是虛實對，以虛幻之蝶對真實之螢，黃公以爲下句不如上句甚遠。另外，黃公也引了李義山的另三首詩來說明屬對不工的情形，如「雪」詩：「馬似困鹽車」，佳句也；上云：「人疑遊麵市」，卻醜。又如「深樹見櫻桃一顆」：「痛已被鶯含」，事容有之，實爲俊句；上句「惜堪充鳳食」，又涉牽湊。又如「僧壁」詩：「琥珀初成憶舊松」，言禪臘之久；上句「蚌胎未滿思新桂」，語雖工，思之殊不甚關切。在以上三例中，我們可以看出黃公對詩句的屬對，不僅在於字面

〔註21〕同註17。黃白山在此曾就方干此二句詩，下一評語曰：「必是先有下句，然後尋上句作對，故一自然，一勉強。」此說頗近情理，亦即賀黃公所云「一聯工力不均」之意。

〔註22〕見《載酒園詩話》卷一，「屬對」條。

上之貼切與否；更深入一層來看，還要考慮到對仗之句，其意義是否能與全篇相關，縱有佳對，離題太遠，或無所相關，亦不成其美。由此，我們可以導出另一項論題，即是聯句中工力不均的問題。律詩必求對仗，但是卻未必能對得工整，即使工整，兩句之中仍見出工力不均，未能俱美的情形。黃公注意到這個問題，舉出他的觀察所得：

> 詩有名爲佳聯而上下句工力不能均敵者，如夏子喬「山勢蜂腰斷，溪流燕尾分」，陳師道「一鳩鳴午寂，雙燕話春愁」，唐子西「片雲明外暗，斜日雨邊晴」，皆下句勝上句，李濤「掃地樹留影，拂床琴有聲」，則上句勝下句，以此知工力悉配之難。〔註23〕

這個觀察，可以說很有價值，畢竟人之才華，各有長短，靈感之來，尤其難以掌握、勉強，因此在屬對上面，也就無法並齊。有時突有佳句，但難以覓句相對，苦思不得，終亦懸宕無對，歷來這種情形，屢見不鮮，道理也就在此，故不足爲奇了。黃白山曾對這種工力不均的現象，作一評語，頗見深入：

> 凡兩句不能並工者，必是先得一好句，徐琢一句對之。上句妙於下句者，必下句爲韻所縛也。下句妙於上句者，下句先成，以上句湊之也。如老杜「接宴身先杖」，何等工妙，下句「聽歌淚滿衣」，則庸甚。然此韻中除「衣」字別無可對。「百年地僻柴門迥，五月江深草閣寒」，上句費力，下句天成。題下注云：「得寒字」。五月中「寒」字頗難入詩，想杜公先爲此字運思，偶成七字，然後湊成一篇，其上句之不稱宜也。〔註24〕

黃白山的觀察，引用老杜之詩爲例證，實在令人佩服，說理推論之處，極合情理，能爲黃公之說作一補充。

對仗固然重要，但如前述，還要考慮對仗之句是否能與全篇相關，這是詩歌創作中顧小處也要及大處的一種思慮縝密性。黃公云：

> 對仗精工，誠爲佳事，但作詩必先觀大意，往往以爭奇字句之間，意不得遠，則亦不貴。〔註25〕

這觸及詩歌創作中核心的問題，即字句的表現並非獨立存在的，它是要讓詩歌整體的效果激發出來所借以表現的方法之一，所謂「鍊句不如鍊字，鍊字不如鍊意」（師友師傳續錄），道理即在於此。

〔註23〕同前引書，卷一，「一聯工力不均」條。
〔註24〕同前註，黃白山之評語極有見地，堪發賀黃公之所未見。
〔註25〕同註22。

另外，黃公還提及了宋人的幾種對仗方式，如「正對」，即最典型的對仗，如天對地，日對月，花對草之類。又有「蹉對」，如「古今詩話」引楚辭九歌句：「蕙肴蒸兮蘭藉，奠桂酒兮椒漿」，是為蹉對。又有「扇對」，如「詩人玉屑」卷七云：「律詩有扇對格，第一與第三句對，第二與第四句對。如杜少陵『哭臺州司戶蘇少監詩』云：『得罪臺州去，時危棄碩儒。移官蓬閣後，穀貴歿潛夫。』」，此為扇對。而黃公最表不滿者，是為「假對」，以為與寫別字者無異，他說：

> 如「廚人具雞黍，稚子摘楊梅」，謂以「楊」對「羊」。「因尋樵子徑，偶到葛洪家」，謂以「子」借「紫」，以「洪」借「紅」。「五峰高不下，萬木幾經秋」，謂以「下」借「夏」。「閒聽一夜雨，更對柏巖僧」，是以「柏」借「百」。「住山今十載，明日又遷居」，是以「遷」借「千」。真支離鄙細，但可與寫別字人解嘲。〔註26〕

黃公不厭其煩的舉出所謂借別字以對仗的例子，來說明「假對」是穿鑿可厭，但黃白山評語則明指出唐人早已有此種對仗的方法，我們試客觀來看，這種對仗方式，當是文人遊戲之作，饒有別趣，雖不列為正格，但偶一為之，亦無大礙，黃公鄙之為穿鑿可厭，反而不能欣賞到這種文字上的趣味了。

至於黃公也提到的「中晚唐人好以虛對實」，舉了元微之詩「花枝滿院空啼鳥，塵榻無人憶臥龍」，及李義山詩「此日六軍同駐馬，當時七夕笑牽牛」。以為是援他事來對目前之景，雖然不見特別好處，但也可謂是「巧心濬發」，只要用事得當，並不廢其工巧。

此外，黃公也舉出在屬對工巧之中，卻有入俗之弊，如許渾的「贈王山人」詩：「君臣藥在寧憂病，子母錢多豈患貧」，認為這兩句詩對仗頗為工整，但意義不佳，所用的材料不好，所以價值不高。類似這種情形，正符合了前述「鍊句而不鍊意」之弊。由是可知，屬對在詩歌創作中，絕非有才即可勝任，尚須有識，此故杜工部，李義山能超拔乎眾人之上的原因之一。

第六節 論詠史詩

黃公對各體詩的作法，也有涉及，如論詠史詩即提出了他自己的看法：

> 詠史詩雖是意氣棲託之地，亦須比擬當于其倫。如「漢業存亡俯仰中，留侯于此每從容。固陵始議韓彭地，複道方圖雍齒封。」嗚呼，是

〔註26〕同註22。

徒知進言之易，不知中節之難也。〔註27〕

黃公引用王安石的詠史詩，說明了王安石的比擬不當，而且只知發表一己的看法，卻忽略了當時的實際情勢，是以後來者之眼光來議論前人，以局外人之立場來評斷局內人，因此，容易把事情看得太簡單、太粗略，不能得歷史之真實。黃公再引王安石詩重複的強調詠史詩不可逞私臆的看法。

> 又曰：「天下紛紛未一家，販繒屠狗尚雄誇。東陵豈是無能者，獨傍青門手種瓜。」此詩乍觀則佳，細思則謬。邵平身居侯爵，不能救秦之亡，何稱能者？觀其說蕭相國，蓋一明哲保身之士耳。絳、灌與高帝同起徒步，少困閭里，自是秦之失人，反以其屠販為笑乎？吾亦知介甫是寄托之言，終傷輕率。〔註28〕

詠史詩固然可以寄託個人對歷史的感情與看法，但卻是要能謹慎下筆，力求得實，方不致為逞己見而抹殺古人，這不僅是文學創作上的厚道表現，也是個人史才、史德的具體發揮；言無所本，率爾操觚，是詠史詩所最需避免的弊病。所以清人沈德潛曾云：

> 詠古詩未經闡發者，宜援據本傳，見微顯闡幽之意，若前人久經論定，不須人云亦云。王摩詰西施詠，李東川謁夷齊廟，或別寓興意，或淡淡寫景，以避雷同勦說，此別行一路法也。〔註29〕

對於詠史詩的寫作，宜據歷史本傳來描寫，若不然亦「別寓興意」，或「淡淡寫景」，總不宜妄發議論，隨口月旦，失其本然真象。由此，黃公認為除了詠史要得當適切以外，也不能失實，如他引蘇東坡傳云：

> 子瞻作《秦穆公墓》詩曰：「昔公生不誅孟明，豈有死之日而忍用其良。乃知三子殉公意，亦如齊之二子從田橫。」語意高妙。然細思之，終是文人翻案法。「黃鳥」之詩曰：「臨其穴，惴惴其慄」，感恩而殺身者然乎？讀者毋作癡人前說夢可也。〔註30〕

對於秦穆公的評論，黃公以為這並不切合事實，雖有翻案之意，但理由牽強，並不足取。黃白山在此也下一評語說：「子瞻好作史論，然評斷多誤，如范增、鼂錯論，皆錯斷了，此詩亦其類也。」都認為蘇東坡詠史失實，即使才高名家如東坡者，亦難免犯此病。

〔註27〕見《載酒園詩話》卷一，「詠史」條。
〔註28〕同前註。
〔註29〕見沈德潛《說詩晬語》卷下，《清詩話》本。頁550。
〔註30〕同註27。

對於詠史詩的作法，黃公提出了「比擬得當」、「詠史眞實」這兩個意見，值得我們寫作時的參考。

第七節　論詠物詩

除了詠史詩以外，黃公也論及詠物詩的作法，對於詠物詩，黃公提出的原則是「精切」，他說：

> 詠物詩惟精切乃佳，如少陵之詠馬詠鷹，雖寫生者不能到。〔註31〕

詠物詩的精切，是最高的標準，如杜甫的詠馬及詠鷹之作，堪稱爲精切的代表。然而除了「精切」以外，黃公也認爲還要不能入俗，方是上品。縱然精切但流於俗氣，實不可貴。他以爲晚唐詩人往往精切而入俗：

> 至于晚唐，氣益靡弱，間于長律中出一二俊語，便囂然得名。然八句中率著牽湊，不能全佳，間有形容入俗者。如雍陶「白鷺」詩曰：「立當青草人先見，行傍白蓮魚未知」，可爲佳絕。至「一足獨拳寒雨裏，數聲相叫早秋時」，已成俗韻。此黏皮帶骨之累也。末句「林塘得爾須增價，況是詩家物色宜」，竟成打油惡道矣。〔註32〕

晚唐詩人氣骨較弱，不能全篇皆好，因此於詠物詩作中，往往入俗。詠物詩的寫作，對象既然是物，自然是要能生動、逼眞，最好是呼之欲出，如在目前，這是最好不過了，然而，這卻又產生一個問題，即是如果只重視描摹物體，而不能跳脫開來，加以轉折變化，豈不予人有匠氣之弊；過於形象化的描寫，或是只重在外表的刻劃，於詠物詩而言，縱然精切，也不算好。清人錢泳在《履園譚詩》有云：

> 詠物詩最難工，太切題則黏皮帶骨，不切題則捕風捉影，須在不即不離之間。〔註33〕

這種意見，頗能道出上列問題的一個癥結所在，切不切題，即是否有轉折變化之意，要在不即不離之間，正是詠物不能只寫該物，總須有比擬或用典，或用事，加以轉折，如此才能引人入勝，道出其中風致。所以沈德潛表達出類似的意見：

> 詠物，小小體也。而老杜《詠房兵曹胡馬》則云：「所向無空闊，眞堪託死生」。德性之調良，俱爲傳出。鄭都官《詠鷓鴣》則云：「雨昏青草湖邊過，花落黃陵廟裏啼」，此又以神韻勝也。彼胸無寄託，筆無遠

〔註31〕見《載酒園詩話》，卷一，「詠物」條。
〔註32〕同上註。
〔註33〕見錢泳《履園譚詩》，《清詩話》本，頁889。

情，如謝宗可、瞿佑之流，直猜謎語耳。〔註34〕

沈德潛以爲詠物詩是小小體，但仍須胸有寄託、筆帶遠情，方爲可貴。這確實是深入三昧之語。

黃公對這個問題，並非無察，他所提出的方法是要「神情俱似」，來作爲詠物詩的第二個原則：

> 宋人詠物詩亦自有工者，如林和靖《蝴蝶》詩：「清宿露花應自得，暖爭風絮欲相高」，神情俱似矣，後二語用韓馮、莊周事，亦佳。〔註35〕

神情俱似，是要能夠不僅狀其形體，還要能得其神似，如此就不會有淺俗匠氣之弊，而用典、用事，黃公亦以爲佳，正與前述之論相符。

詠物詩要能「精切」，也要能「神情俱似」，這是黃公所欲傳達我們知曉的。

第八節　論詠事詩

黃公也對詠事詩之作，表達他的看法。他曾引東坡的話說：

> 東坡曰：「論畫以形似，見與兒童鄰。賦詩必此詩，定知非詩人」。
> 此言論畫，猶得失參半，論詩則深入三昧。〔註36〕

黃白山曾下一評語曰：「蘇本作『定非知詩人』。此謂讀詩者不宜拘執，與上句論畫不宜呆板同意，非指作詩而言。」黃白山的見解，頗爲正確。蘇軾《東坡七集》中，是作「定非知詩人」。「知詩人」是讀者，「詩人」是作者，黃公引文雖有筆誤，但黃公所欲強調的，則在「賦詩必此詩」的這一層面上，即讀詩作詩要求其用意深遠，要不執泥於文字的字面上，能有「不盡之意見於言外」，這樣才算是好詩。這個觀念雖然是作詩的一個通則，一個大的涵義範圍，對於黃公來說，則也是他對詠事詩的看法，他所執著的一個原則，他舉例說：

> 昔人稱退之「一間茅屋祭昭王」爲晚唐第一，余以不如許渾「經始皇墓」遠甚：「龍蟠虎踞樹層層，勢入浮雲亦是崩。一種青山秋草裏，路人惟拜漢文陵。」本詠秦始，卻言漢文。韓詩原詠昭文廟，此則于題外相形，意味深長多矣。〔註37〕

舉韓愈詩與許渾詩作對照，許渾詩能轉折事蹟，以漢文代秦始，使意象能超出題

〔註34〕同註29。
〔註35〕同註31。
〔註36〕見《載酒園詩話》卷一，「詠事」條。
〔註37〕同前註。

目之外，雖然是有著題目的限制，卻能在取譬用例上，逸出此限，這就是善於用事的寫法，也是詠事詩的可貴處－「題外相形」，意出字句，有轉折變化，意在言外之趣。

所以黃公再引許渾詩來強調：

> 「宿昔青門裏，蓬萊仗數移。花嬌迎雜樹，龍喜出平池。落日留王母，微風倚少兒。宮中行樂秘，少有外人知。」「少兒」句指秦、虢、韓。「留王母」，玄宗數召方士入禁中，頗有神仙之好，故特借漢武事寓言之。此詩較之「飛燕昭陽」，眞風流蘊藉。〔註38〕

這本是詠玄宗好煉丹學神仙之術，卻用漢武帝爲寓意的對象，猶如白居易之「長恨歌」一般，都妙于詠事，所以黃公以爲風流蘊藉，有含蓄微指的勝處。

對於詠事詩的寫作，黃公只提出了「題外相形」這一原則，但如能善於體會，多加揣摹，必有深造之得。

第九節　論豔詩

除詠史詩、詠物詩、詠事詩之外，黃公也論及豔詩的寫作。黃公所謂之「豔詩」，實即閨怨、閨閣之詩。黃公以爲正人不宜作豔詩，但偶爾爲之，亦不爲過，但必須持守「樂而不淫」的原則。他舉出崔顥、王昌齡爲例：

> 正人不宜作豔詩，然毛詩首篇即言河洲窈窕，固無妨于涉筆，但須照攝樂而不淫之義乃善耳。唐崔顥、崔國輔皆以豔詩名，司勳較司馬，則殊有蘊藉。如「愁來欲奏相思曲，抱得秦箏不忍彈」，尚是止乎禮義。至「時芳不待妾，玉珮無處誇。悔不盛年時，嫁與青樓家」。語雖工，未免激而傷雅。王龍標「忽見陌頭楊柳色」，即「時芳不待妾」意也，妙在不說出。「悔教夫婿覓封侯」亦即此悔，但悔得稍正。〔註39〕

「樂而不淫」可以說是作豔詩的一個最高指導原則。而且除了「樂而不淫」以外，還要求蘊藉，即含蓄之意。崔顥較崔國輔爲蘊藉，所以他的詩作成就較高。王昌齡詩妙于不說出，亦即含蓄不露，能得作豔詩之準則。

如果，作豔詩不能含蓄，往往也就流於淫靡，太過濃烈，已失「樂而不淫」之義了，中晚唐風氣正就在此。黃公評元稹、杜牧、李商隱、韓偓等人之閨怨之

〔註38〕同前註。
〔註39〕見《載酒園詩話》卷一，「豔詩」條。

作：「上宮之迎，坑垣之望，不惟極意形容，兼亦直認無諱，眞桑、濮耳孫也」。
這也就代表了中晚唐人之風氣，與當時極力刻劃描寫的冶豔之詩，宜乎時移世變、
社會風氣與國家政治，日趨於下。黃公云：「元、白、溫、李，皆稱艷手。」諸公
在唐代詩壇地位、創作成就俱高，仍難免露骨淫靡之作，可見一斑。〔註40〕

　　但是，豔詩的寫作，唐人也有非常成功的，這在於他們能夠細膩刻畫，含蓄
隱約，使人如見其人，如覺其情，黃公說：

　　　　唐人豔詩，妙于如或見之。如崔顥「閒來鬥百草，度日不成粧」，
　　儼然一閨秀。王維「散黛恨猶輕，插釵嫌未正。同心勿遽遊，幸待春粧
　　竟」，儼然一宮嬪。韓致堯「隔簾窺綠齒，映柱送微波」，直畫出一手語
　　之紅綃矣。〔註41〕

因此，「如或見之」，也是黃公所提出來對豔詩寫作的另一項原則，而此有賴於細
膩之筆，狀其神情，含蓄婉約的加以表達。

　　閨怨、閨閣詩的描寫，還要能作到「情深入癡」的地步，才能動人。所謂「情
到深處無怨尤」、「情經濃處總成癡」，都已達到一種迷離之境，如此，由含蓄蘊藉
以達情癡迷離，正是觸人感情的深處，可以產生巨大的感染力量，這是閨怨豔詩
所欲傳達予讀者的精神所在。黃公舉例而言：

　　　　王諲《閨怨》曰：「昨來頻夢見，夫婿莫應知」，情癡語也，情不癡
　　不深。然其《後庭怨》曰：「獨立每看斜日盡，孤眠直至殘燈死」。迷離
　　至此，毋論作詩當以此為轉步，人事亦或宜有此感通。」〔註42〕

這兩首詩在黃公的意見以為當是人生眞情的流露，是詩歌感染力量巨大的表現。
我們讀到類似的眞情之作，確實也常有此種體會產生。

　　豔詩的寫作，總結黃公之所論，要能「樂而不淫」、「含蓄蘊藉」、又要能「如
或見之」，而「情深入癡，達於迷離」，則是境界上的最高表現。另外，在閨閣語
言的應用上，黃公以為「要寧傷婉弱，不宜壯健」，這也是在寫作的風格上，所需
要注意的。

〔註40〕《詩人玉屑》卷十六，引「唐本贊」云：「杜牧謂白居易詩纖艷不逞，非莊人雅士所
　　　　為。淫言媟語，入人肌骨不可去。」白詩纖艷不逞，其實杜牧詩亦然。黃公云杜牧
　　　　大抵縱恣於旗亭北里間，「青樓薄倖」，實亦不虛。可見當時風氣如此。
〔註41〕同註39。
〔註42〕同前註。

第四章　《載酒園詩話》論讀詩的問題

　　賀黃公在《載酒園詩話》中，特別重視到讀詩的一些問題，這些問題往往也是詩歌的作者或讀者常常忽略的觀念。由這些觀念的提出，儘管不是很完備，但卻是黃公所認為比較重要的地方，是作者與讀者之間所應共同了解或掌握的一些關鍵。這些關鍵是作者在創作時有意或無意所走出的趨勢；對於讀者而言，能明瞭這種趨勢，便更能把握作品所散發出來的意義及其代表的價值。

第一節　論考證

　　詩歌作品本為吟詠情志之作，可以說是情感重於理智，並不太重視絕對的真實，也無須去追求絕對的真實，但有時卻也不免有所誤謬。如黃公舉《邇齋閒覽》之說：

> 　　《邇齋閒覽》曰：「杜牧華清宮詩：『長安回望繡成堆，山頂千門次第開。一騎紅塵妃子笑，無人知是荔枝來。』尤膾炙人口。據唐紀，明皇以十月幸驪山，至春即還宮，是未嘗六月在驪山也。然荔枝盛暑方熟，詞意雖美，而失事實。」〔註1〕

這個說法，堪稱令人耳目一新，也使人能夠知曉比較可靠的事實。黃公又根據陳鴻的《長恨傳》，進一步加以說明：

> 　　按陳鴻《長恨傳》敘玉妃授方士語曰：「昔天寶十載，侍輦避暑驪山宮，秋七月，牽牛織女相見之夕，秦人風俗，夜張錦繡，陳飲食，樹瓜花，焚香于庭，號為乞巧。宮掖間尤尚之。時夜殆半，休侍衛于東西

────────────
〔註1〕見《載酒園詩話》卷一，「考證」條。

廟，獨侍上。上憑肩而立，因仰天感牛女事，密相誓心，願世世爲之夫
婦。言畢，執手各嗚咽。」白詩曰：「七月七日長生殿，夜半無人私語時」，
正詠其事。長生殿在驪山頂，則暑月未嘗不至華清，牧語未爲無據也。
然細推詩意，亦止形容楊氏之專寵，固不沾沾求核。〔註2〕

在此，黃公根據陳鴻《長恨傳》的說法，以爲驪山頂有長生殿，暑月可以避暑，
因此暑月明皇仍有可能帶楊貴妃上華清池，杜牧之詩仍有可能。但黃公也點出考
證的工夫雖然可貴，對後人讀詩了解的幫助頗大，但不以一味求合於事實爲考慮，
是容許與眞實有所距離的。他又舉劉禹錫詩說：

劉禹錫《哭呂衡州》曰：「遺草一函歸太史，孤墳三尺近要離。」
若必拘拘切合，則要離塚在吳，舊唐書稱溫自衡州還，鬱鬱不得志而沒，
秦、吳相去數千里，不亦太失事實乎！然總以形容旅櫬藁葬之悲，所謂
鏡花水月，不必果有其事。〔註3〕

詩人下筆，有其藝術之考量，如能切合情景，抒寫動人，事實與否，也不必強求
膠執了。

作詩固然不強求合乎事實，但若太悖事實，也是一大缺失，如黃公舉近代《浦
長源送人詩》：「衣上暮寒吳苑雨，馬頭秋色晉陵山」，相傳爲佳句。但晉陵頗無山
色可言，而且自馬頭所見，乃是梁溪山，而非晉陵山，類此地理上的失實，有時
也是詩病，不可不愼。

詩之考證，有時不可拘執一端，如前引杜牧及劉禹錫詩，但有時又不可不細
思明察，如「昔人稱李嘉祐詩『水田飛白鷺，夏木囀黃鸝』。右丞加『漠漠』、『陰
陰』兩字，精彩數倍。此說阮亭先生以爲夢囈，蓋李嘉祐中唐時人，右丞何由預
知而加以『漠漠』、『陰陰』耶？此大可笑者也。」〔註4〕類此情形，需賴多讀書、
多思考，方可有所折衷。

第二節　論翻案

黃公在《詩話》中，也提到讀詩時古人有「翻案」的作品，對於翻案之作，
黃公持論頗平允，認爲是偶而爲之即可，不必太過強求，尤其更不可爲求勝古人，
爲不同而不同。黃公所下之議論爲：

〔註2〕同前註。
〔註3〕同前註。
〔註4〕見翁方綱《五洲詩話》卷一，廣文書局。

此猶陰平之師，出奇倖勝則可，若認爲通衢，豈止壺頭之困。

大都詩貴入情，不須立異，後人欲求勝古人，遂愈不如古矣。

黃公的見解，確實能得其當，畢竟作詩在抒發情志，據事論理之處，並不貴於標新立異，尤其爲突顯自己，或爭勝他人，刻意與人不同，其用心則更不可取。黃公舉王安石《明妃曲》兩篇，詩猶可觀，但意在翻案，尤其後篇更甚，所以遭人彈射不已。黃公以爲王安石此詩固佳，但因翻案，反而顯得有些不近情理。按此二首原詩爲：

> 明妃初出漢宮時，淚溼春風鬢腳垂。低徊顧影無顏色，尚得君王不自持。歸來卻怪丹青手，入眼平生幾曾有？意態由來畫不成，當時枉殺毛延壽。一去心知更不歸，可憐著盡漢宮衣。寄身欲問塞南事，只有年年鴻雁飛。家人萬里傳消息，好在氈城莫相憶。君不見咫尺長門閉，阿嬌人生失意無南北。

> 明妃初嫁與胡兒，氈車百兩皆胡姬。含情欲說獨無處，傳與琵琶心自知。黃金桿撥春風手，彈看飛鴻勸胡酒。漢宮侍女暗垂淚，沙上行人卻回首。漢恩自淺胡自深，人生樂在相知心。可憐青塚已蕪沒，尚有哀絃留至今。〔註5〕

王安石少以意氣自許，故詩語惟其所向，不復更爲含蓄，且議論多，往往爲其詩病。〔註6〕如「意態由來畫不成，當時枉殺毛延壽」、「漢恩自淺胡自深，人生樂在相知心」，凡此，都是以翻案筆法來寫，是否能合人情，黃公持保留的意見。

因此，黃公又舉出高季迪長篇詩之結語：「妾語還憑歸使傳，妾身沒虜不須憐。願君莫殺毛延壽，留畫商巖夢裏賢」。認爲這畢竟是文人翻案的手法，過於意正詞嚴，恐怕不合明妃當時的心態。所以，不如儲光羲《明妃曲》四首之一所描述的：「胡王知妾不勝悲，樂府皆傳漢國詞。朝來馬上箜篌引，稍似宮中閒夜時」。來得自然合情。

對於翻案詩的寫作，黃公最後提出了一個積極的標準：「切情合事」，以爲翻案詩不宜常寫，若非寫不可，必須達到這個要求，才算好詩。因此，黃公又引詩以明之：

> 又郭代公曰：「自嫁單于國，長銜漢掖悲。容顏日憔悴，有甚畫圖時。」樂天則曰：「漢使卻迴憑寄語，黃金何日贖蛾眉？君王若問妾顏色，莫道不如宮裏時。」似此翻案卻佳，蓋尤爲切情合事也。〔註7〕

〔註5〕見《宋詩鈔》選《臨川詩鈔》，世界書局。
〔註6〕見《宋詩鈔》選《臨川詩鈔》王安石小序，呂留良、吳之振、吳爾堯編。世界書局。
〔註7〕見《載酒園詩話》卷一，「翻案」條。

因為日夜思念，而容顏憔悴，若君王問起，切莫說出。像這樣描寫，語新意奇，切合情理，故許為翻案詩之佳作。由此看來，翻案詩與文都不能常作，若不能具說服力，效果適得其反。

第三節　論佳句各有所宜

　　賀黃公認為詩中之佳句，本各有其性質，性質不同，所以適用於表現的詩體也不相同，有宜于作絕句者，有宜于作律詩者。黃公舉高適詩為例：

> 如高適《哭單父梁少府》，本係古詩長篇，《集異記》載旗亭伶官所謳，乃截首四句為短章：「開篋淚沾臆，見君前日書。夜臺猶寂寞，疑是子雲居。」以原詩並觀，絕句果言短意長，淒涼萬秋。雖不載刪者何人，必開元中鉅匠也。〔註8〕

按高適原詩為：

> 開篋淚沾臆，見君前日書。夜臺今寂寞，獨是子雲居。疇昔探雲奇，登臨賦山水。同舟南浦下，望月西江裏。契闊多別離，綢繆到生死。九原即何處，萬事皆如此。晉山徒峨峨，斯人已冥冥。常時祿且薄，歿後家復貧。妻子在遠道，弟兄無一人。十上多辛苦，一官恆自哂。青雲將可致，白日忽先盡。唯有身後名，空留無遠近。〔註9〕

這是哀悼梁少府而作的篇章，詞真意摯，頗見追懷之思。而集異記摘錄前四句，黃公以為「言短意長，淒涼萬狀，能有絕句的風味。但在這裏，黃公卻未曾明白表示，何種字句適合絕句，何種適合律詩？遺人空泛無歸之惑。

　　就絕句之體製而言，元楊載《詩法家數》曾言：

> 絕句之法，要婉曲回環，刪蕪就簡，句絕而意不絕。多以第三句為主，而第四句發之。有實接，有虛接，承接之間，開與合相關，反與正相依，順與逆相應，一呼一吸，宮商自諧。大抵起承二句固難，然不過平直敘起為佳，從容承之為是。至如宛轉變化，工夫全在第三句，若于此轉變得好，則第四句如順流之舟矣。〔註10〕

「婉曲回環，刪蕪就簡，句絕而意不絕。」是絕句的精神層面，至於句法，則第

〔註8〕見《載酒園詩話》卷一，「佳句各有所宜」條。
〔註9〕見《全唐詩》卷二百一十二，高適詩部分。其中三、四句，賀黃公作「夜臺猶寂寞，疑是子雲居」，《全唐詩》作「夜臺今（空）寂寞，獨是子雲居」，稍有出入。
〔註10〕見《百種詩話類編》引楊載《詩法家數》，頁1617藝文印書館。

三句最重要，婉轉變化，工夫全在於此，第三句若佳，第四句也就較易下筆了。
一、二句則以平直敘起爲正格。類此，在說明絕句之大概，但仍需仰賴各人對詩
句之欣賞鑑別能力，讀才易辨別。

　　就律詩之寫作而言，尤其是七言律詩，明王世貞曾表達過以下的意見：

　　　　七言律，不難中二聯，難在發端及結句耳。發端，盛唐人無不佳者。
　　結頗有之，然亦無轉入他調及收頓不住之病。篇法有起、有束、有放、
　　有斂、有喚、有應；大抵一開則一闔，一揚則一抑，一象則一意，無偏
　　用者。句法有直下者，有倒插者。倒插最難，非老杜不能也。字法有虛，
　　有實，有沈，有響，虛響易工，沈實難至，五十六字如魏明帝凌雲臺材
　　木，銖兩悉配，乃可耳。〔註11〕

這一段對於七言律詩的說明，頗覺抽象，初學者不易體會，但或可稍補賀黃公未
曾明說的一種缺憾。

　　佳句各有所宜，要能分辨何者適合絕句，何者適合律詩，多讀多看是必須的
過程。絕句多是婉轉而意不絕，律詩則對仗工整，首尾開闔，揚抑，布局較爲完
整，但大體來看，還是依賴經驗法則來判斷。

　　在《載酒園詩話》中，黃白山曾舉例言：

　　　　余嘗欲刪齊己《劍客》詩，趙微明《古離別》二首後四語作絕句，
　　乃佳。劍客云：「拔劍繞殘樽，歌終便出門。西風滿天雪，何處報人恩？」
　　古離別云：「爲別未幾日，一日如三秋。猶疑望可見，日日上高樓。」前
　　詩寫劍客行徑風生，後詩寫思婦癡情可掬，贅後四語，其妙頓減。又如
　　太白「長安一片月，萬戶擣衣聲。秋風吹不盡，總是玉關情。」亦宜刪
　　後二句作一絕。」〔註12〕

黃白山的意見，刪除後面的句子，只留前四句而成絕句，我們若將原詩對照，確
實刪除之後，意態顯得更爲生動活潑，主題也更突出有力。在讀詩的過程中，讀
者有時可以比作者思緒更靈活有致，而創意往往油然而生，超過原作。黃白山的
評論，也可見心裁。

　　賀黃公又舉出唐朱長文的詩句：「瓜步早潮吞建業，蒜山晴雪照揚州」，以爲
寫景工，兼有氣象，是律詩中好語。按朱長文原詩題爲《春眺揚州西上崗寄徐員
外》，共六句：「蕪城西眺極蒼流，漠漠春煙間曙樓。瓜步早潮吞建業，蒜山晴雪
照揚州。隋家故事不能問，鶴在仙池期我遊。」此二句確實頗具豪壯，若用入律

〔註11〕見王世貞《藝苑巵言》卷一，《四庫全書》本。
〔註12〕同註8。

詩之中，風格可以比原詩更高，有杜工部沈鬱雄渾，博大凝鍊的氣勢。

第四節　論疑誤

　　黃公在《詩話》中，列有「疑誤」一條，舉出許多詩例來說明詩作之傳衍流佈，每多產生錯誤，歸納黃公所言，錯誤之情形有三種，但由於這是就常理推測，或就個人之欣賞理解來論斷，並非有絕對的是非，所以黃公稱之為「疑誤」，蓋是懷疑的語氣出之。現分述三種情形如下：

一、誤字在於文氣不相喚應，黃公舉例云：

　　　　老杜《春夜宴左氏莊》曰：「檢書燒燭短，看劍引杯長」，一作「說
　　　　劍」，「說」字不如「看」字之深。《玩月呈漢中王》曰：「關山同一照」，
　　　　一作「一點」，「照」字不及「點」字之秀。〔註13〕

「說」不如「看」，「照」不如「點」，這是從文氣的呼應上來判別，所以這與個人的欣賞角度有關，並非絕對不變，如黃白山曾在此處評曰：「予謂就本句論，似乎『點』字勝『照』字，若合二句讀之，『關山同一照，烏鵲自多驚』，語氣自相喚應。杜固以月比君，以烏鵲自比，可見作『點』字者是擔板漢耳。」黃白山就認為「照」字較好，不與黃公相同。又如薛維翰詩：

　　　　薛維翰《春女怨》曰：「白玉堂前一樹梅，今朝忽見數花開。兒家
　　　　門戶重重閉，春色因何入得來？」以苦思激成快響奇想，舒其楚志，全
　　　　在「重重」二字，拙手改為「尋常閉」，便寬泛不激烈矣。〔註14〕

在這首詩中，用「重重閉」，確實比「尋常閉」要來得有力、生動，也較能呼應下句，因此黃公所論頗為有得。像這都是從文氣的喚應呼應上，來檢視是否有誤。

二、誤字在於版本誤刻：

　　　　王建《鏡聽詞》，今皆作「卷帷上床喜定定，與郎裁衣失翻正」。按
　　　　《唐詩正音》乃「不定」也，兩字相懸，豈只尋尺？元微之《悼亡詩》，
　　　　集作「顧我無衣搜藎篋」，「藎」字殊不可解，後遇善本，乃是「畫」字。
　　　　〔註15〕

黃公舉此二詩，說明因版本不同，所造成刻字之誤。王建詩今皆作「定定」，應是

〔註13〕見《載酒園詩話》卷一，「疑誤」條。
〔註14〕同前註。
〔註15〕同前註。

「不定」，從《唐詩正音》爲是，描寫女子新婚內心的緊張不安，刻劃頗爲生動。
第二首元微之悼亡詩，「搜藎篋」，黃公以爲「藎」字不可解，當從別本作「畫」
字。按《清詩話續編》本的《載酒園詩話》有富壽蓀之校記，引《全唐詩》元稹
《遣悲懷三首之一》，「畫篋」一作「藎篋」。又引王士禛《居易錄》云：「元微之
詩『顧我無衣搜藎篋』，本集注：『藎，草名』，今刻作『畫篋』，字形之譌也。」
藎篋即草編之衣箱，其實並不謬，黃公未審，以爲作「畫」字。雖然如此，還是
需有別本參看，方可以明瞭是否爲版本誤刻。

　　又引李郢之詩云：

　　　　李郢《春日題山家》，極多警句，中云：「燕靜銜泥處，蜂喧抱蕊
　　　　回」，思路曲折，造語亦工。余嘗嫌其「處」字不惟不及「回」字之響，且下
　　　　一句中含三意，上止兩意。後偶得元板書觀之，乃「燕靜銜泥起」，殊爲
　　　　快然。因歎古人受誣如斯者，殆不可勝數。〔註16〕

黃公對這首詩的疑惑，以爲「處」字可能有問題，後來果得見別本作「起」字，
因此大爲快意，這種因版本誤刻所造成的錯誤，實在有賴多讀多覽，或可偶得之，
以解困惑。

三、誤字在於不符詩意：

　　　　溫飛卿《錦城曲》曰：「蜀山攢黛留晴雪，簝筍蕨芽縈九折。江風
　　　　吹巧剪霞綃，花上千枝杜鵑血。杜鵑飛入巖下叢，夜叫思歸山中月。巴
　　　　水漾情情不盡，文君織得春機紅。怨魄未歸芳草死，江頭學種相思子。
　　　　樹成寄與望鄉人，白帝荒城五千里。」按新舊本無不作「五十里」者，
　　　　獨楊士弘《唐音遺響》作「五千里」。細味語氣，當以「千」字爲美，若
　　　　止五十里，亦安用望，又安用寄？〔註17〕

對於這首詩，黃公的分析能得其實，既然用「望」，用「寄」，的確五十里是太近
了些，五千里才合情理，今本《全唐詩》亦作「五千里」，因此，從詩中意義上來
檢視，也可以辨明是否有誤。

　　又引證王灣的詩云：

　　　　王灣《此固山下》曰：「潮平兩岸闊，風正一帆懸」，或作「兩岸
　　　　失」，非是。凡波浪洶湧，則隔岸不見，波平岸始出耳。「闊」字正與
　　　　「平」字相應，猶「懸」字與「正」字相應。若使斜風，則帆欹側不

〔註16〕同前註。
〔註17〕同前註。

似懸矣。〔註18〕

黃白山在此也有評曰:「若作『失』字亦可,蓋指岸邊之地而言,黃之意指漲潮時,兩岸之地被水淹沒不見,故作「失」字。但我們細體會之,總覺「失」字要多一層轉折,不如「闊」字自然切合。所以,如果從詩意上去探求,運用理解與思考力,也可以正其誤謬。

對於詩的疑誤,其實是讀詩的一個很重要的問題,從疑惑之中,去旁徵博引,找尋資料,來加以解決。或對於詩歌前後意義上的連綴與否,運用解析聯想的方法,探求是非對錯,也許不盡然完全正確,但卻對詩作的瞭解,能有極大的幫助,這是我們可以用心的地方。

第五節　其他有關讀詩的問題

黃公在《載酒園詩話》中,也提到了另外一些讀詩的問題,現綜合而論之。

一、論末流之變

詩家的宗派甚多,但傳遞既久,變化亦多,常常使後輩與先輩風格迥異,這是關於詩派傳佈的問題,黃公云:

> 詩家宗派,雖有淵源,然推邅既多,往往耳孫不符鼻祖。如鄭谷受知于李頻,李頻受知于姚合,姚合與賈島友善,兼效其詩體。今以姚、鄭並觀,何異皋橋廡下賃舂婦與臨卭當壚者同列,始知凡事盡然,子夏之後有莊周,良不足怪。〔註19〕

> 宋陸務觀本于曾茶山,茶山生硬粗鄙,務觀逸韻翩翩,此鶴巢之出鸞鳳也。〔註20〕

耳孫不符鼻祖,其實是事理所常有,尤其關係風格、才力,雖在父兄也難以傳子弟。唯末流之變,有漸趨低下衰落者,但也有一新耳目,超邁前人者,實在未必是不好。如《詩人玉屑》中記杜甫承其祖父之家法而更過之:

> 杜審言,子美之祖也。則天時以詩擅名,與宋之問相唱和。其詩有「綰霧青條弱,牽風紫蔓長。寄語洛城風月道,明年春色倍還人」之句。若子美「林花著雨臙脂落,水荇牽風翠帶長」,又云「傳語風光共流轉,

---

〔註18〕同前註。
〔註19〕見《載酒園詩話》卷一,「末流之變」條。
〔註20〕同前註。

暫時相賞莫相違」。雖不襲取其意，而語脈蓋有家法矣。〔註21〕
杜審言以詩擅名，然杜甫承其家法，而成就更高。不得不許其善變宗法而集大成。

二、論樂府古詩不宜並列

黃公云：「凡編詩者，切不宜以樂府編入七言古。」提出了樂府與七言古詩相類，但性質不同的一個問題。爲何不宜並列，黃公卻隻字未提，頗爲奇怪。按清人郎廷槐於《師友詩傳錄》曾設問提到這個問題：

　　問：「樂府五、七言與五、七言古何以分別？」

　　王阮亭答：「古樂府五言，如『孔雀東南飛』、『皚如山上雪』之屬，七言如『大風』、『垓下』、『飲馬長城窟』、『河中之水歌』之屬，自與五、七言古音情迥別，於此悟入，思過半矣。」

　　張歷友答：「蓋樂府主紀功，古詩主言情，亦微有別。且樂府間雜以三言、四言以至九言，不專五、七言也。若五、七言古詩，其神韻聲光自足以飫儉腹而被詞華。」

　　張蕭亭答：「樂府之異於詩者，往往敘事。詩貴溫裕純雅；樂府貴道深勁絕，又其不同也。」〔註22〕

從三人的回答中，我們可以看出，樂府是敘事、紀功性的，字句由三言、四言至九言都有，風格在於遒深勁絕。而古詩則是以抒情爲主，大多以五言、七言的形式表現，風格上則貴於溫裕純雅。我們由此可以得到一個概括的了解，也才能明瞭黃公樂府古詩不宜並列的道理。

三、論前後失貫

作詩宜首尾貫徹，意義連綴，方爲佳者，但運思之際，求奇字句之間，而忽略本旨，造成意義前後失貫的問題，作者也許不知，然讀者往往可以查覺。此種缺失，即如老杜亦不可避免，黃公舉杜甫詩云：

　　老杜《簡蘇徯》曰：「君不見道邊廢棄池，君不見前者摧折桐。百年死樹中琴瑟，一斛舊水藏蛟龍。丈夫蓋棺事始定，君今幸未成老翁，何恨憔悴在山中。」頗有高致，但結句曰：「深山窮谷不可處，霹靂魍魎兼狂風」，忽如此轉，不惟與上意索然，縱竿頭進步，不宜爾。〔註23〕

杜甫此詩確有失貫之處，語意未能連綴，黃公所論爲是。

〔註21〕見《詩人玉屑》卷八，引《麈史》，「有家法」條。商務本，頁150。
〔註22〕見《清詩話》本《師友詩傳錄》，頁132，木鐸出版社。
〔註23〕見《載酒園詩話》卷一，「前後失貫」條。

四、論改古人詩

　　黃公對於讀詩的問題中，注意到有好改古人之詩者，於古人詩作不佳處，以己意改之。黃公以為歷來好改古人詩者，宋代以王安石為最。如

　　　　王駕《晴景》曰：「雨前初見花間蕊，雨後兼無葉底花。蜂蝶飛來過牆去，應疑春色在鄰家。」王安石改為：「雨前不見花間蕊，雨後全無葉底花。蜂蝶紛紛過牆去，卻疑春色在鄰家。」〔註24〕

王安石之改詩，細究之，並未較佳，改「應疑」為「卻疑」，字較有力，意思仍舊一樣。

　　而在明代，又以謝榛最喜改古人詩，如：

　　　　白樂天《昭君》詩曰：「漢使卻回憑寄語，黃金何日贖蛾眉？君王若問妾顏色，莫道不如宮裏時。」謝云：「此雖不忘君，而詞意兩拙。」因改之曰：「使者南歸重妾思，黃金何日贖蛾眉？漢家天子如相問，莫道不如宮裏時。」〔註25〕

黃公以為謝之改詩，「枉自譸張，竟無高出」，細思之下，白詩情意較深，謝之改詩，實隔一層，並不自然。

五、論集句詩

　　黃公對於集句詩，也表示了極為不滿的態度，他說：

　　　　余最不喜集句詩，以佳則僅一斑斕衣，不宜百補破衲也。〔註26〕

以百補破衲來形容，頗有形象生動之趣。而黃公雖不喜，但對於王介甫集《胡笳十八拍》，卻推崇備至，以為「一氣呵成，略無掇拾之跡，且委曲入情，能道蔡琰心事。」但黃公也以為介甫惟集此一詩為善，餘所集之古律詩，俱不足觀。

　　集句詩之起，自宋初已有之。宋《金玉詩話》云：

　　　　集句自國初有之，未盛也。至石曼卿人物開敏，以文為戲，然後天著。嘗見手書。至石曼卿人物開敏，以文為戲，然後天著。嘗見手書，下第偶成：「一生不得文章力，欲上青雲未有因。聖主不勞千里召，姮娥何惜一枝春。鳳凰詔下雖活命，豹虎叢中也立身。啼得血流無用處，著朱騎馬定何人？」又云：「年去年來來去忙，為他人作嫁衣裳。仰天大笑出門去，獨對東風舞一場。」至元豐間，王文公益工於此，人言此起自

〔註24〕同前引書，卷一，「改古人詩」條。
〔註25〕同前註。
〔註26〕見《載酒園詩話》，卷一，「集句」條。

公，非也。〔註27〕

集句詩宋初已有，至王介甫力工於此，因此成就最高，但並不自王介甫始。

六、論詩魔

詩中用字，有不得不用者，如必去之，詩不能佳，此猶庖人之五味，樂人之絲竹，類此之故，黃公名其爲「詩魔」，代表不可不具備之意。黃公引《六一詩話》云：

> 歐陽公《詩話》云：「國朝浮圖以詩名于世者九人，號『九僧詩』。時有進士許洞，會諸詩僧分題，出一紙，約不得犯此一字。其字乃山、水、風、雲、竹、石、花、草、雪、霜、星、月、禽、鳥之類，于是諸僧各閣筆。」余意除卻十四字，縱復成詩，亦不能佳，猶庖人去五味，樂人去絲竹也。直用此策困之耳，粗獪技倆，何關風雅！〔註28〕

把詩中常用的字抽掉，而且是必用的字，如此一來，即便寫出也不會是好詩。黃公以爲這只是刁難而已，並無益於詩歌創作。但這卻也給讀詩者一個啓示，即好詩在於安排妥當，以凡語創新意，而不在於爭奇字句，戞戞獨造。

七、論別本

讀詩能有別本互看，則可較其字句優劣、意境高低，最有助益於讀詩者。有時版本誤刻，有時後人妄改，有時語意不符，如有別本參看，往往可解除疑惑。黃公舉溫飛卿之詩爲例：

> 溫飛卿《經故秘書崔監揚州舊居》曰：「昔年曾識范安成，松竹風姿鶴性情。惟向舊山留月色，偶逢秋澗似琴聲。乘舟覓吏經輿縣，爲酒求官得步兵。玉柄寂寥談客散，卻尋池閣淚縱橫。」今新舊本頷聯皆作「西披曙河橫漏響，北山秋月照江聲。」末云：「千頃水流通故墅，至今留得謝公名」，相去遠矣。〔註29〕

有了別本參看，就容易定取捨，擇優劣，類似的例子甚多，卻是讀詩時我們需要注意的問題。

八、論和詩

黃公對讀詩的問題，也注意到古人有唱和的情形，他認爲和詩是和意而不和

〔註27〕見《金玉詩話》，佚名，由内容觀之，當是宋人著作。《古今詩話》收錄之，廣文書局本，頁461。
〔註28〕見《載酒園詩話》，卷一，「詩魔」條。
〔註29〕同前引書，卷一，「別本」條。

韻，起于元、白，極于蘇、黃，這的確是很細膩的觀察所得：

> 古人和意而不和韻，故篇什多佳。始于元、白作俑，極于蘇、黃助
> 瀾，遂成藝林業海。〔註30〕

和意而不和韻，代表是意義與精神上的唱和、共鳴，而不在於字句聲調的往返對應。作詩能如此，即是「煉字不如煉句，煉句不如煉意」之謂。總在能得其大者，作詩者固須如此，讀詩解詩者也當用心體會。

〔註30〕同前引書，卷一，「和詩」條。

第五章　《載酒園詩話》之實際批評

　　《載酒園詩話》中，除了卷一是作者賀裳泛論他對詩學的見解久外，其餘卷二是評初唐、盛唐的詩人，卷三是評中唐詩人，卷四是評晚唐詩人、卷五則是評宋代的詩人。卷二至卷五堪稱是對唐宋二代的詩人的品評專輯，也可說是唐宋二代的斷代詩史。此外，在卷一中，賀裳也曾舉出了幾本詩話之作加以討論，而其重點卻不在對這幾本詩話或幾位評詩者作整體的得失評鑑，而只是就其中幾處詩評發揮他個人的意見，又多是指摘評詩不當處，改以己意評之，性質實與品評詩人個人無異，因此，也列為一節加以討論。

　　從這些品評中，我們試圖從賀黃公的批評理念裏，找出其評詩的標準與方法，雖未必盡得其要，然窺其梗概，以見一斑，卻是我們亟願努力的目標。

第一節　評唐詩

　　歷來論詩話之作，凡是有提及賀裳者，可以說都將其詩論歸屬到「宗唐」一派，如青木正兒的《清代文學評論史》，吳宏一先生的《清代詩學初探》，錢鍾書先生的《談藝錄》，蔡鎮楚先生的《中國詩話史》〔註1〕，黃保眞先生的《中國文學理論史》〔註2〕等，都表達了同樣的見解，我們試翻《載酒園詩話》原作，確實可以發現這種意見：

〔註1〕蔡鎮楚先生《中國詩話史》，湖南文藝出版社出版，一九八八年初版，其中對賀裳《載酒園詩話》僅作極簡短之描述，而大旨認為賀黃公「論詩的基本傾向是錯誤的，以致影響了這部詩話之作的理論價值和批判意義。」類此之評語頗見粗率，以偏概全，實未能窺《載酒園詩話》之全貌，而遽下結論。所評見頁233。
〔註2〕《中國文學理論史》，黃保眞，蔡鍾翔，成復旺合著，共四冊，此京出版社出版，1987年初版，論賀裳部分見頁78～92，所論頗見翔實、深入。

初唐人專務鋪敍，讀之常令人悶悶，惟閨闈、戎馬、山川、花鳥之辭，時有善者。求其雅人深致，實可興觀。〔註3〕

樸厚自是初唐風氣，不足矜，當取其厚中帶動，樸而特警者。〔註4〕

唐人最喜寫勇悍之致，有竭力形容而妙者；有專敍蕭條淪落而沈毅之槩令人迴翔不盡者。〔註5〕

不讀全唐詩，不見盛唐之妙；不遍讀盛唐諸家，不見李、杜之妙。太白胸懷高曠，有置身雲漢，糠粃六合意，不屑屑為體物之言，其言如風卷雲舒，無可蹤跡。子美思深力大，善於隨事體察，其言如水歸墟，靡坎不盈。兩公之才，非惟不能兼，實亦不可兼也。〔註6〕

吾讀盛唐諸家，雖淺深濃淡，奇正疏密，各自不同，咸有昌明之象。〔註7〕

中唐數十年間，亦自風氣不同。其初，類于平淡中時露一入情切景之語，故讀元和以前詩，大抵如空山獨行，忽聞蘭氣，餘則寒柯荒阜而已。〔註8〕

中唐人故多佳詩，不及盛唐者，氣力減耳。雅澹則不能高渾，雄奇則不能沈靜，清新則不能深厚。至貞元以後，苦寒、放誕、纖縟之音作矣。〔註9〕

排律惟初盛為工，元和以還，牽湊冗複，深可厭也。〔註10〕

貞元以前人詩多樸重。〔註11〕

貞元後，集中有佳詩易，無惡詩難。〔註12〕

大曆以還，詩多崇尚自然。〔註13〕

貞元、元和間，詩道始雜，類各立門戶。〔註14〕

〔註3〕見《載酒園詩話》卷二，評初唐詩人「張九齡」條。
〔註4〕同前引書，卷二，評初唐詩人「沈佺期」條。
〔註5〕同前引書，卷二，評盛唐詩人「崔顥」條。
〔註6〕同前引書，卷二，評盛唐詩人「李白」條。
〔註7〕同前引書，卷二，評盛唐詩人「常建」條。
〔註8〕同前引書，卷三，評中唐詩人「嚴維」條。
〔註9〕同前引書，卷三，評中唐詩人「李益」條。
〔註10〕同前引書，卷三，評中唐詩人「劉長卿」條。
〔註11〕同前引書，卷三，評中唐詩人「韓翃」條。
〔註12〕同前引書，卷三，評中唐詩人「羊士諤」條。
〔註13〕同前引書，卷三，評中唐詩人「柳宗元」條。
〔註14〕同前引書，卷三，評中唐詩人「孟郊」條。

　　　　詩至晚唐而敗壞極矣，不待宋人。大都綺麗則無骨，至鄭谷、李建
　　勳，益復靡靡；樸澹則寡味，李頻、許棠，尤無取焉。甚則粗鄙陋劣，
　　如杜荀鶴、僧貫休者。〔註15〕

由以上這些資料中，我們可以發現，賀黃公評價唐詩，仍以盛唐人為最高，尤以李白、杜甫為最，而對杜甫之評論，所費之篇幅又多於李白；稱杜甫之七古、五律、七律俱佳，尤以七律詠史、詠物、戰爭、寫景、感慨，甚至遊戲之作等都極佳，堪稱一代冠冕，尤其彰顯出對杜甫的重視與推崇。

　　此外，對初唐、中唐、晚唐的詩風，黃公認為初唐為發育醞釀期，自然有未成熟處，如舖敘的寫作方法，乃繼承隋代、六朝而來，但瑕不掩瑜，自有樸厚的篤實風氣存在。

　　對於中唐、晚唐的詩風，黃公也表示了不滿之意。但值得注意的是，對中晚唐的評論，卻是黃公特別著力之處，黃公自言：

　　　　故所揚榷，斷自唐始。又略於初盛，而詳於中晚。以嘉、隆以前，
　　談詩者視中晚，幾如漢高帝之視夜郎、滇、僰，度外置之；萬曆末年，
　　一時推服，又幾於尉佗魋結箕距以見陸生，問與高帝孰賢？又如幽州張
　　直方母謂其下曰：「天下有貴於我子者乎？」一則忽之過卑，一則尊之過
　　盛，總非造凌雲臺秤，能令輕重不淆也。〔註16〕

對於中晚唐的重視，黃公認為是自明代嘉靖、隆慶，以迄萬曆末年以來，前後七子及公安、竟陵等派，在尊盛唐之外，對於中晚唐的評價皆不夠公允，或者忽之過卑，或者尊之過盛。因此，黃公有意加以釐清，還其平允的一個詩壇地位。

　　但是，黃公之重視中晚唐，與馮班、吳喬之虞山詩派的詩學意見，又是密切相關的。近人張鴻編印的《常熟二馮先生集》，在跋語中稱馮氏兄弟在繼承錢謙益的詩學基礎上，是「祖少陵，宗玉溪、張皇西崑，隱然立虞山學派」。宗祖杜甫、李商隱，發揚晚唐以來的詩學風格。而吳喬也曾將詩的目標放在晚唐，尤其傾心於李商隱，曾選了李商隱十六篇無題詩，以及其他較具寓意之作，吟詠體會，作了「西崑發微」三卷。〔註17〕對於晚唐的重視，可以說是要和前後七子擬古派的

〔註15〕同前引書，卷四，評晚唐詩人「貫休」條。
〔註16〕同前引書，卷五之前，黃公所作「唐宋詩話緣起」，按此乃黃公為評唐宋二代兩百
　　　　一十五位詩人之詩，所寫的一篇序言，略述著作緣由，郭紹虞《清詩話續編》校點
　　　　本，列於卷四與卷五之間，而未置於卷二評唐代詩人的起始處。
〔註17〕吳喬於《圍爐詩話》卷二，曾言及所謂之西崑體：嚴滄浪云：「西崑即義山體，而
　　　　兼溫飛卿及楊、劉諸公以名之。」馮定遠云：「西崑酬唱是楊、劉、錢三人之作，
　　　　和者數人，取法溫、李，一時慕效，號為西崑體。不在此集者尚多。永叔始變之，

盛唐說相對抗。因此，黃公之略於初盛，詳於中晚，亦是馮班、吳喬等人觀念之濡沫。

黃公對於初、盛、中、晚唐的詩人，都曾作出了頗具系統而詳明的批評，雖不免有以偏概全，流於印象，不拘具體的缺失，但仍有許多精彩的意見，現就黃公對各家之品評，擇其要者，列表以明之：

一、初　唐

人　名	整　體　批　評
太宗皇帝	「大風歌」卓偉不群，然沾沾鋪張功烈，粉飾治平，骨亦靡弱。
徐賢妃	「一朝歌舞榮，夙昔詩書賤」，參透人情，詩饒有氣骨。
章懷太子	「黃臺瓜辭」音節似古樂府，有憂國憂民之意，堪與詩經小弁相比。
貞觀諸家	貞觀諸公（魏徵、虞世南、馬周、楊師道），詩作大都整縟有餘，警醒不足。
王　績	「過酒家五首」，可上比淵明，瀟灑落穆、不衫不履、曠懷高致。
四　傑	駱賓王好徵事，故多滯響。王勃工寫景，遂饒秀色。楊炯詩之造詣不高，氣魄卻蒼厚。盧照鄰詩有溫柔敦厚，蘊藉之語；但亦有塵言滾滾，落於俗筆者。
陳子昂	詩與樂通，聲宜直廉，不宜粗厲。陳子昂詩能扶輪起靡，善於諷諭。
杜審言	散朗軒豁，用筆如風發漪生，有遇方成珪，遇圓成璧之妙。
沈佺期	以長律爲工，但多平熟，易涉淺俗。排律如衣冠讌會，豗豢盈盤，歌吹滿耳，然乏自然率眞之情。
宋之問	宋之問古詩多佳，律詩則與沈佺期相若。詩作辭理兼至，造語工妙，可與謝朓、王維並稱。
劉希夷	藻思快筆，誠一時俊才，但多傾懷而語，不肯留餘。如采桑一篇，眞尋味無盡。劉希夷詩實不及宋之問。
喬知之	喬詩多悲憤塡膺之作，雖負柔情，實饒氣性。描繪閨閣之情極見刻劃，可見其人必自情深。
崔　融	崔與蘇味道、李嶠齊名，似爲秀出。又合杜審言爲「文章四友」，但氣力稍差，詞工而力較弱。

江西以後絕矣。元人爲綺麗語，亦附西崑體。而義山詩實無此名。」余注義山無題詩，名曰西崑發微，正嫌滄浪之粗漏也。可見吳喬認爲西崑之名，雖自楊、劉、錢三人起始，但卻是取法溫、李之寫作風格與手法，而逐漸形成的一種詩學流派。這種流派在馮、吳二人以爲是值得學習，並可矯治專務盛唐等擬古派所產生的弊病。

人　名	整　體　批　評
李　嶠	詠物百餘詩，可見李乃淹雅之士，但整核而已，未見精出。
崔　湜	初唐應制，千口一聲，惟崔湜力自振拔，一搏霄翮，別開一路。
郭元振	「寶劍篇」英氣逼人，磊落丈夫本色。獨其樂府詩，又能淒豔動人。
張　說	張乃熱中躁進人，亦有見道之言。又能作鉅麗之詞，切核始妙。又能詠史，能爲詩史之言。雖有逞才之疵，但氣魄渾厚，超越中晚唐諸家。
蘇　頲	與張說並稱，張警敏，蘇質厚。張有逸足之用，蘇有負重之能。蘇詩有諷勵之意，如「餞陽將軍兼源州都督御史中丞」詩，能兩切其職，有陳力就列之義，眞綸綍之才，爲一大手筆。
張九齡	張九齡詩特出於初唐舖敍風氣之外，能得雅人深致，可以興觀。其慷慨激昂之作，可使廉頑立懦，起人于百世之下。
孫　逖	古人餞別之詩，皆因事贈言，辭無妄發，如蒸民、韓奕之類。孫逖「送李補闕充河西節度判官」詩，緩私情、急公義，深合古意。

二、盛　唐

人　名	整　體　批　評
張若虛	張詩雖被高棅「唐詩品彙」列爲盛唐，實有初唐之風。不如與賀知章詩之列爲初唐來對調。
盧鴻一	盧之「嵩山十志」詩，小序更佳于詩，但轉筆輕率，有沾沾揚己詈人，貧賤驕人之態。
蕭穎士	言蕭穎士名不符實，名雖高而作品不能相稱。
李　華	李華之「雜詩」，雖不足以比陳子昂、張九齡之感遇詩，亦正聲雅奏，詠史詩有所寄託，但恨用事多沓拖。
崔　顥	崔之「王家少婦」詩，乃生平最得意筆，然詩作與其詩學意見往往不符。其敍蕭條淪落而沈毅之概有令人迴翔不盡者爲最佳。
崔國輔	崔詩韶秀，善描寫女子情詩。戎旅詩亦佳，七言古詩較弱，不及崔顥。
王　維	王維詩僅次李、杜，乃唐詩人第三。學王詩縱不成，亦不失爲刻鵠類鶩，但仍須在各人用心。王詩不僅見其文詞，亦須知其用意。
儲光羲	儲詩有素心之言，且兼恬適，有颯然正骨之風。
丘　爲	丘爲詩如春風，令人心曠神怡。
祖　詠	祖詠詩骨秀，稍帶悲涼之感。
盧　象	盧象詩情深，亦具悲涼之感。
綦母潛	綦母潛詩似王昌齡句法。

裴　迪	裴迪詩骨格稍重，與王維唱和，詩體反不甚與王接近。
王　縉	王縉詩高曠不群，有籠罩一世之概。
孟浩然	詩忌鬧忌板，孟詩獨能靜能圓。孟詩寫景、述事、述情，無一不妙，但瑰奇磊落，實所不足。孟詩佳處在一「眞」字，故不免有平熟之句，當以爲戒。
張子容	張詩意艷詞雅，似孟浩然風格。
劉眘虛	劉眘虛詩傳者僅十四首，其勝處在不避輕脫，率任孤清。
王昌齡	王昌齡詩其美收之不盡，多荒涼刻直之音，不爲綺靡婉約之作。王古詩最佳，在高適、岑參之上，宮詞亦甚佳。王詩與張說詩比較，不惟法老，膽識亦高。
李　白	李太白胸懷高曠，有置身雲漢、糠粃六合意，不屑屑爲體物之言，其言如風卷雲舒，無可蹤跡。杜甫評岑參、高適、孟浩然、王維，但皆不如李白。李白「蜀道難」善於描摹，不惟寫自然之景，亦入史實之中，可與河嶽並垂不朽。李白詩能用常語以見奇，不僅奇，而且妥，非常人可至。
杜　甫	杜甫思深力大，善於隨事體察，其言如水歸墟，靡坎不盈。杜詩五古、七古、五律、七律皆佳。七律詠史、戰爭、寫景、詠物、感慨、遊戲之作俱極佳，眞一代冠冕。杜詩特留心於目前之景，善加描摹，他人不能至。杜詩下筆無一字苟且，「出塞」諸詩能得毛詩之遺意。
高適、岑參	高詩豁達磊落，無寒澀瑣媚之態。五古勁渾樸厚，岑參則點染色稜。高七言古推盛唐第三，岑則稍遜。長律亦岑不如高，唯短律二人相匹。
李　頎	李頎五言詩不見出群，七言詩則堪與高適、岑參比美，有曲折磊落，姿態橫生之致。
常　建	常建詩風頗類後之孟郊、賈島。常之「塞下曲」一篇，爲唐三百年，塞下曲中最昌明博大者。
嚴　武	嚴詩興趣不俗，骨氣亦高。
元　結	元結詩之本趣，乃疏率自任，但亦有太輕太樸者。憫窮悲兵亂之言，可以爲人座右之警。
王季友	王詩磊塊有筋骨，但有寒苦之風。間亦時涉鄙俚僻澀。
沈千運、孟雲卿	沈千運、孟雲卿詩爲一意透快，略不含蓄者，但不礙其佳處。
張　謂	張謂詩偶儻率眞，不甚蘊藉，但胸中殊有浩落之趣。

三、中　唐

人　　名	整　　體　　批　　評
劉長卿	劉長卿爲盛唐時人，卻列入中唐之首，以其詩有作態之意，不復如盛唐之高凝整渾，不恌不纖。劉詩絕句最佳，次則排律。長律有妙過盛唐者，然爲盛唐人所不願爲，設機以灌，其功倍矣。
錢起	錢起詩風乃高曠、閒澹。錢詩善於轉筆，有水窮雲起之妙。錢詩甚好，但未爲人賞識。錢詩之風格當與郎士元並稱，古稱錢、郎，今訛爲錢、劉，與劉禹錫實不相類。
郎士元	郎詩不能高岸，卻有談言微中之妙。澹語中饒有腴味。郎詩佳者有眞趣，善寫禪語隱淪之趣。
李嘉佑	李詩綺靡婉麗，殊有雅致；但其綺麗處實不及韓翃之半。
韓翃	韓詩修辭逞態，有風流自賞之意。其詩多述豪華逸樂之槪，風氣漸入輕靡，已有晚唐之風調。其詩實爲柔艷之祖。至於「寒」一詩，寓意遠，託興微，得風人之遺。
韋應物	韋詩以澹漠爲宗，以平心靜氣出之，故多近于有道之言。宋人多以韋、柳並稱，實甚相懸。韋無造作之煩，柳極鍛鍊之力。韋眞有曠達之懷，柳終帶排遣之意。詩爲心聲，自不可強。
盧綸	盧詩以工而入妙，能使人情爲之移。寫景之工，悉如目見。至於「塞下曲」六首，俱有盛唐之音，堪稱矯健雄壯。
秦系	秦詩工於寫景，故能近人。又頗有閒澹之趣。其他悉有綺思，惜音節柔弱。
皇甫冉、皇甫曾	兩皇甫詩雖取境不遠，而神幽韻潔，有涼月疏風，殘蟬新雁之致。
李端	李詩苦于平熟，遇其時一作態，即新警可喜。李詩自有正大而佳者，有太白、少陵之遺，不在摩詰之下。
嚴維	嚴詩頗有長厚之風，深切情事，但亦有流於鄙俗者。
耿湋	耿詩善傳荒寂之景，寫細碎之事，刻畫景物，能深刻入情。
司空曙	司空曙所作佳句好詩，常爲人壓占，本之以另作新詞。司空曙詩有以謔而妙者，如「無將故人酒，不及石尤風」，固不必盡莊。
顧況	顧詩極有氣骨，但七言長篇，粗硬中時雜鄙句，惜有高調而非雅音。
李益	李益詩有盛唐之音，尤能入情至深。李以邊詞著名，能爲悲壯之詩。
于鵠	于鵠詩刻劃處形神俱似，寫女子閨怨之詩，能見深情，實化工之筆。
戎昱	戎昱能寫兵虐、詠物、詠事等詩，皆能入情，俱有可觀。
戴叔倫	戴之「女耕田行」詩，語直而氣婉，悲感中仍帶勉勵，作勞中不廢禮防。眞有女士之風，裨益風化。張籍得其致，王建肖其語，白居易時得其意，可謂兼三子之長而先鳴者也。戴之近體詩亦多可觀，有清警之語。
羊士諤	羊詩雖不甚佳，然求一惡字不可得，不得不稱爲勝流，風度實高。

李涉	詩主於諷,無取於激。李涉詩諷而不激,能得詩之正旨。其絕句亦多佳。
呂溫	呂溫為人有才而傾險,詩不及柳宗元、劉禹錫,氣則勁重蒼厚。呂詩時有躁露之態,不夠含蓄。
柳宗元	柳詩篇琢句錘,起頹靡而蕩穢濁,出入騷雅,無一字輕率。其初多務谿刻,故神峻而味冽,既亦漸近溫醇。柳之「覺衰」詩極有轉摺變化之妙。柳七言詩多抒發憂思,滿紙涕淚。柳有良史之才,詠史詩能使人動容。柳之「平淮雅」二篇,堪稱唐音之冠,但有刻意營造之感,不及「皇矣」、「江漢」之風發自然。
劉禹錫	劉五古多學南北朝,其可喜處,多在新聲變調,尖警不含蓄。七古則長於刻劃,大致可觀。劉詩於放逐貶謫時較佳,遷太子賓客後,則多衰颯。
韓愈	韓愈詩有凜然磊落之氣概,詩如其人。於七言古詩最見筆力,有雄直之氣。東坡評韓柳之詩,以為韓詩豪放奇險,柳詩溫麗情深,頗為得當。韓詩善於用事,極見工妙。筆法上韓詩有轉折語,並非全用直語。
盧仝	盧詩格調不高,可笑者甚多。其佳處,則不得不以勝流目之。
孟郊	孟詩為貞元、元和間最高深者。孟之「遊子吟」與韓愈「拘幽操」為全唐第一。
李賀	李詩骨勁而神秀,在中唐最高渾有氣格,奇不入誕,麗不入纖。李詩能感人心意,隱含社會諷刺之論,非如宋人所言賀詩之妙,全在理外。李賀為鬼仙之才,然其詩中,自有清新俊逸者。至其豔詩,尤為情深語秀,崔顥亦不能過。
張籍、王建	高棅「唐詩品彙」以張籍、王建並稱,極為有識。張籍善為哀婉之音,王建妙於不含蓄。張籍律詩以淺淡而妙,但不能正大。王建律詩不佳,排律尤劣,人稱其俗。
白居易	元,白詩不能高,論詩卻高。白為清綺之才,各體俱有可觀,但有二病,一在務多,一在強學少陵。白詩甚多骨弱體卑,語直意淺之作,其諷諭詩縱有美意,惜無佳詞。白之社會詩能悉一時蠹弊,亦可作後世之前車。
元稹	元白並稱,各有不同。選語之工,白不如元;波瀾之闊,元不如白。元之排律,誇多鬥靡,雖有秀句,補綴率湊者亦多。元之樂府詩最佳,如「野田狐兔行」、「冬白紵」、「苦樂相倚曲」等,俱有佳處。
李紳	李紳詩以歌行最佳,寫景處有靜觀之妙。
沈亞之	沈亞之「村居」詩,有清絕之句,但亦有語病。宋人以稗史之「夢中詩」選入沈集,最為可笑。
賈島	賈詩之最佳者,當推「古意」一詩,讀之不勝撫髀顧影之悲,可與魏武「龜雖壽」篇並驅。賈之五言詩最為清絕,皆于深思靜會中得之。賈島有精思而無快筆,往往意工於詞。
姚合	姚合善學賈島,古詩不惟氣格近之,近體詩亦佳。

四、晚　唐

人　名	整　體　批　評
朱慶餘	朱慶餘不能爲古詩，近體只以絕句爲佳。
周賀	周詩多清刻之句，然終嫌未脫僧氣。
章孝標、章碣	章孝標、章碣父子詩格俱單，碣尤力弱，佳作不佳。
張祜	張祜宮體諸詩，實皆淺淡，惟「金山寺」一首最佳。
杜牧	杜牧詩以絕句最多風調，味永趣長，有明月孤映，高霞獨舉之象，餘詩則不能。杜牧致力於杜甫與韓愈之詩文，故其詩文俱帶豪健。杜之長律亦極有佳作，俱灑落可誦。
李群玉	李群玉詩不染輕靡僻澀之習。五言古詩頗有素風，但警拔處不多。
溫庭筠	溫詩能瑰麗而不能澹遠，能尖新而不能雅正，能矜飾而不能自然，然警慧處，亦非流俗淺學所易及。溫之七言古詩，有腴而實枯，紆而實近，中乾外強之病。溫之五律、七律，多有警句。溫李相較，溫不如李，然亦時有彼此互勝者。
李商隱	李商隱綺才豔骨，古詩乃學少陵。詩妙于纖細，但亦能正大。但李好作豔詞，多入褻昵之態。溫、李俱有「七夕詩」，皆妙於荒唐事說得十分真實。李賀、李義山皆善於作神鬼詩，皆有可望而不可親，是邪非邪之致。然李詩亦有重複雜沓之作，非佳句。自魏晉以降，多工賦體，獨義山猶存比興，頗見特出。
劉滄	劉滄極有高調，且終卷無敗群者，但精出處亦少。
許渾	許渾之詩，詞句前後多互見，有重複之弊，人故譏其才短，惟詩家犯此病者不少，太白已先不免。
邵謁	作詩凡詞不足者，須理有餘，所謂「大圭不琢」，非率直之謂。邵謁詩真爲粗鄙枯褊，無意味可言。
馬戴	馬詩以寫景爲工，但大率體澀而思苦，致極清幽，亦近于賈島之風。
項斯	項斯詩俊句甚可喜，刻劃頗爲工妙。但全集中，佳者不多，實亦平凡。
劉駕	劉駕詩多直，但集中不乏佳篇。其「桑婦」詩，不惟妙于摹擬，更得性情之正。
喻鳧	喻鳧詩學賈島，雖有佳作，鏤劃雖深，惟斧鑿痕太重。
于濆	于晚唐人中，最喜于濆、曹鄴，于詩刻劃深刻，當備矇瞍之誦。其無關風化而工者，更不勝舉。
許棠	寫景詩雖不嫌雕刻，亦須以雅致爲佳。許之寫景詩，意工語俗。全集中除數篇之外，皆枯寂無味。
李洞	李詩造語之精，有超過於賈島者。
無可	無可詩如秋澗流泉，雖波濤不興，亦自清泠可悅。然詩作多與郎士元相雜，殊不能辨。
羅鄴	羅鄴才精而緻，然長律卑淺不足觀，惟絕句工妙。

羅隱	羅隱詩帶粗豪氣，絕句尤無韻度。唐人稱「隱才雄而疏」，不知何以名重當時？羅隱詩有警句，但不能首尾溫麗。羅隱不得志于舉場，故善作侘傺之言，皆激昂悲壯，又善於使事。
皮日休、陸龜蒙	皮詩不爲佳，筆墨之外，自覺高韻可欽，以神明襟度勝。皮、陸倡和詩，惟「樵詩」陸爲勝，餘均不及皮。皮日休松陵集中詩多近宋調，俱無意味。陸龜蒙詩有時較義山詩興味更長，頗有佳作。
薛能	薛詩雖不惡，但無當於高流。尤過自矜誇，詩輕太白，功薄孔明，浮薄不足盡之，何無忌憚。
李中	李詩雖輕淺，尚有閒澹之致。
林寬、鄭鏦	林寬詩風與賈島相近，鄭鏦詩集未見，當亦可觀。
曹松	曹松亦學賈島，能爲苦寒之句，刻劃尤精，至其集中之最，當以己亥歲首篇爲冠。
方干	方干詩以「寒食詩」爲最佳，寓意之遠雖不如韓翃，然韓所述者帝里風光，方自寫山林景色。
崔塗、張喬、張蠙	崔塗、張喬、張蠙皆有入情之句，所謂真詩，不得以晚唐概薄之。崔之長短律皆以一氣斡旋，有若口談，真得張籍之深者。張喬能有一氣貫串之妙，尤能作景語。張蠙詩亦多佳，但其最警處，輒不能出前人範圍。
李昌符	李詩寫景最爲刻劃，無蹇澀之態。但律詩中頸聯無力，結更入俗，實爲晚唐通病。
鄭谷	鄭詩以淺近而妙，但傷婉弱，漸近宋元格調。以絕句爲最佳。
秦韜玉	秦韜玉詩無足言，「貧女」詩爲古今口舌，最爲人稱道，惟弄姿之處亦佳。
劉兼	劉兼詩雖不高，頗有逸致，語俱可觀。
韋莊	韋莊詩飄逸，有輕燕受風之致，尤善寫豪華之景，但美盡言內，故不免淺淡。
吳融、李咸用	作詩不宜強所不能。吳融近體詩，雖品格不高，但有細思情致。長歌則多可笑。李咸用樂府詩雖能膚立，但僅能貌似而神有所不及。
杜荀鶴	鍾惺「唐詩歸」選杜荀鶴詩能汰蕪存精，杜于晚唐爲至陋，但讀鍾氏所錄，不惟高朴蒼雅，且幾疑爲有道之言。杜詩實不佳，間有佳句，但不能前後相稱，甚或鄙俚不堪。杜集之冠，以「春宮怨」爲首，在全唐亦屬佳篇。
貫休	僧貫休詩粗鄙陋劣，俗處甚不可耐。
李建勳	李建勳詩格最弱，然情致迷離，亦能動人。「迎神」一篇，不愧名家，乃張籍之耳孫，近來高季迪之鼻祖也。
王周	王周詩最爲難選。其「船具詩」小序甚佳，詩則如銘如贊，終是以文爲詩。
胡曾	胡曾詩頗有可觀，雖皆詠史之作，但非「淺直可厭」一詞所可忽略，佳句頗多。

以上所列，即黃公評初、盛、中、晚四期，共一百三十七家詩之評語，可明大概之意見所在。

第二節　評宋詩

黃公對唐代詩是極為推崇的，然而對宋詩則抱持著極為鄙夷的態度，我們試看《詩話》中，黃公對宋人詩的批評：

> 作詩宜有氣格，不宜有氣質。宋人誤以氣質為氣格，遂以生硬為高，
> 鄙俚為樸。〔註18〕
> 宋詩之惡，生硬鄙俚兩途盡之。〔註19〕
> 宋人往往有佳思，苦以拙句敗之。〔註20〕
> 宋人作詩極多蠢拙，至論詩則過于苛細，然正供識者一噱耳。〔註21〕

類似這種看法，黃公可謂是把宋詩貶得極低，極為厭惡了。然而，在厭惡之中，黃公卻仍仔細的對宋詩作一番檢視，並且對宋詩之演變，作了頗為透徹的分析，他在卷五的《唐宋詩話緣起》的這篇序言中說：「宋人之詩，實亦數變，非可一概視之。」在評宋人的詩作中，他比較詳細的表示這種演變：

> 宋人先學樂天，學無可，繼乃學義山，故初失之輕淺，繼失之綺靡。
> 都官倡為平淡，六一附之，然僅在膚膜色澤，未嘗究心於神理。其病遂
> 流于粗直，間雜長句，硬下險字湊韻，不甚求安，狀如山兒野麋，令人
> 不復可耐。後雖風氣屢變，然新聲代作，雅奏日湮，大率敷陳多于比興，
> 蘊藉少于發舒，求其意長筆短，十不一二也。〔註22〕
> 天啟、崇禎中，忽崇尚宋詩，迄今未已。究未知宋人三百年間本末
> 也，僅見陸務觀一人耳。實則務觀勝處，亦未能知，正愛其讀之易解，
> 學之易成耳。〔註23〕
> 宋初全學晚唐，故氣格不高，中聯特多秀色。〔註24〕
> 明詩壞自萬曆，宋詩壞始景祐、寶元。〔註25〕

〔註18〕見《載酒園詩話》，卷一，「音調」條。
〔註19〕同前註。
〔註20〕同前註。
〔註21〕同前引書，卷一，「宋人議論拘執」條。
〔註22〕同前引書，卷五，評宋詩人「王安石」條。
〔註23〕同前引書，卷五，評宋詩人「陸游」條。
〔註24〕同前引書，卷五，評宋詩人「李建中」條。

宋之詩文，至廬陵始一大變，顧有功于文，有罪于詩。其自爲詩害
詩實淺，論人詩害詩實深。宛陵雖尚平淡，其始猶有秀氣，中歲後始極
不堪耳。〔註26〕

詩至慶曆後，惟畏俚俗。〔註27〕

宋詩雖不及唐，才情原自不乏。南渡前，但非宛陵、豫章二派，即
多可喜。〔註28〕

嘗嘆詩法壞而宋衰，宋垂亡詩道反振。〔註29〕

大率宋詩三變，一變爲傖父，再變爲魑魅，三變爲群丐乞食之聲。〔註30〕

總結來看，黃公以爲宋詩經過三個階段的變化，而第一個階段則是自歐陽修、梅堯
臣的詩風所開始，這是我們可以確定的；然宋詩之壞，也是自其二人始，黃公對歐、
梅二人，頗爲貶抑。在明末崇尚宋詩的風氣中，一般都以陸游詩爲代表，最爲推崇，
但黃公以爲推崇宋詩者，對宋詩三百年來的演變根本不曉，只以爲陸游詩最好，而
對陸詩之好，好在何處，也未能知，只看重在他的詩易解、易學而已。

宋詩大致來說是經過三個階段，而這三階段是每況愈下的，最初是鄙賤的低
格，所謂傖父；其後又如精怪魔道，所謂魑魅；而後又變爲惡氣嘵嘵，詩道不復，
所謂群丐乞食之聲。但至宋垂亡時，卻又有如林景熙輩拔振而起，宛若精光復現。
這是黃公對宋詩流變的觀察，也可提供我們作參考。錢鍾書先生於《談藝錄》中
曾云：

賀氏蹊逕稍廣，持論較平，中論宋人一代詩學頗詳。雖仍囿於唐格，
如吳孟舉「宋詩鈔自序」所譏李蓘、曹能始輩；而在當日，要爲眼學，
非盡吠聲捉影，亦難能可貴矣。〔註31〕

黃公論宋詩雖早已立下「薄宋」的先見，但能條分縷析，不爲信口雌黃，亦可見
其持論非無的放矢之輩可比。現就黃公對有宋一代各家之品評，擇其要者，列表
以明之：

〔註25〕同前引書，卷五，評宋詩人「楊億」條。

〔註26〕同前引書，卷五，評宋詩人「梅堯臣」條。

〔註27〕同前引書，卷五，評宋詩人「文同」條。

〔註28〕同前引書，卷五，評宋詩人「劉攽」條。

〔註29〕同前引書，卷五，評宋詩人「林景熙」條。

〔註30〕同前引書，卷五，評宋詩人「曾幾」條。

〔註31〕見錢鍾書《談藝錄》，第五十則，書林本，頁168。錢氏對黃公之《載酒園詩話》，
頗見稱賞，以爲是明清間談藝一佳作，如黃公舉出梅聖俞詩之佳處，錢氏以爲解賞
能知，在爾時固已不凡，雖是只舉黃公對梅詩的品評，但已可見稱許之意。

人　名	整　體　批　評
王禹偁、寇準	王詩秀韻天成，有臨清流，披惠風之趣。寇準詩善寫迷離之況。
李建中、楊徽之、趙湘、王操	李詩、趙詩，全學晚唐，氣格不高，中聯特多秀色。楊「僧舍」詩，語尤清麗。王詩有清韻。四人皆學晚唐。
潘閬	潘閬詩不多見，大都本于唐僧無可，間有詼氣。
魏野、曹良弼、魯交	魏野詩有俊句而體輕，輕則易率，率則易俗。曹良弼、魯交，二人詩多清氣。
林逋	林處士泉石自娛，筆墨得湖山之助，故清綺絕倫，可謂人與地兩無負也。惜帶晚唐風氣，未免調卑句弱，時有狐裘羔袖之恨。
僧惠崇	惠崇詩不惟語工，兼多畫意。
僧宇昭	宋初九僧詩，稱賈司倉入室之裔，惠崇其七也。僧宇昭居第八，其詩語多工藖。
楊億、錢惟演、劉筠	楊、錢、劉三人之詩皆甚雋永，不應以其居官，經營位置，便以詆之。
晏殊	晏殊所作詩，實崑體也。其詩差者入俗，佳者真警練精切。
李宗諤	李宗諤詩組練不及錢惟演、劉筠，但頗有新意。
二宋	宋庠詩善於刻鏤，宋祁詩則以韻度勝。
韓琦、趙抃	韓琦詩甚有風致，趙抃詩尤尚平澹。
蔡襄	蔡襄本學西崑，後溺于梅、歐，始變其體，然五言古外，即洗滌不盡。蔡襄學西崑有甚差者，但幽思藻句亦自有可觀者。惟絕句最好。
余靖	余靖學賈島、姚合，但創作成就不高。
歐陽修	歐陽修古詩，惟用賦體，而無興比。敘事能不衍不支，宛如面談，是其長處。惜意隨言盡，曲折變化處少，故常有淺直之恨。歐陽修詩本一秀冶之筆，故常有淺直之恨。歐陽修詩本一秀冶之筆，忽爾嗜痂，竟成逐臭，便開後人無數惡習。然作近體詩，便露本質，雖慕平淡，逸韻自饒。
蘇舜欽	蘇舜欽詩縱豪殊甚，其佳者稍有清氣。
梅堯臣	梅詩誠有品，但其拙惡者亦復不少。尤其所見不副所聞，益增鄙夷。梅詩雖尚平淡，其始猶有秀氣，中歲後始極不堪。但朱熹云梅詩不是平淡，乃是枯槁，亦頗有理。梅詩亦自有佳者，使人情事如見。至於《送滕寺丞歸蘇州》一篇，真溫柔敦厚，唐三百年間，無此一篇，實可敬也。
陶弼	陶弼《兵器》詩，敘述和戎釀患，倉卒用兵之害，最為酸惻。

李覯	李覯《哀老婦》詩，傷心慘目不待言，敘述吏弊，實鄭俠「流民圖」所不及繪也。與陶弼《兵器詩》俱可備古今鑑戒。
王安石	讀臨川詩，常令人尋繹于語言之外，當其絕詣，實自可興可觀，不惟于古人無愧而已。特推爲宋詩第一。其最妙者在樂府五言古、七言律次之，七言古又次之，五言律稍厭安排，七言絕尤嫌氣盛，然佳篇亦時在也。介甫未執政前不勝感慨，故詩多待用之意。既執政，則深憤異議，故強項堅執，牢不可破。介甫之閒適詩，無所不妙。律詩亦佳句甚多，不異唐人。
王珪	珪詩誠鉅麗，但不及唐人早朝應制。宮詞多佳者，亦工於舖敘耳，求勸百諷一之作，實不易得。
舒亶	舒亶詩甚清絕，而其集不傳，當是以其人而累其私。
方子通	方子通詩善于刻劃。
司馬光	司馬光詩清醇，乃一時雅音。
范純仁	范純仁詩未能擺卻塵言，然自多佳句。
劉敞	劉敞《荒田行》描寫廟堂貪功生事，長吏趨承釀成隱患，歷歷如見，有詩史之功。
邵雍	邵雍《擊壤集》，詩多清嘉。
曾鞏	曾鞏詩甚佳，絕非不能爲詩者。
鮮于侁	鮮于侁詩直而婉約，頗佳。
劉攽	劉攽詩多可觀者，《茂陵徐生歌》一篇，參透人情險幻，不在元微之「苦樂相倚曲」下。
鄭獬	鄭獬詩能描寫社會景況，妙得風謠之遺。
文同	宋詩至慶曆後，以俚俗爲病。文同獨能修飾，不爲亂頭粗服之容。文同詩清麗可喜，有致語極妙者。
蘇軾	坡公之美不勝言，其病亦不勝摘。大率俊邁而少淵渟，瑰奇而失詳慎，故多粗豪處、滑稽處、草率處，又多以文爲詩，皆詩之病。然其才自是古今獨絕。蘇軾詩以氣概取勝。又善奇想，然是可暫而不可常。蘇詩本一往無餘，徐州後更爲縱恣。蘇詩亦常有全篇不佳，一二語奇絕者。
蘇轍	蘇轍身分氣概，不如其兄，然瀟灑俊逸，于雄姿英發中，兼有醇醪飲人之致。雖亦遠于唐音，實宋詩之可喜者也。轍長律多令人可喜。「和子瞻好頭赤」一篇，能勝子瞻。轍北歸潁上後，詩間雜詼諧，多涉筆成趣。
秦觀	少游《田居》詩，描寫情景，亦有佳處，但篇中多雜雅言，不甚肖農夫口角，頗有驢非驢、馬非馬之恨。
晁補之	晁之于秦，較有骨氣，詩作大有古音。

黃庭堅	黃詩病在好奇，使事，當取其清空平易者。黃詩甚爲費力，不能自然。
陳師道	陳詩用事切當，天然巧合，不落色相。方回推後山直接少陵，實並不然。
張耒	張耒詩大是清越，長律尤多秀句。
賀鑄	賀鑄不僅工詞，其詩亦自勝絕。
晁沖之	晁詩饒有古趣，且俊氣可掬。
孔文仲	孔文仲《早行》詩，歷敘旅途之慘，慰安中帶有悲憫，悲憫處仍懷安分止足，固端人之語。
徐積	徐積，高士也。其詩頗有唐音，磊落中有風度。
唐庚	唐庚《子西文錄》一卷，論詩頗多可觀，及其詩作，則又不能盡善。
韓駒	韓《冬日》詩，前半寫景，後半言懷，詞氣似隨句而降，漸就衰颯，然恬讓之致可掬。韓詩閑于情致，減于氣格。
劉跂、韋冠之	劉、韋二人之詩，才情原自不乏，詩甚有風致。
釋惠洪	僧詩之妙，無如洪覺範者。此故一名家，不當以僧論也。五言古詩，不徒清氣逼人，用筆高老處，眞是如記如畫。近體詩秀骨嶷然，惟帶禪和氣者不佳。
李綱	李綱詩如其人，惓惓憂國，乃眞宰相之言。
汪藻	汪藻詩意氣高曠，一往俊逸，灑落可喜。
劉子翬、朱松	劉子翬詩善於描繪，詞章陡健。朱松詩有長厚之氣，藹然可掬。
張九成	張九成詩嬉笑中帶有莊重之意。
沈與求	沈與求詩尙多清氣。
呂本中	呂本中詩多清致，惜多輕率。
曾幾	曾幾天性粗劣，又復崇尙豫章，粗鄙矯揉，備得歐、梅、黃庭堅之惡境而揣摩之，以爲道在是矣，故盈卷皆啅噪之音。惟「癸未八月十四日至十六夜月色皆佳」一篇可觀。
陳與義、陳淵	陳與義詩以趣勝，不知正其著魔處，然後氣自不可掩。陳淵詩勝與義，意氣不凡，下語亦甚新警。
范浚	范浚詩不多見，然胸襟自高。
周必大	周必大詩氣骨不高，而微有淹雅之度。
朱熹	朱熹詩甚有風致，非字字牽入道理者。
陳傅良	陳傅良詩能道眞情，感人至深。不惟立意高，安章頓句亦是雞群之鶴。

葉適	宋人于樂府一途，尤爲河漢。水心《白紵辭》一篇，深得古意，徊翔宛轉，無限風流。
劉宰	劉宰《猛虎行》一詩，曲折抑揚，備極剴暢。爲近世李西涯樂府之祖。
吳龍翰、洪适	晚宋詩有極佳者，其名反不甚彰。吳龍翰、洪适二人之樂府詩，善于刻劃，深情秀致，在晚末中固是烏群一鷺。
裘萬頃	裘萬頃詩不染豫章惡習，《見雪》一篇，尤見義烈之概。
尤袤	尤袤詩精工典雅，實爲大家。
楊萬里	楊萬里論詩最多，其作則流於粗豪一路。
范成大	於南宋深喜至能，眞有驊騮騄耳歷都過塊之能，雖時亦霜蹄一蹶，要不礙千里之步。范詩有似元、白者，有似許渾、韓偓者，俱有新趣。絕句之工者，尤澹秀可愛。
陸游	陸游詩才具無多，意境不遠，惟善寫眼前景物，而音節琅然可聽。一詩中必有一聯致語，間出新脆之句，亦時爲激昂磊落之言，要惟七言近體有之，餘不能爾。
李昂英	李昂英塡詞聖手，景泰寺詩:「遠鴉追夕照，低雁壓西風」，終不脫詞家本色。
四靈	永嘉四靈，，趙師秀最爲佼佼，詩句妙甚。翁卷其次，長律佳句，亦頗可喜，二徐最劣，徐照又不及徐璣。
嚴羽	嚴羽古詩用功於太白，惜氣力不逮。短律有沈佺期、岑參之遺，長律于高適、李頎尤深。獨樂府不能入古，彼自得力于盛唐。嚴羽精于紀律，有功詩學，但不推爲第一，以其禪喻詩耳。
蕭彥毓	蕭彥毓詩雖淺猶淨，不類江西詩派。
趙蕃	趙蕃論詩，專祖曾幾、呂本中，其詩頗佳。
劉克莊	劉克莊詩類似西崑，然他篇粗鹵者甚多。
江湖詩	江湖詩非無一二語善者，但全篇酸鄙。如韓南澗、韓澗泉父子詩俱佳。既戴式之之流，人既無行，詞亦鄙俚，詩固不乏佳句。
王鎡	王鎡詩取法賈島、姚合，頗得遺意。
文天祥	大節如文天祥，不待詩爲重，文又能詩，則尤可重。文詩渾有氣魄。
林景熙	林景熙詩在晚宋極佳，直可與唐人比肩。
唐涇	唐涇詩，字字酸辛，忠義凜然，讀之令人泣下。
謝皋羽	謝皋羽詩文俱仿孟郊，得寒瘦之妙。

　　以上所評，即黃公評宋代詩家共七十八人之詩，其中黃公尤屬意王安石、蘇轍、范成大、林景熙、釋惠洪諸人，亦可見黃公之欣賞稱許所在。

第三節　評各家詩說

　　賀黃公在卷一中，除了分論他對詩學的見解以外，也提到了幾本詩話的著作，但是黃公並沒有針對這幾本詩話作整體的評鑑或介紹，而只是就其中評鑑或介紹，而只是就其中評詩的優缺點，摘錄一條或數條來議論，又多是以己意來改之，仍不免主觀與抽象，我們讀了之後，實覺與品評唐人詩或宋人詩無異，因此附列於此，對黃公之意見作簡單的介紹：

一、《野客叢談》

　　黃公認為王楙的《野客叢談》多辨論，只喜一則：

> 樂天長恨歌「夕殿螢飛思悄然，孤燈挑盡未成眠」，或謂豈有興慶宮中夜不點燭，明皇自挑燈之理。王曰：「此所以狀宮中向夜蕭索之意，使言高燒畫燭，貴則貴矣，豈復有長恨意耶？」此言深得詩人之致，前說小兒強作解人耳。〔註32〕

按王楙《野客叢談》三十卷，《四庫提要》稱：「是書皆考證典籍異同，前有慶元元年自序，又有嘉泰二年自記一條，稱此書自慶元改元以來凡三筆矣，繼觀他書間有暗合，不免有所竄易云云，蓋刻意自成一家之言。」黃公引此條，以為最得詩人之致。

二、《瀛奎律髓》

　　對於《瀛奎律髓》一書，黃公提出兩點：一是「方回選《瀛奎律髓》，雖推尊少陵，其實未曾夢見，佳者多遺，閒泛者悉錄。」二是「至註解唐人詩，尤多舛謬。」黃公舉韓偓及王介甫的詩，來說明《瀛奎律髓》註解之不佳。

　　按《四庫提要》云：「《瀛奎律髓》四十九卷，元方回編。是書兼選唐宋二代之詩，分四十九類，所錄皆五七言近體，故名律髓。自序謂取十八學士登瀛洲，五星聚奎之義，故曰瀛奎。大旨排西崑而主江西，倡為一祖三宗之說。一祖者杜甫，三宗者黃庭堅、陳師道、陳與義也。」

三、《苕溪漁隱》

　　對於《苕溪漁隱》，黃公以為「漁隱論詩多不以為善」，持否定的看法來評價

〔註32〕見《載酒園詩話》卷一，「野客叢談」條。

漁隱。但也有一條，黃公認爲漁隱之評論甚佳：

> 獨論義山「華清宮」詩：「未免被他褒女笑，只教天子暫蒙塵。」「用
> 事失體，在當時非所宜言」，此論甚正。〔註33〕

按《四庫提要》稱：「《漁隱叢話前集》六十卷，《後集》四十卷，宋胡仔撰。仔後
卜居湖州，自號苕溪漁隱。其書繼阮閱《詩話總龜》而作，前有自序稱閱所載者
皆不錄，二書相輔而行，北宋以前之詩話大抵略備矣。」

四、《升菴詩話》

黃公對楊慎的《升菴詩話》，似表現了較多的好感，在這裏黃公舉了楊慎評李
賀、許渾的詩作說明，認爲楊慎之評縱有的當之處，缺漏亦不少。不過楊慎所表
達的意見，原即不謬，黃公大多作補充說明的工夫而已。

《四庫提要》云：「慎以博學冠一時，其詩含吐六朝，於明代獨立門戶。文雖
不及詩，猶存古法，賢於何李諸家窒塞艱澀，不可句讀者。至於論說考證，往往
恃其強識，不及檢核原書，致多疏舛，又負氣求勝，每說有窒礙，輒造古書以實
之，遂爲陳耀文等所詆，亦可爲不善用長矣。」

五、《藝苑卮言》

對於王世貞的《藝苑卮言》，黃公表達了以下幾個意見：（一）王世貞所選句
之工者有不當。（二）文章雖有公認之好壞，仍在個人嗜好是否相合。（三）王世
貞之才極高，但論中晚唐詩，卻未能周悉幽隱而輕下責備。（四）王世貞所論非盡
獨創，實亦與古人相發明。黃公對於王世貞可謂表達了相當的佩服與重視之意。

六、謝榛《詩家直說》

對於榭榛的《詩家直說》，黃公表達了兩個看法，他說：「謝茂秦論詩，不顧
性情義理，專重音響，所謂習制氏之鏗鏘，非關作樂之本意也。其糾摘細碎，誠
有善者，亦多苛僻。」〔註34〕論詩多苛僻，是第一點。

第二點是謝榛論詩有言之中者，但所引例不佳，而不稱其論。

《四庫提要》稱：「榛詩本足自傳而急於求名，乃作是書以自譽。持論多夸而
無當，又多指摘唐人詩病而改定其字句，甚至稱夢見杜甫、李白登堂過訪，勉以
努力齊名。今觀其書，大旨主於超悟，每以作無米粥爲言，猶嚴羽才不關學，趣
不關理之說也。」

七、《詩歸》

〔註33〕同前引書，卷一，「苕溪漁隱」條。
〔註34〕同前引書，卷一，「謝榛詩家直說」條。

對於鍾惺、譚元春所選錄的《詩歸》，黃公大致表達了不甚欣賞的態度，以為缺失頗多，黃公之意有如下幾點：

（一）鍾惺《詩歸》有得有失，其失在以深心成僻見，誤淺陋為高深。

（二）鍾惺論詩只就題目字義而論，卻不能深究其旨。

（三）鍾惺評詩好標新立異，不與人同，反見其短。

（四）《詩歸》之謬，在於李、杜詩之品評，好奇入蔽，輕重失當。

（五）鍾惺評詩，極有深心，但下筆卻魯莽。情生於文，以己意為之，不夠客觀。

（六）鍾惺評詩不能從時代背景來考察，全在字句之間著墨，因此不能中詩旨。

（七）鍾惺評詩不能兼顧了解作者之意，因此評詩致謬。

黃公對鍾惺評詩，提出了這許多項的缺點，但亦有得當之處，如評杜甫「秋興」八首，黃公即表示讚賞之意。

八、劉須溪

黃公以為劉評詩甚佳，微有過當之處。

九、高英秀

高英秀評羅昭諫「廣陵開元寺作」詩云：「定是鬼詩」，黃公以為高英秀評詩過於拘執。

十、顧華玉

黃公舉顧華玉評李義山詩為例，以為顧華玉評詩往往失實，未能得其要旨。

十一、袁石公

黃公以為袁宏道評詩論詩，雖頗能成理，但事實未能周延，往往予人攻詰之處。

十二、譚評蘇詩

黃公認為譚元春評東坡詩，大致不離于僻，然亦有真切之處，有益風雅。

以上即就《載酒園詩話》中，黃公所述及之各家詩說，作一歸納性的介紹，雖未能詳舉黃公所引的例子陪襯說明，然亦可見黃公對各家詩說所作的分析。大體上，黃公以為各家詩說詩評，是缺點多於優點的，是不很客觀公正的，是很少能得其要旨大義的。但這不僅是這幾家詩說的缺失，實在就是評詩論詩的人，所須共同努力的目標。

第六章　結　論

　　經過以上的介紹，我們知道賀裳約生在明萬曆中期左右，卒年約在清康熙初年，在他所生長的時代與環境下，正是中國詩壇最風起雲湧，變革最大的一段時期。賀裳因所在的地理環境，所處的文學集團的影響，使他成爲以錢謙益爲首的「虞山詩派」重要的一員。閻若璩《潛邱箚記》云：「吳喬之《圍爐詩話》、馮班的《鈍吟雜錄》，與賀裳之《載酒園詩話》，堪稱爲「論詩三絕」。〔註1〕然而在這三人當中，馮、吳二人都受到普遍的重視，唯獨賀裳一人，卻少有人提及。也許，這是因爲他的著作大多不傳，湮滅難見，所可見者，唯有《載酒園詩話》及《皺水軒詞筌》二書，而稱引者又極少，因此，黃公之受人忽視，至今仍舊隱淪不彰。〔註2〕

　　在《載酒園詩話》中，賀黃公了他對詩學的見解，根本的原則是照應在「尊唐薄宋」的這一觀點上，雖然不免限制了本身的立場，但他對詩的通則與理念上，如論詩的本質，論詩的作法等，卻都能毫不偏頗，持平中肯的表達出他的看法。而他又能跳脫開作者的眼界，從讀者的立場來討論有關於讀詩的問題，如「考證」、「翻案」、「疑誤」、「集句」、「別本」、「佳句各有所宜」等各種情形，極爲精彩而深入的傳達出他的意見，這是在一般詩話中較少觸及的一層觀念。

　　另外，最見特殊的是黃公對唐宋二代，共兩百一十五位詩人的詩作，作出了全面而且精要的品評，直可以視爲是一部「唐宋詩史」，在中國詩學史上佔有一席不可抹滅的地位。在此之前，如題爲是宋尤袤所著的《全唐詩話》，有類似的對唐代各詩家作評論，然其疏略簡陋，實無法與黃公之作相抗禮。

〔註1〕見閻若璩《潛邱箚記》卷五，「跋賀黃公載酒園詩話」，《四庫全書》本，頁512。
〔註2〕賀裳因著作少見，《載酒園詩話》是經郭紹虞整理，《皺水軒詞筌》是經唐圭璋收入
　　　《詞話叢編》，才較易爲人所注意翻檢，在此之前，甚難見到，論清人之詩論者，
　　　賀裳仍是常被忽視的一位。

在實際批評上，黃公批評的方法，絕大部分都是採用「摘句爲評」的方式，大概是以二句爲最多，四句、八句，甚至全首錄出的也所在多有。至於批評的種類，也是以「印象式批評」爲最多，幾乎都是，沒有例外。這也正符合了我國歷來詩話詞話的批評傳統。〔註3〕

黃公之批評，可謂匠心獨運，別出心裁，實亦有得有失，瑕瑜互見：

優點為：

一、評詩重以義逆志，知人論世。

二、評詩能深入詩心，探求微旨。

三、評詩標舉比興，兼重才情。

四、評詩務旁徵博引，以見異同。

缺點為：

一、評詩容易偏向主觀。

二、評詩多有穿鑿附會。

三、評詩過於尊唐抑宋。

四、評詩不夠明確具體。

優點與缺點常是共同存在的，不過黃公之不避繁多，讀其詩而品評軒輊，這種精神就值得我們推崇敬仰了。

〔註 3〕中國歷代詩話詞話的寫作態度和批評方法，值得詬病之處很多，大概研究詩話詞話者都會遇到一樣的困擾。而印象式批評的籠統概括，不夠具體，常常就是作者與讀者之間產生隔閡的所在。賀裳之批評，亦是如此，往往一個字的批評，如「好」、「妙」、「佳」，總不如一句話或數個字的批評，如「風流富貴之致」，「沈鬱頓挫」、「飛揚跋扈」等，來得使人容易了解。

參考書目

一

1. 《載酒園詩話》，賀裳（木鐸《清詩話續編》本）。
2. 《皺水軒詞筌》，賀裳（《詞話叢編》本）。
3. 《江蘇省丹陽縣志》（成文本）。
4. 《歷代人物年里碑傳綜表，姜亮夫編（華世本）。
5. 《明清江蘇文人年表》，張慧劍（上海古籍出版社）。
6. 《清代碑傳文通檢》，陳乃乾（文海本）。
7. 《文獻徵存錄》，錢林（《清代傳記資料叢刊》）。
8. 《明遺民錄》，孫靜菴（《清代傳記資料叢刊》）。
9. 《明代千遺民詩詠》，張其淦（《清代傳記資料叢刊》）。
10. 《清詩紀事初編》，鄧之誠（《清代傳記資料叢刊》）。
11. 《販書偶記》，孫殿起（中文出版社）。

二

1. 《雪橋詩話》，楊宗羲編（廣文本）。
2. 《古今詩話》（廣文本）。
3. 《歷代詩話》，何文煥（藝文本）。
4. 《續歷代詩話》，丁福保（藝文本）。
5. 《清詩話》，郭紹虞（木鐸本）。
6. 《清詩話續編》，郭紹虞（木鐸本）。
7. 《圍爐詩話》，吳喬（木鐸本）。
8. 《鈍吟雜錄》，馮班（廣文本）。
9. 《詩人玉屑》，魏慶之（商務本）。

10. 《苕溪漁隱叢話》，胡仔（《四庫全書》本）。

11. 《藝苑巵言》，王世貞（《續歷代詩話》本）。

12. 《弇州山人四部稿》，王世貞（《四庫全書》本）。

13. 《野客叢談》，王楙（《四庫全書》本）。

14. 《瀛奎律髓》，方回（《四庫全書》本）。

15. 《升菴詩話》，楊慎（《四庫全書》本）。

16. 《詩家直說》，謝榛（《四庫全書》本）。

17. 《滄浪詩話校釋》，郭紹虞（里仁本）。

18. 《百種詩話類編》，臺靜農（藝文本）。

19. 《初學集》，錢謙益（《四部叢刊》本）。

20. 《有學集》，錢謙益（《四部叢刊》本）。

21. 《詩體明辨》，徐師曾（廣文本）。

22. 《柳南隨筆》，王應奎（廣文本）。

三

1. 《中國文學批評史》，郭紹虞（文史哲本）。

2. 《中國文學批評史》，劉大杰（文匯堂本）。

3. 《中國文學批評史大綱》，朱東潤（開明本）。

4. 《中國詩論史》，鈴木虎雄著　洪順隆譯（商務本）。

5. 《清代文學批評史》，青木正兒著　陳淑女譯（開明本）。

6. 《中國詩學》，黃永武（巨流本）。

7. 《中國詩學縱橫論》，黃維樑（洪範本）。

8. 《中國文學縱橫論》，黃維樑（東大本）。

9. 《王漁洋詩論之研究》，黃師景進（文史哲本）。

10. 《嚴羽及其詩論之研究》，黃師景進（文史哲本）。

11. 《明清文學批評》，張健（國家本）。

12. 《明代文學批評研究》，簡錦松（學生本）。

13. 《比興物色與情景交融》，蔡英俊（大安本）。

14. 《詩話與詞話》（木鐸本）。

15. 《照隅室古典文學論集》，郭紹虞（丹青本）。

16. 《清代詩學初探》，吳宏一（學生本）。

17. 《中國文學理論史》，黃保眞等（北京出版社）。

18. 《中國詩話史》，蔡鎮楚（湖南文藝出版社）。

19. 《清人詩論研究》，王英志（江蘇古籍出版社）。

20. 《文學理論資料匯編》，華諾編譯組（華諾本）。

21. 《談藝錄》，錢鍾書（書林本）。

22. 《全唐詩》，清聖祖御製（宏業本）。

23. 《宋詩鈔》，呂留良等（世界本）。

24. 《四庫全書總目提要》紀曉嵐等（藝文本）。

四

1. 《主觀與批評理論－兼談中國詩話》，費維廉（《中外文學》六卷十一期）。

2. 《晚明的詩壇風氣》，吳宏一（《國文天地》二卷八期）。

3. 《論清初詩壇的虞山派》，趙永紀（《文學遺產》1986 年四期）。

4. 《圍爐詩話研究》，江櫻嬌（東吳中研所碩士論文）。

5. 《馮班文學評論研究》，江仰婉（東吳中研所碩士論文）。

《烏臺詩案》研究

江惜美　著

作者簡介

　　江惜美，台北市人。私立東吳大學中文研究所畢業，獲文學博士。曾任教臺北市金華國小、國語實小、中正高中，後轉任台北市立師院語文系擔任教授，現任私立銘傳大學應用中文系暨中文研究所專任教授。

　　民國八十二年，當選台北市立師院學術類傑出校友。所著《蘇軾文學批評研究》、《蘇軾詩析論──分期及其代表作》、《國語文教學論集》獲國科會甲種獎助。《編序教學在國小中年級作文上之應用》獲國科會專業獎助、《高互動作文教學》獲教育部專案獎助。曾多次應僑務委員會邀請，赴美國、加拿大、澳州、紐西蘭、中南美洲、印尼、菲律賓與馬來西亞、泰國、韓國等地，擔任「華語巡迴」講座，並獲僑務委員會頒發志工「教學優良獎」。

　　在教育界三十年，對輔導學生盡心盡力，曾擔任過市立師院輔導組主任。著有《鼓勵孩子一百招》、《小學語文教學論叢》、《國語文教學論集》、《智慧生活一百招》、《烏臺詩案研究》、《蘇軾詩學理論及其實踐》、《蘇軾文學批評研究》、《蘇軾詩析論──分期及其代表作》、《蘇軾詩詞專題論集》、《絃誦集──古典文學分論》等書，並有《高互動作文教學》光碟。

　　近年來，致力於詩家評論蘇軾詩之主題，撰有多篇學術論文，發表於各大學。在華語文教學方面，亦多所論著。蘇軾詩詞方面，亦開設有「專家詞」、「詞曲欣賞與創作」課程，並指導研究生撰寫研究論文，大抵以文學理論、語文教學為主。

提　　要

　　本文共分五章二十節，凡十六萬言。第一章東坡生平事略，以宋史本傳為主，參以欒城集墓誌銘及前賢論述，分六節敘述，並著重於烏臺詩禍時，東坡之個性及行事探究。第二章詳述其政治背景，首論北宋之內憂外患，次論王安石變法，乃有新舊派黨爭，以整理東坡與安石政治主張之異同為準。第三章論述烏臺詩案之源起，歸納出東坡獲罪之主因有三，即忠規讜論，指陳時弊；襟懷磊落，個性通脫；以及以才致禍，見忤政敵。第四章就烏臺詩案論列之詩篇，予以探析，時值東坡熙寧還朝，歷知杭、密、徐三州，因分四節，針對詩篇背景、思想、形式探討之。第五章烏臺詩案之影響，乃東坡人生觀由激進轉入恬淡，詩文內容由時事轉為田園，詩文形式則各體兼備，技巧高超，漸趨圓融華妙，仕宦升沈乃有元祐黨爭，因言此期詩文足為早期詩文及黃州詩詞之分界。

目

錄

序 言

　　東坡詩文，名滿天下，冠冕百代，余深慕焉。其忠言讜論，不顧利害，挺挺大節，朝無其比，且放逐嶺海，侶於漁樵，歲晚歸來，其文益偉，真可謂波瀾老成，無所附麗。欲明東坡一生思想精神之轉化，則烏臺詩案乃其最重要之資料。

　　今據藝文印書館百部叢書集成所選函海本東坡烏臺詩案，就東坡生平事略、政治背景、詩案源起、詩案中詩篇探析，以及烏臺詩案之影響，循序鑽研，分析脈絡，掌握枝節。.本文以清王文誥之《蘇文忠公詩編註集成》為底本，兼採學海書局所編之《蘇軾詩集》，世界書局發行之《經進東坡文集事略》，旁及歷代詩話、專書期刊，庶幾能詳此期詩風特色。

　　其間於東坡生平之分期，幾經更易，乃得成章，北宋新法，龐雜繁瑣，頗費爬梳之力，余焚膏繼晷，苦心探索，乃得釐清源流。及至烏臺詩案中詩篇探析，余博採眾說，考較異文，始得東坡詩文之特色。

　　茲綜論所述，知此期詩文創作內容，乃不滿新法，頗多諷喻；其形式乃各體兼備，技巧高明；詩風特色乃托物喻興，言之有物。此一詩案，乃東坡人生觀、仕宦之轉捩點，其詩風確有獨特之處，頗值深究！今後擬以此為基礎，就東坡詩什之分期暨各期詩風，予以探究，以期前後得以貫串。

　　本文撰述期間，陳師伯元諄諄教誨，袪疑存真，督教成篇，銘感尤深。林師炯陽，關切備至，時賜南針，師恩浩瀚，不敢或忘，然余才質駑鈍，雖有十駕之勤，而創獲非夥，益添愧惄。敬祈博雅君子，教正為幸！

中華民國七十六年四月
江惜美謹識於東吳大學中文研究所

緒　論

　　《烏臺詩案》傳本有二：一爲宋陳振孫《直齋書錄解題》「《烏臺詩話》十二卷」，一爲《百川書志》「《烏臺詩案》一卷」，今據凡宋人足本，遇朝旨等字皆擡頭，蓋爲百川書志所見之本；又臺灣藝文印書館百部叢書集成所選函海及學海類編，均有此書案。學海名「詩讞」，雖同敘一事，內容有殊，撰人亦異。本論文所據乃原刻「函海本」東坡《烏臺詩案》。

　　歷來研究東坡詩文者，率偏重其黃州以後詩什，贊之以圓融豪邁，每飯不忘君。然鮮能知其詩風何以至黃州之後，臻於佳境？且東坡一生宦途升沈，關鍵何在？倘能識其來龍去脈，心境轉化，則東坡詩文風格，應能了然於心矣！

　　此一圓融佳境，實肇於《烏臺詩案》。東坡忠君愛民，才高志大，自是滿腔熱血，欲爲世用。觀其少年詩文，風格俊逸，頗有廓清時局之壯志，然自父母俱歿，政局爲王安石把持，東坡不滿安石一旦受神宗倚重，即大事興革，盡黜元老重臣，遽改祖宗大法，於是上奏疏，爲詩文，欲止君王之急功好利，勸之以靜觀時變。奈何神宗之遇安石，千載一時，心思急效，專任安石，忠言逆耳，東坡才大見疏，屢經外任，滿腹悲憤，發爲歌詩，借物托諷，其忠臣赤子之心，何曾計其榮辱哉？

　　《烏臺詩案》乃東坡百日獄中親筆供狀，起自熙寧二年，迄元豐二年，陸續爲詩文批評新法之弊，民生之苦；遭群小謗誣，構成詩禍。十年之間，所爲詩文凡涉諷刺，皆一一臚列。然所引不一，或全詩引錄，或引詩什之一二句，若非尋繹全文，難窺詩作原委，是以余著手整理，尋究根柢，將原文條分縷析，以明詩篇本意。其間或傳刻誤抄，皆一一指正，俾眞相大白焉。

　　蓋詩自三百篇以降，流爲漢魏六朝，盛於唐季，延及兩宋，大抵本性情，抒胸臆。至於託詞寓諷，有感則鳴，心聲不同，各如其人。夫前賢往矣，後人生於數百千年之下，誦數百年以前詩，亦難矣哉！若非以古人之心爲心，借古人之境爲境，

則無以心領神會，得其三昧矣！

　　歷來言詩者有二，一曰「爲人生而藝術」，一曰「爲藝術而藝術」（西方的文藝論者有兩派重要的辯論，一派主張「爲人生而藝術」（Art for Life's sake.），一派則主張「爲藝術而藝術」（Art for Art's sake.）。）前者有所爲而爲，後者無所爲而爲。前者發抒議論，邀賞同道，或心含鬱陶，借以宣洩；後者則以娛心意，悅耳目，唱酬敘歡爲工。前者善敘理，專內容、主思想；後者擅言情，偏形式、重美感。然二者皆欲詳究文學之極詣，則並持之有故，言之成理，孰是孰非，端賴研究之對象與主題爲主。

　　有宋蘇文忠公，文章氣節，彪炳天地（御制文集序：贈太師諡文忠蘇軾，忠言讜論，立朝大節，一時廷臣，無出其右。負其豪氣，志在行其所學，放浪嶺海，文不少衰，力幹造化，元氣淋漓，窮理盡性，貫通天人。）觀其議論卓犖，惜不爲世用。考其生平，才高足以致安而未邀君王之倚任，詩文足以傳世而不免政敵之詆誹；初授史官，遽補外任，暫爲侍從，遂竄南荒，可謂在朝日少，遷謫日多；得志時少，拂意事多。然觀其忠義奮發之氣，百折不撓之操，一皆發之於詩，而取精用宏，博覽子史，其文浩瀚，實非吾人所能窮其涯涘！

　　東坡一生，以才得名，亦以才致禍。自知當時語言文字之必得禍，竟譏訕新法，見之吟咏，致有《烏臺詩案》之禍（參見《甌北詩話》）。蓋其襟懷磊落，兼及才名震爆一時，是以身被縲絏，此亦遭時不逢，莫可如何者（見同前）。然難能可貴者，爲貶謫黃州後，詩文愈見精純，幾至化境，誠所謂「塞翁失馬，焉知非福」，歷數千載，人無不識東坡先生者，其禍福可知矣（參見《藏海詩話》）！

　　茲觀東坡詩文，詳究其入獄始末，其利有三：俾吾人文藝創作與作者經驗可相印證，此其一。詩文形式宜隱不宜顯，宜含蓄不宜道破，東坡才高志大，是以不拘拘於文辭，遭小人之圍剿，欲置之於死地，九死一生，倖免於難，其詩文之表達形式，必有其獨特處，足資吾人活用，此其二。一部《烏臺詩案》，實爲有宋新舊黨爭之史實，政治興衰，宦海浮沈，益增吾人深悟窮通有命，榮辱乃天。吾人從事詩文創作，自應字斟句酌，常留餘地，適足以避禍遠害，明哲保身。「前車之鑑，後車之師」，東坡《烏臺詩禍》振聵啓蒙，不可不詳，此其三。是以就詩集所引詩篇，探討其詩文創作之內容與形式。

　　首章略析東坡生平。東坡起自西蜀，適當熙寧、紹聖之會，邪說暴行，薰灼天下，始則上書攻法，託爲諷諫，構怨群小，至於放廢。其後屢召屢出，然猶隨地効忠，舉凡籌邊弭盜，備荒放欠，治河清漕，鮮不講求規畫，以期有補於國。既遷嶺南，坐不貼席，時以澤民爲念，終其身弗少懈。故跡其所爲詩，或取觀於興象，或

寓諷於聯吟，詞雖達而旨則隱，文或華而體實質，雖天才浩瀚而津涘莫測，未可遽以譚諧嘯傲視之也。吾人「知人論世」（參見《孟子》），庶幾無隔靴搔癢之譏！

　　次章論其政治背景。蓋仁宗朝時，元老重臣如韓琦、富弼、歐陽脩、司馬光等相繼執政，一以唐制為度，少所更動，與民休息，民賴以安。至神宗臨朝，心思疾治，王安石進言改革，深獲神宗之倚重。光爭言祖宗成法，不可遽改，屢未採納，乃力求外任，後移住洛陽，致力修《資治通鑑》，絕口不提朝政，安石立置制三司條例司，任呂惠卿、曾布等為謀主，創行新法，正儻少競進之日，群小得志之秋也。東坡於此時，極言新法之不利蒼生，寓物托諷，為民請命，是以有新舊派黨爭。新黨分子欲抨擊舊黨領袖司馬光，然光以謹肅聞名，無以致罪，東坡每有詩作，輒明諷暗喻，傳刻甚眾，人莫不知，是以此一新舊兩黨之爭，乃針對東坡《烏臺詩案》，欲置舊黨人士於萬劫不復之地，以收一網打盡之效。

　　三章論及「烏臺詩案」源起。新舊黨爭，新黨欲就媒孽東坡之罪狀，一舉剷除舊派之勢力，固為「烏臺詩案」之主因。然東坡忠規讜論、指陳時弊，莫不以新法不便民為旨歸，況東坡言事，頗動神宗心意（〈公墓誌〉云：王介甫欲變更科舉，神宗疑焉，使兩制三館議之。公議上，神宗悟曰：吾固疑此，得蘇軾議，意釋然矣。遂即日召見。），其勢乃不能容之，東坡襟懷浩落、個性通脫，是以人無識與不識，頃刻談笑，輒握手言歡；新黨既欲羅織舊黨罪狀，東坡詩文托諷，適為政敵所覬覦！當是時，東坡才名震爆一時，以才得名，亦以才致禍，一有詩作，人相爭誦（參見《甌北詩話》），加以得罪安石，詩諷李定，不誅東坡，新法恐將見棄，利祿亦恐不保，職是之故，東坡之有「烏臺詩禍」，固當然耳！

　　四章針對《烏臺詩案》中所引詩篇探討之。詩文創作之極致，乃是無道德目的，然有道德影響之作（凡是第一流藝術作品，大半都沒有道德目的，而有道德影響。荷馬史詩，希臘悲劇，以及中國第一流的抒情詩都可以為證。）。東坡所為詩文，出乎一己真摯情感，表達忠君愛國思想，兼備才情豐富之想像，是以深具道德影響。其創作詩篇之形式，無論辭藻、聲律或技巧，咸能表現李杜以來奇渾之詩風（東坡詞頗似老杜詩，以其無意不可入，無事不可言也。若其豪放之致，則時與太白為近。）（太白、東坡之詩所以獨高千古者，無他焉，蕭洒無塵，耿介絕俗，溫蠖無從攖，而世網無從犯也。），且博學多識，巧譬諸方，有詩人之情采，學士之風範。

　　然而欲明詩篇之內容與形式，蓋不得不求諸詩案有關之人物。與《烏臺詩案》有涉之人物，或見之於正史，間或無備於《宋史》，則《續資治通鑑長編》、《東都事略》多有論斷，略分敵、友二耑。東坡以政事之餘為詩，初不意以詩人終世，日後迭經宦海浮沈，黨爭不已，而君子、小人方判然於心。竟東坡一生，此敵友消長，

於東坡之人生觀無不影響至鉅，自是研究詩案不可不詳者，是以旁搜遠紹，明其淵源，於末章並附表以便參核。

歷來詩話提及《烏臺詩案》詩篇者亦夥，其或褒或貶，不一而足。詩人例窮蹇，然莫如東坡之屢召屢出，獄中百日者，詩話中言其獲罪詩文，頗堪玩味。就詩論詩，則東坡詩風不尚雄傑，其絕人處，在乎議論英爽，筆鋒精銳（參見《甌北詩話》），以事論詩，則東坡於情於事無不盡，天生健筆一枝，有必達之隱，無難顯之情，此所以繼李、杜後爲一大家也（見同前）。所選詩話，要在其立論持平，判斷公允而已，一併於詩篇探討之際賞析之。

五章言及《烏臺詩案》對東坡日後之影響。《烏臺詩案》於有宋一代，乃士大夫以詩文致禍之首，亦新舊黨爭興衰之寫照。究其影響有四。第一節敘述東坡人生觀之改變，乃由激進轉入恬淡，其心境亦由奔放至潛藏。第二節敘述東坡文學創作之內容，乃由批評時事，轉而爲寄情山水田園之作，由不滿新法，漸次不提政事。第三節敘述東坡文學創作之形式，乃轉爲大量寫詞，且詞風精深華妙，咸有膾炙人口之佳作。第四節論及元祐黨爭，蓋肇因於東坡論政，東坡一生宦途多舛，亦緣起於才高好謔之個性。綜論東坡文學創作之風格，此期獨具特色，足爲早期詩文及黃州詩詞之分界，亦爲東坡一生命運最悲慘之時，實爲詩風脫胎換骨之際。

末章呼應前論各章節，就東坡《烏臺詩案》前後之心境，試加比較，並得出此期詩風特色。內容上，不滿新法，頗多諷喻；形式上，各體兼備，技巧高明，特色上，托物寄興，言之有物。影響其人生觀之改變，文學創作之內容與形式，宦途之升沈以及詩風之轉變，重要性不可謂不大矣！

明乎此，而後吾人知烏臺獄災之前，東坡一心欲上報明主，下拯群黎，雖千萬人，義無反顧。然遭時不逢，適逢新黨排擠，以才致禍，初不意其獲罪入獄；其後方知時局乃有不可爲者。至謫黃州團練副使之後，雖悠遊自適，然一心仍繫朝廷；此後屢仆屢起，無一不是新舊黨爭所致。古云：「詩窮而後工」，東坡才學識無一不俱，觀其《烏臺詩案》更可得一明證。是以綜述前論，剝絲抽繭，沿其綱目，振其枝葉，欲藉此上探東坡悲天憫人之磊落胸次，下察其才華橫溢之詩文創作形式，俾吾人日後研讀東坡作品，得以明其梗概，掌其精義，有助發揚東坡詩之大義！

第一章　東坡生平事略

　　蘇軾，字子瞻，一字和仲，謫居黃州，築室東坡，因號東坡居士。宋仁宗景祐二年歲次丙子，十二月十九日乙卯，生於眉州眉山之紗縠行，亦即今之四川成都市。

　　眉山蘇氏，原籍趙郡，即今河北欒城縣；東坡父洵，曾作《蘇氏族譜》溯其始祖曰：「蘇氏出於高陽，而蔓延於天下；唐神龍初，長史味道刺眉州，卒於官，一子留於眉，眉之有蘇氏自是始。」（《嘉祐集》卷一三）自神龍元年至宋仁宗景祐朝，蘇氏落籍於眉已三百餘年。

　　眉州山水雄奇，風俗淳厚，東坡曾自述其教化近古者三：一曰士大夫貴經術而重氏族，二曰其人民尊吏而畏法，三曰其農夫合耦以相助，秉性淳樸。蓋有三代漢唐之遺風，為他郡所莫及者也（《經進東坡文集事略》卷五一）。東坡詠〈東湖〉詩：「吾家蜀江上，江水清如藍」，詠《遊金山寺》詩：「我家江水初發源，宦游直送江入海」（《蘇軾詩集》卷七），蓋眉州東瀕岷江，水色晶瑩，素有「玻璃江」之稱，泛舟江上，兩岸枝葉扶疏，如置身世外桃源，故又有「小桃源」之稱（《蘇東坡新傳》章一）。東坡〈法惠寺橫翠閣〉詩云：「已泛平湖思濯錦，更看橫翠憶峨眉」（《蘇軾詩集》卷九），又〈秀州報本禪院鄉僧文長老方丈〉詩云：「每逢蜀叟談終日，便覺峨眉翠掃空」（《蘇軾詩集》卷八），蓋眉州南華峨眉，蒼翠秀麗，東坡懷之甚深。山明水秀，地靈人傑，東坡之任俠好義、天才橫溢，蓋有得於江山之助乎！無怪乎仁宗皇帝親頒飛白之文，曰「合抱之木，不生於步仞之丘；千金之子，不出於三家之市。」（《經進東坡文集事略》卷四八）知人論世，不亦宜乎！

　　至蘇味道之子家於眉山，傳兩百餘年而至蘇涇，涇以前，皆不詳，涇生釿，釿以俠氣聞於鄉閭。釿生祐，祐以才幹精敏見稱。祐生杲，杲以孝友著名鄉里，乃東坡之曾祖父；為人輕財樂施，久致破業，厄於飢寒，然人無親疏，俱愛敬之（《東坡事類》卷二、《湛淵靜語》）。娶宋氏，事上恭謹，御下甚嚴。杲卒於太宗

淳化五年（994），享年五十一，以曾孫轍登朝，追贈太子太保，宋氏追封昌國太夫人。昊生序，序字仲先，東坡之祖；生於太祖開寶六年（973），自奉甚儉，樂善好施，才氣過人，雖不讀書，而氣量甚偉。嘗儲粟累年至三、四千石，會眉州大饑，即出所儲，自族人、次外姻、次佃戶、鄉曲之貧者，次第與之，皆無兇歲之患（《東坡事類》卷二、《師友談記》）。眉山蘇家，原非士族，蘇子由〈伯父墓表〉云：「蘇氏自唐始家於眉，閱五季皆不出仕，蓋非獨蘇氏也，凡眉之士大夫，修身齊家，爲政治鄉，皆莫肯仕者。」（《欒城集》卷二五）此亦地域環境與風俗習尚使然也。

蘇氏一族以詩文名世，蓋自序始。序晚歲好詩，敏捷立成，上自朝廷郡邑之事，下至閭里子孫畋漁治生之計，有所欲言，一發於詩，詩雖不甚工，然豁然大度，有以知其洞達事理矣！惜今亦不傳。序娶史氏，眉之大家，事姑甚謹，能得其歡心。序卒於仁宗慶曆七年（1047），享年七十五，以子渙登朝，授大理評事，卒後累贈職方員外郎，太子太傅：史氏夫人，先公十五年而卒，追封嘉國太夫人。生前有三子，長曰澹，不仕，亦先公卒。次曰渙，以進士得官，景祐四年（1037）卒。渙仕至都官郎中利州路提舉刑獄，凡其所至，咸有美稱，及其去也，人常思之，或以比漢之循吏（《東坡事類》卷二、《蘇廷評行狀》）。曾鞏〈贈職方員外郎蘇君墓志〉云：「蘇氏至渙，以進士起家，蜀人榮之，意始大變，皆喜其學，及其後，眉之學者至千餘人，蓋自蘇氏始。」（《元豐類薰》卷四三）蘇氏一族儕身仕宦，渙之功不可沒。序之三子，曰洵，字明允，號老泉，東坡之父，眞宗大中祥符二年（1009）生。

洵少不喜學，學句讀屬對聲律，未成而廢。生二十五始知讀書，從士君子遊。至二十七始發憤讀書，舉進士第，又舉茂才異等，皆不中，遂焚其文，閉戶讀書五六年，乃大究六經百家書說。於嘉祐年間，偕軾、轍二子至京師，歐陽文忠公獻其書於朝，士大夫爭持其文，二子舉進士，亦皆在高等，於是父子名動京師，而蘇氏文章擅天下，目其文曰「三蘇」（《東坡事類》卷二、《澠水燕談錄》）。歐陽文忠公稱其爲「縱橫上下，出入馳驟，必造於深微而後止，蓋其稟也厚，故發之遲；志也鑿，故得之精。」東坡詩亦云：「貧家淨掃地，貧女巧梳頭，下士晚聞道，聊以拙自修。」（《東坡事類》卷二、《鶴林玉露》）意謂學有遲速，藉以援引窮鄉晚學之士。洵之向學精神，實不可多得，東坡之博學廣識，其淵源有自，自不待言。洵有《嘉祐集》傳世。

洵之爲人，晦默剛靜，待人如己，端嚴刻厲，見有不善，斥之猶恐不及。其於書畫藝文，每有所獲，眞以爲樂。故東坡〈四菩薩閣記〉云：「始吾先君於物無所好，燕居如齋，言笑有時，顧常嗜畫，弟子門人無以悅之，則爭致其所嗜，庶幾一解其顏，故雖爲布衣，而致畫與公卿等。」（《經進東坡文集事略》卷五四）且又根據朱

謀垔《書史會要》，則老泉工書法，氣韵有餘，蜀人極不能書，元祐間，軾以字畫名世，其實濫觴於洵。由此可知，東坡自幼受父親藝文陶染，青出於藍，然洵啓發之功不可沒也！

洵與程氏夫人有子三人，女一人。長子景先早卒，次子即軾，軾弟轍；女曰八娘，適舅氏程濬之子之才字正輔者。軾於幼時，與弟轍俱受教於母親程氏，明古今成敗，歷代興衰、慨然有澄清天下之大志（《宋史本傳》卷三百三十八、《列傳》九七）。此於日後屢進善言，數勸神宗萬言書，可知其忠奮愛君之心，不畏權勢之識，由斯奠基。軾又常與弟轍相偕市觀，目睹傖夫俗子百態，寄予極深同情（《蘇軾詩集》卷四）。此後爲地方父母官，頗能紓解民困，發爲詩什，其來有自。

東坡於詩書藝文無所不好，深於策論子史，兼達佛理莊老，是以堪稱「全才」，曾自謂行文適意，止於不能不止（《經進東坡文集事略》卷四六），然則何以其文學創作如此優異，令人稱羨？

蓋藝術創造必仰賴天才與人力，二者缺一不可。東坡才華一則得自遺傳之穎悟，一則得自環境之陶染、時代之激盪。況且東坡能蓄積各類媒介之知識，模仿前人傳達技巧，且不斷從事作品之鍛鍊（參見《文藝心理學》章一四），是以鬱積奮發，其詩作無不呈現逸興遄飛，風格獨特之意境。

綜言之：東坡任俠好義，樂善好施，得之於先世之遺傳，眉州山明水秀，地靈人傑，是以其靈感豐富，才華橫溢。而究其書畫藝文實得之於父親所浸漬，其好學不倦，亦乃父洵之啓迪。至於胸襟見識，則得之於母教，以其敏銳之觀察力，豐富之學識，因而得天獨厚，詩文各期皆有其特色。

東坡生平，據今人洪瑀欽先生所著《蘇東坡之文學研究》，區分其文學作品爲十一期，即涵養陶鍊、充滿鬱勃、初任鳳翔、抗議變法、自請外任、逮捕貶謫、暫歸朝廷、忙中優游、白鶴新居、放逐孤島以及向北永眠（《蘇東坡文學研究》、文大博士論文），析之甚細。

然參閱王文誥《蘇文忠公詩編註集成》，《蘇海識餘》卷一，益以筆者拙見，洪氏之分期未能全窺其詩文創作之風格，其理有四。東坡熙寧二年以前，乃一生際遇最平坦之際，詩作充滿意氣，壯志凌雲，詩風俊逸。洪氏析爲涵養陶鍊、充滿鬱勃與初任鳳翔，失之過細，未能審其詩作之精神，此其一。東坡自抗議新法迄赴御史臺，期間充分表露憤世嫉俗、爲民請命之胸懷，詩篇用語激切，極盡明諷暗喻之能事，自成風格，與前後期詩作截然不同，實爲其人生轉捩點，影響日後黨爭迭起甚鉅，自應分述爲宜，此其二。《烏臺詩案》後，東坡被謫黃州，詩風首次蛻變，詩文漸臻渾融，詞作亦多佳構，自當獨立成章，以窺其行止適意之精神面貌。若與「逮

捕」一事合述，則涇渭未明，乏善可陳，此其三。東坡於元祐四年二度赴杭，迭經黨爭之起落，以至數遭外放，遂貶嶺南，可大別爲黨爭時期、外放時期及南謫時期，方能見其詩文創作之脈絡，與夫詩文風格之承轉。

本論文即據陳師伯元之指點，畫分東坡詩文爲六期，以明詩風之轉變。此六期即一、初歷仕宦——熙寧二年（1070）還朝以前。二、《烏臺詩禍》——熙寧二年迄元豐二年（1070～1080）。三、黃州貶謫——元豐二年迄元豐八年（1080～1086）。四、元祐回朝——元祐元年迄元祐六年（1086～1091）。五、誣謗叢生——元祐六年迄紹聖元年（1091～1096）。六、遠謫嶺南——紹望元年迄靖國元年（1096～1101）。明此六期之詩風流變，則東坡之文學成就於焉昭然！

茲以其生平事略，依上列所畫詩文創作之時期，擇要敘述，則其宦途升沈，詩風流變得以了然於心。

第一節　初歷仕宦

東坡三十四歲以前，詩文充滿俊逸之氣，乃根植於自幼之涵養陶鍊。蘇東坡（1036～1101）乃蘇洵與程氏夫人之次子，長子景先未成年而死。幼年時期，胞弟子由與東坡俱受教於母親程氏：東坡八歲入小學，以道士張易簡爲師，與陳太初同受老師之賞識（參見《東坡志林》卷二）。父洵常游學四方，是以東坡幼承母教，程氏親授書，心慕范滂之爲人，東坡亦深嚮往（《蘇文忠公詩編註集成》卷一），頗明古今成敗與歷代興衰。

不唯如此，東坡年少即志於學，游於藝，才華外溢，善於積學儲寶，以故深獲蘇洵之器重。《侯鯖錄》載東坡年十餘歲在鄉里，見其父誦歐公謝宣告赴學士院，仍謝對衣及馬表，其父令東坡擬之，東坡即有「匪伊垂之帶有餘，非敢後也，馬不前。」句，其父喜曰：「此子他日當用之。」（《蘇文忠公詩編註集成》卷一）即知東坡自幼閑於用典，勤於志學，其日後卓然不群，能張大詩詞新面目者緣此乎！

十至十九歲間，東坡致力於陶鍊涵養其學識襟度，自言爲應制科舉而讀書作文（《經進東坡文集事略》卷四七）。

二十歲之東坡，隨父洵首次離鄉赴成都，首謁張方平，得國士之禮遇。（《蘇文忠公詩編註集成》卷一）東坡博通經史，屬文日數千言，好賈誼、陸贄書。東坡曾讀《莊子》，歎曰：「吾昔有見，口未能言，今見是書，得吾心矣！」仁宗嘉祐二年，東坡及第禮部試，方時文礫裂詭異之弊勝，主司歐陽脩思有以救之，得軾〈刑賞忠厚論〉，驚喜，欲擢冠多士，猶疑其客曾鞏所爲，但置第二；復以春秋

對義居第一（《蘇文忠公詩編註集成》卷一）。當時主試者，除歐陽脩外，尚有梅摯、王珪、范鎮、梅堯臣等，均一時碩彥。歐公極推崇東坡之才學，曾言「吾當避此人出一頭地。」聞者始譁不厭，久乃信服（《蘇文忠公詩編註集成》卷一）。適此仕宦之初，歐公於東坡可謂能識千里馬之伯樂也，惜其於熙寧五年卒，不及拔擢，然東坡以一後起之秀，見稱於朝野者，蓋皆歐公之援引矣！

　　值此仕宦良機，倘能施展長才，自當獲君王之倚重。然東坡於嘉祐二年五月丁母喪，返鄉守喪三年，遂失一展才學之良機。嘉祐五年，調福昌主簿，歐陽脩以才識兼茂，薦之秘閣。試六論，文義粲然，復對制策，入三等。自宋初以來，制策入三等，惟吳育與東坡而已！旋除大理評事，簽書鳳翔府判官。其間曾拜謁文宣王廟，親視石鼓，有名之〈鳳翔八觀〉，即為此期代表作，詩風勃鬱，意氣飛揚（參見《蘇文忠公詩編註集成》、《蘇海識餘》卷一）。

　　嘉祐五年，東坡離開京師赴鳳翔任，曾與弟有詩作唱和，充滿對人生離別之無奈，〈和子由澠池懷舊〉云：「人生到處知何似，恰似飛鴻踏雪泥！泥上偶然留指爪，鴻飛那復計東西。老僧已死成新塔，壞壁無由見舊題，人生崎嶇還記否，路長人困蹇驢嘶。」（《蘇軾詩集》卷三）手足之情，躍然紙上，此首七律，堪稱東坡第一名篇，巧譬善喻，情景交融，洋溢其豪情壯志。

　　治平元年十二月，東坡鳳翔任滿。治平二年還朝，入判登聞鼓院，參加召試，入直史館，英宗意頗善視之。值此際，東坡仕途已見轉機，詎料五月，夫人王氏卒，治平三年四月，父洵又逝。東坡於治平四年四月返鄉，葬父於眉山。熙寧元年，與王氏從妹再婚，十二月與弟轍同率家族赴京師。父死母歿，待熙寧二年還朝，政局已大大不同，東坡未得君王之倚任，其命矣夫！

　　世之懷才不遇，能釋懷者有幾？孟浩然以「不才明主棄」干君主之怒，終其一生，宦途多舛，此豈浩然之所欲？東坡以才識兼茂，忠心赤忱，自信以己之能，必獲明主青睞，上佐明君，下理陰陽，詎料雙親遽逝，屢受羈絆，若非淡泊明志，胸襟放曠，何能奮揚自勵？東坡不徒不以酒色自迷，且能發而為詩文創作，懸忠義於詩什，寄曠達於詞令，真乃奇才異葩，世不多見者。

　　然而人生境遇乃隨時局而轉變。熙寧元年四月，王安石入京上書言新政，神宗聞之如魚得水，新法一一施行，針對司馬光之守成一派予以無情之抨擊，東坡遂成新舊黨爭之犧牲品，東坡才高志大，肆言無忌，於此際，復轉入另一人生境界。

第二節　烏臺詩禍

　　此期值東坡三十四歲至四十四歲之間，正值創作力豐沛之顛峯。十年之間，東坡以新法不便百姓，故發而為詩文，欲效唐杜甫、韓愈等人，創作史詩以諫君主。職是，東坡伸展其同情心，擴充其想像力，描摹一己對人情、物理，深廣、眞確之認識，出之以廣引博喻，用典寫物，或律或散，或詩或文，忠君愛民之胸懷，昭然可見。

　　英詩人雪萊（Shelley）曾言道德本於仁愛，君子須能深刻、廣濶地想像，且設身處地關懷人類之憂喜苦樂，是以有道德影響（參見《文藝心理學》）。東坡有意無意間，表達其人生態度及道德尺度，亦本儒家仁愛之襟度。

　　熙寧元年七月，東坡除父喪，次年還朝，以殿中丞直史館，任官告院。八月，司馬光薦東坡為諫官。熙寧三年三月，舉子希合爭言成法非是，東坡擬〈進士對御試策〉一道，責宰相救之，不可（《經進東坡文集事略》卷二一）。此時，在朝言新法不利者皆外放，錢藻守婺州，劉攽倅泰州，曾鞏倅越州，趙抃以諫青苗，除知杭州，呂希道出守和州，章衡出守鄭州，蔡冠卿出守饒州，文同出守陵州，凡此等皆正直人士，義之所在，利無反顧者，東坡並皆有詩送之，中頗微言，道及朝廷用人失當之語，日後皆忤於政敵。

　　熙寧四年，王安石欲變科舉，興學校。因詔兩制三館議之。東坡上〈議學校貢舉狀〉（《經進東坡文集事略》卷二九），神宗即日召見，勉之以「凡在館閣，皆當為朕深思治亂，無有所隱」，既退，言於同列，安石不悅，命權開封府推官，將困以事（《蘇文忠公詩編註集成》卷六）。東坡決斷精敏，聲聞益遠。會上元勅府市浙燈，且令損價，遂上〈諫買浙燈狀〉（《經集東坡文集事略》卷二九），及奏，上即詔罷之。東坡驚喜過望，至於感泣，以為有君如此，當披露腹心，捐棄肝腦，而王安石創行新法，實治亂之機也。二月，上神宗書（《經集東坡文集事略》卷二四）。三月，詔使監司體量抑配，又將先試三路，因再上神宗書（《經集東坡文集事略》卷二九）。奏上皆不報。東坡見安石為政，每贊人主以獨斷，神宗專信任之，因考試開封進士發策，以「晉武平吳以獨斷而克，苻堅伐晉以獨斷而亡，齊桓公專任管仲而霸，燕噲專任子之而敗，事同而功異」為問，安石滋怒。會詔舉諫官，范鎮應詔舉東坡，安石懼，疾使謝景溫力排之，誣奏公過，安石窮治無所得，范鎮為上疏辯誣，且攻安石，詔鎮致仕（《蘇文忠公詩編註集成》卷六）。六月，東坡以太常博士直史館通判杭州。時方行青苗、免役、市易，浙西兼行水利鹽法，地方騷然，東坡常因法以便民，民賴以少安；然心實不能無所感，是以發為詩篇，

作初到杭州寄子由詩：「眼看時事力難任，貪戀君恩退未能。遲鈍終須投劾去，使君何日換聾丞，」又：「聖明寬大許全身，衰病摧頹自畏人。莫上岡頭苦相望，吾方祭竈請比鄰。」（《蘇軾詩集》卷七）

　　熙寧五年，高麗使者發幣於宋，書稱甲子，東坡卻之曰：「高麗於本朝稱臣，而不稟正朔，吾安敢受？」使者亟易書稱熙寧，然後受之（《蘇文忠公詩編註集成》卷七）。八月，東坡監試於中和堂，以其時所取文體甚陋，呈諸試官詩。九月，朱壽昌求母五十年，得之蜀中，有詩以譏諷李定，以是結怨。十月，赴湯村開運塩河，雨中督役，有詩涉言時事。十二月，少子過生。

　　熙寧六年，所作詩文為人爭相傳誦，致為舒亶、李定等政敵引以為譏諷文字。舒亶摘其熙寧四年〈戲子由〉詩：「讀書萬卷不讀律，致君堯舜知無術」（《蘇軾詩集》卷七），乃譏諷朝廷明法以試郡吏。又引本年（熙寧六年）所作〈山村〉詩：「贏得兒童語音好，一年強半在城中」（《蘇軾詩集》卷九），乃譏諷朝廷以本業發錢；「豈是聞韶解忘味，邇來三月食無塩」（《蘇軾詩集》卷九），乃譏諷朝廷謹塩禁。又〈八月十五日看潮〉五絕：「東海若知明主意，應教斥鹵變桑田」（《蘇軾詩集》卷一○），乃譏諷朝廷興水利。蓋東坡此等詩什，鋒芒太露，是以政敵無法坐視，欲鏟除之而後安！是時，御史中丞李定亦引東坡〈次韻答章傳道見贈〉：「馬融既依梁，班固亦事竇」（《蘇軾詩集》卷九），及〈徑山道中次韻答周長官兼贈蘇寺丞〉：「奈何效燕蝠，屢欲爭晨暝」（《蘇軾詩集》卷一○），言東坡銜怨懷怒，恣行醜詆，見於文字，或有燕蝠之譏，或有竇梁之比。蓋東坡博學多才，是以用典使事，無一不當，令政敵欲陷無門，乃搜羅東坡詩什，以為罪證。舒亶、李定劄子，俱見於《烏臺詩案》中。

　　熙寧七年，公以太常博士直史館權知密州軍州事，罷杭州通守任。十月，王安石為呂惠卿所排，而曾布亦逐，為〈詠王莽〉以諷王安石，〈詠董卓〉詩以諷呂惠卿。十一月，赴密州任，進謝上表。廿四日，〈上蝗菑乞量蠲秋稅狀〉（《經進東坡文集事略》卷四三），極論手實法之酷，並論方田均稅之患、京東河北榷塩之害；其免役法，請用五等古法補救之（《蘇文忠公詩編註集成》卷一二）。十二月，論河北京東盜賊狀。蓋東坡意謂王安石下野，或神宗有以思罷新法，是以屢上奏疏，欲效忠誠。

　　熙寧八年，七月有〈後杞菊賦〉，十一月有〈超然臺記〉，並〈再論京東河北榷塩之害〉，〈上文彥博書〉（《蘇文忠公詩編註集成》卷一二）。〈後杞菊賦〉言「及移守膠西，齋廚索然」，後涉及譏諷朝廷減削公使錢太甚。〈超然臺記〉云「歲比不登，盜賊滿野」，後涉及非諷朝廷政事闕失並新法不便，俱詳見於《烏臺詩案》中。

　　熙寧九年，東坡年四十一。十月王安石罷，出知江寧府，吳充、王珪並同中書

門下平章事，馮京知樞密院事。七月登超然臺，詔封常山之神爲潤民侯，蓋東坡知密州，乃太守職，是以時奉詔禱於常山，有祭常文。此時，〈水調歌頭〉詞出，中云：「我欲乘風歸去，又恐瓊樓玉宇，高處不勝寒」（《東坡樂府箋》卷一），可知其一心繫念朝廷。十月，子由罷齊州掌書記，回京，上論時事書及青苗、免役、保甲、市易四事，蓋欲乘神宗厭棄安石之時，爲一擊必中之舉。

熙寧十年，三月范鎮往西京，東坡作詩送之云「小人眞闇事，閒退豈公難」（《蘇軾詩集》卷四），以諷小人以小才而享大位。四月赴徐州任，進謝上表。八月，河決澶淵，入巨野首，灌東平。復五日，水及徐州城下。九月，水高於城中，而外小城東南隅不沈者三版，起急夫五千人與武衛、奉化牢城之士，築堤九百八十四丈，堤成而水自東南隅來，遇堤而止（《蘇文忠公詩編註集成》卷一五）。

元豐元年，二月朝廷降敕獎諭，勉其親率官兵，救護城郭之功，東坡因改徐州外小城爲「黃樓」，作獎諭敕記刻石，並作熙寧防河錄，東坡復有謝獎諭表。十月，奏徐爲京東安危所寄，兵單俗悍，乞不禁利國監鐵團冶戶爲衛，並移南京新招騎射指揮，兼領沂州兵甲巡檢公事，欲以自效；又言有司當岬部送，清盜源而肅軍政，更於西北五路兼唐法選士，補牙職，第其功閥，朝廷察尤異者擢之，以收豪桀而資國用，皆不報。東坡以利國監無備，使冶戶各以其長爲隊，習槍刃而月校之，統於官焉（《蘇文忠公詩編註集成》卷一七）。

元豐二年，正月約滕甫議奉行新法，蓋東坡觀元豐初，政與熙寧異，知神宗已隨事救改，因與甫議相約，期以晚節報効神宗，東坡識見可謂遠矣（《蘇文忠公詩編註集成》卷一九）。復上乞醫療病囚狀，東坡重惜人命，哀矜庶獄，可謂至矣！二月，盜窺利國監，使沂民程棐往捕之。三月，至靈壁鎮，作〈張氏園亭記〉，中云「古之君子不必仕，不必不仕；必仕則忘則身，必不仕則忘其君，譬之飲食，適於飢飽而已」，李宜之提學淮東常平回京，即從張碩取去論奏，以阿附臺諫。四月到湖州任進〈謝上表〉。七月何正臣、舒亶、李定、李宜之摭公詩文表，語祖述沈括之謀孽，且舉冊以進，神宗欲申言者路，送御史臺根勘（《蘇文忠公詩編註集成》卷一八）。二十八日，臺吏皇甫遵到湖追攝，公就逮，惟邁徒步相隨，郡人送者雨泣。八月十八日赴臺獄，張方平、范鎮上疏論救，子由乞納在身官贖兄罪，皆不報。十月勘狀上，太皇太后諭曰「今聞軾以作詩繫獄，得非小人之中傷之，攎至於詩，其過微矣，吾疾勢已篤，不可濫，致傷中和。」（《蘇文忠公詩編註集成》卷一九）聞慈聖服藥，降德音，死罪囚流以下釋之。會慈聖升遐，十二月會赦，當原。群小力爭，乞不赦，鍛鍊久不決，會吳充、章惇爲營解，神宗亦憐之。二十九日，東坡準敕責授檢校尙書水部員外郎，充黃州團練副使，本州安置，不

得簽書公事。(《蘇文忠公詩編註集成》卷一九)凡到湖追攝迄準敕責授日,約百日,株連大臣無數,皆降職或罰銅有差。

自熙寧二年迄元豐二年,東坡詩文內容以批評新法爲主,兼發抒一己懷才不遇,不爲世用之苦悶,偶與友朋酬酢,喜以君子自比,直指小人奸邪,可謂慷慨悲歌、遭時不逢。其詩文形式,則多五古、七古,雄渾豪邁,用典使事,間以譬喻、形容,描摹入微,此於日後黃州詩詞,多所啓發,不可不知,復於日後人生觀之轉變,亦不可不詳!

第三節　黃州貶謫

此期值東坡四十四歲至五十歲之間,其思想、創作詩文,歷經百日獄後,頗思清淨無爲,是以築室東坡,自號東坡居士,日與父老尋溪傍谷,釣魚採藥以自娛,是以描摹山水田園之詩什甚夥!

尤有可觀者,乃是東坡黃州詩詞。《懷麓堂詩話》曾言:

> 昔人論詩,謂『韓不如柳,蘇不如黃』。雖黃亦云「世有文章名一世」,而詩不逮古人者,殆蘇之謂也,是大不然。漢魏以前,詩格簡古,世間一切細事長語,皆著不得。其勢必久而漸窮,賴杜詩一出,乃稍爲開擴,庶幾可盡天下之情事。韓一衍之,蘇再衍之,於是情與事,無不可盡。而其爲格,亦漸粗矣。然非具宏才博學,逢原而泛應,誰與開後學之路哉?(參見《麓堂詩話》)

而紀曉嵐針對東坡詞,亦曾論之:「詞自晚唐、五代以來,以淒切婉麗爲宗,至柳永而一變,如詩家之有白居易;至蘇軾而又一變,如詩家之有韓愈;遂開南宋辛棄疾等一派。尋源溯流,不能不謂之別格,然謂之不工則不可,故今日尚與花間派並行而不能偏廢。」(《四庫全書總目提要》)此評誠然。東坡居黃五年,頗多膾炙人口詩作,而詞作尤臻上乘。王世貞曾言:「明月幾時有,把酒問青天,快語也。大江東去,浪淘盡,千古風流人物,壯語也。」(《詞話叢編》、《弇州山人詞評》)其大江東去詞即爲黃州時作,蓋其自謫黃州,寄情填詞,以澆塊壘,以故感慨愈深,靈感斯起,遂至上天入地,冥搜晨思,咸有佳構矣!

黃州與京師遠隔,是以東坡得有閒暇,創作書、記、銘、跋,日日飲酒,填詞作詩。元豐五年,築東坡雪堂,始自號東坡居士,作雪堂記(《蘇文忠公詩編註集成》卷二一)。元豐六年,東坡第四子遯生,頎然穎異,曾作〈洗兒詩〉云:「人皆養子望聰明,我被聰明誤一生,惟願孩兒愚且魯,無災無難到公卿。」(《蘇文忠公詩編

註集成》卷二二）語甚沈痛，蓋黃州時之東坡，曾患目疾，會曾聾歿，人傳聞東坡亦同日遷化，神宗以詢蒲宗孟，輟飯而起（《續通鑑長編：京師盛傳軾已白日仙去，上對左丞蒲宗孟歎息久之。），可知神宗仍有惜才之意，然群小所沮，命格不下，此東坡所以深感盛名所累矣，亦不能無所諷刺在朝執政者皆愚且魯也！

　　元豐七年，東坡赴汝州團練副使任，過金陵，數見王安石於蔣山，論西夏用兵東南大獄事（《蘇文忠公詩編註集成》卷二四），並有詩篇往來。然此時東坡歷風濤驚恐，幼子喪亡，資用罄竭，無以出陸，是以乞有田在常，願居常州，迄元豐八年，再上乞常州居住表，於是告下許之（《蘇文忠公詩編註集成》卷二四、二五）。三月，神宗崩，宣仁垂簾，哲宗即位，東坡聞遺制成服，並為張方平作神宗功德疏，東坡作〈神宗挽詞〉。六月告下，復朝奉郎起知登州軍州事。過潤州、真州、揚州、楚州、海州，並有詩詞，十月抵登州，旋即告下以禮部郎中召還。李定知宣仁有意提舉東坡，於東坡別登州時，特為盛會，極其款洽（《蘇文忠公詩編註集成》卷二六）。十二月，東坡上議登州水軍狀、乞罷登、萊榷鹽狀，抵京師，至禮部郎中任。時司馬光常見侮章惇，光困甚，東坡代為寬言之，惇遂止，光賴以安。與光議差役、免役法之利弊，意免役法行之十六年，多所更改，不應遽去之。光大不以為然，又復言給田募役法之利民，光亦以為不可，遂不復言其事矣（見同前）！

　　綜述此期東坡心境，以元豐六年題詠〈東坡〉可證。詩云：「雨洗東坡月色清，市人行盡野人行；莫嫌犖确坡頭路，自愛鏗然曳杖聲。」（《蘇軾詩集》卷二二）躬耕田畝，恬淡自適，已不復見《烏臺詩禍》時，激切尖銳之用語，而不屈不撓之氣卻出之以平淡洗練之文詞。

第四節　元祐回朝

　　此期東坡值五十歲至五十六歲之間，神宗在世時，以任用王安石故，欲起用東坡而不果，加之以當路者巧語醞釀，遂有五載黃州之貶。然神宗亟歎人才實難，遂於元豐七年，將東坡量移汝州。會神宗崩，未果復用，哲宗即位，宣仁垂簾聽政，頗復用元老重臣，東坡此時，得以施展所學，報効朝廷，然亦因驟履要地，遂掀起一場朋黨之爭。

　　元祐元年，東坡以七品服入侍延和殿，改賜銀緋，子由亦赴右司諫任。此時方罷免役，復差役法，東坡上議，遂遷中書舍人。五月，韓維拜門下侍郎。韓維者，乃神宗潁邸，日夕稱薦王安石之人。自韓維出，朔黨之所由起也（《蘇文忠公詩編註集成》卷二七）。先是韓絳本附王安石以取相位，其弟縝又繼為相，與呂惠

卿、蔡確、章惇、蔡京，皆先後有連，其門生故吏，此趨彼附，本屬一氣，無從
區別。子由將此數姦攻去，皆其黨所切齒者，時韓維猶爲執政引用，親舊分布要
近，明年范百祿，呂陶等，復將韓維攻去，又皆川人所爲，於是朔黨指東坡爲川
黨，而洛黨指東坡爲蜀黨（見同前）。所謂洛、蜀黨，各以文學爲氣類，其人皆犖
然可數，半皆酸澀，毫無囊橐，不能與累朝累世權姦將相，合群羽翼相抗。而東
坡於此時任中書舍人，職當「隨房當制，事有失當，及除綬非人，則論奏封還詞
頭」（《宋史》一六一職官志），是以有勑、狀、剳、責詞等，皆熟諳制誥、無所迴
避。而其中以行呂惠卿安置建寧軍責詞，（《經進東坡文集事略》卷三九）意氣昂
揚，指陳得失，言無輕發，語皆傳神。值九月，司馬光薨，東坡率兩制官，自使
所往弔，其孤康以古禮治喪事，不受弔，衆方譁：事所主者，程伊川一人，東坡
以語譏誚伊川鄙俚，衆皆大笑，然此亦結怨之端，遂率兩制官祭之。

　　東坡由中書舍人而擢升翰林學士承旨，初次大展長才，屢經要職，以此鋒芒畢
露，毀譽隨之而至。方司馬光卒，時臺諫多爲光之人，皆希合以求進，惡東坡以直
形己爭，求其瑕疵，既不可得，則祖述熙寧間，沈括、舒亶、李定、何正臣、李宜
之謗訕之說，以病東坡。朱光庭摭策問，語誣以人臣不忠，請正考試官罪，以陷東
坡。東坡上辨試館職策問剳，光庭又論罪不當放，攻益峻，自是朋黨之禍起（參見
《蘇文忠公詩編註集成》卷二七）。

　　元祐二年，呂陶、范百祿劾韓維，罷朔黨，以公爲川黨。洛黨賈易投朔黨，攻
東坡，並請逐其師，語侵文彥博，宣仁怒，罷易諫職（《續通鑑長編》：八月，蘇軾、
程頤既交惡，其黨迭相攻，賈易請倂逐二人，語侵文彥博，太皇太后怒，呂公著言
第不可復處諫列耳，乃止，罷易諫職）。然朋黨之爭旋因楊康國、趙挺之復祖述沈括、
舒亶、李定、何正臣、李宜之、朱光庭、賈易謗訕之說繼起。元祐三年，東坡以群
小攻擊不已，連上剳以疾乞郡，及召見，宣仁諭曰：「兄弟孤立，自來進用，皆朝廷
主張。今但安心，勿恤人言，不用更入文字求去。」（《蘇文忠公詩編註集成》卷三
〇）四月，東坡鎖宿禁中，召入對便殿，宣仁復諭曰：「官家在此，有一事久待，要
學士知。學士進用，乃神宗皇帝之意。帝每歎曰：「奇才！奇才！然未及進用卿耳！」
（見同前）。東坡以是感泣失聲，宣仁復勉其竭盡心事，以報神宗知遇之恩。歷時半
年，東坡欲上報先帝，故專力任職，後權知禮部貢舉。東坡以群小交攻，讒謗日至，
數引疾乞外。元祐四年，拜龍圖閣直學士，出知杭州。

　　二次赴杭，適逢大旱，饑役並作，因上乞賑浙西七州狀（《蘇文忠公詩編註集成》
卷三一）。復於元祐五年，繼朝免供米三之一，而減價糶常平米。水旱之後，疾疫並
作，乃裒羨緡，發私橐，置病坊於衆安橋，分坊治病。旋因利勢導，乞度牒開西湖

狀（《經進東坡文集事略》卷三四），東坡時至往視；其後提成，偏植芙蓉、楊柳，以固隄址，而陰不可待，更為九亭，以休行人，族人皆便之，遂名「蘇公堤」（《蘇文忠公詩編註集成》卷三二）。

　　元祐六年，召為吏部尚書，未至，以弟子由除左丞，改翰林丞旨兼侍讀。先是劉摯、劉安世攻敗洛黨，摯已在執政，既乃劉安世劾罷范純仁，及劉摯代純仁為相，王巖叟為樞密使，梁燾為禮部尚書。劉安世久在諫垣，招徠羽翼，益朱光庭、楊畏、賈易等，失其領袖，皆附朔黨，以干進用。摯擢易為侍御史，使驅東坡，意在傾子由也。構難方急，於是東坡論朋黨之患，再乞郡剳（《蘇文忠公詩編註集成》卷三三）。賈易、趙君錫、安鼎復祖述沈括、李定等訕謗之說，摭詩語彈奏東坡、子由，乃以龍圖閣學士出知潁州。自東坡入侍朝廷，至出潁州，凡六年間，黨爭不已，交相攻詰，幸賴宣仁護之，得以施展大才，此期乃東坡一生最得意際，亦東坡心力交瘁時。詩作已無黃州之淡適，乃有窮而不怨、泰而不驕之慨，然泰半應酬唱和之作也！

第五節　謗誣叢生

　　此期東坡值五十六歲至六十一歲之間，朋黨傾軋之後，東坡乃致力濟民賑饑，修護溝洫，因上疏論淮南盜賊，乞賜度牒斛斗，準備賑濟淮浙流民，並汝陰大雪，發義倉穀救之。元祐七年，以龍圖閣學士知揚州。道過濠、壽、楚、泗間，皆屏去吏卒，親入村落訪民疾苦，知民畏催欠，乃甚於水旱矣！乃上論列積欠六事，與杭州四事剳子（《經進東坡文集事略》卷三六），詔免積欠。因和陶淵明飲酒，其十一章云：「詔書寬積欠，父老顏色好，再拜賀吾君，獲此不貪寶。」（《蘇軾詩集》卷三五）其為民紓困，民怨稍解，而東坡之樂有如此者！八月，東坡復為漕運請命，乞罷轉般倉斛斗倉法，詔復舊法，如所請，遂遷兵部尚書。旋因詩文得禍，元祐八年，黃慶基、董敦逸復祖述沈括、舒亶、李定等訕謗之說，彈奏東坡與子由。呂大防亟言真宗、仁宗之世，未聞當時士大夫有謗毀先帝者也；此惟元祐以來，言事官用此以中傷士人，兼欲動搖朝廷，宣仁亦以神宗追悔往事，至於泣下諭哲宗，是以敦逸、慶基皆黜，東坡亦以兩學士出知定州（《蘇文忠公詩編註集成》卷三六）。

　　元祐八年，東坡因哲宗親政，人懷顧望，宰相不敢言，慮小人乘間害政，屢上諫剳，累奏不報，頗感悟之。乃赴定川軍州事，免保甲及兩稅折變科配，有以優異其人，時加撫循，以為邊備；然有以便民處，皆一一奏報朝廷。元祐九年三月，子由以諫止言官事，為群小李清臣、鄧潤甫所攻，哲宗震怒，東坡謫守汝州。四月詔

改紹聖元年，時朝局大亂，虞策、來之邵復祖述沈括、何正臣、舒亶、李定等訕謗之說，撼兩制語論奏，東坡責知英州。劉拯復祖述之，告下，合敘復日不得與敘，仍知英州，自是已三改謫命矣（《蘇文忠公詩編註集成》卷三七）。群小未愜，屢攻不已，此朋黨之餘烈深矣！猶有未足者，復於六月，章惇、蔡卞、張商英等復祖述之，東坡遂有惠州之貶。（參見《蘇文忠公詩編註集成》卷三七）。

此期東坡宦途急轉直下，究其因，不外哲宗親政，信用小人耳！元祐以來，新法遽行，新黨所親信者，不外乎呂惠卿、曾布之流，苟為進用，希顏求合，一旦得勢，傾謫元臣，東坡此時心境已轉悽惻，仕途坎坷，世態炎涼，既了然於心，復不忘君國之厄，百姓之苦，是以感喟「靈均去後楚山空，澧陽蘭芷無顏色」（《東坡樂府箋》卷二）沈痛已極，溢於言表。

第六節　遠謫嶺南

此期值東坡六十一歲至六十六歲之間，乃東坡一生中最潦倒之際，和陶詩為此期之代表作。

紹聖初，御史共論東坡掌內外制日所作詞命，以為議斥先朝，以本官出知英州，尋降一官。復貶寧遠軍節度副使，惠州安置。惠州三載，雖瘴癘所侵，然胸中淡然，畀疾苦者以藥，納殯斃者以竁，復造東新、西新二橋，以濟病者涉，惠人甚敬之。然其〈縱筆〉詩云：「白頭蕭散滿霜風，小閣藤牀寄病容，報道先生春睡美，道人輕打五更鐘。」（《蘇軾詩集》卷四〇）執政聞而怒之，復遷瓊州別駕，安置昌化。昌化地處海隅，非人所居，大抵居無定所，儋人為築桄榔菴，曾自云：「食無併日，衣無禦冬，淒涼一身，顛躓萬狀，恍若醉夢，已無意於生還。」（《經進東坡文集事略》卷二六）然天性曠達，亦泰然處之。

元符三年，徽宗即位，大赦天下，東坡獲移，改舒州團練副便，永州居住。臨行，儋人爭致餽贈，沿途送別。行抵英州，復朝奉郎提舉玉局觀，任便居住，旋因瘴毒大作，歿於常州，葬於汝州，享年六十六。

東坡一生坎坷，遭時不逢，然生性豁達，隨遇而安。觀其始終信道直前，事有尊主澤民者，便忘軀為之，禍福得喪，置之度外。然其一生，實為宋代新舊黨爭之寫照。權臣誤國，以詩人文字構陷之，遂使忠臣見黜，流離至死，此非天意乎！

此期詩風，已淡如白水，和陶詩全入化境，其辭微，其旨隱，其無怨無怒，可見其怡然自得，襟度何等恢闊！

綜上而言，宜乎《宋史本傳》贊之以器識閎偉，議論卓犖，文章雄雋，政事精

明，四者皆能以特立之志爲之主，而以邁往之氣輔之（參見《宋史》三百三十八卷、《列傳》九七），至南宋孝宗特諡文忠，贈太師，蓋有以美之，見稱於後世乎（《經進東坡文集事略》卷首）！

第二章　政治背景

　　唐末藩鎮割據，皇帝乃名義上之天子，政權實由軍人把持。宋代乃趙匡胤開創，然究其政權，乃五代後周所奠基。後周世宗歿，恭帝七齡繼立，匡胤得禁軍擁戴，加之以禁軍將領、軍旅武人皆聽命於他，乃有陳橋兵變，黃袍加身之舉，繼秦、漢、隋、唐之後，成大一統之政局（參見《中國通史》）。

　　北宋凡九主，一百六十八年。茲列表明之：

北宋帝系及年歷

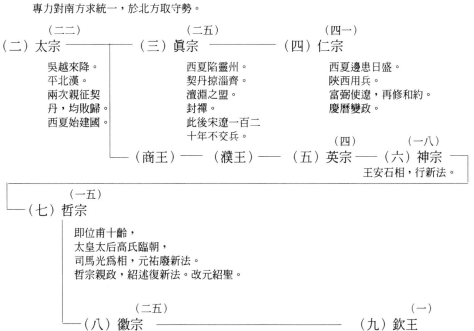

　（一六）
（一）太祖
　　專力對南方求統一，於北方取守勢。

　（二二）　　　　　　（二五）　　　　　　（四一）
（二）太宗 ──────（三）眞宗 ──────（四）仁宗
　吳越來降。　　　　西夏陷靈州。　　　　西夏邊患日盛。
　平北漢。　　　　　契丹掠淄齊。　　　　陝西用兵。
　兩次親征契　　　　澶淵之盟。　　　　　富弼使遼，再修和約。
　丹，均敗歸。　　　封禪。　　　　　　　慶曆變政。
　西夏始建國。　　　此後宋遼一百二
　　　　　　　　　　十年不交兵。
　　　　　　　　　　　　　　　　　　　（四）　　　　（一八）
　　　　　　　└─（商王）──（濮王）──（五）英宗 ──（六）神宗 ─┐
　　　　　　　　　　　　　　　　　　　　　　　　　　王安石相，行新法。
　（一五）
└─（七）哲宗
　　即位甫十齡，
　　太皇太后高氏臨朝，
　　司馬光爲相，元祐廢新法。
　　哲宗親政，紹述復新法。改元紹聖。

　　　　　　　　（二五）　　　　　　　　　　　　　（一）
　　└─（八）徽宗 ────────────────（九）欽王

靖康之難，二帝蒙塵。

排紹聖，復元祐，
改元建中靖國。
蔡京用事，復行新法，改元崇寧。
立元祐黨籍，
聯金滅遼。

（《國史大綱》第六編，章三一）

其要有三。太祖、太宗、真宗與仁宗朝間，西夏、契丹乃兩大邊患，宋所採乃講和一途，否則敗歸定盟。此其一。及英宗、神宗時，乃有勵精圖治之舉，欲富國強兵，以禦外侮。此其二。哲宗、徽宗二帝執政，新舊黨爭，此消彼長，水火不容，是以日後有靖康之難，二帝蒙塵，北宋終亡。此其三。茲依次略述：

第一節　北宋之內憂外患

宋太祖以兵變得政，深懼大權旁落，乃行杯酒釋兵權（太祖建隆二年），自此節度使把持地方政權之弊遂革，而地方長官遂得重用文臣。首革地方官吏，置諸州通判，縣令亦分由朝官兼攝，稱知縣。次更地方財政，置轉運使，除諸州度支經費外，悉輸京，毋占留。遂命諸州縣，以才力武藝殊絕者，補禁旅之闕，稱禁兵；其老弱者留州縣，稱廂兵。自是吏治、財賦、兵權，一歸之於中央政府。

宋太祖逐次平復東南諸國，先荊南，次蜀，次南唐。太宗時，吳、越附降，江南統一，再平北漢，然終未能敗契丹，以是外患頻仍。此其一。契丹未能平，復建都開封，此古所謂陳留，乃天下四衝八達之地（《續資治通鑑長編》卷二六九），藩籬盡撤，此所以宋室處積弱不振之勢。雖真宗時，王欽若主遷南京，陳堯叟主遷四川，然竟無主遷洛陽、長安者，知兩地文化經濟之衰落，至是仍無一恢復也，幸而寇準主親征，始有澶淵之盟。此其二。此後宋遼遂為兄弟國，宋歲輸遼銀十萬兩，絹二十匹，自是兩國不交兵一百二十年。此東北之勁敵未除，復遇西北之西夏。真宗時，西夏已陷靈州，至仁宗，西夏驟強，邊患逐熾。范仲淹、韓琦主陝西兵事，方與西夏和議了事，宋歲賜西夏銀綺絹共二十五萬五千，遼人復侵，富弼使遼，重固和議，歲增銀絹各十萬。此其三。（參見《國史大綱》第六編，章三一）由上得知，北宋對外之積弱不振，是以日後有變法圖強之說。

宋之外患，既無以禦之，然內之民貧兵弱，自非一日所致。歸根結柢，其因有

五。秦、漢、晉、隋、唐，每於創建伊始，即行兵隊復員制，然宋因唐末藩鎮之積重難返，外寇之逼處堂奧，是以兵額遞增。概言之：太祖開國時，有兵二十萬，太祖開寶時，三十七萬八千（內禁兵十九萬三千），太宗至道時，有兵六十六萬六千（內禁兵三十五萬八千），真宗天禧時，有九十一萬二千（內禁兵四十三萬一千），仁宗慶曆時，一百二十五萬九千（內禁兵八十二萬六千），英宗治平時，增至一百十六萬二千（內禁兵六十六萬三千）直至仁宗，先後百年，全國兵額增至七、八倍以上（參見《國史大綱》第六編，章三一）。宋之兵員泰半來自招募，募兵多為歲兇饑民，壯健者游惰，留耕者老弱，如是，農村生長力漸削。且募兵終身營伍以至衰老，其間給漕輓，服工役，繕河防，供寢廟，養國馬，竟不知戰。禁兵既定其分番戍守郡縣，然三歲一遷，無異一出征，雖為平時，軍費無異征討，此皆所以冗兵日多之故。此外，宋之兵隊，沿五代積習，尚有各項額外恩賜，三年一度之郊賚，所費尤鉅（太宗至道時，五百餘萬緡，至仁宗、英宗，已增至一千二、三百萬緡。）養兵費占全歲收入六分之五，不可謂不驚人。此其一。

宋重用儒臣，分治大藩，太祖曾有誓約，不殺大臣及言事官，此可知宋之文臣，優渥甚於唐世。唐進士及第，尚須再試於吏部，宋則登第即釋褐。唐初設進士，歲取不過三十人，宋自太宗後，賜進士諸科五百人，遽令釋褐，或授京朝官，或倅大郡，或即授直館，進士中第逐次增至七百人，遂為歷代相沿之例。唐以進士、明經二科取士，然宋則進士應試，遍及全國，遂定三年一試之制，而進士御試，又例不黜落，無非欲借此優賞進士，轉驕兵悍卒為文治局面。是以官祿逐增，祠祿（退職之恩禮）益多，額外恩賞（或有功，或為宰執大臣，或先帝遺賜）不絕，復有推恩封蔭，是以官吏日多，俸給日繁。冗官冗祿，財力漸竭，乃宋之所以積貧難療。此其二。

宋之地方行政，曰路，曰府州軍監，曰縣。路即唐制之道，府州軍監為唐之州府，縣與唐制同。路分設帥、漕、憲、倉四司，帥設安撫使，掌一路之兵民，領軍旅、禁令、賞罰、肅清。漕設轉運使，掌一路之財賦，領登耗、上供、經費、儲積。憲設提刑按察使，掌一路之司法，領獄訟、曲直、囚徒、詳覆。倉設提舉常平使，掌一路之救恤，領常平、義倉、水利、斂散。中尤要者為轉運使，務令地方金穀財貨全集中央，而地方政務，實為中央聚斂，是以宋之政制，盡取於民，監輸中央，俟國有爭戰，則積貧難復。加之以宋置外官，親民與鳌務二者，前由京朝官差遣，而後者專治一事，直屬中央，地方實無正式特設之官，難以地方濟中央之失，蓋由於宋之中央集權過甚，地方事業無可建設。此其三。

諫官始自秦、漢。秦諫議大夫無定員，多至數十人，屬郎中令。兩漢屬光祿勳。隋唐屬門下省，中書省為宰相僚屬。諫官所以糾繩天子，非糾繩宰相。唐重諫官而

薄御史，諫官掌獻替，以正人主，御史掌糾察，以繩百僚。至宋，乃廢中書，置禁中，稱政事堂，與樞密爲兩府。尚書、門下在外，不復與朝廷議論。遂置諫院，脫離宰相而獨立，時稱臺諫，勢與宰相齊。諫官既以言爲職，不能無言，而言諫之對象，則轉爲宰相，而非天子。宰相欲有作爲，勢必招諫官之指摘與攻擊。於是諫垣與政府不相下，宰執與臺諫爲敵壘，迄於徽、欽，方詔宰執毋得薦舉臺諫，當出親擢，立爲定制。然宋之文臣好議論，實爲政事之弊。宋代諫官制度，掣肘中央，此黨爭之患起。此其四。

　　宋初宰相，與樞密對稱兩府，而文事任宰相，武事任樞密，宰相不獲預聞兵事。又財務歸之三司，即戶部司、鹽鐵司、度支使司，亦非宰相所得預，其後王安石爲相，創立制置三司條例司，以整頓全國財政，司馬光議其非，謂三司使掌天下財，不才可黜，不得使兩府侵其事，由是可知宰相之權，無及兵財。宋之宰相，於進賢考課之權乃絀，君相坐論之禮亦廢，是以並無實權。宋代相權之低落，雖遇大有爲之君臣如神宗、王安石，亦束手莫可如何矣！此其五。

　　宋之內憂外患，積弱積貧，自是有識之士所深慟者，慶曆、熙寧之變法，乃蓄勢而發，欲挽狂瀾也。當眞宗時，續晚唐、五代之西崑體，至范仲淹、胡瑗等出，北宋之學術、政治，乃掀其波瀾。一般士大夫尊經明古，倡古文之質樸以拒浮靡文風，且政制上欲效三代、上古，理學大盛，尊王與明道，遂爲當時學術之骨幹（以上參見《國史大綱》第六編，章三一）。

　　范仲淹爲相，值仁宗朝。仁宗時，遼夏交侵，仁宗屢欲興革，仲淹乃陳十事疏，爲變法張本，亦即：吏治之澄清，必明黜陟、抑僥倖、精貢舉、擇官長、均公田。民兵之富強，必厚農桑、修武備、減徭役。法治之屬行，必推恩信，重命令（參見傅樂成《中國通史》）。然一則府兵制爲朝臣所斥，二則宋優容士大夫，澄清吏治，僥倖者不便，是以按察使出，多所舉劾，人心不悅，而任子恩薄，磨勘法密，實奪士大夫既得之利，加之以宋士大夫好議論，臺諫司言責，愈黜名愈高，各爲意氣，朋黨相爭，是以仲淹執政不及一載，即倉皇求去，宋室積弱如昔（精貢舉、擇官長有所施行），雖未有成，然實宋室自強之始，熙寧變法之先聲。此亦爲宋室優渥士大夫，士大夫自覺之第一人，范氏慶曆間變法樹立「先天下之憂而憂，後天下之樂而樂」之士族精神。

第二節　王安石變法

　　仁宗慶曆年間，范仲淹行變法，因朝廷臺諫所沮，士大夫相繼以不便謗毀之，

致使范氏變法失敗，究其因，仁宗之優柔寡斷，亦爲主因之一。英宗在位四年，宋之財政日益拮据，危機四伏。神宗於太子時，即心懷大志，欲收復燕雲十六州失地，洗雪西夏、遼等外患之恥，是以變法圖強乃其首務。

王安石，字介甫，撫州（江西）臨川人，生於眞宗天禧五年（1012）。父爲地方官，少即隨其往來江寧、韶關、開封等地，聰慧有才，閱歷甚廣。安石廿四歲中進士，任地方官，頗重農田水利之事，亦曾任群牧司判官，掌全國養馬事宜。仁宗嘉祐五年（1060），安石奉召入朝，改任三司度支判官，亦即掌中央財務事宜。因上仁宗皇帝萬言書，首云：法制必改，以合時用，次及冗吏凋弊民生，自當裁抑，復言冗兵害政，財務維艱，皆痛陳時弊，心欲興革以富國強民，惜仁宗憂勤儉約，乏大刀濶斧之遠志，是以置之弗問（參見《簡明二十五史》冊四）。

俟 1067 年，神宗繼立，久聞安石詩文俱佳，學識淵深，乃召爲江寧知府，復半載，召爲翰林學士，與神宗論對，亟言擇術爲先，應法堯舜，以力爭圖強，此才高志大之神宗所欲爲者，是以力排眾議，獨任安石爲相。

熙寧新政，安石首言神宗以變風俗、立法度，設「置制三司條例司」，安石爲首，陳升之副，任呂惠卿、程顥、蘇轍、劉彝、曾布、章惇等，制定年預算，頒行新法。

呂惠卿者，歐陽修於安石任職江南東道提點刑獄時，所薦予安石者。安石拜參知政事，惠卿適於眞州推官任滿還京，與安石一夕談，頗得賞識，因上疏神宗，盛稱惠卿之才，置條例司內，新法中之青苗、募役法出其手。

程顥者，理學家，主張行古法，採井田制度，亟重經世致用之術，後爲洛黨之首，議論時政，自成一派。

蘇轍乃東坡弟，英宗時，曾上「君術」、「臣事」、「民政」三策，主變法度，安石因援引之。終因新法名目甚繁，百姓未獲其利，且其兄屢遭新法執政所貶，乃反對新法之遽行。

曾布者，曾鞏之弟。於新法之推行、擁護，不遺餘力，參與新法之頒訂，且抨擊異己，全不少假借。

初，安石欲變法自強，是以擇人任事，一以才學俊拔者，其立意實無可厚非。觀其新政之推行，不外乎三端：

一、涉及社會經濟、政府財政者

首遣使者，訪詢四方農田、水利、賦稅等，立革新方案，期盡地利，增稅收。立制置三司條例司，依次施行——

（一）均輸法。以發運之職改均輸，假以錢貸，凡上供物皆得徒貴就賤，用近易遠，

預知京倉所當辦者，便宜蓄買——此法期能平定物價。

（二）青苗法。以常平糴本，散與人戶，出息二分，春散秋斂——此法可免富豪剝削。

（三）農田水利法。分遣諸路常平官，使專領農田水利，吏民能知土地種植之法，陂塘圩埠堤堰溝洫利害者，皆得自言，行之有效，隨功利大小酬賞——此法欲地方自足也。

（四）募役法。令民出代役之稅，以充募資——此法依等課稅，盡改差役之不出豪門（參見《中國通史》）。

（五）市易法。出公帑為市易本，市賤鬻貴，以平物價，而收其餘息。並聽人賒貸縣官財貨，出息二分，過期不輸加罰錢——此法與均輸同，期平定物價。

（六）方田均稅法。以東西南北若干步為一方，量地，驗其肥瘠，定其色號，分五等定稅數——此法免富豪逃稅（參見《國史大綱》第六編，章三二）。

二、涉及國防軍事者

次為禦外侮，防邊患，乃行富國強兵之策：

（一）保甲法。籍民二丁取一，十家為保，保丁授弓弩，教之戰陣。甲頭者，用以督促賦稅及青苗錢——此法乃徵兵制之備。

（二）保馬法。凡五路義保，頭養馬者，戶一匹，以監牧見馬給之，或官與直使自市，歲閱肥瘠，死病補償——此法與保甲法相繫，使官馬不乏用。

（三）將兵法。分諸路將兵，總隸禁旅，使兵知其將，將練其士，平居知有訓厲，而無番戍之勞——此法足弭悍將驕卒之跋扈。

（四）整軍法。詔諸路監司，察州兵不如法者按之。不任禁軍者降廂軍，不任廂軍者免為民，五十以上願為民者聽之——此法一行，冗兵由是大省。

（五）設軍器監。總內外軍器之政，歛數州之作，聚為一處，置判一人，同判一人以制置事，察其精窳而賞罰之——此法欲嚴武備以禦邊患（以上參見《梁啓超學術論叢》、《史學類》、《王荊公》）。

三、涉及教育者

諸新法既行，乃著手文治之變革。

（一）變科舉。熙寧二年，議更貢舉法，罷詩賦、明經諸科，以經義論策試進士。復設明法新科，試律令刑統大義，以進士未取者試之。

（二）改學制。行太學三舍法，初入學為外舍，外舍升內舍，內舍升上舍。上舍員百，內舍二百，外舍不限員。各舍以次試策轉升，上舍優者，授以官職，次賜進士及第，否則免除發解，意乃以學校代科舉。

（三）設學校。建武學於武成王廟，選文武官知兵者為教授，授以諸家兵法，纂次歷代用兵成敗，前世忠義之節足以訓者，解釋之。又於大學置律學教授四員，凡命官學人，皆得自占入學。又令詔進士諸科及選人任子，試斷案律令大義。於大學置醫學教授，於地方州府設州學、府學，朝廷授「學田」，以獎掖學子。

（四）頒三經新義。三經者，《周禮》、《詩經》、《書經》，蓋安石予以註解，令太學生誦習，亦為試策之準繩（以上參見《中國通史》）。

凡上列熙寧變法，於元豐年間陸續頒行，自不同范仲淹之慶曆變法。而究其何以左右政局，關乎民生？蓋神宗乾綱獨斷，是以心思疾治，力排眾議。且北宋之內憂外患，至神宗之際，確無時不威脅之，非變法圖強，誰可任之？安石徑從國強民富入手，於澄清吏治則略之不顧，此正法家治世之方，未免操之過急，貽禍無窮。處有宋士大夫優渥之積習，欲大興變革，動搖士族，此變法將敗奚疑？茲綜述史家析論熙寧變法失敗之由以明之：

一、推行不得其人，全失立法本意。安石為求法之推行，乃專力富強圖治之舉，未能肅清吏治，慎選公忠體國之君子共事，是以新政伊始，士大夫群起而攻之。反對新法者，泰半元老重臣，如：呂誨、司馬光、韓琦、范鎮、歐陽修、富弼等。而安石任用者，如：呂惠卿、曾布、章惇，皆僥少之人，事務逢迎。試以青苗法論之。反對者以實際人事言之，謂州縣以多散為功，有錢者流於勒借，患無錢者不易償，乃不許借，出入之際，吏緣為奸，法未能禁。然安石專就立法本意言，嘗謂使十人理財，其中容有一二敗事，要當計利害多寡，此等爭議，不一而足，各執己見，勢如水火，實為新政一大阻力也（參見《國史大綱》第六編，章三二）。

二、新法重開源，有斂財集於中央之嫌。青苗法放錢而取息二分，安石之意乃一則抑富民之兼并，一則增國家之收入，反對新法者乃言朝廷與民爭利。免役法乃期均役之効，一則便民，一則借助役增歲收，論者謂其聚斂。熙寧七年，呂惠卿以免役出錢未均，五等丁產簿多隱漏不實，由官定立物價，使民各以田畝屋宅資貨畜產，隨價自占，居錢五當蓄息之錢一，稱手實法，則較漢武算緡，更為煩瑣擾民矣！是以安石以理財之名而務聚斂之實，反對者紛紛奏論其煩擾也。尤有甚者，宋之冗官，危及財政，安石行新法，且益其冗官閒祿，司馬光非之（為

推行新法，諸路增置提舉官凡四十餘人，光言：設官則以冗增冗，立法則以奇益奇），又置將法出，設官重覆，虛破廩祿，皆所謂重開源，輕節流之常也（參見《國史大綱》第六編，章三二）

三、安石剛愎自用，眾心睽乖。宋之臺諫，勢與宰相齊，安石於熙寧二年參知政事，未能得臺諫之支持，乃自以為經術正所以經世務，遽言變風俗，立法度，新法之行，遂獲罪在先。觀其語神宗：「陛下欲以先王之正道，勝天下流俗，故與天下流俗相為重輕，流俗權重，則天下之人歸流俗，陛下權重，則天下之人歸陛下」（《宋史》卷三二七），勸人主以獨斷，目反對者為流俗，其剛愎可見。且新法急刻，臺諫有議者，或貶謫，或許歸，未嘗以國事相留之，此亦眾心睽乖之明證。天下事，本非一人可成，況積習頓革，事大速成，鮮能立不敗之地者，安石未能明「政通人和」之理，新法之敗，良有以也！

近人論及新法失敗，亦有創見者。劉氏子健於〈王安石曾布與北宋晚期官僚的類型〉一文中，曾評述安石人才主義於施行之缺有三：一曰重才能，用人不審。二曰：黨羽傾軋，未能團結。三曰用人足以改法度，未能移風俗（參見民國四十九年、《清華學報》卷二、期一）。此乃就用人材言之。丘氏為君於〈王安石變法失敗的原因—— 一個經濟學觀點的解釋〉一文中，歸結為二：一曰安石新法，代表南方中小地主階級，其利與北方地主階級相違。一曰安石新法之經濟乃積極之動態，當世士大夫之經濟觀乃消極之靜態，各為爭奪政治地位，意見相左（參見民國六十七年、《史繹》、期一五）。此乃就經濟觀言之。方氏豪於〈王安石之變法與黨爭〉一文中，綜論為五：一曰託古以制重，適足以授人權柄。二曰興學校以植人才，所植乃官非才，有良法未能盡用。三曰重富國非利民，新法往往病民。四曰行法不易得人。五曰勇於任事，難免固執（參見民國四十三年、《民主評論》卷五、期一二）。此就大體言之。吾人相互參核，當明舊黨人士亦非無的放矢，要言之：變法之初，未能廣詢眾議，獨恃人主以成事，自樹政敵。此其一。新法既行，未能遍訪民意，執兩用中，乃有病民之譏，竟不自覺。此其二。施政多方，茲事體大，非徒意氣相許，排除異己可行，為宰執者，乃無大度以容小訾之賢臣，宜乎君子去之以為榮，小人附之以為利，千慮一失，無乃不可乎！此其三。

雖然，神宗以疾治，安石採速利，然則，君臣之間，沆瀣一氣，此固史家所專美，揆諸宋世，亦有其不得已者，若乃安石熙寧變法，誠如梁啓超所言，未嘗無所成。熙寧五年，安石嘗有〈上五事剳子〉，中云：

> 陛下即位五年，更張改造者數千百事，而為書具為法立，而為利者何其多也！就其多而求其法最大其效最晚其議論最多者，五事也。一曰和戎，

二曰青苗，三曰免役，四曰保甲，五曰市易。今青唐洮河幅員三千餘里，舉戎羌之眾二十萬，獻其地，因爲熟户，則和戎之策已效矣。昔之貧者，舉息之於豪民，今之貧者，舉息之於官，官薄其息，而民救其乏，則青苗之令行矣。惟免役也，保甲也，市易也，此三者有大利害焉。得其人而行之則爲大利，非其人而行之則爲大害，緩而圖之則爲大利，急而成之則爲大害。……故免役之法成，則農時不奪而民力均矣；保甲之法行，則寇亂息而威勢強矣；市易之法成，則貨賄通流而國用饒矣。(《臨川先生文集》卷四一)。

梁氏綜觀此五者，並評其利曰：

如當時反對黨之詆其有弊而無利，此又殆必無之事。觀後此元祐欲廢之，而訟其不可廢者反甚多，斯可見也。免役法釐革數千年之苛政，爲中國歷史上開一新紀元，當改革伊始，雖不免一部分人，略感苦痛，然所不利者在豪右之家，前此有特權者耳。自餘細民，則罔不食其賜也。此可謂純有利而絕無病者也。保甲法體大思精，爲公一生最用力之事業，其警察的作用，可謂有利而無病，其成效亦已章章可睹。(《梁啓超學術論叢》、《史學類》、《王荊公》)

則吾人不以成敗論英雄，安石能洞燭機先，亦已難能可貴。所憾者，熙寧變法致使宋之黨爭愈演急遽，乃至於元祐、紹述年間，傾軋不已，形同水火，各以意氣相附，未能戮力同心，終不免靖康之禍，二帝蒙塵之辱，此蓋安石始料所不及者也！

第三節　新舊派黨爭

宋之黨爭，不始於安石之變法，源於仁宗之廢郭皇后，范仲淹率諫官、御史伏閣爭之，宰相呂夷簡專權，斥之爲朋黨，仲淹遂放逐數年，士大夫持二人曲直，交指爲朋黨(參見《宋史》卷三一四、《列傳》七三)黨爭由是興焉。

王安石變法，黨爭乃臻激烈，遂與北宋相終始。其間，有所謂元祐舊黨、紹聖新黨，皆安石變法所遺之禍，於歷代黨爭中，最富學術與政策之色彩。大抵言之，北宋黨爭於學術一端，分爲新學、朔學、洛學、蜀學四派。新學以王安石爲代表，朔學以司馬光爲代表(劉摯、王巖叟、劉安世等附之)，洛學以程明道、伊川兄弟爲代表，蜀學以蘇軾、蘇轍兄弟爲代表(參見民國五十四年、《政大學報》、十一期、雷飛龍〈北宋新舊黨爭與其學術政策之關係〉)。就政治主張言之，則新法皆主變革，舊派則主保守，其立場既異，作風必存相左之處。

　　所謂新黨，係指王安石爲首，與安石共事及其後執行新法者，大抵政見一致，如呂惠卿、韓絳、曾布、薛向、鄧綰……等，其間不無迎合附會之徒。所謂舊黨，則係司馬光爲首，主祖宗法度不可遽改者，如：蘇東坡、子由兄弟、韓琦、富弼、呂誨、范純仁……等，大致爲元老重臣、朝士大夫，後世目之爲君子也。

　　然近人劉氏子健於〈王安石曾布與北宋晚期官僚的類型〉一文中，言君子小人此二分法，於北宋黨爭已成政治之利器，不無流弊。范仲淹慶曆變法，遭受攻擊，歐陽修即首創朋黨論，言君子小人之別，自是君子小人之論，爭辯不已。安石變法，舊黨以新黨爲小人，新黨何嘗不以舊黨爲小人？自居君子，攻政敵爲小人，政治於焉四分五裂，士風於焉低下難振（參見民國四十九年，《清華學報》卷二，期一），所見甚是，則吾人折衷言之：熙寧元祐之新舊二黨，其政策雖異，然皆有其政治抱負，然舊黨多君子，新黨多小人，此乃事實。

　　新舊兩黨既屬思想不一，其衝突乃純粹態度相異也，態度既相異，乃隱約繫於南北地域不同所致。新黨大率南方人，舊黨則多爲北方人。宋初，南人不爲相，此宋世相傳之戒律。至眞宗始有王欽若，仁宗方有晏殊，開其先例（參見《宋史王旦傳》）。至范仲淹出，繼晏殊興學之後，於蘇州首建郡學，聘胡瑗爲師，遂倡在野興學之風。仲淹爲秘閣校理，每感激論天下事，奮不顧身，一時士大夫矯屬尚風節，此亦南人所創，至若文章之盛，始歐陽修之獎掖後進，曾鞏、王安石、三蘇，皆以布衣游其聲譽，宋之文學，於茲大興，乃至朋黨之說，皆由南士而起。

　　當是時，執政者北人居多，政治上屬優勢，南人時有不如之感。加以南北兩方地形、物產、氣候之差異，遂至社會風俗，百姓性情，均有不同，易生牴牾。初，神宗相陳升之，問司馬光，外議云何？光曰：「閩人狹險，楚人輕易，今二相（曾公亮、陳旭）皆閩人，二參政（王安石、唐介）皆楚人，必援引鄉黨之士，充塞朝廷，風俗何以更得淳厚（《續資治通鑑》卷六七，神宗熙寧二年）？」因之，新舊黨爭，一王安石，一司馬光，乃有冰炭水火不相容之勢！

　　王安石所行新法，已於上一節陳述，然何以舊黨時有異議，此不可不詳。蓋安石新法於財政經濟一端，主「資之天地」以生財，然揆諸當世，則不可不抑富扶貧，因之，朝士大夫之優裕，不復往日，況又皆北人居多，是以深詆之。安石改革教育，重經義、輕詩賦，此與范仲淹、呂公著、司馬光等並無不同，然於罷試詩賦之餘，行試刑法之制，司馬光與東坡即表反對。東坡詩云：「讀書萬卷不讀律，致君堯舜知無術。」（《蘇軾詩集》卷七）此即針對試刑法而言。況其以自著新解之《三經新義》，以爲科舉取士之依據，不無籠絡之嫌。復爲統一思想以興學，太學中凡訾議時政者，黜落幾盡，是以劉摯不滿其設法禁，止私晤，譏其「教諭

無所施，質問無所從」（《宋史》卷三四○、《劉摯傳》）之弊，此皆舊黨攻擊之口實。安石於國防軍事，主全國皆兵，以禦外侮，其保甲法既以北方諸路為主，乃引起舊黨人士之反對，至於保馬、將兵、整軍以及對外用兵，全屬大事興革，與司馬光為首之舊黨力主保守，猶如天淵之別。無怪乎司馬光於奏彈王安石時，云：「臣之與安石，猶冰炭之不可共器，若寒暑之不可同時」（《司馬溫公文集》卷一、《奏彈王安石表》），此等差異，乃形成政治主張之互不相讓，新黨、舊黨之爭肇乎此！

　　試以司馬光所自言者，觀舊黨之所主，可見一斑。光曾云：「自古聖賢所以治國者，不過使百官各稱其職，委任而責成功也；其所以養民者，不過輕租稅，薄賦斂，己逋責也。」（《司馬溫公文集》卷一○）如其有弊，光以為：「治天下譬如居室，敝則修之，非大壞不更造也」（《宋史》卷三三六、《司馬光傳》）至於國用不足，則言「國用所以不足者，在於用度太奢，賞賜不節，官職冗濫，軍旅不精」（《皇朝通鑑長編紀事本末》卷六六、〈議減兵數雜數條〉），未能有具體政策。於是乎貧富在其言之，則「民之所以有貧富者，由其材性智愚不同」（《司馬溫公文集》卷七），既不主變法，亦不主貧富均等，一律率由舊章，凡欲有所作為，皆極力反對。舊黨如：韓琦、范鎮、富弼、呂公著……等，其所主大致如此。

　　東坡與安石初無嫌隙，呂惠卿輔行新法，忌東坡才高，因間之。神宗欲以東坡為同修起居注，安石難之，以東坡文士，不曉吏事，故用為開封府推官，以困之。東坡既受知於歐陽修與光，新法初行，中外譁然，東坡身為言官，論事無諱。初，安石舉「變風俗，立法度」以答神宗，遂立「制置三司條例司」，令其黨呂惠卿預其事，而農田、水利、青苗、均輸、保甲、免役、市易、保馬、方田諸役，相繼並興，號為新法，由是賦斂愈重，天下騷然（參見《宋史》卷三二七、《王安石傳》），東坡擬廷試策，獻萬言書，論時政甚危，安石以是不悅東坡，東坡遂捲入此一政治風暴中（參見《東坡事類》引《聞見前錄》）。

　　觀東坡上神宗皇帝書，可知其何以反對之。然此書長達萬言，是以依東坡所主，逐項論列之：

　　一、新法之行，人心不悅。東坡云：「君子未論行事之是非，先觀眾心之向背。謝安之用諸桓、未必是，而眾之所樂，則國以乂安。庾亮之召蘇峻，未必非，而勢有不可，則反為危辱。自古及今，未有和易同眾而不安，剛果自用而不危者也。」（《經進東坡文集事略》卷二四）東坡以為，執政者當和易同眾，不宜剛果自用，此乃針對安石而發者，其所主甚是。安石力持新法，至舉朝士大夫紛紛求去，此人事之缺失，不能無憾。如：歐陽修為竭力獎進王安石之前輩，司馬光為安石同時好友，程顥有意助安石者，均未能與安石始終共事（參見《國史大綱》第六編，章三二），

此非安石之剛果自用乎？

二、立制置三司條例司，有圖利之嫌。東坡云：「祖宗以來，治財用者，不過三司使副判官，經今百年，未嘗闕事，今者無故又創一司，號曰制置三司條例，使六七少年日夜講求於內，使者四十餘輩分行營幹於外，造端宏大，民實驚疑。創法新奇，吏皆惶惑。賢者則求其說而不可得，未免於憂；小人則以意而度於朝廷，遂以為謗。謂陛下以萬乘之主以言利，謂執政以天子之宰而治財。商賈不行，物價騰踴。近自淮甸，遠及川蜀，喧傳百口，論說百端……故臣以為消讒慝以召和氣，復人心而安國本，則莫若罷制置三司條例司。」（《經進東坡文集事略》卷二四）案：法者，因時制宜，則安石立制置三司條例司，乃審訂預算所當行者，然東坡以朝廷不應與民爭利言之，反安石之遽事興革，各執一端，要於今日觀之，則安石於經濟立場倡之，乃當行者，無可厚非。

三、遣諸路常平官，相度農田水利，然賞重罰輕，難獲成效；且多擾民，動搖人心。東坡云：「今欲鑿空，尋訪水利，所謂即鹿無虞，豈惟徒勞，必大煩擾。凡所擘畫利害，不問何人，小則隨事酬勞，大則量材錄用，若官私格沮，並重行黜降，不以赦原，若材力不辦興修，便許申奏替換，賞可謂重，罰可謂輕。然終不言諸色人妄有申陳，或官司誤興工役，當得何罪？如此，則妄庸輕剽，浮浪姦人，自此爭言水利矣！」（見同前）蓋農田水利法欲地方自足所設者也，然東坡此言可補其遺。度之今日，工程之初，宜慎採敦厚朴直之人以考核校利，及工程既畢，尤應揆其正誤，以督其責。至若興役擾民，自當觀其利弊之多寡，取利多弊少者行之。

四、免役法頒天下，五等戶皆輸錢入官以募役，又以其贏入常平司，自是衙前抵當輕，主挽重，多失陷官物，而民間輸錢頗苦其擾，是以東坡亟論其弊。東坡云：「今法令莫嚴於御軍，軍法莫嚴於逃竄，禁軍三犯，廂軍五犯，大率處死，然逃軍常半天下，不知雇人為役，與廂軍何異？其勢必輕於逃軍，則其逃必甚於今日，為其官長，不亦難乎？近雖使鄉戶頗得雇人，然至於所雇逃亡，鄉戶猶任其責，今遂兩稅之外，別立一科，謂之庸錢，以備官雇，則雇人之責，官所自任矣！」（見同前）

五、青苗錢之行，實不便民。東坡云：「計其間願請人戶，必皆孤貧不濟之人，家若自有贏餘，何至與官交易，此等鞭撻已急，則繼之以逃亡，逃亡之餘，則均之鄰保，勢有必至，理有固然。」（《經進東坡文集事略》，卷二四）此乃東坡平情而論，且曾親見其行事者，故云：「臣頃在陝西，見刺義勇，提舉諸騎，臣常親行，愁怨之民，哭聲振野，當時奉使還者，皆言民盡樂為。希合取容，自古如此！」（見同前）案：青苗法乃安石於鄞縣，李參於陝西親行者，民皆稱便。及安石參知政事，遂欲行之全國。韓琦、富弼、歐陽修、文彥博、司馬光、范鎮、呂公著、孫覺、李常、

張戩、程顥、趙瞻、孫固、劉攽與東坡兄弟等，均表反對，安石以去就力爭，得以行之（參見《政大學報》期一一，雷飛龍〈北宋新舊黨爭與其學術政策之關係〉）。安石以地方行政之成效，欲行天下，殊不知事有「因時制宜」、「因地制宜」者，欲「一成不變，行之全國，乃執拗不通，騷擾天下（參見牟宗三、〈漢宋知識分子之規格與現代知識分子立身處世之道〉、鵝湖出版社）。

六、均輸之行，乃與商賈爭利。東坡云：「夫商賈之事，曲折難行，其買也，先期而與錢，其賣也，後期而取直，多方相濟，委曲相通，倍稱之息，由此而得。今官買是物，必先設官置吏，簿書廩祿，爲費已厚，非良不售，非賄不行，是以官買之價，比民必貴，其賣也，弊復如前，商賈之利，何緣而得，」（《經進東坡文集事略》卷二四）東坡所言，乃不欲均輸之虧商稅，徒使人謂朝廷與民爭利，此亦無可厚非者。

以上乃就新法不利者言之。然此萬言書中尤值探究者，爲東坡言臺諫不可廢。其言曰：

> 然觀其委任臺諫之一端，則是聖人過防之至計。歷觀秦漢，以及五代，諫諍而死，蓋數百人，而自建隆以來，未嘗罪一言者，縱有薄責，旋即超昇，許以風聞，而無官長，風采所繫，不問尊卑，言及乘輿，則天子改容。事關廊廟，則宰相待罪。故仁宗之世，議者譏宰相但奉行臺諫風旨而已，聖人深意，流俗豈知，蓋擢用臺諫，未必皆賢，所言亦未必皆是，然須養其銳氣，而借之重權者，豈徒然哉。將以折姦臣之萌，而救內重之弊也。夫姦臣之始，以臺諫折之而有餘。及其既成，以干戈取之而不足。今法令細密，朝廷清明，所謂姦臣，萬無此理，然養貓以去鼠，不可以無鼠而養不捕之貓。蓄狗以防姦，不可以無姦而蓄不吠之狗。陛下得不上念祖宗設此官之意，下爲子孫立萬世之防，朝廷紀綱，孰大於此。臣自幼小所記，及聞長老之談，皆謂臺諫所言，常隨天下公議，公議所與，臺諫亦與之。公議所擊，臺諫亦擊之。及至英廟之初，始建稱親之議，本非人主大過，亦無禮典明文，徒以眾心未安，公議不允，當時臺諫，以死爭之，今者物論沸騰，怨讟交至，公議所在，亦可知矣。相顧不發，中外失望。夫彈劾積威之後，雖庸人可以奮揚。風采消委之餘，雖豪傑有所不能振起。臣恐自茲以往，習慣成風，盡爲執政私人，以致人主孤立，綱紀一廢，何事不生。」
>
> （《經進東坡文集事略》卷二四）

此等言論，自是新法者所懼之不已者，亦爲東坡本先見之明，知黨爭乃不能免者！

約而言之，熙寧二年至元豐二年之間，東坡與司馬光等舊黨人士，深詆新法之不利於民，此時新黨得勢，朝中舊黨被貶黜殆盡。此乃黨爭最激烈期。自元豐二年，東坡《烏臺詩案》後被貶黃州，至元豐八年，東坡自知獲罪，漁樵互問，乃黨爭消沈期。詎料元祐元年，宣仁召東坡還朝，新黨復以《烏臺詩案》詆之，黨爭不已，唯此時，東坡與司馬光因議役法，爲光之黨羽所怒，蘇轍爲兄所作墓誌云：

> （軾）遷中書舍人。時（司馬）君實方議改免役爲差役。（差役）行於祖宗之世，法久多弊，編戶充役，不習官府，吏虐使之，多以破產，而狹鄉之民，有不得休息者。先帝知其然，故爲雇役，使民以高下出錢，而無執役之害。行法者不循上意，於雇役實費之外，取錢過多，民遂以爲病。若量出爲入，無多取於民，則足矣。君實爲人忠信有餘，而才智不足，知免役之害而不知其利，欲一切以差役代之。方差官置局，公亦與其選，獨以病在告，而君實不悅。公嘗見之政事堂，條陳不可，君實忿然，公曰：「昔韓魏公刺陝西義勇，公爲諫官爭之甚力，魏公不樂，公亦不顧。軾昔聞公道其詳，豈今日作相，不許軾盡言耶？」君實怒而止。公知言不用，乞補外，不許，君實始怒有逐公意。會其病卒，乃已。時臺諫官皆君實之人，皆希合以求進，惡公以直形己，爭求公瑕疵，既不可得，則因緣以謗訕之語讒公，公自是不安於朝矣」。（李燾《續資治通鑑長編》卷三八二、元祐元年七月丁巳條注引）

自是，新舊兩黨遂別而爲新黨、朔黨、洛黨、川黨矣！然東坡曾於元祐三年之乞郡剳子中，敘之甚詳：

> 臣拙於謀身，銳於報國，致使臺諫，列爲怨仇。臣與故相司馬光，雖賢愚不同，而交契最厚，光既大用，臣亦驟遷，在於人情，豈肯異論，但以光所建差役一事，臣實以爲未便，不免力爭。而臺諫諸人，皆希合光意，以求進用，及光既沒，則又妄意陛下以爲主光之言，結黨橫身，以排異議，有言不便，約共攻之。曾不知光至誠爲民，本不求人希合，而陛下虛心無我，亦豈有所主哉。其後又因刑部侍郎范百祿，與門下侍郎韓維爭議刑名，欲守祖宗故事，不敢以疑法殺人。而諫官呂陶，又論維專權用事。臣本蜀人，與此兩人，實是知舊。因此，韓氏之黨，一例疾臣，指爲川黨。」（《經進東坡文集事略》卷三五）

其實東坡未嘗以黨魁自居，至於指東坡爲川黨、蜀黨，乃皆有心陷東坡者。是以迄元祐六年，東坡外放之際，可觀其爲朋黨之爭時期。然東坡「烏臺詩禍」，乃不止於二次黨爭，復於劉摯、劉安世攻敗洛黨，已在執政，意傾子由，乃構難東坡（《蘇文

忠公詩編註集成》卷三三），東坡屢遭謗毀，乃至有元祐九年貶知英州（三改謫命）之累，此蓋三次黨爭之遺禍。（參見《蘇文忠公詩編註集成》卷三七）尤爲不堪者，紹聖年間，章惇、蔡卞、張商英等新黨，復言東坡訕謗，東坡遂有惠州之貶（見同前）。紹聖四年，東坡詩云「爲報先生春睡足，道人輕打五更鐘」傳至京師，章惇復貶東坡於瓊州（參見《蘇文忠公詩編註集成》卷四一，紹聖四年注引）。終其一生，無不因黨爭受遷累，乃至以才高志大，詩文諷寓得罪，觀其存歿，則東坡實北宋黨爭之見證者，應不爲過！

　　當代哲學大師牟宗三，曾於〈漢宋知識分子之規格與現代知識分子立身處世之道〉一文，言及此等知識分子參與政治，乃悲劇中之「氣節之士」。北宋一百五十年，知識分子議論頗多，牟先生引姚漢源先生所言，北宋知識分子類型有四；王安石「體文而用經」，以一文人爲相，憑一地經驗施政，倡言先王大道，以相權迫士子循之，新法適足以騷擾天下，且以特務察誹謗，是以稱其體文而用經。司馬光「體史而用經」，以史學家問政，然元祐期間新法俱廢，固執不通，是以稱其體史而用經。蘇東坡「體文而用史」，以一文學家論政，通情達理，放縱恣肆，議論風發，揮洒自如，是以稱其體文而用史。理學家如周濂溪、張橫渠、二程，自成一格，立教化、垂典型，是以「體經而用經」。依牟先生之見，北宋之所以滅亡，乃是其知識分子意見分歧，派別甚明，所言甚是（參見《時代與感受》）。

　　明北宋之內憂外患，王安石之變化始末，以迄新舊派黨爭，方可盡窺《烏臺詩案》之重要性，論列其源起！

第三章　《烏臺詩案》源起

　　木有根，水有源，凡事出，必有因。欲究東坡何以罹致「烏臺詩禍」，新舊黨爭固是主因，然不可不知其信道直前、見忤小人之原委。茲尋其脈絡，詳述其始末，俾研究東坡詩文創作者，皆能明其轉變，直指深微！

　　東坡二十六歲之前，詩文純粹表現才學，蓋由於不經憂患，是以意氣激昂。自熙寧二年還朝，詩風一變為犀利感慨，借物托興，直至元豐二年己未，遂掀起一場以文字召禍之風波，據李定、何正臣、舒亶所言，則東坡所書之「譏諷文字」，其居心可視之為「包藏禍心，怨望其上，訕讟謾罵，而無復人臣之節」，然而吾人若詳究其詩案源起，則東坡忠亮風節，凜凜過人遠甚，其間恩怨是非，何以如此繁複？孰是孰非，又何能判定？

　　歷來論及東坡詩文者，咸知《烏臺詩案》乃東坡一生政治升沈之轉捩，此期詩風亦有鮮明之特色；然鮮有能析其始末，言其終始者，本章擬分節探論《烏臺詩案》之源起，期東坡之忠心耿耿，昭然於天地間，勤政愛民，復見稱於後世！

第一節　忠規讜論指陳時弊

東坡創作詩文之動機，欲寓物託諷，諷諫君主。乞郡劄子中云：

> 昔先帝召臣上殿，訪問古今，且敕臣今後遇事即言，其後臣屢論事，未蒙施行，乃復作為詩文，寓物託諷，庶幾流傳上達，感悟聖意。而李定、舒亶、何正臣三人，因此言臣誹謗，臣遂得罪。然猶有近似者，以諷諫為誹謗也。（《經進東坡文集事略》卷三五）

熙寧二年，東坡三十四歲，適值壯年，正乃報效家國之秋，是以屢上奏疏，忠言讜論，欲求進用，以施展抱負，實現理想。觀王安石專政，呂惠卿、曾布疊為謀主，盡變宋

成法，建青苗、助役、水利、均輸之政，置提舉官行新法於天下，東坡恐百姓不堪其擾，是以直言極諫。熙寧三年，呂惠卿知舉，公爲編排官，舉子希合爭言成法非是，葉祖洽試策，言祖宗法度苟簡因循，當與忠智豪傑之臣，合謀而鼎新之。呂惠卿置三等，公奏黜之，葉祖洽竟以第一人及第，東坡憤而擬進士對御試策一道，中云：

> 夫科場之文，風俗所係，所收者，天下莫不以爲法，所棄者天下莫不以爲戒，昔祖宗之朝，崇尚詞律，則詩賦之士，曲盡其巧。自嘉祐以來，以古文爲貴，則策論盛行於世，而詩賦幾至於熄。何者，利之前在，人無不化。今始以策取士，而士之在科甲者，多以諂諛得之。天下觀望，誰敢不然。臣恐自今已往，相師成風，雖直言之科，亦無敢以直言進者。風俗一變，不可復返，正人衰微，則國隨之，非復詩賦策論迭興迭廢之比也。是以不勝憤懣、退而擬〈進士對御策〉一道，學術淺陋，不能盡知當世之切務，直載所聞，上將以推廣聖言，庶有補於萬一。下將以開示四方，使知陛下本不諱惡切直之言。風俗雖壞，猶可少救。（《經進東坡文集事略》卷二一）

其耿耿孤忠，燭照天地；議論宏富，直言不諱，然皆思有以推廣聖言，力挽狂瀾。其後，熙寧四年，有〈議學校貢舉狀〉，極言「今之學校，特可因循舊制，使先王之舊物，不廢於吾世」，此起因於王安石欲變科舉，神宗疑之，使兩制三館議之，是以東坡上疏，謂風俗之變，法制隨之，貢舉之法，行之百年，而近歲士人纂類經史，綴緝時務，剽竊首尾，以眩有司，則策括無規矩準繩，乏聲病對偶，易學難精，以易學之文，付難考之吏，其弊遠甚於詩賦取士。究其本心，則東坡自言：

> 臣願陛下明勅有司，試之以法言，取之以實學，博通經術者，雖朴不廢，稍涉浮誕者，雖工必黜，則風俗稍厚，學術近正，庶幾得忠實之士，不至蹈衰季之風，則天下幸甚。（《經進東坡文集事略》卷二九）

奏議上，雖不爲神宗所採，然其公忠體國，深謀遠慮，非泛泛之輩可以相比。尤爲可貴者，其爲民請願，紓解疾苦乃奮不顧身，心思若以此獲罪，亦萬死無悔，此誠爲父母官者，愛民如子之胸懷。熙寧四年，東坡爲開封府推官，會上元有旨市浙燈，賣燈之民，例非豪民，舉債出息，蓄之彌年，東坡身在館閣，指陳得失而無所隱：

> 臣伏見中使傳宣下府市司買浙燈四千餘盞，有司具實直以聞，陛下又令減價收買，見已盡數拘收，禁止私買，以須上令。臣始聞之，驚愕不信，咨嗟累日，何者，竊爲陛下惜此舉動也。臣雖至愚，亦知陛下游心經術，動法堯舜，窮天下之嗜欲，不足以易其樂。盡天下之玩好，不足以解其憂。而豈以燈爲悅者哉。此不過以奉二親之歡，而極天下之養耳。然大孝在乎養志，百姓不可戶曉，皆謂陛下以耳目不急之玩，而奪其口體必用之

資。……故臣願陛下將來放燈與凡游觀苑囿宴好賜予之類，皆飭有司，務
從儉約。（《經進東坡文集事略》卷二九）

此狀源於王安石新得政，東坡欲具論安石所爲不可施行，以裨萬一，然未測聖意所
向，因上元有旨買燈四千椀，有司無狀，虧減市價，東坡即上書論奏。神宗大喜，
詔罷買燈，東坡自是以爲神宗聖明，能受盡言，是以上書六千餘言，極論新法不便，
然安石黨羽執之益堅，是以東坡有〈再論時政書〉，此書一出，遂與新法執政者牽扯
恩怨，自是獲罪無已。蓋東坡自以爲神宗善納忠言，是以明言：

　　陛下自去歲以來，所行新政，皆不與治同道，立條例司，遣青苗使，歛助
　　役錢，行均輸法，四海騷然，行路怨咨，自宰相已下，皆知其非而不敢爭，
　　臣愚蠢不識忌諱，乃者上疏論之詳矣，而學術淺陋，不足以感動聖明，近
　　者故相舊臣，藩鎭侍從，雜然爭言其不便，以至於臺諫二三人者，本其所
　　與締建唱和表裏之人也，然猶不免一言其非者，豈非物議沸騰，事勢迫切，
　　而不可止歟。自非見利忘義，居之不疑者，孰肯始終膠固，不自湔洗，如
　　吳師孟乞免提舉，胡宗愈不願檢詳，如逃垢穢，惟恐不脫之，人情畏惡，
　　一至於此。近者中外讜言，已有悔悟意，道路相慶，如蒙大賚，實望陛下
　　旬日之間，渙發德音，洗蕩乖僻，追還使者，而罷條例司。（《經進東坡文
　　集事略》卷二九）

其議論激烈，言詞凱切，非大度寬宏者，何能容之？何況安石所用，皆畏避其鋒，
奉行其意，意所欲去，勢無復至。安石爲人，黜忠厚，崇浮薄，惡鯁正，樂諛佞，
是以東坡與之議論相左。然而據上所論，東坡事神宗，大抵召對訪問，指陳時弊，
皆勸神宗忠恕仁厚、含垢納污，屈己以裕人，究其衷心，乃欲希慕古賢，爲民請願，
所言時事，欲期感動聖意，何「包藏禍心」之有？何「怨望其上」之有？

　　王安石之遇神宗，乃千載一時也，是以東坡屢陳時弊，遂不復見用；東坡出判
杭州時，曾書〈次韵子由柳湖感物〉，充滿無限感慨，子由原作云：

　　柳湖萬柳作雲屯，種時亂插不須根。根如臥蛇身合抱，仰視不見蜩蟬喧。
　　開花三月亂飛雪，過牆度水無復還。窮高極遠風力盡，棄墜泥土顏色昏。
　　偶然直墜湖水中，化爲浮萍輕且繁。隨波上下去無定，物性不改天使然。
　　南山老松長百尺，根入石底蛟龍蟠。秋深葉上露如雨，傾流入土明珠圓。
　　乘春發生葉短短，根大如指長而堅。神農嘗藥最上品，氣力直壓鍾乳溫。
　　物生稟受久已異，世俗何始分愚賢。（《欒城集》卷三）

描摹物態，極其生動，譬喻起興，也頗入情入理。然而東坡所寫，雖爲景同物同，
然言詞之中，借物感興，不少蘊藉之辭，指陳古今，又多不平之見：

憶昔子美在東屯，數間茅屋蒼山根。嘲吟草本調蠻獠，欲與猿鳥爭啾喧。

子今憔悴眾所棄，驅馬獨出無往還。惟有柳湖萬株柳，清陰與子供朝昏。

胡為譏評不少借，生意凌挫難為繁。柳雖無言不解慍，世俗乍見應懰然。

嬌姿共愛春濯濯，豈問空腹修蛇蟠。朝看濃翠傲炎赫，夜愛疏影搖清圓。

風翻雪陣春絮亂，蠹響啄木秋聲堅。四時盛衰各有態，搖落悽愴驚寒溫。

南山孤松積雪底，抱凍不死誰復賢。（《蘇軾詩集》卷六）

其後，此等不平之論，屢現於詩篇。〈次韵張安道讀杜詩〉，則云：「詩人例窮苦，天意遣奔逃」（《蘇軾詩集》卷六），〈送張安道赴南都留臺〉，則言：「偶懷濟物志，遂為世所靡」（見同前）。〈潁州初別子由〉，則云：「至今天下士，去莫如子猛」（見同前），〈出潁口初見淮山〉，則言：「我行日夜向江海，楓葉蘆花秋興長」（見同前）。凡此種種，或借古寓今，或緣事感發，或自抒懷抱，或借物託諷，不一而足，終為小人有機可乘，廣加搜羅，以為罪證。

然以今日觀之，則其忠規讜論，指陳時弊，固為忠君愛民之表現，至若發為詩文，寓物託諷，亦為時勢所窘，抒寫懷抱耳，絕非小人所言意欲為「譏諷文字」、「包藏禍心」，明乎此，方可知文學之體製，如劉勰《文心雕龍》所云：「以情志為神明，事義為骨髓，辭采為肌膚，宮商為聲氣」（《文心雕龍》卷九〈附會篇〉）。東坡深諳此理，是以見之以時事之深切著明，發而為詩文之抒情寫志！然竟以此獲罪，此誠始料所未及！

第二節　襟懷磊落個性通脫

東坡忠言讜論，立朝大節，一時廷臣，無出左右；然其襟懷浩落，志在行其所學，個性通脫，初多不辨奸邪，是以所為詩文，常為小人所資，入之以罪。設若東坡自知言詞終必獲罪，自是絕口不論時事，蓋有以明哲保身，必不見棄。然東坡畢生，所信守者唯「道理貫心肝，忠義填骨髓」、「丈夫重出處，不退要當前」，遇事有可尊主澤民者，便忘軀為之，禍福得喪，付與造物。而襟懷浩落，中無他腸，亦為其致禍主因，趙翼云：

東坡襟懷浩落，中無他腸。凡一言之合，一技之長，輒握手言歡，傾蓋如故；而不察其人之心術。故邪正不分，而其後往往反為所累。如李公擇、王定國、王晉卿、孫莘老、黃魯直、秦少游、晁補之、張文潛、趙德麟、陳履常等，固終始無間，甚至有為坡遭貶謫，亦甘之如飴者。其他則一時傾心寫意，其後背而陷之者甚多。（《甌北詩話》卷五）

據此可知，東坡個性通脫，毫無心機。大抵古之聖賢，咸謂「害人之心不可有，防人之心不可無」，君子信之莫疑，而適爲小人營構罪狀之資。東坡博覽群籍，深明理亂，豈不知個中玄機？然天生性情和易，氣度恢宏，是以信人不疑，幾至不測。觀沈括構陷東坡一事，足以證之：

> 沈括素與蘇軾同在館閣，軾論事與時異，補外，括察訪兩浙，陛辭。神宗語括曰：「蘇軾通判杭州，卿其善遇之。」括至杭，與軾論舊，求手錄近詩一通，歸即籤貼以進，云：「詞皆訕懟。」軾聞之，復寄詩劉恕戲曰：「不憂進了也。」其後李定、舒亶論軾詩置獄，實本於括。（王銍《元祐補錄》）

士之交友不愼如此，夫復何言？然而小人包藏禍心，由此可見。君子有所爲，有所不爲，小人利之所趨，義無反顧，究其召禍起因，個性通脫、不疑他人，實爲一大關鍵。東坡亦曾於〈密州倅廳題名記〉中云：

> 余性不謹語言，與人無親疏，輒輸寫府藏，有所不盡，如茹物不下，必吐出乃已。而人或記疏以爲怨咎，以此尤不可與深中而多數者處。（《經進東坡文集事略》卷五〇）

吾人根據《續通鑑長編》所言，益明其獲罪癥結。元豐二年八月，東坡赴臺獄，太子少師張方平曾上疏論救，中云：

> 軾自謂見知明主，亦慨然有報上之心，但其性資疏率，闕於審重，出位多言，以速尤悔。（《續通鑑長編》卷三〇一）

東坡見當時小人，皆以得失爲慮，不敢指陳闕政，阿諛順旨，一味逢迎，是以身在館閣，遇事即言；其賦性剛直，好談古今得失，狂猖少慮，每遇物則託興，無他，個性使然耳！觀其所爲詩文，處處自言其襟度，然巧譬多方，鮮爲人所深究，其〈徐州謝表〉云：

> 伏念臣奮身農畝，託迹書林。信道直前，曾無坎井之避。立朝寡助，誰爲先後之容。向者屢獻瞽言，仰塵聖鑒。豈有意於爲異，蓋篤信其所聞。顧慇迂闊之言，雖多而無益。惟有朴忠之素，既久而猶堅。遠不忘君，未忍改其常度。言之無罪，實深恃於至仁。知臣者謂臣愛君，不知臣者謂臣多事。空懷此意，誰復見明。（《經進東坡文集事略》卷二五）

忠愛之情，躍然紙上，至情流露，見者動心；然此等襟懷，竟爲小人肆意曲解，以至於構造飛語，醞釀百端，欲置之於死地而後快，此豈天意乎！觀〈湖州謝表〉云：

> 臣軾言，蒙恩就移前件差遣，已於今月二十日到任上訖者，風俗阜安，在東南號爲無事。山水清遠，本朝廷所以優賢。顧惟何人，亦與茲選。伏念臣性資頑鄙，名迹堙微。議論闊疎，文學淺陋。凡人必有一得，而臣獨無

寸長。荷先帝之誤恩，擢寘三館。蒙陛下之過聽，付以兩州。非不欲痛自激昂，少酬恩造，而才分所局，有過無功。法令具存，雖勤何補。罪固多矣，臣猶知之。夫何越次之名邦，更許借資而顯授。顧惟無狀，豈不知恩。此蓋伏遇皇帝陛下，天覆群生，海涵萬族。用人不求其備，嘉善而矜不能。知其愚不適時，難以追陪新進。察其老不生事，或能牧養小民。而臣頃在錢塘，樂其風土。魚鳥之性，既自得於江湖。吳越之人，亦安臣之教令。敢不奉法勤職，息訟平刑。上以廣朝廷之仁，下以慰父老之望。（《經進東坡文集事略》卷二五）

細究其文詞，首言湖州風俗阜安，山水清遠，得以就移，乃朝廷優賢。次言躬自反省，性頑迹微，得赴三館兩州，全爲先帝及今上恩賜。復言朝廷嘉善而矜不能，是以己能牧養百姓。末言矢志効忠，當奉法勤職。此表言簡意賅，純抒一己情志，而何正臣於《烏臺詩案》中，濫截篇章，以「愚不識時，難以追陪新進，老不生事，或能牧養小民」指爲愚弄朝廷，妄自尊大。且進言：「夫小人爲邪，治世所不免，大明旁燭，則其類自消，固未有如軾爲惡不悛，怙終自若，謗訕譏罵，無所不爲。」指東坡爲小人，此誠何言哉？小人善於顛倒是非，不分皂白，納人於罪，傾人家族，大抵例此。又〈張氏園亭記〉中言：

古之君子，不必仕，不必不仕。必仕，則忘其身。必不仕，則忘其君，譬之飲食，適於飢飽而已。然士罕能蹈其義，赴其節。處者安於故而難出，出者狃於利而忘返。於是有違親絕俗之譏，懷祿苟安之弊。（《經進東坡文集事略》卷四九）

東坡明言「丈夫重出處」，有所爲，有所不爲，是以當嚴分涇渭，明判清濁。此等襟抱，實不容見疑。而何正臣、舒亶等人，竟繳進東坡所印行詩冊，揚言東坡有叛君之意，是以自湖州遂下御史臺。尤有甚者，榀裂詩什，妄自曲解，如：

〈山村詩〉

其一

竹籬茅屋趁溪斜，春入山村處處花；

無象太平還有象，孤烟起處是人家。

其二

烟雨濛濛雞犬聲，有生何處不安生？

但令黃犢無人佩，布穀何勞也勸耕？

其三

老翁七十自腰鐮，慚愧春山筍蕨甜；

豈是聞韶解忘味？邇來三月食無鹽。

其四

杖藜裹飯去忽忽，過眼青錢轉手空；

贏得兒童語音好，一年強半在城中。

其五

竊祿忘歸我自羞，豐年底事汝憂愁；

不須更待飛鳶墮，方念平生馬少游。（《蘇軾詩集》卷九）

〈山村詩〉五首，雖有關時事，然東坡實感物託興，欲達聖意，而非如舒亶所言——「豈是聞韶解忘味，邇來三月食無鹽」乃譏諷神宗之謹鹽禁，「贏得兒童語音好，一年強半在城中」乃譏諷神宗施免役錢，以本業貧民。並進言「伏望陛下體先王之義，用治世之重典，付軾有司，論如大不恭，以戒天下之為人臣子者，不勝忠憤懇切之至。」分明欲置東坡於死地而後已！

東坡個性通脫，本以為以詩諫君，君且易感，不料坦蕩胸懷，遭此構陷，小人眦睚為心，亦已極矣！無怪乎百日獄後，東坡深有所感，發為〈西江月〉詞：

世事一場大夢，人生幾度新涼？夜來風葉已鳴廊，看取眉頭鬢上。

酒賤常愁客少，月明多被雲妨，中秋誰與共孤光，把琖淒然北望。

（《東坡樂府箋》卷一）

然無可如何之下，東坡遂有新一層體認，其〈定風波〉詞自敘「沙湖道中遇雨，雨具先去，同行皆狼狽，東坡獨不覺，已而遂晴，遂作此詞」云云：

莫聽穿林打葉聲，何妨吟嘯且徐行？竹杖芒鞋輕勝馬，誰怕？

一簑煙雨任平生。　　料峭春風吹酒醒，微冷，山頭斜照卻相迎。

回首向來蕭瑟處，歸去，也無風雨也無晴。（《東坡樂府箋》卷二）

凡此種種情感起伏，皆可源於其襟懷浩落，個性通脫。近代西方文學批評家泰勒（Taine 1828～1893），曾言文學形成有三：即文學作者所屬人種，作者之環境，及作者生存之時代（劉萍著、《文學概論》），然以東坡觀之，則作者之個性亦有其重大影響，此乃無庸置疑者矣！

第三節　以才致禍見忤政敵

自古天生之才，兼擅為難，率多偏勝。曾鞏文美，詩則不逮，杜甫詩聖，文難以工；東坡天生健筆一枝，詩文俱卓，諳詞律，工書畫，生於宋初，才名即震爆當

時，然而以才得名，亦以才致禍，趙翼曾數論此事：

> 大概東坡詩有所作，即刊刻流布，故一時才名震爆，所至風靡，而忌之者因得臚列以坐其罪，故得禍亦由此。今即以《烏臺詩案》而論，其詩之入於爰書者，非一人一時之事；若非刻有卷冊，忌者亦何由逐處採輯，彙爲一疏，以劾其狂謬？（《甌北詩話》卷五）

> 軾少年時，讀書作文，專爲應舉而已，既及進士第，貪得不已，又舉制策，其實何所有，而其科號爲直言極諫，故每紛然誦說古今，考論是非，以應其名耳。人苦不自知，既以此得，因以爲實能之，故譊譊至今，坐此得罪幾死，所謂齊虜以口舌得官，眞可笑也。然世人遂以軾爲欲立異同，則過矣。（《經進東坡文集事略》卷四七）

此東坡日後有感於盛名所累，是以明其爲詩文，乃欲託物寄諷，庶幾流傳，感悟聖上。又《甌北詩話》復云：

> 東坡一生，以才得名，亦以才得禍。當熙寧初，王安石初行新法，舉朝議論沸騰，劉貢父出倅海陵，坡送之詩云：「君不見阮嗣宗，臧否不掛口；莫誇舌在齒牙牢，是中惟可飲醇酒。」是固知當時語言文字之必得禍矣。及身自判杭，則又處處譏訕新法，見之吟詠，致有《烏臺詩案》，幾至重辟。

> 東坡詩文，及身已盛行。當徽宗禁錮蘇、黃集甚嚴，至有藏於衣褐，間道出京，爲邏人所獲者。紹興中，洪景盧在英州，坡集已漫漶；忽得一翻刻本，爲之暢然。事見《容齋隨筆》。後一、二十年，陸放翁又得一翻刻本，亦喜而跋之。是南渡四、五十年，坡集已兩翻板；可見其流布之盛也。（以上俱見《甌北詩話》卷五）

東坡詩文，雄視百代，當時已莫能追逐，何況傳刻之盛，其影響之大可知！以此批評新法，則四海之內，莫不譁然，是以新法執政者，欲除此眼中釘，誅之而後快。《甌北詩話》詳敘其《烏臺詩案》之源起：

> 《烏臺詩案》：元豐二年三月二十七日，御史何大正疏劾蘇軾，自徐州移守湖州。謝表內有云：「愚不識時，難以追陪新進；老不生事，或能牧養小民。」以爲語含諷刺。並謂「軾文字傳於人者甚眾，今獨取鏤版而鬻於市者進呈」。是坡詩早有刻本行世，故大正得據以入奏也。然是時奉旨，但送中書。七月二日，御史舒亶又歷舉其詩中「贏得兒童語音好，一年強半在城中」，「讀書萬卷不讀律，致君堯舜終無術」，「東海若知明主意，應教斥鹵變桑田」，「豈是聞韶解忘味，邇來三月食無鹽」等句，指爲謗訕，

亦以「印行四冊進呈」，奉旨亦但送中書。是日，御史中丞李定又劾奏，始奉旨送御史臺根勘。七月二十八日，中使皇甫遵到湖追攝，以八月十八日赴臺獄。自八月二十日至十一月二日，凡訊十一次。其訊先有問目，問自來所作文字，有無忌觸。坡所供，有即在朝旨降到冊內者，亦有不在冊內者。蓋御史臺置獄後，即先行文，坡所歷官之處，凡有詩文，俱令申送。如北京留守司送到軾寄黃庭堅詩文，杭州送到軾遊風水洞等詩，王詵申送開運鹽河詩。坡亦不知所備，故不得不和盤托出。可見是時李定、舒亶輩鍛鍊周內，幾欲置之重辟，亦危矣哉！然如坡詩譏切，實亦肆無忌彈。幸而神宗無意殺之，僅責授黃州團練副使，以了此局耳。（見同前）

然吾人已具知東坡之忠君愛民，襟懷磊落，何以政敵斥之為「訕謗漫罵，無復人臣之節」？此實干係新法激進之作風，而一般元老重臣皆被放逐，東坡亦在貶謫行列，得以親視民疾，遍覽時弊。東坡何以見逐，此亦牽涉私人恩怨，試為解析之。

　　熙寧元年四月，神宗進用王安石，時值東坡除父喪。熙寧二年二月，東坡還朝，王安石任用呂惠卿、曾布等，盡變宋成法，以亂天下。此正儇少競進之日、群小得志之秋也。安石於熙寧元年八月間，曾因政事與司馬光爭論，兩人相持不下。王安石論理財，謂以農事為急，而司馬光則以為貧富不均，乃民之材性愚智不同。據胡三省所注通鑑自序，云「治平、熙寧間，公（司馬光）與諸人議國是，相是非之日也。」可知司馬光與王安石政治立場相異。會神宗語司馬光：「諫官難得，卿為朕擇其人。」光遂薦東坡為諫官。然安石素惡東坡議論異己，是以使侍御史謝景溫誣東坡，謂其丁父憂歸蜀，沿路販賣蘇木、磁器、私鹽。然窮治無所得，判東坡赴杭州，安石薦李定為御史。據鄧元錫函史云：

　　　　直史館蘇軾具條法弊事上。當是時，諸臣僚類虛言訶讉或至已甚，惟軾指
　　　　事陳擿，往往切當，帝大稱善，而安石大惡之。（《蘇軾詩集》卷七）

由此可知，安石乃是首先排擠東坡者。東坡倅杭，曾有詩云：

　　　　眼看時事力難任，貪戀君恩退未能。

　　　　遲鈍終須投劾去，使君何日換聾丞。（《蘇軾詩集》卷六）

其才高志大，以是致禍，而詳其政敵，乃不只安石一人，然安石未能信用長才，首妒之，次陷之，實難辭其咎。觀其薦李定為御史，又紛紛貶謫元老重臣，以致於呂惠卿等用事，此非安石之罪乎？若問東坡何以罹致「烏臺詩案」？則得罪李定，亦為主因之一。

　　王安石薦李定為諫官，李定嘗不持母服，臺諫給舍皆論其不孝，不可用。東坡借朱壽昌尋母五十載，孝心可嘉，因為詩賀之，以諷李定之不孝，是以李定懷恨在

心，俟機報復。詩云：

> 嗟君七歲知念母，懷君壯大心愈苦，
>
> 羨君臨老得相逢，喜極無言淚如雨。
>
> 不羨白衣作三公，不愛白日昇青天，
>
> 愛君五十著綵服，兒啼卻得償當年。
>
> 烹龍爲炙玉爲酒，鶴髮初生千萬壽。
>
> 金花詔書錦作囊，白藤肩輿簾蹙繡。
>
> 感君離合我酸辛，此事今無古或聞。
>
> 長陵朅來見大姊，仲孺量意逢將軍？
>
> 開皇苦桃空記面，建中天子終不見。
>
> 西河郡守誰復譏，潁谷封人羞自薦。（《蘇軾詩集》卷八）

此詩乃有意譏諷李定之不孝，是以明言「感君離合我酸辛，此事今無古或聞」，批評得入木三分，形容得恰到好處。

東坡才情之高，常可由其自許得之。東坡所爲詩文，自京師以至海隅。無不知名。常自言其平生無快意事，惟作文章，意之所到，則筆力曲折，無不盡意。又云：「作文如行雲流水，初無定質，常行於所當行，止於不可不止，雖嬉笑怒罵之詞，皆可書而誦之。」（《經進東坡文集事略》卷四六）此等才情，確爲東坡之長，亦爲東坡之短，觀其議論宏富，無事不能入詩，即可得知！

大抵東坡詩可略分五類：其一即寫景詩，舉凡遊覽、山水、田園詩屬之。其二爲詠物詩，舉凡詠月、詠樹、詠花、詠酒、雜吟詩屬之。其三爲感懷詩，舉凡述懷、懷古、感舊詩屬之。其四爲應酬詩，舉凡酬答、題詠、寄贈、送別、慶賀詩屬之。其五爲遊仙詩。集註分類東坡先生詩，分蘇詩爲二十五卷七十八類，約可歸納于上述五類中（《宋詩研究》）。而除了遊仙詩之外，幾乎一涉時事，則見之吟詠，海內爭相傳誦。加之以性喜諧謔，常有佳篇，試舉〈薄薄酒〉二首言之：

其一

> 薄薄酒，勝茶湯；麤麤布，勝無裳。醜妻惡妾勝空房。五更待漏靴滿霜，
>
> 不如三伏日高睡足北窗涼。珠襦玉柙萬人祖送歸北邙，不如懸鶉百結獨坐
>
> 負朝陽。生前富貴，死後文章，百年瞬息萬世忙，夷齊、盜跖俱亡羊，不
>
> 如眼前一醉是非憂樂兩都忘。

其二

> 薄薄酒，飲兩鍾；麤麤布，著兩重；美惡雖異醉暖同，醜妻惡妾壽乃公。
>
> 隱居求志義之從，本不計較東華塵土北窗風。百年雖長要有終，富死未

必輸生窮。但恐珠玉留君容，千載不朽遭樊崇。文章自足欺盲聾，誰使
一朝富貴面發紅。達人自達酒何功，世間是非憂樂本來空。（《蘇軾詩集》
卷一四）

此詩作於熙寧九年，乃緣於膠西先生趙明叔家貧，好飲，不擇酒而醉，且常云：〈薄
薄酒〉，勝茶湯，醜醜婦，勝空房。其言俚旨達，故推而廣之，東坡善謔，大抵如此。
謂其才華，則無人不羨，然知其以才致禍者，莫不感歎其懷才不遇，若詳其始終者，
則又未嘗不以幸者視之，蓋東坡雖見忤政敵，然歷經鍊獄，詩文遂臻爐火純青之境，
此非幸運者乎？

綜觀東坡詩文，竊以爲《烏臺詩案》源起有三：一曰忠規讜論，指陳時弊，可知
其政事之精明，讜論之卓犖，出發點無非是忠愛君主，愛民如子。二曰襟懷浩落，個
性通脫，可知其器識之閎偉，待人之眞誠，實緣於至情至性，了無心機。三曰以才致
禍，見忤政敵，可明其文章之雄雋，遭時之不逢，有鑑於此，能不謹言愼行，釐清敵
友乎？他如：諧謔召怒，寓物托諷，在在爲小人所斷取，觀其詩文者不可不知！

然其自始至終，精神面貌萬不能妄加區分，是以雖有《烏臺詩案》之禍，然終
是愛君護民，終是胸襟寬宏，是以無事不言，無詩不發。本論文雖欲究此期詩風，
亦斷不敢截其情志，入以詩文形式與前、後期判然不同之說，是以畫自熙寧二年，
東坡還朝伊始，至元豐二年，東坡鍛鍊御史臺後，以明其流變焉！

第四章　詩案中詩篇探析

　　《詩經》上云：「詩者，志之所之也。在心爲志，發言爲詩，情動於中，而形於言。言之不足，故嗟歎之；嗟歎之不足，故永歌之；永歌之不足，不知手之舞之，足之蹈之也。情發於聲，聲成文，謂之音。治世之音，安以樂，其政和；亂世之音，怨以怒，其政乖；亡國之音，哀以思，其民困，故正得失，動天地，感鬼神，莫近於詩。」（《十三經注疏》、《毛詩》卷一）詩之爲用，大矣哉！吾人欲詳作者詩中之情志，舍詩文形式而末由，是以斷自熙寧還朝，爲一階段，通判杭州爲一階段，初守密州爲一階段，并轉知徐州爲一階段，以究東坡《烏臺詩案》所論列之詩什，探討其詩文內容、形式，以及特色。

第一節　熙寧還朝（熙寧二年～四年六月）

送錢藻出守婺州得英字

老手便劇郡，高懷厭承明。

聊紆東陽綬，一濯滄浪纓。

東陽佳山水，未到意已清。　　　【烏臺詩案】平生好山水。

過家父老喜，出郭壺漿迎。

子行得所願，愴悢居者情。

吾君方急賢，日旰坐邇英。　　　【烏臺詩案】日旰伏延英。

黃金招樂毅，白璧賜虞卿。

子不少自貶，陳義空崢嶸。　　　【烏臺詩案】子不少自愧，高義空崢嶸。

古稱爲郡樂，漸恐煩敲搒。　　　【烏臺詩案】漸恐煩敲榜。

臨分敢不盡，醉語醒還驚。

【烏臺詩案】熙寧三年三月，作古詩一首送錢藻，言朝廷方急賢才，多士並進，子獨遠出爲郡，不少自勉強求進，但守道義，意譏當時之人急進也。又言，青苗、助役既行，百姓輸納不前，爲郡者不免用鞭箠催督，醉中道此語，醒後還驚恐得罪朝廷，以譏諷新法不便之故也。

熙寧三年三月，東坡因舉子希合，爭言成法非是，葉祖洽試策，言祖宗法度苟簡因循，當與忠智豪傑之臣，合謀而鼎新之（《蘇文忠公詩編註集成》卷六），憤而〈擬進士廷試策表〉一道上之。原文爲：

> 右臣准宣命差赴集英殿編排舉人試卷，竊見陛下始革舊制，以策試多士，厭聞詩賦無益之語，將求山林朴直之論，聖聽廣大，中外歡喜。而所試舉人不能推原聖意，皆以得失爲慮，不敢指陳闕政，而阿諛順旨者又牟據上第。陛下之所以求於人至深切矣，而下之報上者如此，臣竊深悲之。夫科場之文，風俗所係，所收者天下莫不以爲法，所棄者天下莫不以爲戒，昔祖宗之朝，崇尚詞律，則詩賦之士，曲盡其巧。自嘉祐以來，以古文爲貴，則策論盛世於世，而詩賦幾至於熄。何者、利之所在，人無不化。今始以策取士，而士之在科甲者，多以諂諛得之。天下觀望，誰敢不然。臣恐自今已往，相師成風，雖直言之科，亦無敢以直言進者。風俗一變，不可復返，正人衰微，則國隨之，非復詩賦策論迭興迭廢之比也。是以不勝憤懣，退而〈擬進士對御策〉一道，學術淺陋，不能盡知當世之切務，直載所聞，上將以推廣聖言，庶有補於萬一。下將以開示四方，便知陛下本不諱惡切直之言。風俗雖壞，猶可少救。其所撰策，謹繕寫投進，干冒天威，臣無任戰恐待罪之至。（《經進東坡文集事略》卷二一）

東坡見舉子皆以得失爲慮，不敢指陳闕政，是以擬表上言，其耿耿忠誠，發自真心。而後，復陳〈擬進士廷試策〉一文，極論新法之不當：

> 今陛下使兩府大臣侵三司財利之權。常平使者亂職司守令之治。刑獄舊法，不以付有司，而取決於執政之意。邊鄙大慮，不以責帥臣，而聽計於小吏之口。百官可謂失其職矣。王者之所宜先者德也，所宜後者刑也；所宜先者義也，所宜後者利也。而陛下易之，萬事可謂失其序矣。然此猶其小者。其大者、則中書失其政也。宰相之職，古者所以論道經邦，今陛下但使奉行條例司文書而已矣。苦丙吉爲丞相，蕭望之爲御史大夫，望之言陰陽不和，咎在臣等，而宣帝以爲意輕丞相，終身薄之。今政事堂忿爭相詰，流傳都邑，以爲口實，使天下何觀焉。臣願陛下首還中書之政，則百官之職，萬事之序，以次得矣。聖策曰，有所不爲，爲之而無不成；有所

不革，革之而無不服。陛下之及此言，是天下之福也。今日之患，正在於未成而爲之，未服而革之耳。夫成事在理不在勢，服人以誠不以言。理之所在，以爲則成，以禁則止，以賞則勸，以言則信。古之人所以鼓舞天下，綏之斯來，動之斯和者，蓋循理而已。今爲政不循理，而欲以人主之勢，脅而成之，夫以斧析薪，可謂必克矣，然不循其理，則斧可缺，薪不可破。是以不論尊卑，不計強弱，理之所在則成，理所不在則不成可必也。今陛下使農民舉息，與商賈爭利，豈理也哉。而何怪其不成乎。禮曰：微之顯，誠之不可掩也如此。陛下苟誠乎爲民，則雖或謗之而人不信。苟誠乎爲利，則難自解釋而人不服。且事有決不可欺者，吏受財枉法，人必謂之贓。非其有而取之，人必謂之盜。苟有其實，不敢辭其名。今青苗有二分之息，而不謂之放債取利可乎。凡人爲善，不自譽而人譽之，爲惡，不自毀而人毀之。如使爲善者必須自言而後信，則堯舜周孔亦勞矣。今天下以爲利，陛下以爲義。天下以爲害，陛下以爲仁。天下以爲貪，陛下以爲廉。不勝其紛紛也。則使二三臣者，極其巧辯，以解答千萬人之口。附會經典，作爲文書，以曉四方之人。豈如嬰兒鳥獸，而可以美言小數眩之歟。且夫未成而爲之，則其弊必至於不敢成。未革而服之，則其弊必至於不敢革。蓋世有好走馬者，一爲墜傷，而終身徒行。何者，謹重則必成，輕發則多敗，此理之固然也。陛下若出於謹重，則屢作屢成，不惟人信之，陛下亦自信而日以勇矣。若出於輕發，則每舉而每敗，不惟人不信，臨下亦不自信而日以怯矣。文宗始用訓注，其意豈淺也哉，而一經大變，則憂沮喪氣，不能復振。文宗亦非有失德，徒以好作而寡謀也。謹重者始若怯，終必勇。輕發者始若勇，終必怯。迺者橫山之人，未嘗一日而忘漢，雖五尺之童子知其可取，然自慶曆以來，莫之敢發者，誠未有以善其後也。近者邊臣不計其後，而遽發之，一發不中，則内帑之費以數百萬計，而關輔之民困於飛輓者，三年而未已。雖天下之勇者敢復爲之歟。爲之固不可，敢復言之歟。由此觀之，則橫山之功，是欲速而壞之也。近日青苗之政，助役之法，均輸之策，併軍蒐卒之令，卒然輕發，又甚於前矣。陛下不卹人言，持之益堅。而勢窮事礙，終亦乖變。他日雖有良法美政，陛下能復自信乎。人君之患，在於樂因循而憚改作，今陛下春秋鼎盛，天錫勇智，此萬世一時也。而群臣不能濟之以謹重，養之以敦朴，譬如乘輕車，馭駿馬，冒險夜行，而僕夫又從其後而鞭之，豈不殆哉。臣願陛下解轡秣馬，以須東方之明，而行九軌之道，甚未晚也。（見同前）

於青苗、助役、均輸等策，東坡俱有微詞。熙寧四年，王安石欲變亂科舉，興學校，詔兩制三館議之，東坡以爲變改無益，徒爲紛亂以患苦天下，上學校貢舉狀（參見《蘇文忠公詩編註集成》卷六）。議上，神宗悟曰：「吾固疑之，得軾議，意釋然矣！」即日召見，問方今政令得失安在，雖朕過失，指陳可也。對曰：「陛下生知之性，天縱文武，不患不明，不患不勤，不患不斷，但患求治太急，聽言太廣，進人太銳，願鎮以安靜，待物之來，然後應之。」神宗悚然曰：「卿三言，朕當熟思之，凡在館閣，皆當爲朕深思治亂，無有所隱。」既退，言於同列，安石不悅，命權開封府推官，將困之以事，軾決斷精敏，聲聞益遠（見同前）。熙寧四年二月，東坡上神宗書；三月，復因詔使監司體量抑配，又將先試三路，因再上神宗書，奏上皆不報。東坡見王安石爲政，每贊人主以獨斷，神宗專信任之，因考試開封進士發策，以「晉武平吳以獨斷而克，苻堅伐晉以獨斷而亡，齊桓公專任管仲而霸，燕噲專任子之而敗，事同而功異」爲問，安石滋怒。會詔舉諫官，翰林學士侍讀范鎮應詔舉東坡。安石懼，疾使謝景溫力排之，誣奏東坡過失，安石窮治無所得，范鎮爲上疏辯誣，且攻安石，詔鎮致仕（見同前）。此乃東坡與安石結怨之由，關係東坡一生之宦途升沈，是以詳論之，而東坡之反對新法，亦日益增之，新舊兩黨針鋒相對，自是無有寧日矣！明乎此，而後知《烏臺詩禍》之不能免，且東坡歷此詩禍，於人生觀、詩風各方面，皆有顯著之不同，影響不可謂不深遠矣！

時值錢藻以尙書司封郎秘閣校理出守婺州。《烏臺詩案》云：「錢藻知婺州，舊例：館閣補外任，同舍餞送。席上，先索藻詩，欲各分韻作送行詩。藻作五言絕句一首，某分得英字，作古詩。」由此可見，該詩乃應酬唱和之作。

唱和詩歷來詩話評述甚夥，茲舉其要言之：

> 廣和之詩，當觀元詩之意如何，以其意和之，則更新奇。要造一兩句雄健壯麗之語，方能壓倒元白，若又隨元詩腳下走，則無光彩，不足觀。其結句當著其人，方得體，有就中聯歸著者，亦可（《詩法家數》）。
>
> 和韻最害人詩，古人酬唱，不次韻，此風始盛于元、白、皮、陸，而本朝諸賢乃以此而鬥工，遂至往復有八九和者（《滄浪詩話》）。
>
> 和平常韻要奇特押之，則不與眾人同，如險韻當要穩順押之方妙（《藏海詩話》）。
>
> 和韻聯句皆易爲詩害，而無大益，偶一爲之可也。然和韻在於押字渾成，聯句在於才力均敵。聲華情實中，不露本等面目，乃爲貴耳（《藝苑卮言》卷一）。

古人詩有唱和者，蓋彼唱而我和之，初不拘體製兼襲其韵也。後乃有用人韵以答之者，觀老杜嚴武詩可見，然亦不一一次其韵也。至元白、皮陸諸公，始尚次韵，爭奇鬥險，多至數百言，往來至數十首，而其流弊至於今極矣。非沛然有餘之才，鮮不爲其窘束，所謂性情者，果可得而見邪（《南濠詩話》）。

詩韵貴穩，韵不穩則不成句。和韵尤難，類失牽強，強之不如勿和。善用韵者，雖和，猶其自作；不善用者，雖所自作，猶和也（《麓堂詩話》）。

古人同作一詩，不必同韵，即同韵亦在一韵中，不必句句次韵也。自元、白創始，而皮、陸倡和，又加甚焉。以韵爲主，而以意相從，中有欲言，不能通達矣。近代專以此見長，名曰和韵，實則趁韵，宜血脉橫互，句聯意斷也。有志之士，嘗不囿於俗（《説詩晬語》卷下）。

和韵詩雖爲歷來詩家所不賞，然酬酢應和，乃人之常情，勢所難免，雖少有傑作，然亦有佳篇，不可一概而論。

錢藻爲人，清謹寡過，爲治簡靜，人稱長者（《蘇文忠公詩編註集成》卷六）。曾子固送錢婺州詩序云：「醇老以明經進士制策入等，入館閣，編校書籍，其文章學問有過人者，宜在天子左右，而顧請一州，欲自試於川窮山險之地，此賦詩者所以推其賢，惜其意，而不能已也。」（見同前）當其出守婺州，人人得賦詩送之，要在推賢進能，彰顯其才德。東坡這首詩，意即在此。

此乃一首五言古詩，押庚韵，一韵到底。詩中用庚韵爲韵腳，大多表現慷慨振奮、意氣縱橫的情感（參見《詞曲史》）。因爲庚韵字屬平聲陽聲韵，聲音寬平上揚，錢藻因反對新法，自請外任，出守婺州，同僚相送，一則喜，一則憂。喜者，錢氏高風亮節，有所爲，有所不爲；憂者，新銳儇少，無所不爲，唯利是嚮，以庚韵押之，應屬貼切。

《烏臺詩案》云：「熙寧三年三月，作古詩一首送錢藻，言朝廷方急賢才，多士並進，子獨遠出爲郡，不少自勉強求進，但守道義，意譏當時之人急進也。」由此可見，該詩一惜其才不爲世用，一則有感而發。至於詳玩此詩，唯其中「古稱爲郡樂，漸恐煩敲搒」二句，有憂恐新法之作，必有擾民之處，可指其不滿新法之心態耳。但結語云「臨分散不盡，醉語醒還驚」，已自覺恐因此得罪，是以策勵一己，免遭臺獄。《烏臺詩案》針對此四句云：「青苗、助役既行，百姓輸納不前，爲郡者不免用鞭箠催督，醉中道此語，醒後還驚恐得罪朝廷，以譏諷新法不便之故也。」此四句可視爲東坡涉及《烏臺詩禍》之預言。

吾人試以文學觀點探究此詩，可察覺東坡學問淵博，用典精切與酬唱之工。首

四句對偶，且連用數典。詩中用典，最忌生澀，若非博學多才，無法善用典故，精切對偶。「劇郡」指政務繁雜之郡縣；「承明」指皇帝所居之處。錢藻第進士，又中賢良方正科，文章學問有過人者，宜在天子左右，今竟出守婺州。婺州，浙江省，地大物美，然政繁事雜。以前兩句形容錢藻當時情境，正不謀而合，是以言其「用典精切」。又：「東陽」與「滄浪」，前者乃婺州別名，後者乃漢水別名，用典乃至推陳出新，善用借喻筆法道出錢藻所至之處及所爲之事，東坡可謂取譬天成，博學多能，其不爲才情所拘窘，可見一斑。

以錢藻之才德，宜爲人傑而留置朝廷，而今竟外主一郡，東坡自然聯想古之君子。於是稱道：「黃金招樂毅，白璧賜虞卿」，以君子急賢，而竟將賢人置之遠地，亦暗含親小人、遠賢士之意。

全詩不乏清麗之處，尤應留意東坡之擅寫山水田園，誠日後黃州詩詞田園詩作之先聲。詩中云：「東陽佳山水，未到意已清，過家父老喜，出郭壺漿迎」，此等詩句描摹抽象之情感，出之以具體之意象，頗能鮮明勾勒景物，使情景交融。

由詩之內容觀察，則此詩受時空情理之投射，時喜時悲；由詩之形式而言，全詩起承轉合，一氣呵成。以錢藻之有爲有守與朝廷之逢迎小人對此，更能增其感人力量，用語雖拙，然具清剛之氣，平鋪直敘，間以數典穿插其中，其豪邁之風格由此可見。

詩話中云：「五言古詩或興起，或比起，或賦起，須要寓意深遠，託詞溫厚，反復優游，雍容不迫。或感古懷今，或懷人傷己，或瀟灑閒適。寫景要雅淡，推人心之至情，寫感慨之微意，悲懂含蓄，而不傷美刺，婉曲而不露，要有三百篇之遺意」（《詩法家數》）。此蓋就五言之內容言之。又云：「五言、七言，句語雖殊，法律則一，起句尤難。起句先須闊占地步，要高遠，不可苟且。中間兩聯句法，或四字截，或兩字截，須要血脈貫通、音韵相應，對偶相稱，上下勻稱，有兩句共一意者，有各意者，若上聯已共意，則下聯須各意。前聯既詠狀，後聯須說人事，兩聯最忌同律。頸聯轉意要變化，須多下實字，字實則自然響亮，而句法健。其尾聯要能開一步，別運生意結之，然亦有合起意者，尤妙。」（見同前）此則就五言之形式言之。揆諸東坡此詩，則內容、形式無不相符，意氣激昂，誠爲佳構。

清人沈德潛曾言：「蘇子瞻胸有洪爐，金銀鉛錫，皆歸鎔鑄。其筆之超曠，等於天馬脫羈，飛僊遊戲，窮極變幻，而適如意中所欲出，韓文公後，又開闢一境界也。元遺山云：『只知詩到蘇黃盡，滄海橫流卻是誰？』嫌其有破壞唐體之意，然正不必以唐人律之。蘇門諸君子，清才林立，並入寰中，猶之郊、莒已。蘇詩長於七言，短於五言，工於比喻，拙於莊語。」（《說詩晬語》卷下）然東坡五言詩與當代詩人

相較，則才情遠甚，能開宋詩新氣象者也。

送劉攽倅海陵

　　　君不見阮嗣宗臧否不挂口，莫誇舌在齒牙牢，是中惟可飲醇酒。　【烏臺
　　詩案】臧否不掛口。

【烏臺詩案】：此詩譏諷朝廷新法不便，不容人直言，不若耳不聞而口不言也。

【施註】《史記・張儀傳》：嘗從楚相飲，已而楚相亡璧。門下意張儀，共執掠笞。
　　其妻曰：「子毋讀書遊說，安得此辱乎？」儀曰：「視吾舌尚在不？」妻笑曰：「舌
　　在也。」儀曰：「足矣。」韓退之〔贈劉師服〕詩：羨君齒牙牢且潔，大肉硬餅
　　如刀截。

　　　讀書不用多，作詩不須工，海邊無事日日醉，夢魂不到蓬萊宮。

　　　秋風昨夜入庭樹，蕣絲未老君先去。

　　　君先去，幾時回？劉郎應白髮，桃花開不開。

　　劉攽，字貢父，臨江新喻人。熙寧三年四月，詔館閣校勘劉攽，與外任。攽初
考試開封，與王介甫爭言，為臺諫所劾，既贖銅，又罷考功及鼓院（參見《蘇文忠
公詩編註集成》卷六），據施元之註（以下簡稱施註）云：「博記能文章，政事侔古
循吏，身兼數器，守道不回。與王介甫為友，介甫得政行新法，貢父時在館閣，詒
書論其不便，曰：今百姓取青苗錢於官者，公私債負逼迫，故稱貸出息以濟其急。
介甫為政，不能使家給人足無稱貸之患，而特開稱貸之法，以為有益於民，不亦可
羞哉。今郡縣之吏，方以青苗錢為殿最，未足，不得催二稅。如此，民安得不請，
安得不納，而謂其願而不可止者，吾誰欺，欺天乎。又謂，皇甫鎛、裴延齡之聚歛、
商鞅、張湯之變法，未有保終吉者。介甫怒斥，通判泰州。題館壁云：璧門金闕倚
天開，五見宮花落古槐。明月扁舟滄海去，卻從雲氣望蓬萊。元祐間，拜中書舍人，
卒於官。」（《蘇軾詩集》卷六）劉攽與東坡交情頗佳，觀東坡責授檢校水部員外郎
黃州團練副使，時攽任京東轉運使，因收受東坡譏諷朝政文字，罰銅二十斤（參見
《續資治通鑑長編》卷三百一）可證之。

　　安石行新法，司馬光為首之舊黨人士紛紛反對，東坡、劉攽俱有議論。攽因新
法被倅海陵，海陵即泰州，史載：淮南道海陵監，煮鹹之務也。唐置縣，僑唐於海
陵縣置泰州。按，泰州今屬揚州府（《蘇文忠公詩編註集成》卷六），東坡知新法勢
在必行，然於安石之排除異己，深以為不然，是以藉詩起興，抒一己之感歎。《烏臺
詩案》云：「此詩譏諷朝廷新法不便，不容人直言。」此東坡之所以發為詩文，期感
發君上也！

此詩乃贈別之作。贈別之作，自古有之，亦有定法。楊載云：「贈別之詩，當寫不忍之情，方見襟懷之厚。然亦有數等，如別征戍，則寫死別而勉之努力効忠，送人遠遊，則寫不忍別而勉之及時早回，送人仕宦，則寫喜別而勉之憂國恤民。……凡送人多託酒以將意，寫一時之景以興懷，寓相勉之詞以致意。」（《詩法家數》）究此詩言之，乃送人仕宦，應勉之憂國恤民，然東坡一反常度，欲劉攽不問世事，日飲醇酒，以是此等憤激之語，爲政敵所挾。

此篇乃七言古風，以長短句爲章法，此等詩體爲東坡所長。蓋東坡才大志高，放吟詩篇，往往氣象萬千，奔迸如流，決非三言兩章所能盡意，必此等歌行，始能恣其磨盪迴環之趣（參見《宋詩研究》、章八）此詩以七言爲主，間雜三言、五言，嚴格說來，乃是錯綜雜言，篇首用長短句，以「君不見」冒頭。此詩篇爲轉韻之形式，起首以尤韻，復轉爲東韻，再入魚韻，結尾押灰韻，文意起伏，韻亦隨之，此古風之特色也。王易云：「韻與文情關係至切，平韻和暢，上去韻纏綿，入韻迫切，此四聲之別也……凡用平韻入韻者，當陰陽相調，用上、去韻者，當上去相調，庶聲情不至板滯。」（《詞曲史》）東坡詩仿杜甫者多，古風中以七古尤有仿古之法（參見《詩詞曲作法研究》），然嚴羽窺東坡詩精神所在，云：「國初之詩尙沿襲唐人……至東坡、山谷始自出己意以爲詩，唐人之風變矣！」（《滄浪詩話》）又可明東坡古風已非模擬之面目耳！

詩首以阮嗣宗之絕口不言政事，庶幾能明哲保身，復以張儀之自誇相戒，此實因劉攽與東坡皆喜論事，攻擊新政，故相勉相戒也。據《東都事略》言：「攽爲人博學守道，以故流離困躓，然不修威儀，喜諧謔，雜以嘲誚，每自比劉向也。」（見《四庫全書》卷七六）可知攽與東坡性情相類，時以議論得罪，是以東坡勉其此次倅泰州，萬不可再言時事，蓋恐朝廷不見容也，然何嘗不知己之得罪亦不遠矣！

劉攽自館閣謫官，題壁詩有「卻從雲氣望蓬萊」句，故東坡戲謔之，云朝廷既不見用，何不「日飲醇酒，暫罷詩書」，縱使無事醉臥，亦莫眷戀在京用事也。此數語概不能無所感，君子舍之則藏，用之則行，此自古明訓，乃不過互勉之詞爾！

次寫景以寓情。秋風入庭樹乃借喻，言其如秋扇見捐，終當復起，而時機未至。此次不得已見倅，離別再即，不待蕚絲長成，已道出匆匆一別，心緒無奈已極。

末言此去千里，返期難測，只恐白髮見召，然不知朝廷政局是否已改轅易轍？以劉夢得詩暗喻新政之風行，而君子之不見用，甚爲含蓄。

楊載云：「第一聯敍題意起。第二聯合說人事，或敍別，或議論。第三聯合說景，或帶思慕之情，或說事。第四聯合說何時再會，或囑咐，或期望。於中二聯，或倒亂前說亦可，但不可重複，須要次第。末句要有規警，意味淵永爲佳。」（《詩法家

數》）此乃贈答詩之要法。又云：「凡作古詩，體格句法俱要蒼古，且先立大意，舖敘既定，然後下筆，則文脉貫通，意無斷續，整然可觀。」（見同前）此乃古詩要法。觀東坡此詩，俱能相合，尤以韵之轉換與情之悲喜跌宕，讀來雋永有味，令人稱賞。

　　趙執信亦曾言：「句法須求健舉，七言古詩尤亟。然歌行雜言中，優柔舒緩之調，讀之可歌可泣，感人彌深。如白氏及張、王樂府俱在也。令人幾不知轉韵之格矣！此種音節，懼遂亡之，奈何！」（《談龍錄》）是故，人言東坡「其筆之超曠，等於天馬脫羈，飛僊遊戲，窮極變幻，而適如意中所自出（《說詩晬語》卷下），信然！

　　觀此詩以起首氣勢甚宏，蘊藉不逮，是以政敵言其譏諷朝廷新法。至於全詩細加玩味，幾可謂涉及議論新法之用人不當，唯其譬喻頗妙，是以不著痕迹，唯其以景寓信，是以人不覺其譏諷意，此詩技巧高矣！

送曾子固倅越得燕字

　　　　醉翁門下士，雜遝難爲賢。

【誥案】王安石初未知名，因曾鞏游於歐陽永叔之門，爲薦於朝。及安石得政，遂叛永叔，排之不遺餘力。又，常秩者，隱居樂道，永叔高其名，屢薦不起。安石更法令，海內沸騰，秩獨以爲是，遂應召拜右正言，直集賢院兼舍人院，遷天章閣侍講，同修起居注。又，蔣之奇者，永叔知舉所得士，公同年也。拜殿中侍御史，永叔建濮議，之奇盛稱之。及爲言者所攻，之奇忽彈以帷簿事，考驗無實，謫爲監稅，永叔亦以是罷參知政事，典郡。詩言「雜遝」，皆指此曹也。查註不能引論，故曉嵐有「憤激招尤，殊乖溫厚」之說，皆非是。

　　　　曾子獨超軼，孤芳陋群妍。

　　　　昔從南方來，與翁兩聯翩。

　　　　翁今自憔悴，子去亦宜然。

【誥案】永叔由參知政事罷知亳州，移青州。時諸路散青苗錢，乞令民止納本錢，罷提舉官，不報。除判太原府，以不任重寄，力丐蔡州，逾年而歸。公作此詩，正其初到蔡州之時，故云「憔悴」也。

　　　　賈誼窮適楚，樂生老思燕。　　【烏臺詩案】樂天老思燕。

　　　　那因江鱠美，遠厭天庖羶。

　　　　但苦世論隘，聒耳如蜩蟬。

　　　　安得萬頃池，養此橫海鱣。　　【烏臺詩案】養此橫海鯢。

【烏臺詩案】熙寧三年，曾鞏準勅通判越州。臨行，館閣同舍舊例餞送，眾人分韵，軾探得燕字韵，作詩一首。中云「但苦世論隘，聒耳如蜩蟬」，譏諷近日朝廷進

用多刻薄之人，議論褊隘，聒喧如蜩蟬之鳴，不足聽也。又云：「安得萬頃池，養此橫海鱣」，以此比鞏橫才也。

據王文誥總案云：「紀年錄三年三月送劉攽倅海陵，曾鞏倅越」（《蘇文忠公詩編註集成》卷一），則此詩與劉攽倅海陵乃同一年所作無疑。曾鞏，字子固，南豐人，嘉祐二年進士第，歷中書舍人，有《元豐類藁》五十卷。王文誥言「史載曾鞏判越州，則贍田野饑，守齊州，則平章丘盜，餘若濬河省驛，救疫儲藥，凡便民事，不可勝書；又能戢征南之師，不爲地方擾害，此皆政事之卓然者也。其廉潔自守，至於自入之利皆罷；又天性孝友，父亡，奉繼母益至，撫四弟九妹於委廢單弱中，宦學婚嫁，一出其力，此皆行義之卓然者也。且鞏素與王安石善，神宗問安石何如人，則以勇於有爲吝於改過爲對，是鞏之不敢朋比欺君，與韓維、呂公著之交相稱薦而至誤國者，賢不肖相去遠矣。史又云呂公著嘗告神宗，鞏行義不如政事，政事不如文章，以是不大用。若如其說，則凡當日大小臣工史不載者，皆當出鞏之上，而何以史家立傳諸人，其行義、政事、文章不及鞏者多耶？神宗素不喜鞏文章，公著特爲此語中之，故其視鞏行義、政事爲尤可吐棄，而因以流落不偶。」（《蘇文忠公詩編註集成》卷六）曾鞏以附歐陽修，故爲新黨人士所排擠，然其君子之風，仍不稍衰。東坡與子固俱在館閣，且同尊歐陽修爲師，是以沿舊例餞送，並爲詩以感歎時不我與。

此詩爲五言古風。究章法言，乃雙數句，究句法言，乃整齊之形式，依韵法言，乃全首平聲韵，押先韵。五言古詩於平仄調度，其要點爲：（一）押平韵者，不採律詩中一聯之平仄譜，至少不應使出句、對句同時入律。（二）五言古風，以下三字爲主，五言之第三字尤要。（三）平腳之五言古詩，則五言之第三字以平聲爲原則（參見《詩詞曲叢談》，談詩）。東坡此詩平仄交錯變化，然五言之第三字則用法整齊。觀其古風下三字間採三平聲，知此時東坡詩仍不脫律詩之格式，純以展現才學，不拘拘於規律。

全篇欲明曾鞏之才識卓越，行義、政事不與新黨之安石同軌，是以就歐陽永叔提舉安石，安石得政竟叛永叔爲言，以高曾子固之被倅，與朝廷小人不可同日而語！觀全詩淺近易解。據許學夷《詩源辨體》後集所引：「『宋人五七言古，出於退之、樂天者爲多，其構設奇巧，快心露骨，實爲大變，而高才之士每多好之者，蓋以其縱恣變幻，機趣靈活，得以肆意自騁耳。七言律多生澀怪僻，實出晚唐惡道。嚴滄浪云：「近代諸公作奇特解會，遂以文字爲詩，以才學爲詩，以議論爲詩，夫豈不工，終非古人之詩也。」此論最爲公平，庶幾有兼識者。』」（《滄浪詩話》校釋）明李東

陽亦言：「蘇子瞻才甚高，子由稱之曰：『自有文章，未有如子瞻者。』其辭雖夸，然論其才氣，實未有過之者也。獨其詩傷於快直，少委曲沉著之意，以此有不逮古人之誚。然取其詩之重者，與古人之輕者而比之，亦奚翅古若耶。」（《麓堂詩話》）明乎此，而後知此詩正可代表東坡詩體之一端，乃是以議論為詩，傷於快直，少委曲沈著之意也！

　　然此詩亦有可取之處。首言曾子固不囿常格，遠離庸俗，其體格句法蒼古，大意已出。復言其知進退，明去取。承前舖敘。以子固之才，因聯想古之賈誼、樂毅俱見棄於人主，然忠心耿耿，欲為世用。末四句採對比手法，言小人絮語聒噪，議論刻薄，以子固之大才，宜受朝廷之賞識，今竟外出佐郡，惜其大才而小用也。「蜩蟬」以喻世論之隘，「橫海鱣」以喻曾子固之大才，化抽象為具象，色彩鮮明，譬喻恰到好處，此是東坡詩議論中，兼具才情豐富之想像，為宋世諸詩家所不及者。楊載於〈古詩要法〉條云：「凡作古詩，體格、句法俱要蒼古，且先立大意，舖敘既定，然後下筆，則文脈貫通，意無斷續，整然可觀。」（《詩法家數》）觀東坡此詩文脈貫通，意無斷續，是以雖出之議論，然不覺其鄙陋矣！

　　更值一提者，乃東坡用韻之妙。張戒謂：「蘇黃用事押韻之工，至矣盡矣，然究其實，乃詩中人一害。」（《歲寒堂詩話》）言其押韻之工，極乎其至，然稱其詩中人一害，殆非後人可湊泊者。東坡分韻得「燕」字，以其為地名，故以楚啓之，以典故出之，此蓋靈感倏至，非人力所能為。明李東陽論詩主音調，析之甚詳：「詩韻貴穩，韻不穩則不成句。和韻尤難，類失牽強，強之不如勿和。善用韻者，雖和猶其自作；不善用者，雖所自作猶和也。」（《麓堂詩話》）又云：「今之歌詩者，其聲調有輕重清濁，長短高下緩急之異；聽之者不問，而知其為吳為越也。……然其調之為唐為宋為元者，亦較然明甚。此何故哉？大匠能與人以規矩，不能使人巧。律者，規矩之謂，而其為調則有巧存焉。苟非心領神會，自有所得，雖日提耳而教之，無益也。」（見同前）東坡此詩，可歸之於善用韻者，至於張戒所言，為詩中人一害，則乃後人以律拘之，學其粗率而略其韻巧也！

　　綜言之：熙寧三年，東坡〈送錢藻出守婺州得英字〉、〈送劉攽倅海陵〉、〈送曾子固倅越得燕字〉三首，乃借送友批評新法。其心緒既不平於安石之跋扈當道，所為詩什亦借題發揮，以抒發懷抱，此就其內容言之；歷來詩家論東坡詩，謂其五言古詩不若七言之奔盪迴旋，雖傷快直，少委曲沈著之意，然正所以為坡詩矣！

　　清沈德潛謂：「五言古，長篇難於舖敘，舖敘中有峯巒起伏，則長而不漫；短篇難於收斂，收斂中能含蘊無窮，則短而不促。」（《說詩晬語》卷上）蓋為東坡五言之最佳寫照，吾人必深味之而後知其言至矣！

送蔡冠卿知饒州

吾觀蔡子與人遊，掀豗笑語無不可。	【烏臺詩案】掀逐笑語無不可。
平生儻蕩不驚俗，臨事迂闊乃過我。	
橫前坑阱眾所畏，布路金珠誰不裹。	
爾來變化驚何速，昔號剛強今亦頗。	【烏臺詩案】邇來變化驚何速。
憐君獨守廷尉法；晚歲却理鄱陽柂。	【烏臺詩案】晚歲卻理鄱陽柁。
莫嗟天驥逐羸牛，欲試良玉須猛火。	
世事徐觀眞夢寐，人生不信長轗軻。	【烏臺詩案】人生不信長坎坷。
知君決獄有陰功，他日老人酬魏顆。	

【烏臺詩案】大理少卿蔡冠卿，準勅差知饒州，軾作詩送之。其云「橫前坑阱眾所畏」，以譏當時用事之人，有逆其意者，則設坑阱以陷之也。又云「布路金珠誰不裹」，以議朝廷用事之人，有順其意者，則以利誘之，如以金珠布路也。又「爾來變化」二句，以譏士大夫爲利所誘脅，變化從之，雖舊號剛強，今亦然也。又云「憐君獨守廷尉法」，言冠卿屢與朝廷爭議刑法，以致不進用，出守小郡。又云「莫嗟天驥逐羸牛」，以冠卿比天驥，以進用不才比羸牛，以譏諷進用之人不當也。又云「欲試良玉須猛火」，玉經火不變，然後爲良，言冠卿經歷艱險折挫，節操不改也。

熙寧三年，蔡冠卿任審刑院大理寺官，因論刑名與安石不合，遂補外得饒州。蔡冠卿，字元輔，慶曆六年進士。東坡此詩藉送行以抒發議論，廣采譬喻，是以爲政敵所引，謂其譏諷朝廷用事之人。

譬喻乃「借彼喻此」，其理論架構，立於心理學之「類化作用」（Apperception），意即以舊經驗引發新經驗。詩乃藝術。藝術創造於未經傳達之前，祇是想像。詩人根據已有之意象，予以剪裁，綜合爲新形式，即是創造。創造之想像成分有三：即理智、情感與潛意識（參見《文藝心理學》）。東坡透過理智之「聯想作用」（Association），以易知見難知，化抽象爲具體，蓋源於無法直述心事，是以出之隱語，表達情志。

此首七言古詩，乃形式整齊押仄聲韵之送別詩。於章法言，此詩乃雙數之七古；句法言，乃整齊之句式；韵法言，採上聲哿韵，一韵到底。古體詩的特徵，乃注重自然音節，而沒有固定的格律（參見《詩詞曲叢談》）。依明釋眞空《玉鑰匙歌訣》言：「平聲平道莫低昂，上聲高呼猛烈強，去聲分明哀遠道，入聲短促急收藏。」（見同前）則此詩採上聲韵，乃表現亢奮之情緒；又據王易之分析，歌哿韵表端莊（《詞曲史》），是以稱其「不卑不亢」，應可謂確論。

此詩前四句高遠，引敘題旨，謂冠卿倜儻，似不重出處，然遇事能斷，因刑名力爭，不惜見忤政敵，寧為玉碎，不為瓦全，起句即闊占地步，善於鋪敘。楊載於七言古詩條下云：「七言古詩要鋪敘，要有開合，有風度。要迢遞險怪，雄俊鏗鏘，忌庸俗軟腐。須是波瀾開合，如江海之波，一波未平，一波復起。又如兵家之陣，方以為正，又復為奇；方復為奇，忽復是正，出入變法，不可紀極。」(《詩法家數》)觀東坡此詩「橫前坑穽眾所畏，布路金珠誰不裹」，即譬喻當時用事之人，有逆其意者，則設坑穽以陷之，苟順其意者，則以利誘之，如以金珠布路也。比喻恰到好處，一開一合，正反相應。又「爾來變化驚何速，昔號剛強今亦頗」，以喻士大夫為利所誘，變化從之，雖剛強之人，猶不能免。又「憐君獨守廷尉法，晚歲卻理鄱陽枊」；言冠卿屢與朝廷爭議刑名，以致不進用，出守小都。此正與「平生儻蕩不驚俗，臨事迂闊乃過我」相呼應，極贊其難能可貴也。復以「莫嗟天驥逐贏牛，欲試良玉須猛火」，喻冠卿為天驥，朝廷所用皆贏牛以譏諷之，言冠卿經歷艱險挫折，不改節操，如玉之溫潤，經火不變也。此詩既屬贈別，則結語自有規警意味，用魏顆決獄之陰功為喻，言冠卿子孫必有興者，讀來淵深雋永，饒富餘味。

全詩以譬喻手法出之，以詩發抒朝廷用人不當，然詩句乃不予明言，必待吾人細細咀嚼，方知其佳。歷來詩家多稱許東坡之七古，以其少受拘束，任口舒心，足以觸處生奇。沈德潛云：「蘇詩長於七言，短於五言，工於比喻，拙於莊語。」(《說詩晬語》卷下)。楊萬里亦云：「七言長韻古詩，如杜少陵〈丹青引〉、〈曹將軍畫馬〉、〈奉仙縣劉少府山水障歌〉等篇，皆雄偉宏放，不可捕捉。學詩者於李杜蘇黃詩中，求此等類，誦讀沈酣，深得其意味，則落筆自絕矣！」(《誠齋詩話》)此言亦可適用於東坡七言古詩。

蓋東坡此詩，乃有為而作，非徒務應酬者可比，是以都穆曾言：「東坡云：『詩須有為而作。』山谷云：『詩文惟不造空強作，待境而生，便自工耳。』予謂今人之詩，惟務應酬，真無為而強作者，無怪其語之不工。元遺山詩云：『從橫正有凌雲筆，俯仰隨人亦可憐。』知此病者也。」(《南濠詩話》)東坡詩作與其詩論乃有相合者，此詩可證也。故吳可教人為詩，嘗言：「看詩且以數家為律，以杜為正經，餘為兼經也。如小杜、韋蘇州、王維、太白、退之、子厚、坡、谷、四學士之類也。如貫穿諸家之詩，與諸體俱化，便自成一家，而諸體俱備。若只守一家，則無變態，雖千百首，皆只一體耳。」(《藏海詩話》)具體言之：「學詩當以杜為體，以蘇黃為用，拂拭之則自然波峻，讀之鏗鏘。蓋杜之妙處藏於內，蘇黃之妙發於外，用工夫體學杜之妙處恐難到（案：用工以下有脫文）。用功而效少。」(見同前)東坡此詩非徒應酬，乃其真性情所由發！

第二節　通判杭州（熙寧四年六月～七年六月）

送張安道赴南都留臺

> 我公古仙伯，超然羨門姿。
> 偶懷濟物志，遂為世所麋。
> 黃龍遊帝郊，簫韶鳳來儀。
> 終然反溟極，豈復安籠池。
> 出入四十年，憂患未嘗辭。
> 一言有歸意，闔府諫莫移。
> 吾君信英睿，搜士及茅茨。
> 無人長者側，何以安子思。
> 歸來掃一室，虛白以自怡。
> 游於物之初，世俗安得知。
> 我亦世味薄，因循鬢生絲。
> 出處良細事，從公當有時。

【烏臺詩案】：熙寧四年，軾將赴杭州，張方平陳乞得南京留臺。本人有詩一首送軾，只記得落句云「最好乘船遊禪扉」，其餘不記。卻有一詩送本人云「無人長者側，何以安子思」，比方平之賢，朝廷當堅留要任，不可令閑也。

此乃五言古詩，屬送別之作。據施註：「張文定公名方平，字安道。神宗擢參知政事。會御史中丞缺，曾公亮欲用王安石，安道極論不可，未幾以憂去位。先是知皇祐貢舉，嘗辟安石考校，既入院，凡院中之事，皆欲紛更，遂檄使出。老蘇公嘗作〈辨姦論〉，以譏安石，謂必亂天下，安道為載於所撰墓碣。安石當軸，神宗欲再使共政，安石每力排之。而安道論新法之害，皆深言危語不少屈。知陳州時，監司皆新進，趨時興利，長吏初不與聞。安道曰：『吾衰矣，雅不能事人，歸歟，以全吾志。』即力請留臺而歸。」由此可知，張方平之赴南都留臺，實緣於論新法之害。當是時，天下擾攘，力斥新法，而安石執拗任性，排除異己，以邀新寵，繼錢藻、劉攽、曾鞏、蔡冠卿之後，張方平亦遭黜貶，是以東坡以詩贈之，言方平乃賢人，朝廷當堅留要任，不可令閑也。

此詩就章法言，乃雙數句，就句法言，乃整齊之形式，依韻法言，乃全首平聲韻，押支韻，兩句一韻。五言古詩雖與歌謠、樂府、雜言一樣不拘平仄，不限長短，不限韻叶，然而在無定式中，有一定之章法，亦即結構形式也。此詩可分四段，前四句點題，言張方平懷才不遇。第二段乃五至十句，言其適得其所，得以遠離樊籠，

以龍鳳之質美方平。第三段自十一句至十八句，言其賢德，當爲朝廷所用，奈何流落不偶！第四段最末六句，言世人未知方平之賢，己乃欲相從與遊。

此詩層次分明，其貫串全在每段之末兩句，如第一段與第二段以「偶懷濟物志，遂爲世所麾」貫串，言其超塵絕俗，乃不容見賞。下云「黃龍遊帝郊，簫韶鳳來儀」，言其遠赴南都，乃適如其性。第三段以「一言有歸意，閽府諫莫移」，明其不與新進趨時興利，乃明智之舉。末言其雖不爲外人所知，然信道直前，往而不復也！

五言古詩之第三字，乃每句重要著力之處，必加以鍛鍊，使其音節響亮，意義顯豁，方能表現全詩之精神（參見《詩學》章二）。觀此詩之第三字，如「羨」、「濟」、「遊」、「反」、「安」、「諫」、「信」、「掃」、「良」、「當」等字，看似平淡，然能貫串其精神，可知其運用恰當，頗具工力。

通首詩中，其「無人長老側，何以安子思」，有論及朝廷用人不當之意，故《烏臺詩案》論列，以爲美方平之賢不見用，亦即諷朝廷之用人失當，語譏執政者。蓋詩乃所以表情達意，間及事理，人人得以言之。葉燮云：「曰理、曰事、曰情，此三者足以窮盡萬有之變態。凡形形色色，音聲狀貌，舉不能越乎此，此舉在物者而爲言，而無一物之或能去此者也。曰才、曰膽、曰識、曰力，此四言者所以窮盡此心之神明，凡形形色色，音聲狀貌，無不待於此而爲之發宣昭著；此舉在我者而爲言，而無一不如此心以出之者也。以在我之四衡，在物之三合，而爲作者之文章，大之經緯天地，細而一動一植，詠歎謳吟，俱不能離是而爲言者矣！」（《原詩》）是以在心爲志，發言爲詩，東坡不滿新法，於送別詩中已露端倪，有心之政敵遂推敲字句，欲定罪讞矣！

揆諸實情，物不平則鳴，此事理之必然者，何況吾人所思所想，必有所不同，若小人之居心叵測，密藏心機，必不爲他人把持話柄；若君子則光明磊落，無一事不可告人者，是以發於詩文，亦不稍蘊藉，其東坡之謂乎！

穎州初別子由二首

其一

> 征帆掛西風，別淚滴清穎。
>
> 留連知無益，惜此須臾景。
>
> 我生三度別，此別尤酸冷。

【詩案】嘉祐六年，公赴鳳翔，與子由別於鄭州。治平二年，子由赴大名推官，公別於京師。熙寧三年，子由赴陳州學官，公又別於京師。前和「初到陳州」詩，有「還來送別處，雙淚寄南州」句，可證。查註失考京師再別，而以本題穎州

之別，湊足三度之數，凌躐下句題面，已刪。詩意謂潁州之別，較前三別爲可慨耳。

> 念子似先君，木訥剛且靜。
> 寡辭眞吉人，介石乃機警。
> 至今天下士，去莫如子猛。

【烏臺詩案】：熙寧四年，軾赴杭州，時弟轍至潁州相別，作〈初別子由〉詩云：「至今天下士，去莫如子猛。」爲弟轍在制置條例司，充檢詳文字，爭議新法不合，乞罷，既喜弟轍去之勇決，意亦諷朝廷新法不便也。

> 嗟我久病狂，意行無坎井。
> 有如醉且墜，幸未傷輒醒。
> 從今得閒暇，默坐消日永。
> 作詩解子憂，持用日三省。

其二

> 近別不改容，遠別涕霑胸。
> 咫尺不相見，實與千里同。
> 人生無離別，誰知恩愛重。
> 始我來宛丘，牽衣舞兒童。
> 便知有此恨，留我過秋風。
> 秋風亦已過，別恨終無窮。
> 問我何年歸？我言歲在東。
> 離合既循環，憂喜迭相攻。
> 語此長太息，我生如飛蓬。
> 多憂髮早白，不見六一翁。

東坡與弟子由情感甚篤，此於第一章敘述東坡生平事略已言及，見之於其每與子由相隔，輒詩什往來，文詞大別一般唱和酬酢之作，可見手足情深，毫無芥蒂。據施註，初，「神宗求治甚急，子由以書言事，即日召對。王介甫新得幸；以執政領三司條例，上便爲檢詳文字。介甫急於財利而不知本，呂惠卿爲之謀主。子由議事多牾，介甫大怒，將加以罪。同列止之，除河南推官。會張安道知陳州，辟爲教授。東坡道判杭州，出都來陳，子由送至潁，同謁歐陽公而別。此詩云：至今天下士，去莫如子猛。蓋謂是也。」陳州距杭州甚遠，東坡眼見知己——因反對新法被黜，今子由亦不免相隔，心境蕭索，贈詩以慰子由，其情悱惻深至，非眞情無以致之。

　　第一首五言古詩屬雙數句，句式整齊，押上聲梗韵之仄韵詩。一般而言，上聲韵高呼而猛烈，表清遠之情。第二首五言古詩，亦屬雙數句，句式整齊，然屬押平聲東韵之平韵詩，平聲韵有哀而安之感，宜於富餘味時用之。由斯而言，東坡此二首五言古詩，可見其情緒之轉變（參見《詩學》上冊）。

　　觀第一首詩，可分四段，前四句起興，言離別在即，見景傷情。第五句至第十句承相聚時短，引發此別較前二次當時久而地遙，不知何日再見之慨；繼而念其木訥剛靜，必能機警自保。第十一句至第十六句，言子由之因新法爭議，不合乞罷，毅然離去，適足為己爭言新法之借鏡。末四句總結所感，乃應三緘其口，不復問政。其中「至今天下士，去莫如子猛」，《烏臺詩案》論及意乃諷朝廷新法不便也。吾人詳玩此二句所言，乃承「寡辭真吉人，介石乃機警」而來，言其決斷之舉，乃機警之人，藉以感興一己之妄言，恐獲罪於執政者，進而勉以自省，略及譏諷之意。然小人之虺虺為心，乃謂「非此即彼，非彼即此」，既美子由之離去，即言留之乃不當，此二分法之非友即敵，非敵即友，乃生此等構陷之詞，究其心，無非抨擊東坡等反對新法之舊黨也！

　　然而吾人參以次首，可知東坡贈別子由，純屬兄弟手足之情，其言「離合既循環，憂喜迭相攻」，可謂直道胸臆，了無機心，是以言其譏諷新法，乃政敵所媒孽，肆意渲染者。

　　試以文學觀點賞析之。此二首詩之情感真摯，想像力豐富，文學之形式乃採取質樸的表現方式。蓋哀樂之真，發乎情性，此詩之正理，東坡潁州初別子由，首言；「征帆掛西風，別淚滴清潁」，就事理言，「征帆」何能「掛西風」？「別淚」又怎能「滴清潁」，此為東坡運用文學技巧巧妙之處。西方文學理論中，有所謂「詩之真理」（Poetic truth），意即「文學指示出一個虛構的，想像的世界，一部小說，一首詩，或一齣戲劇之陳述，實者並非真，乃有些許不合邏輯。」（參見《文藝心理學》）吾人觀此種文學形式，如目見實景，此即有賴其情感真摯，想像力豐富之故。

　　而東坡善用譬喻，亦為其想像力豐富佐證之一。如言「有如醉且墜，幸未傷輒醒」，乃明喻之手法，「咫尺不相見，實與千里同」，乃暗喻之筆法，「問我何年歸？我言歲在東」，乃隱喻之手法，「語此長太息，我生如飛蓬」，乃明喻之筆法（參見《修辭學》）。東坡長於譬喻以美化詞句，強化形象。

> 再見明光宮，峨冠把搢紳。
> 如今三見子，坎坷為逐臣。
> 朝遊雲霄間，欲分丞相茵。
> 暮落江湖上，遂與屈子鄰。　【烏臺詩案】：莫落江湖上，遂與屈子隣。

【烏臺詩案】：贈劉摰詩「暮落江湖上，遂與屈子隣」，意謂屈原放逐潭湘之間而非其罪，今摰亦謫官湖南，故言與屈子相隣近也。緣是時聞說摰爲言新法不便責降，既以屈原非罪比摰，即是謂摰所言爲當也。

> 了不見慍喜，子豈眞可人。
>
> 邂逅成一歡，醉語出天眞。
>
> 士方在田里，自比渭與莘。
>
> 出試乃大謬，芻狗難重陳。

【烏臺詩案】：莊子詆毀孔子之言，皆先王之陳述，譬如已陳之芻狗難再陳也。軾意以譏執政大臣在田里時，自比太公、伊尹，及出而試用，乃大謬戾，當便罷退，不可再施用也。

> 歲晚多霜露，歸耕當及辰。

熙寧四年十月，東坡赴杭州通判，到揚州。時劉攽、孫洙與劉摰俱在杭，偶然相聚數日，別後東坡作詩三首，用各人之字爲韻。其中寄劉貢父、劉莘老二詩，皆涉譏諷，是以《烏臺詩案》論列之，於焉可見。

通首讀來，無艱深難解之弊病，亦無賣弄典故之處，可知東坡實以此二首詩代爲家書，故直抒胸中事，顯而易知，是以紀昀評曰：「二首皆悱惻深至。」（《蘇文忠公詩編註集成》卷六）誠爲的論。

廣陵會三同舍，各以其字爲韻，仍邀同賦

劉貢父

> 去年送劉郎，醉語已驚眾。
>
> 如今各飄泊，筆硯誰能弄。
>
> 我命不在天，羿彀未必中。
>
> 作詩聊遣意，老大慵譏諷。
>
> 夫子少年時，雄辯輕子貢。 　　【烏臺詩案】：雄辯輕子貢。
>
> 爾來再傷弓，戢翼念前痛。
>
> 廣陵三日飲，相對怳如夢。 　　【烏臺詩案】：相對怳如夢。
>
> 況逢賢主人，白酒潑春甕。
>
> 竹西已揮手，灣口猶屢送。 　　【烏臺詩案】：竹栖已揮手。
>
> 羨子去安閑，吾邦正喧閧。

【烏臺詩案】：熙寧四年十月內，赴杭州通判，到揚州。有劉攽并館職孫洙、劉摰皆在本州，偶然相聚數日，別後作詩三首，各用逐人字爲韻。內寄攽詩「羨子去

安閒，吾邦正喧闐」，言杭州監司所聚，初行新法，事多不便也。

孫巨源

> 三年客京輦，憔悴難具論。
>
> 揮汗紅塵中，但隨馬蹄翻。
>
> 人情貴往返，不報生禍根。
>
> 坐令平生友，終歲不及門。
>
> 南來實清曠，但恨無與言。
>
> 不謂廣陵城，得逢劉與孫。
>
> 異趣不兩立，譬如王孫猿。
>
> 吾儕久相聚，恐見疑排根。
>
> 我褊類中散，子通眞巨源。
>
> 絕交固未敢，且復東南奔。

劉莘老

> 江殿昔相遇，幕府稱上賓。

據註，劉攽「天資滑稽，不能自禁。與王介甫素厚，迨當國亦屢謔之。雖每爲絕倒，然意終不能平也。初以館閣校勘同知禮院，與王介甫考開封試，因爭小畜二音，語言往復，爲御史彈奏，罷禮院及考功矣。介甫又告神宗曰：「司馬光朝夕所與切磋者，乃劉攽、蘇軾之徒，觀近臣以其所主，所主者如此，其人可知也。」尋出倅海陵。貢父先已被劾，今又爲介甫所斥，故詩云：「夫子少年時，雄辯輕子貢。爾來再傷弓，戢羽念前痛。」錢公輔，字君倚，時正在郡。「況逢賢主人，白酒潑春甕，竹西已揮手，灣口猶屢送者，謂君倚也。」（《蘇文忠公詩編註集成》卷六）劉攽與東坡俱喜諧謔，且以新法不便於民，抨擊甚力。觀此三詩，各以三人之字——「貢」、「源」、「莘」爲韵屬之，知其戲謔文詞，蓋難免寄興託諷之作也。

東坡前有〈送劉攽倅海陵〉一詩，乃七言古詩，而今與劉攽遇於杭州，此首五言古詩乃有「去年送劉郎，醉語已驚眾」之句，蓋前有所承，今承上而爲言。觀詩中云：「我命不在天，羿彀未必中」，對倅杭一事，頗有微詞，是以末言「羨子去安閒，吾邦正喧闐」，乃爲執政者引以爲譏諷新法不便之作。

孫巨源，名洙，廣陵人。施註云：「在諫院時，王介甫行新法，多逐諫官御史，巨源心知不可，而鬱鬱不能有所言，但懇乞補外，知海州。既會於此，東坡與劉貢父、劉莘老皆坐論新法以去。巨源既同舍，雅相厚，又居諫省，而此詩云『終歲不及門』，則異趣可見。」（見同前）東坡乃君子，信道直前，敢作敢當，是以與劉攽、

劉摯皆以攻法被出，獨巨源以求去自全，雖美其與紛然希進者不同，不失爲君子，然不免欲勖之以義，是以次首詩言孫巨源「人情貴往返，不報生禍根」，直言其不能有所言，坐視新法禍民，乃不當之舉。又云：「坐令平生友，終歲不及門」，乃間言素與之厚，但痛其風節稍衰矣！末言「我褊類中散，子通眞巨源」，以稽康與山濤（巨源）絕交之典故，責其奉承新法，然以孫巨源自請海州，不失爲君子，因言「絕交固未敢，且復東南奔」。全詩亦以時事出處爲言，究其所以能免《烏臺詩案》論列者，乃因孫巨源與東坡出處不同，故能免禍也！

劉莘老，名摯，永靜東光人。施註云：「韓忠獻薦除館閣校勘，王安石一見器異之，擢檢正中書禮房，非其好也。纔月餘，爲監察御史，即奏論亳州青苗獄，謂小人意在傾搖富弼，今弼已得罪，顧少寬之。自此極論新法，章數上，中其要害。中丞楊繪亦言其非。安石使曾布作『十難』折之。仍詰兩人向背好惡之情，繪懼謝罪。莘老獨奮曰：「爲人臣豈可壓於權勢，使天子不知利害之實。」即條對所難，以伸其說。若謂向背，則臣所向者義，所背者利，所向者君父，所背者權臣。安石大怒，將竄嶺外。上不聽，監衡州鹽倉。安石始爲小官，不汲汲於仕進，屢辭官不就，由是名重天下，士大夫恨不識其面。後除知制誥，自是乃不復辭。初，安石黨友傾一時，造作言語，以爲幾於聖人，至是遂以其學亂天下。先生詩云：「士方在田里，自比渭與莘。出試乃大謬，芻狗難重陳。」謂此也。治平丙午夏，奉老蘇公喪，舟行歸蜀道江陵，而莘老正在荊州幕府，故云「江陵昔相遇，幕府稱上賓」，此會蓋去御史謫衡陽時也。」（見同前）東坡此首五言古詩，蓋言劉摯極論新法乃爲當也。據王文誥註（以下簡稱編註）：「劉摯在熙寧間，頗著風節，大有虎變豹變氣象。其後入相元祐，則結死黨爲排善類，援引小人，陰納姦臣，邢恕、章惇以爲囊橐。且邢恕乃程伊川門人，亦伊川之所薦。摯既與恕厚善，曷不一少爲伊川地而務欲首攻逐之乎。觀摯後之所爲，又無異犬羊之鞹矣。」（見同前）則劉摯此時謫官湖南，與東坡俱爲反新法之主力，故東坡以詩相贈。詩云：「朝遊雲霄間，欲分丞相茵」，蓋言其在朝對權貴亦非所重也。「幕落江湖上，遂與屈子鄰」，乃言其被謫湖南，有如屈子被謫湘潭，皆非其罪，乃新法之罪也。又云：「士方在田野，自比渭與莘；出試乃大謬，芻狗重難陳」，蓋言安石之在朝與在野，言行不一也。此數句皆以對比手法出之，一正一反，反覆申論，益發人深省。惜莘老爲德不卒，其後竟結死黨，排善類，援引小人，陰納姦臣，朋黨之禍出，北宋乃覆亡，此等士大夫難辭其咎矣！

初到杭州寄子由二絕

其一

眼看時事力難任，貪戀君恩退未能。　　【烏臺詩案】：眼看時事力難勝。

【烏臺詩案】：熙寧四年十二月內，初到杭州，『寄子由』詩「眼看時事」云云，意謂新法青苗、助役等事，煩雜不可辦，亦言己才力不能勝任也。

遲鈍終須投劾去，使君何日換聾丞。

其二

聖明寬大許全身，衰病摧頹自畏人。

【趙註】林希《野史》云：王安石恨怒蘇軾，欲害之，未有以發。會詔近侍舉諫官，范鎮薦軾，謝景溫劾軾向丁父憂歸蜀，往還多乘舟載物貨賣私鹽等事。安石大喜。事下八路，按問水行及陸行所歷州縣，令具所差借兵夫及柁工訊問，賣鹽卒無其實；眉州兵夫乃近候新守，因送軾至京。既無以坐軾，會軾請外，例當作州，巧抑其資，以為杭倅。士論無不薄景溫云。

莫上岡頭苦相望，吾方祭竈請比鄰。

據編註引《函史》云：「直史館蘇軾具條法弊事上。當是時，諸臣僚類虛言訶譴或至已甚，惟軾指事陳擿，往往切當，帝大稱善，而安石大惡之。侍御史謝景溫誣軾罪，窮治無所得，出判杭州。自此詩起以下，皆倅杭作。」（《蘇文忠公詩編註集成》卷七）知此二詩蓋東坡在杭所作。

二詩屬七言絕句，格式屬仄起押平韻，故為七絕之正格。七絕作法，在於流利，其平仄聲調，皆宜講求（《詩學》冊上）。觀東坡此二詩，感慨良深，滿腔熱血，幾一迸即發。詩云：「眼看時事力難任，貪戀君恩退未能」，可現其內心之掙扎。大凡謀事在人，成事在天，東坡一心欲感悟君上，以仁德之道，紓萬民之困，奈何安石執拗任性，排除異己，以至於忠臣見倅，新銳日進，東坡披心瀝膽，猶不見賞，此情落寞，可想而知。是以感歎新法青苗、助役等事，煩雜不可辦，今又被倅赴杭，既知己力之不能逮，復疑君恩無答報之日，可謂耿耿孤忠，心繫朝廷！三、四句轉言投劾固宜，恨未能息心養志，不復問黎民之憂矣！前詩寫來流利，其平仄合律，聲調亢厲，皆能表現其不滿新法之思想。

其二言「聖明寬大許全身，衰病摧頹自畏人」，蓋軾以丁父憂歸蜀，謝景溫誣以沿途販賣私鹽一事，不自意聖明能侑此倅杭。東坡與子由手足情深，每遠別，輒相送殷勤，不忍驟離，因言「莫上岡頭苦相望，吾方祭竈請比鄰」，蓋相去千里，欲聚無由，然欲子由不必掛念，我為通判，已遷入官舍，生活安定矣！故編註云：「一結甚妙！」此詩平仄合律，然押真韻，讀來情感凝重，用於送別之時，正屬相宜。東坡善於選韻合律，此二詩可為確證。

　　《烏臺詩案》云：「眼看時事云云，意謂新法青苗、助役等事，煩雜不可辦，亦言己才力不能勝任也。」究其詩意，東坡此詩確有感而發，非無為而作。參以他詩，則東坡幾無詩不為真性情之所自出，是以動輒得罪，未能明哲保身也！

　　楊載云：「絕句之法要婉曲回環，刪蕪就簡，句絕而意不絕。多以第三句為主，而第四句發之，有實接，有虛接，承接之間，開與合相關，反與正相依，順與逆相應，一呼一吸，宮商自諧。大抵起承二句固難，然不過平直敘起為佳，從容承之為是。至如婉轉變化，工夫全在第三句，若于此轉變得好，則第四句如順流之舟矣！」（《詩法家數》）據此為言，則東坡此二詩起承轉合，無一不佳，是以婉轉動人，極富情思。

　　自熙寧三年三月迄熙寧四年十二月間，東坡涉及《烏臺詩案》之詩凡八首，大抵因同在館閣，反新法之施行，是以見悴，東坡為詩以贈之。此時，東坡雖預見新法之必敗，然未曾目睹新法施用。迨此詩之後，乃得以親見新法之弊，是以詞鋒一轉為敏銳犀利矣！

李杞寺丞見和前篇，復用元韻答之

　　　獸在藪，魚在湖，一入池檻歸期無。
　　　誤隨弓旌落塵土，坐使鞭垂環呻呼。
　　　追胥連保罪及孥，百日愁歎一日娛。
　　　白雲舊有終老約，朱綬豈合山人紆。
　　　人生何者非蘧廬，故山鶴怨秋猿孤。
　　　何時自駕鹿車去，掃除白髮煩菖蒲。
　　　麻鞋短後隨獵夫，射戈狐兔供朝哺。
　　　陶潛自作〈五柳傳〉，潘閬畫入三峰圖。
　　　吾年凜凜今幾餘，知非不去慚衛蘧。
　　　歲荒無術歸亡逋，鵠則易畫虎難摹。　　【烏臺詩案】：鵠則易畫虎難摸。

【烏臺詩案】軾任杭州通判，於十二月內與發運司勾當公事，大理寺丞李杞因獵出遊孤山，作詩四首，內第二首有譏諷。「誤隨弓旌落塵土，坐使鞭箠環呻呼」，以譏諷朝廷新法行後，公事鞭箠之多也。又曰「追胥保伍罪及孥，百日愁歎一日娛」，以譏諷朝廷鹽法收坐同保，妻子移鄉，法太急也。又曰「歲荒無術歸亡逋，鵠則易畫虎難摹」，意取馬援言，言歲既饑荒，我欲出奇畫賑濟，又恐朝廷不從，反似畫虎不成反類狗也。

　　據施註云：「東坡道守錢塘，見歐陽文忠公於汝陰而南。公曰：『西湖僧惠勤甚

文，而長於詩，吾昔爲山中樂三章以贈之。子間於民事，求人於湖山間而不可得，則往從勤乎？』東坡到官三日，訪勤於孤山之下。」（《蘇文忠公詩編註集成》卷七）此詩乃東坡和李杞之作；蓋東坡前此有臘日遊孤山訪惠勤、惠思二僧詩，從此有三和文同詩，四和蘇頌詩，俱採元韵爲之。然涉及《烏臺詩案》者，唯此詩。

此詩屬七言古詩，初句變例，無一定句法。此詩前四句連韵，後每四句中隔句韵，音節之妙，動合天然，不可湊拍，是以紀昀評其源蓋出於古樂府（見同前）。

詩云：「誤隨弓旌落塵土，坐使鞭箠環呻呼」，蓋言通判錢塘，官事頗煩，除夕追捕囚犯，曾言「臘日不歸對妻孥，名尋道人實自娛」可證之。目睹新法擾民，是故引發東坡惻隱之心，直抒新法之行，公事鞭箠之多也。又曰「追胥保伍罪及孥，百日愁歎一日娛」，此乃朝廷鹽法收坐同保，東坡親見有犯法者，妻子移鄉，侵擾太甚，因謂持法太急也。又曰「歲荒無術歸亡逋，鵠則易畫虎難摹」，蓋東坡倅杭，即遇歲荒，東坡既憫百姓生活之苦，欲施予援手，又恐朝廷不從，豈非畫虎不成，反類犬乎？是以心有所感，直寫胸臆。觀此詩涉及詩案之數句，與東坡心憂黎民可相互發明。東坡在朝，懼新法之擾民太甚，及倅杭，親睹犯法者坐收官府，一則印證其所見不差，一則憂民不聊生，物不平則鳴，人不平則吟，孰謂東坡執意抨擊，乃汲汲於名利耳？

七言古詩不拘平仄，不限長短，用韵自由，與五古相較，句法寬展，東坡最擅此體。王士禎云：「大抵七古句法字法，皆須撐得住，拓得開，熟看杜、韓、蘇三家自得之。」（《師友詩傳續錄》）觀東坡此詩，首採譬喻法，言誤入法網猶獸在藪，魚在湖，一入池檻，不知何日方歸。復言新法施行如火如荼，心實不忍行法陷民，不知何日能免俗務，悠遊田閒。末言歲月易逝，欲出奇畫賑濟饑民，又恐朝廷不允。此詩承轉之間，變化多端，氣格高古，筆力雄健，究其音節，又響亮流暢，是以王士禎云：「七言歌行，至子美、子瞻二公，無以加矣」（《漁洋詩話》、卷下），其餘七古，亦復如此！

戲子由

宛丘先生長如丘，宛丘學舍小如舟。
常時低頭誦經史，忽然欠伸屋打頭。
斜風吹帷雨注面，先生不愧旁人羞。
任從飽死笑方朔，肯爲雨立求秦優。
眼前勃蹊何足道，處置六鑿須天游。
讀書萬卷不讀律，致君堯舜知無術。

　　勸農冠蓋鬧如雲，送老虀鹽甘似蜜。

　　門前萬事不挂眼，頭雖長低氣不屈。

　　餘杭別駕無功勞，畫堂五丈容旂旄。

　　重樓跨空雨聲遠，屋多人少風騷騷。

　　平生所慚今不恥，坐對疲氓更鞭箠。

【詰案】是時犯鹽者，例皆徒配，得罪者歲萬七千人，公執筆寫之流涕。

　　道逢楊虎呼與言，心知其非口諾唯。

　　居高志下眞何益，氣節消縮今無幾。

　　文章小技安足程，先生別駕舊齊名。

　　如今衰老俱無用，付與時人分重輕。

【烏臺詩案】「任從飽死笑方朔，肯爲雨立求秦優」，意取『東方朔傳』「侏儒飽死」及『滑稽傳』優旃謂「陛楯郎，我雖短，幸休居」。言弟家貧官卑而身材長大，所以比東方朔、陛楯郎，而以當今進用之人比侏儒、優旃也。「讀書萬卷不讀律，致君堯舜知無術」，是時朝廷新典律學，軾意非之，以爲法律不足以致君於堯舜，今時又專用法律，而忘詩書，故言我讀萬卷書不讀法律，蓋聞法律之中無致堯舜之術也。「勸農冠蓋鬧如雲，送老虀鹽甘似蜜」，以譏諷朝廷新差提舉官，所至苛細生事，發摘官吏，惟學官無吏責也，弟轍爲學官，故有是句。「平生所慚今不恥，坐對疲氓更鞭箠」，是時多徒配犯鹽之人，例皆飢貧，言鞭箠此等貧民，軾平生所慚，今不復恥矣，以譏諷朝廷鹽法太急也。「道逢陽虎呼與言，心知其非口諾唯」，是時張靚、俞希旦作監司，意不喜其爲人，然不敢與爭議，故毀詆之爲陽虎也。

　　熙寧四年十二月，東坡在餘杭，時見兩浙之民，以犯鹽得罪者，一歲至萬七千人，而莫能止。是時，勸農使者（即督導行新法者）所至，發謫官吏，東坡以弟子由在學官，無吏責，因作此詩以戲之。

　　此詩乃七言古詩，前十句一韵，押尤韵，復轉入質韵（屈屬物韵，古風質物韵通押），又轉豪韵，復轉支韵（幾屬微韵，古風支微韵通押），末轉入庚韵。詩意不同，韵亦隨之。通篇採對比方式，兩兩對照，頗富諧趣。

　　首十句爲一韵，言子由身長，然屈居如舟之學舍，但無政事吏責，應勤誦經史。神倦曰欠，體倦曰伸，言「忽然欠伸屋打頭」，形容生動，可知子由學舍之小矣！此等對比手法，形象鮮明，實緣於修辭學中之誇張形容法。云「任從飽死笑方朔，肯爲雨立求秦優」，《烏臺詩案》言：「取東方朔傳『侏儒飽死』及滑稽傳『優旃謂陛楯

郎，我雖短，幸休居』，言子由家貧官卑而身材長大，所以比東方朔、陞楯郎，而以當今進用之人比侏儒、優旄也。」侏儒、優旄皆短小之人，實亦暗喻今進用之人皆小人也。此處用典，乃礙於新法之行，執政者皆新銳小人，若明言其無能，恐因此獲罪，因借言喻之矣！觀其言「眼前勃蹊何足道，處置六鑿須天游」，知其欲勉子由悠游物外，不復過問政事也。

詩中云「讀書萬卷不讀律，致君堯舜知無術」，蓋批評朝廷新興之律學。云「勸農冠蓋鬧如雲，送老虀鹽甘似蜜」，蓋譏諷朝廷新差提舉官，所至苛細生事，發謫官吏也。此等新法既非子由所知，是以東坡勉其「門前萬事不掛眼，頭雖長低氣不屈」，蓋士固窮，然自來如是，豈以貧賤移之乎？

案《宋史·職官志》，通判職掌倅貳郡政，凡民兵錢穀，戶口賦役，獄訟聽斷之事，可否裁決，與守臣通簽書施行，所部官有善否及職事修廢，得刺舉以聞。東坡時值任通判，通判一名別駕，因言「餘杭別駕無功勞，畫堂五丈容旟旄」，自此始言自身。東坡言「重樓跨空雨聲遠，屋多人少風騷騷」，蓋以對比方式，與前所言「斜風吹帷雨注面」、「忽然欠伸屋打頭」兩相對照，兄弟之境遇不一，由此可知。

東坡性情率直，胸中有言，不吐不快，是以直道「平生所慚今不恥，坐對疲氓更鞭箠」，《烏臺詩案》言此譏諷朝廷鹽法太急也。復言「道逢陽虎呼與言，心知其非口唯諾」，詩案言此乃毀詆監司之太苛也，故喻之為陽虎也。然此乃道出東坡不欲新法擾民之心事。自此，復言「居高志下真何益，氣節消縮今無幾」，以對比筆法，將自己之官高志下與子由之官卑志高，兩相比較，則心中之苦慟可知矣！

末言不受用之悽涼感，乃欲當代評騭。品味此詩，實譏諷新法也。東坡滿腔抱負既不見用，乃借詩發抒苦悶。然由於東坡想像力豐富，是以此詩泰半採夸飾之修辭法為之。王充言：「世俗所患，患言事增其實，著文垂辭，辭出溢於真。」（《論衡》）實者，「事增其實，辭溢其真」，乃夸飾之特徵，源於「俗人好奇」之故。文學創作捨想像力莫由，是以此詩之特色在於想像豐富，一出於主觀之真情，一據客觀而言，不致誤為事實，使此詩頗富張力。

東坡善於用典。言「任從飽死笑方朔，肯為雨立求秦優」，借喻甚佳。言「道逢陽虎呼與言，心知其非口諾唯」，將典故推陳出新，倍覺親切，此皆文學技巧之活用者。

和劉道原見寄

> 敢向清時怨不容，直嗟吾道與君東。
>
> 坐談足使淮南懼，歸去方知冀北空。

獨鶴不須驚夜旦，群烏未可辨雌雄。

盧山自古不到處，得與幽人子細窮。

【烏臺詩案】軾爲劉恕有學問，性正直，故作此詩美之，因以諷當今進用之人也。恕於是時自館中出監酒務，非敢怨時之不容，「汲黯在朝，淮南寢議」，以比恕之直。又韓愈云「冀北馬群遂空」，言館中無人也。嵇紹昂昂，如獨鶴在雞群。又《淮南子》：雞知將旦，鶴知夜半。又以劉恕比鶴，謂眾人爲難也。《詩·小雅·正月》曰：具曰予聖，誰知烏之雌雄。意言今日進用之人，君子小人雜處，如烏不可辨雌雄也。

熙寧五年三月，東坡與沈立游吉祥寺觀牡丹於守璘之圃，立出所集牡丹記，東坡爲作敘，並作吉祥寺賞牡丹詩。此詩亦爲此時之作。據施註云：「劉道原與王介甫異論，絕交，力請歸養。前詩既以汲黯比道原，而此詩益致歎美之意。『坐談足使淮南懼』者，又用汲黯事，以淮南喻介甫也。」則劉恕與東坡俱與安石不合，且並爲莫逆也。

東坡於熙寧四年，曾有〈送劉道原歸覲南康〉詩，施註曰：「劉道原，筠州人。父渙，爲潁上令，不能事上官，棄之去，家盧山。道原少穎悟，書過目即誦。既第，篤好史學，上下數千載間，可坐而問。博學強識，求書不遠數百里，身就之讀且抄，殆忘寢食。……與王介甫有舊，介甫執政，道原在館閣，欲引寘條例司，固辭，而謂曰：「天子方付公大政，宜恢張堯舜之道，不應以利爲先。」是時，介甫權震天下，人不敢忤，而道原憤憤，欲與之校。又條陳所更法令不合眾心者，勸使復舊，至面刺其過。介甫怒，變色如鐵，道原不以爲意。或稠人廣坐，對其門生，誦言得失無所忌，遂與之絕。」（《蘇文忠公詩編註集成》卷六）由此可知，劉道原與安石絕交之因。又施註云：「其云『孔融不肯下曹操，汲黯本是輕張湯』，蓋以孔融、汲黯比道原，曹操、張湯況介甫。又云『雖無尺箠與寸刃，口吻排擊含風霜』，蓋著其面折之實也。」（見同前）可知東坡此詩，乃美劉道原之正直，以諷當時進用之人也。

此詩乃七言律詩，押東韻。據王易言，平韻和暢，東韻表寬洪之感情（參見《詞曲史》），則東坡此詩，欲表達對劉道原之贊美，恰如其分。首言「敢向清時怨不容，直嗟吾道與君東」，乃發抒見倅之苦悶，且感歎知交之遠離。「坐談足使淮南懼，歸去方知冀北空」，以汲黯比劉恕，淮南王比安石，以言其直諫守義，恕一離京，則進用之人不足道矣！「獨鶴不須驚夜旦，群烏未可辨雌雄」，以道原比鶴，朝廷進用之人比群烏，是以《烏臺詩案》云：「意言今日進用之人，君子小人雜處，如烏不可辨雌雄也。」此等借喻手法，極爲含蓄，好以典故入詩，東坡詩特色之一也。末言「盧

山自古不到處，得與幽人子細窮」，言道原是時侍其父澳於九江，正宜不問世事也。

江進曾言：「天才如蘇長公，而其詩獨七言古，不失唐格，若七言律絕，便以議論典故爲詩，所謂文人之詩，非詩人之詩也。」（《雪濤小書》）究宋人以議論入詩，以典故入詩，乃一時之時尚；東坡獨能不拘詩格，使學者得以任才逞意，此乃東坡之長。觀此首七律，意氣昂揚，於道原之剛正不阿，倍加稱贊，知東坡以意勝，非以文詞勝也。

和劉道原寄張師民

> 仁義大捷徑，詩書一旅亭。
> 相夸綬若若，猶誦麥青青。
> 腐鼠何勞嚇，高鴻本自冥。
> 顛狂不用喚，酒盡漸須醒。

【烏臺詩案】軾任杭州通判，有劉恕字道原寄詩三首，軾依韵和，即不曾寄張師民。師民者，亦不曾識。此詩譏諷朝廷近日進用之人，以仁義爲捷徑，以詩書爲逆旅，但爲印綬爵祿所誘，則假『六經』以進，如莊子所謂「儒以詩禮發冢」，故云麥青青。又云：小人之顧祿，如鴟鳶以腐鼠嚇鴻鵠，其溺於利，如人之醉於酒，酒盡則自醒也。

熙寧五年，東坡有和劉恕所寄諸作，其一爲和劉道原見寄，已詳前；其二爲和劉道原詠史，無涉於《烏臺詩案》；其三即此詩，因涉及譏諷朝廷進用之人，故《烏臺詩案》論列之。

此詩爲五言律詩，押青韵。律詩之美，在於平仄諧和，音節瞭亮。究此詩之句式，採「上二下三三」，乃五言詩之常格。胡震亨言：「五字句以上二下三爲脈，七字句以上四下三爲脈，其恆也。」（《唐音癸籤》）常格易感圓潤，是以此詩讀來響亮、圓潤。

首聯「仁義大捷徑，詩書一旅亭」，《烏臺詩案》云：「此詩譏諷朝廷近日進用之人，以仁義爲捷徑，以詩書爲逆旅。」果如其言，則東坡此聯譬喻，可謂融經史於詩書，恰到好處，所喻甚是！頷聯「相夸綬若若，猶誦麥青青」，第三字爲「綬」、「麥」，俱爲實字，讀之響亮。「若若」與「青青」爲疊字對，形象鮮明，用以形容新進之人爲印綬爵祿所誘，假六經以誦詩禮，可謂善描摹矣！頸聯「腐鼠何勞嚇，高鴻本自冥」，用以形容小人之顧祿，如鴟鳶以腐鼠嚇鴻鵠，君子如鴻簡，何懼之有？尾聯「顛狂不用喚，酒盡漸須醒」，言小人溺於利，如人之醉於酒，酒盡則自醒也。全詩譬喻、描摹，極盡主觀之不滿。蓋君子與小人行事自然大相逕庭，小人雖挾仁義以爲利祿

之資，終不免爲人識破；君子潔身自好，終不爲利祿所動，此東坡有感朝廷新貴大事興革，徒爲利祿耳；然新法之不利於民，蓋有目共睹，是以感慨係之。

全詩雖寥寥四十字，然以東坡之才學，無論長篇或律絕，均能以朗暢之音節，豐富之內容，自成一格，觀此詩可知其才力雄厚矣！

王註云：「公此時眞無可與語者，故與道原三首獨佳。」（《蘇文忠公詩編註集成》卷七）一則知東坡此時心情之鬱悶，二則知文學爲苦悶之象徵，凡人有不平之言，皆因心有所感，發而爲詩，以洩爲快，吾人不可不知也！

宿餘杭法喜寺，寺後綠野堂，望吳興諸山，懷孫莘老學士

徙倚秋原上，淒涼晚照中。　　【烏臺詩案】徙倚和原上。

水流天不盡，人遠思何窮。　　【烏臺詩案】人遠意何窮。

問諜知秦過，看山識禹功。　　【烏臺詩案】問牒知秦過。

【詁案】施註作問牒，查註、趙註作問牒。又云：一作諜。

【公自註】餘杭，始皇所舍舟也。西北舟杭山，堯時洪水，繫舟山上。

稻涼初吠蛤，柳老半書蟲。　　【烏臺詩案】稻濃初吠蛤。

荷背風翻白，蓮腮雨退紅。

追游慰邅暮，覓句效兒童。　　【烏臺詩案】追遊慰邅暮，覓句效兒童。

北望苕溪轉，遙憐震澤通。

烹魚得尺素，好在紫髯翁。

熙寧五年七月，東坡出坡，舟中苦熱，至餘杭宿法喜寺，因作此詩。據查愼行註（以下簡稱查註）引威淳臨安志云：「餘杭有法喜院，在縣郭內溪北。舊名吉祥，光化二年建。大中祥符八年，改今額。左有亭，跨城。東坡嘗宿於寺，留題亭上，後人名爲懷舊亭。」（《蘇文忠公詩編註集成》卷七）又《宋史》載：「孫覺，字莘老，高郵人。登進士第，嘉祐中編校昭文書籍。」（《蘇軾詩集》卷七）

《東都事略》孫覺傳載其「熙寧中，修起居註，以言事黜知廣德軍，踰年，徙知湖州。」《事實類苑》云：「開元故事，集賢校書郎許稱學士，今三館職事皆稱學士，用開元故事也。」（以上俱見《蘇文忠公詩編註集成》卷七）此詩乃寫景兼抒情之作。

此首五言排律，押東韵，一韵到底。就作法而言，其首、尾二聯不對偶，中間數聯對偶嚴整，用字精練，且層次分明，脈絡貫串。自來排律因受韵律及對偶之限制，句法平滯，難有佳作（參見《詩學》冊上），然東坡此詩寫來自然華妙，蓋以氣韵見長，知其才華橫溢也。

　　觀此詩於字句鍛鍊頗富巧思。詩中「徙倚」乃是疊韵，「看山」亦是疊韵，「柳老」乃雙聲，「書蟲」亦是雙聲。其中「初」、「半」、「翻」、「退」、「慰」、「效」等字，或動詞，或形容詞，俱是詩眼所在。楊載云：「句中要有字眼，或腰，或膝，或足，無一定之處。」（《詩法家數》）又云：「詩要鍊字，字者眼也。」（見同前）東坡才學俱佳，於字詞之鍛鍊，自是駕輕就熟。且詳析此詩句式，或以「上四下一」造句，或以「上二下三」造句，交錯運用，更覺迭宕生姿。大抵山水之間，靈感一發，則有神到之筆，東坡此詩，經《烏臺詩案》論列之，然不涉譏諷，何以見錄，蓋明年東坡有〈贈孫莘老七絕〉，中涉及譏諷新法事，乃緣此詩啓之。

　　首言黃昏時節，秋原獨步，見水流盡處，思如流水。次言見天地之悠悠，徒發思古幽情，「稻涼初吠蛤，柳老半書蟲」，將田園之秋生動描摹，一躍而出。「荷背風翻白，蓮腮雨退紅」，將大自然景物，以鮮明意象映襯，栩栩如生，因即物興感，思慕友朋。末言「北望苕溪轉，遙憐震澤通」，此乃以情感改造空間，以表東坡咫尺天涯之相望；「烹魚得尺素，好在紫髯翁」，以孫莘老比孫權，蓋同姓，且兩者皆長髯也。「尺素」既為代稱，「紫髯翁」亦為人名之代稱，東坡此等典故之活用，不勝枚舉，巧妙非凡。

　　此詩情景交融，於「徙倚秋原上，淒涼晚照中」，點明其時間。「水流天不盡，人遠思何窮」，所懷一如流水，綿綿不絕，寫來自然清遠。其於田園之描繪，亦可由「稻涼」、「柳老」、「荷」白、「蓮」紅，數景勾勒出一幅即興景象，巧奪天工，由此可見；末則復轉入憶人，則前後呼應，堪稱佳構。

　　施補華云：「陶詩多微至語；東坡學陶，多超脫語，天分不同也。」（《峴傭說詩》）此詩清遠，類淵明詩，然鍊字之工，胸襟之別，此淵明、東坡之異乎！

遊徑山

眾峰來自天目山，勢若駿馬奔平川。
中途勒破千里足，金鞭玉鐙相迴旋。
人言山住水亦住，下有萬古蛟龍淵。
道人天眼識王氣，結茅宴坐荒山巔。
精誠貫山石為裂，天女下試顏如蓮。
寒窗暖足來朴朔，夜鉢呪水降蜿蜒。
雪眉老人朝叩門，願為弟子長參禪。
爾來廢興三百載，奔走吳會輸金錢。
飛樓湧殿壓山破，朝鐘暮鼓驚龍眠。

晴空仰見浮海蜃，落日下數投林鳶。

有生共處覆載內，擾擾膏火同烹煎。

近來愈覺世路隘，每到寬處差安便。

【烏臺詩案】游徑山，留題云「近來愈覺世路隘」，以諷朝廷用人多刻薄褊隘之人，不少容人過失，見山中寬閒之處爲樂也。其詩係朝旨降到冊子內。

嗟余老矣百事廢，卻尋舊學心茫然。

【詿案】時新學盛行，故自以爲舊學，其祝文宣王，則曰敢忘其舊，皆此意也。

問龍乞水歸洗眼，欲看細字銷殘年。

熙寧五年七月，東坡發臨安，宿淨土寺，至功臣寺，因游徑山，時值七月八日也。徑山，據王註十朋引李照〈徑山山門寺狀〉云：「徑山乃天目東北峰也，中有徑路，以通天目，故謂之徑山。」（《蘇文忠公詩編註集成》卷七）是以東坡言「眾峰來自天目山」，起句自是不凡。

此詩乃七言長篇歌行，此等作品乃東坡之代表作。蓋七古重在氣勢磅礴，開闔天成。東坡生性豁達，個性通脫，年少亦曾遍覽名山大川，是以胸有成竹，筆法豪邁。究其精神，則得自於李太白、杜子美、韓退之之啓迪。張實居云：「七言長篇，宜富麗，宜峭絕，而言不悉。波瀾要宏濶，陡起陡止，一層不了，又起一層。卷舒要如意警拔，而無鋪敘之跡，又要徘徊回顧，不失題面，此其大略也。」（《師友詩傳錄》）而王士禎亦云：「七言古若李太白、杜子美、韓退之三家，橫絕萬古；後之追風躡景，惟蘇長公一人而已。」（見同前）可謂推崇備至。

清詩話王文簡《古詩平仄論》曾引東坡此詩，以爲平仄之依據，並評曰：「古大家亦有別律句者，然出句終以二五爲憑，落句終以三平爲式；間有雜律句者，行乎不得不行，究亦小疵也。」（《古詩平仄論》）翁方綱按語曰：「既云行乎不得不行，則不得云疵矣，何以又云究亦小疵哉！」（見同前）因於列舉〈七言詩平仄舉隅〉中論曰：「在韓則勢愈挺勁者，在蘇則氣愈圓和，其舒散迴環，全於正調見之。則其他作之可以不句句正調者，及其知之一也。」（〈七言詩平仄舉隅〉）據上所言，則東坡此詩之優劣可見矣！

此詩氣勢磅礴，筆法豪邁，平仄交錯，足爲法式。中雜律句，王文簡以爲非，翁方綱以爲非其疵，且稱賞其舒散迴環，孰是孰非？平心而論，東坡雖自太白、杜甫、退之七古效其氣勢，然自具特色，於七古間雜律句，於詩末復歸圓和，此所以宋人七古見稱東坡也！

此首七言古詩，押先韻，一韻到底。時值東坡置身山水之間，心寬氣舒，對此

美景，情不能已，是以首言「眾峰來自天目山，勢若駿馬奔平川」，一則可知其對地理之熟悉，一則知山勢雄壯之美，動人心神，譬喻得入木三分。七古下三字，探三平聲為式，而東坡於此深得三昧，落句皆探之，是以此詩讀來鏗鏘有力，氣勢非凡。

　　全詩略分為四段。第一句至第六句乃首段，點出題旨並籠罩全篇，雖言徑山，然不於字面說穿，正見其寫作技巧。第七句至十四句承先啟後，用佛家經典，述歷來天目山之傳說，非為牽合，乃能活用典故之證。十五句至二十二句，落題於徑山寺，描摹其物狀、時地。二十二句以下，發抒一己之所思，感歎新學盛行，年華日老，仍未見用，不勝唏噓！《烏臺詩案》云「近來愈覺世路隘」，乃諷朝廷用人多刻薄褊隘之人，不少容人過失，見山中寬閒之處為樂也。」由此可知：新、舊黨爭，如水火不容，而小人得志之秋，乃君子失意之時，朝廷百官，宜選賢與能，以免君子喟歎也！東坡登山臨水，發此慨歎，足見其不見用也。

　　吳雷發云：「筆墨之事，俱尚有才，而詩為甚。然知識不能有才，才與識實相表裏。作詩須多讀書，書所以長我才識也。然必有才識者方善讀書，不然，萬卷之書，都化塵壒矣。詩須多做，做多則漸生才識也。然必有才識者方許多做，不然，如不識路者，愈走愈遠矣。詩須多講究，講究多所以遠其識、高其才也。然必有才識者方能講究，不然，齊語楚咻，茫然莫辨故也。故知才識尚居三者之先。」（《說詩菅蒯》）以此言東坡，則才、識尚無一不符。是以施補華云：「東坡最長於七古，沈雄不如杜，而奔放過之；秀逸不如李，而超曠似之，又有文學以濟其才。有宋三百年無敵手也。」（《峴傭說詩》）誠非溢美之辭。

湯村開運鹽河雨中督役

居官不任事，蕭散羨長卿。	
胡不歸去來，滯留愧淵明。	
鹽事星火急，誰能卹農耕。	【烏臺詩案】鹽法星火急。
薨薨曉鼓動，萬指羅溝坑。	
天雨助官政，泫然淋衣纓。	【烏臺詩案】泣愁淋衣纓。
人如鴨與豬，投泥相濺驚。	
下馬荒堤上，四顧但湖泓。	【烏臺詩案】四顧但胡弸。
線路不容足，又與牛羊爭。	【烏臺詩案】淺路不容足。
歸田雖賤辱，豈失泥中行。	【烏臺詩案】豈識泥中行。
寄語故山友，慎毋厭黎羹。	

【烏臺詩案】「與王詵干涉」條下，內『差開運鹽河』詩云云。是時，盧秉提舉鹽事

開運河，差夫千餘人，軾於大雨中部役，其河只為般鹽，既非農事，而役農民，秋田未了，有妨農事。又其河中間有湧沙數里，軾宣言開得不便，自嗟泥雨勞苦，羡司馬長卿居官而不任事，又媿陶淵明不早棄官歸去也，農事未休，而役夫千餘人，故云「鹽事星火急，誰能卹農耕」。又言：百姓已勞苦，不意天雨又助，官政勞民，轉致百姓疲弊，役人在泥水中，辛苦無異鴨與豬。又言：軾亦在泥中，與牛羊爭路而行，若歸田，豈至於此哉。故云「寄言故山友，慎勿厭黎羹」而思仕宦，以譏諷朝廷開運鹽河不當，又妨農事也。

熙寧五年十月，東坡赴湯村開運鹽河，雨中督役，夜宿水陸寺，因有此詩。據查註引《咸淳臨安志》云：「仁和鎮有湯村鎮市。」又云：「前沙河在茇市門外太平橋外沙河北——水陸寺前入港，可通湯鎮、赭山、巖門鹽場，東坡嘗於此督役開河。」（《蘇文忠公詩編註集成》卷八）蓋是時，盧秉提舉鹽事開運河，差夫千餘人，乃皆農民。既非農事，差其般鹽，秋田未了，實妨農事，是以東坡有感而發。

此詩乃五言古詩，押庚韻，一韻到底。庚韻字多屬情感振厲用之（《詞曲史》），是以此詩發抒不平之鳴，採庚韻應為適切。

全詩起承轉合，段落分明。首言心思歸去，但苦居官任事，不得不施新法，然心實愧焉！次言朝廷不卹農耕，徒興鹽事，目睹黎民群集搬鹽（《烏臺詩案作般鹽》），雖未言憂憫，而憂憫之情溢於言表，尤有甚者，雨中搬運，無異視民為雞犬，心實不忍。末言歸田之樂，甚於鹽事，因以期勉故友，安於平淡。此詩之佳者，乃作者透過主觀之情感，表達客觀之意象，能言人所未言，道人所未能道也。

東坡言「薨薨曉鼓動，萬指羅溝坑」，「薨薨」乃疊字，據近人黃永武言：「疊字在音響上有極微妙的功用，既可以使語氣完足，意義完整，又可使聲調動聽。疊字如用得靈妙，可以達到摹景入神，天籟自鳴的妙境。」（《中國詩學》〈設計篇〉）以此形容鼓聲，表振厲之情感，頗為妥帖。「萬指」言其多，蓋誇張之筆法，強化其意象，以故極言之。

東坡復云道「天雨助官政，泫然淋衣纓」，蓋以主觀之悲憫，將「雨」擬人化，言其似乎為鹽事而來，助行新法，此亦點出雨中百姓服役堪憐之情景。又「人如鴨與豬，投泥相濺驚」，鴨與豬乃農家之附屬，百姓置農專為鹽政，雨中服役，譬若鴨、豬。東坡親睹此狀，心生不忍，是以發而為詩文，欲行新法者知所進退，以免擾民。此等寫作技巧，意在言外，是以發人深省，饒富餘味。《烏臺詩案》云：「河中間有湧沙數里，軾宣言開得不便，自嗟泥雨勞苦，羡司馬長卿居官而不任事，又媿陶淵明不早棄官歸去也。」東坡信道直前，為民請願，實可見其襟懷磊落，悲天憫人之

義舉也。

　　觀此詩乃涉《烏臺詩案》者。以東坡之個性通達，實不忍見新法擾民若斯之甚。且事關乎己，置身瀢泥之中，況與牛羊爭道，其狼狽可知矣！此篇純屬寫實，東坡以其敏銳之觀察，豐富之想像，勾勒出一幅雨中運鹽之景，播諸四方，於新法之施行，自是不利，無怪乎政敵言其語涉謗訕也！

　　然以詩貴含蓄之觀點言之，則東坡此詩乃有太露之病，此亦無怪乎嚴羽評其「以文字爲詩，以議論爲詩，以才學爲詩」（《滄浪詩話》），施補華進言之：「東坡才思甚大，而有好盡之病，少含蓄也！」（《峴傭說詩》）蓋此詩之謂乎！

贈孫莘老七絕

其一

　　嗟予與子久離群，耳冷心灰百不聞。

　　若對青山談世事，當須舉白便浮君。　　【烏臺詩案】直須舉白便浮君。

【烏臺詩案】熙寧五年十二月，蒙運司差往湖州，相度隄堰利害，因與湖州知州孫覺相見。軾作詩云：若對青山談世事，直須舉白便浮君。是時，約孫覺并坐，客如有言及時事者，罰一大盞，雖不指時事，是亦軾意言時事多不便，更不可說，說亦不盡也。

其二

　　天目山前綠浸裙，碧瀾堂上看銜艫。　　【烏臺詩案】天目山前淥浸蕪，碧
　　　　　　　　　　　　　　　　　　　　　　　　　　瀾堂下看銜艫。

　　作隄捍水非吾事，閑送苕溪入太湖。

【烏臺詩案】「天目山前」一首，軾爲先曾言水利不便，卻被轉運司差往相度隄岸，意言本非興水利之人，以譏諷時世與昔不同，水利不便而然也。

其三

　　夜來雨洗碧巑岏，浪湧雲屯遠郭寒。

　　聞有弁山何處是，爲君四面意求看。

其四

　　夜橋燈火照溪明，欲放扁舟取次行。

　　暫借官奴遣吹笛，明朝新月到三更。

其五

　　三年京國厭黎蒿，長羨淮魚壓楚糟。

　　今日駱駝橋下泊，恣看修網出銀刀。

其六

烏程霜稻襲人香，釀作春風雪水光。

時復中之徐邈聖，無多酌我次公狂。

其七

去年臘日訪孤山，曾借僧窗半日閒。

不爲思歸對妻子，道人有約徑須還。

熙寧五年十二月，東坡通判杭州，沿檄至湖，至湖州爲孫覺作〈墨妙亭記〉。記中云：「當是時，朝廷方更化立法，使者旁午，以爲莘老當日夜治文書，赴期會，不能復雍容自得如故事，而莘老益喜賓客，賦詩飲酒爲樂。」（《經進東坡文集事略》卷四八）後數日，覺出黃庭堅詩文就質，東坡異之。至天慶觀孫覺所葺小園，爲山宗題歸鴈亭，孫覺爲會東坡，行觴政，禁不言時事（《蘇文忠公詩編註集成》卷八），因作此詩。觀東坡有〈再用前韵寄莘老〉一詩，東坡自註云：「黃庭堅，莘老婿，能文。」（見同前）則東坡與莘老乃至交無疑，庭堅蓋緣此得交東坡也！

近人朱光潛曾言，中國敘人倫之詩，通盤計之，關於友朋交誼較男女戀愛者多，諸多詩人中，贈答酬唱之作，約佔其大半（參見《詩論新編》）。東坡詩集亦復如此。贈孫莘老七絕中，涉及《烏臺詩案》者，有其一、其二，餘者無涉。茲就本論文有關之二首探究之。

此二首七言絕句，其一押文韵，其二押虞韵。七絕通首不對句，易流於空疏，而東坡此二詩皆以散句出之，吾人不覺其虛，蓋緣於其造句遣詞佳矣！其一云「嗟予與子久離群，耳冷心灰百不聞」，離群謂遠離朝廷，不勝落寞，離群而久，則滿腔熱血，何時得灑，已伏「耳冷心灰」，更道其心中蕭索矣！「若對青山談世事，當須舉白便浮君」，意謂在此環境而論世事，則舉白浮君也，殆所謂言之無益，徒速其禍也！以「舉白浮君」喻言之無益，文字簡潔有力，而亦不失其意象之鮮明，此所以寥寥二十八字，吾人不見其疏陋也！《烏臺詩案》云：「是時，約孫覺并坐，客如有言及時事者，罰一大盞，雖不指時事，是亦軾言時事多不便，更不可說，說亦不盡也。」觀此詩雖非明言新法不利，然不談世事，蓋東坡知世事無可與言者，且深懼致禍也。政敵復舉其言時事多不便，亦不可盡說，全屬構陷之詞，非東坡之本意也。

其二云「天目山前綠浸裙，碧瀾堂上看衙艫」，寫景甚佳，其閑適之情，不言自現也。「作隄捍水非吾事，閑送苕溪入太湖」，此意即暫得寬暇，得悠遊山水之間也。據查註，東坡往湖州，相度隄岸，正是築隄事（《蘇文忠公詩編註集成》卷八），今反言之，是以《烏臺詩案》云：「天目山前一首，軾爲先曾言水利不便，卻被轉運司

差往相度隄岸，意言本非興水利之人，以譏諷時事與昔不同，水利不便而然也。」觀東坡此詩，既與客相約不提時事，故言「作隄捍水非吾事」，實乃充滿反諷，間言水利之興必不可成也。

施補華云：「東坡七絕亦可愛，然趣多致多，而神韵卻少。」(《峴傭說詩》) 蓋東坡任口舒心，每言事順手捻來，是以韵少，以七古爲之甚雄渾，然出以七絕則有失含蓄也。

次韵答章傳道見贈

並生天地宇，同閱古今宙。
視下則有高，無前孰爲後。
達人千鈞弩，一弛難再彀。
下士沐猴冠，已繫猶跳驟。
欲將駒過隙，坐待石穿溜。
君看漢唐主，宮殿悲『麥秀』。
而況彼區區，何異壹醉富。
鶡鵾非所養，俯仰眩金奏。
髑髏有餘樂，不博南面后。
嗟我昔少年，守道貧非疚。
自從出求仕，役物恐見囿。
馬融既依梁，班固亦事竇。
效矉豈不欲，頑質謝鐫鏤。　　【烏臺詩案】劾顰豈不欲。

【烏臺詩集】熙寧六年正月，作詩『次章傳韵』。「馬融既依梁」四句云，所引梁冀、**竇憲**，並是漢時人，因時君不明，**驟躋顯位，驕暴竊威福用事**，而馬融、班固二人，皆儒者，並依托之。軾詆毀當時執政大臣，我不能效班固、馬融苟容依附也。

厎聞長者言，婞直非養壽。
唾面慎勿拭，出胯當俯就。
居然成懶廢，敢復齒豪右。
子如照海珠，網目**疎**見漏。
宏材乏近用，巧舞困短袖。
坐令傾國容，臨老見邂逅。
吾衰信久矣，書絕十年舊。

門前可羅雀，感子煩屢叩。

願言歌『緇衣』，子粲還予授。

【詁案】傳道，一老者也，勸公稍卑以適時，宜公謂如爾自貶，終不諧俗，故不爲也。紀昀曰：鋒芒太露，而縱橫之氣，自爲可愛。

熙寧六年正月，東坡作此詩答章傳道。查註云：「章傳道，名傳，閩人。」（《蘇文忠公詩編註集成》卷九）所謂次韻，亦即以他人所寄之詩，依其韻作詩，又稱「步韻」、「和韻」。次韻詩，必照原詩用韻之次序，不可顚倒錯亂，且要比原詩押韻尤爲工穩。（參見《詩學》冊上）東坡好作次韻詩，究其因不外乎可展現才學，且爲應酬唱和聯絡情誼之用也。

此詩乃五言古詩，押宥韻，一韻到底。朱光潛云：「五古宜於樸茂，七古宜於雄肆，律詩宜於精細的刻劃，絕句宜於抓住一縱即逝的片段情景。」（《詩論新編》）觀全詩可分四大段，首言人生忽焉即逝，無富貴賢愚之別。次言一己獨不願苟容依附執政大臣也。復言章傳道宏識茂材，惜未能見用。末言感其不棄，以書相遺，盛情可貴。起承轉合，脈絡分明，其內容可謂樸實茂密。

試就其寫作技巧言之。詩言「並生天地宇，同閱古今宙」，由時空之交迭，開拓詩境，自是不凡。近人黃永武言：「詩是時空交綜的藝術」（《中國詩學》〈設計篇〉）正可爲此聯之詮釋。言「視下則有高，無前孰爲後」，「高下」、「前後」復指出空間錯綜之美，在對偶律中屬本句自對。言「達人千鈞弩，一弛難再彀」，此乃文學中之誇張，亦類似西方所言「詩之眞理」。言「欲將駒過隙，坐待石穿溜」，此對句甚爲工穩，時間對比，意象鮮活。自「君看漢唐主」迄「不博南面后」，東坡數用典，知其善以經史語入詩。《烏臺詩案》云：「馬融既依梁四句，云所引梁冀、竇憲，並是漢時人，驟躋顯位，驕暴竊威福用事，而馬融、班固二人，皆儒者，並依託之。」此即以史實入詩，遂爲政敵尋繹其義以獲罪，爲詩者不可不以之爲戒！它如「子如照海珠，網目疏見漏」，此乃譬喻章傳才美如珠，惜未見用也。「宏材之近用，巧舞困短袖」，此借舞爲喻，化抽象爲具體。「坐令傾國容，臨老見邂逅」，此亦巧譬取義，頗有憐才之意。然此等用語，實隱攝東坡一己之境遇，亦復如是！

施補華云：「東坡五古，有精神飽滿，才氣坌涌，甚不可及者！」（《峴傭說詩》）又云：「東坡五古好和韻、疊韻。欲以此見長，正以此見拙。綑了好打，畢竟是綑。」（見同前）豈此詩之謂乎！

古人詩中用典，蓋欲借此增強詩之密度，然亦有一定之法。黃子雲言：「自漢以迄中唐，詩家引用典故，多本之於經、傳、史、漢，事事灼然易曉。」（《野鴻詩的》）

至今吾人視為生僻者，乃讀書不多之故也。袁枚亦云：「用典如水中著鹽，但知鹽味，不見鹽質；用僻典如請生客，入座必須問名探姓，令人生厭。」（《隨園詩話》）觀東坡此詩皆以經、傳、史、漢為典，自不宜以僻典視之矣！

往富陽新城，李節推先行三日，留風水洞見待

> 春山磔磔鳴春禽，此間不可無我吟。
> 路長漫漫傍江浦，此間不可無君語。
> 金鯽池邊不見君，追君直過定山村。
> 路人皆言君未遠，騎馬少年清且婉。
> 風巖水穴舊聞名，只隔山溪夜不行。
> 溪橋曉溜浮梅萼，知君繫馬巖花落。
> 出城三日尚逶遲，妻孥怪罵歸何時。

【詰案】歸何時，乃未歸之詞也。歸何遲，乃已歸之詞也。詩雖代為設想，似既未歸，自應作「歸何時」。今既定時字韵，則上句之「尚逶迤」，應仍作「尚逶遲」。合註從「尚逶迤」，似不若王本之妥也。

> 世上小兒誇疾走，如君相待今安有。

【詰案】戛然便住，奇絕。

熙寧六年元月，陳襄邀東坡往城外尋春，有餉官法酒者，約陳襄移廚湖上，初晴復雨，山色空濛，東坡有詩二首，其二云：「水光瀲灩晴方好，山色空濛雨亦奇，若把西湖比西子，淡粧濃抹總相宜。」（《蘇軾詩集》卷九）據編註云：「此是名篇，可謂前無古人，後無來者。」（《蘇文忠公詩編註集成》卷九）後七日，東坡行部富陽新城，《烏臺詩案》云：「熙寧六年正月二十七日，遊風水洞，有本州節推李佖知軾到來，在彼等候。軾到，乃留題於壁，其卒章不合云『世上小兒誇疾走』，以譏世之小人多務急進也。其詩即不曾寫與李佖。」知此詩乃東坡留題於風水洞壁上也。

據編註高荷引《杭州圖經》曰：「洞去錢塘縣舊治五十里，在楊村慈巖院。洞極大，流水不竭，洞頂又有一洞，清風微出，故名曰風水洞。」（見同前），此詩既云遊風水洞而作詩，故宜寫景抒情。此首七言古詩，無論寫景、抒情，皆能表現東坡詼諧、曠達之情。

此首七言古詩，押韵方式，乃兩句一轉，然此亦古詩之常例也。云「春山磔磔鳴春禽，此間不可無我吟」，一物一我，一景一情，此靜中言動，有時空交錯之感。云「路長漫漫傍江浦，此間不可無君語」，亦為物我交感，景物交融之描摹，其間人語來往，又襯托出無限生機。近人黃永武言「詩人將時空景物作為發抒自己心中壘

塊的機緣，所以景中可以含情，情中可以寓景，至於託物起興，摹景寫心，更覺詞旨深渾，妙境無窮。」（參見《中國詩學》〈鑑賞編〉）東坡仕途受挫，摹景寫心，亦欲發抒心中疊塊。紀昀評之曰（以下簡稱紀評）：「磊磊落落，起法超絕。」（《蘇詩評註彙鈔》卷四）吾人究其所評，試申其義，則東坡此詩之用韻方式，乃是其起法超絕、磊落之主因。

詩中韻腳之轉，或疾或徐，其抑揚頓挫亦不一。然七古之換韻，二句一轉，過於局促，終篇一韻，也少波瀾。葉燮曾言：「七古直敘，則無生動波瀾，如平蕪一望。」（《原詩》）又云：「七言句句叫韻不轉，此樂府體則可，後人作七古，亦間用此體，節促而意短，通篇竟似湊句，毫無意味，可勿傚也。二句一轉韻，亦覺局促。大約七古轉韻，多寡長短，須行所不得不行，轉所不得不轉，方是匠心經營處。」（見同前）東坡此詩描摹風水洞，二句一轉韻，可見其急迫之狀。詩中云：「金鯽池邊不見君，追君直過定山村」，可見其急忙追趕之狀矣！觀起法以「碌碌」形容春山之鳴禽，以「漫漫」形容路長，遂使上下二景形成對比，一動一靜，磊磊落落。再者，連下兩落句爲「此閒不可無」，遂形成重疊之美，使人產生層層磊磊之感。情韻交流，物我交感，此所以起法超絕也。

此詩另一特色，乃是「重字」運用之妙，非大詩人無以爲之。楊良弼評杜甫曲江一詩，云：「此詩三用花字，在老杜則可，在他人則不可。張文潛詩多重疊用字，朱文公語錄道破，亦不以爲病，然後學卻合點檢，必老成而後用此例可也。」（《詩法體要》）此雖言律詩，然古詩中無如東坡者，於此詩竟連下六「君」字，而無繁複之病，益增重複之美，非大才如東坡者，孰能爲之？

東坡此詩云：「騎馬少年清且婉，風巖水穴舊聞名」，此語甚有味也。蓋「騎馬少年」乃喻李佖（一作泌），其風度翩翩，乍然呈現，東坡於其相貌雖不多著力，然僅此一句，即足以表此人相貌不凡。又「風巖水穴」即指風水洞，變化言之，則風自巖出，水自穴來，化靜態之洞名，爲動態之情景，可謂善描摹也。

《烏臺詩案》引「世上小兒誇疾走」，言其譏世之小人多務急進也。若乃君子人者，則此話何損於己？然李定、舒亶等人，以小人自居，是以言此乃譏朝廷執政者之務急進也。東坡此言乃泛論世之小人，趨炎赴勢，不若李佖之以誠待己，誠有感而發，中乃有意無意之間，透露一己不滿之心態，以至於李定、舒亶等人無法坐視！

此詩既二句一轉韻，且偶數韻平仄交替，蓋有意於音節之交錯，形成迭宕之美。紀評之曰：「一結索然。」（《蘇詩評註彙鈔》卷四）蓋言其語太露，少含蓄之美。然究其音韻之承轉爲「平——上」，且末兩句收束全篇之奔放情感言之，乃有過人之處而無不及。此乃有真性情，方有真文字之謂也！

東坡襟懷磊落，中無他腸，是以知李佖之誠心相待，即有此詼諧之詩文，蓋有感相知之難也！

風水洞二首和李節推

其一

風轉鳴空穴，泉幽瀉石門。

虛心聞地籟，妄意覓桃源。

過客詩難好，居僧語不繁。

歸瓶得冰雪，清冷慰文園。

其二

山前乳水隔塵凡，山上仙風舞檜杉。

細細龍鱗生亂石，團團羊角轉空巖。

馮夷窟宅非梁棟，御寇車輿謝轡銜。

世事漸艱吾欲去，永隨二子脫譏讒。

【烏臺詩案】『遊風水洞』云「世事艱難吾欲去」，意謂行新法之後，世事日益艱難，小人爭進，各務讒毀。軾度思之，不可以合，又不可以容，故欲棄官卜隱居之地也。

熙寧六年元月，東坡詠風水洞諸詩，前有一首已論列之，而此二詩乃和李佖所作。其一為五言律詩，其二為七言律詩。

首為五言律詩，押元韻，王易言「元阮清新」（《詞曲史》），蓋押元韻，予人清新完美如彈丸之感。五言律詩依施補華之說法，應「一氣渾成，神完力足，方為合作」，「起處須有峻嶒之勢，收處須有完固之力，則中二聯愈形警策」（參見《峴傭說詩》）。觀此詩起句云：「風轉鳴空穴，泉幽瀉石門」，猶如倒戟而入，筆勢軒昂。依文學之美可分為二：或沈著痛快，或優游不迫，則此屬沈著痛快之美。蓋五言律不離古詩氣脈，乃不衰弱（參見《圍爐詩話》卷二），而東坡起句即以古詩之氣韻為之，以「風轉」拓展空間，氣勢逼人。下一句描繪靜態之景，卻以「瀉」字點破，如此一來，首聯即呈現動態雄奇之美感。

頷聯對仗，「聞地籟」乃是細心傾聽，「覓桃源」則為用心搜尋，而作者心思耳聞，皆著眼於景，吾人見此二句，猶如歷歷在目，景物栩栩如生。東坡上言「虛心」，下云「妄意」皆有意形成對比，以強化意象。吾人細思此等空間之移轉，乃由心眼合一而來，借以描摹風水洞之情景，如在目前。施補華云：「五律須講鍊字法……，鍊實字有力易，鍊虛字有力難。」（《峴傭說詩》）此聯第三字為「聞」、「覓」，一開

一合，跌宕生姿，非率意可爲者！

頸聯一轉寫人，兩句中俱有上聲字，蓋上聲字氣咽促然易盡，其聲屬抑制之功用（《四溟詩話》卷三）。此處因景抒情，然前二聯意氣軒昂，故此聯承轉抑之，使之轉爲議論斷制，此乃大境界、大手筆，不可不知。「過客」二字牙聲，可以把凝重之心情表出，「居僧」二字平聲，清遠之感與上一句恰成對比，此所以經營字句之妙也！

尾聯歸結於風水洞之水質清冽，兩句亦各一上聲字，抑制奔放之情感。字面云「冰雪」、「清冷」已鮮活表現其蕭索，復玩味之：冰雪得以表水之凝結，如人之熱情遽失，「清冷」之描摹，益增其冷漠之境。由此得知，東坡善用韵，深諳音律，是以造字遣詞，一以爲度。

其二爲七言律詩，押咸韵。近人傅庚生云：「收音屬『烏』、『庵』等字，皆極沈重哀痛。」（《中國文學欣賞舉隅》）則東坡此詩，乃意欲表達心中塊壘，由此可見。

首聯不對偶，且以古詩句法出之，元氣渾成。言「山前」引入「山上」，乃有層次分明，空間移轉之景象。董文煥云：「無論五律七律，其最要之法有二，一爲每句中四聲俱備，一爲第一、第三、第五、第七之末一字，不可連用兩去聲或兩上聲，必上去入相間。律詩備此二法，讀之必聲調鏗鏘。」（《聲調四譜圖説》）觀東坡此詩首聯，四聲俱備，讀來抑揚頓挫，聲調悅耳。

頷聯對句，以「細細龍鱗」形容水波，「團團羊角」形容旋風之旋轉，化抽象爲具象，譬喻之妙，可謂體物入微。「細細」以言水波之密，「團團」以狀旋風之狀，此間亂石橫陳，空巖直上，靜中有動，動中有靜，一動一靜，妙趣洋溢！

頸聯用典，以馮夷、御寇爲例，以貴其明哲保身。詩中用典，得以美化意象，豐富內容，一爲詩人所學之觀照，一爲史實之推陳出新。東坡善以數十字，指出歷史之癥結，以爲發抒議論之佐證，此亦其特色之一。

尾聯以一己之體會，道出蕭索之心境，自是偏向哀傷無疑。蓋東坡有感於時事乃大不可爲，是以直述心事，欲效古之君子。言「世事漸艱吾欲去」，可謂直指胸臆，不滿已極。乃欲「永隨二子脫譏讒」，心思乘風而去，以免受譏言所傷。是以《烏臺詩案》云：「遊風水洞云，世事艱難吾欲去，意謂行新法之後，世事日益艱難，小人爭進，各務讒毀。」蓋東坡有感於新法之不便民，然己又未能阻其不行，日日坐視新法侵擾百姓，憂心如焚，以至山水之間，非特無法暢遊，乃益增悽惻之情。

全詩於時空之描摹，聲情之配合，意象之強化，以及用典之適切，無一不可見東坡之才學俱佳。詩者，喜怒哀樂之情也。東坡有感於李佖之相知，是故前詩有「世上小兒誇疾走，如君相待今安有」之語，此詩乃進言「世事漸艱吾欲去，永隨二子

脫譏讒」，其心情之低落，見賞之忻喜，恰成一明顯對比。

山村五絕

其一

竹籬茅屋趁溪斜，春入山村處處花。

無象太平還有象，孤烟起處是人家。

【誥案】五絕並佳，而此篇第一。「還有象」亦帶諷意，卻以下句瞞過上句。如著意寫炊烟，上句必不如是設想。曉嵐評此一路詩，皆非是。

其二

烟雨濛濛雞犬聲，有生何處不安生。　　【烏臺詩案】有生何處不安身。

但令黃犢無人佩，布穀何勞也勸耕。

【烏臺詩案】『山村』第二首，言是時販私鹽者多帶刀仗，故取前漢龔遂事，意謂但將鹽法寬平，令人不帶刀劍而買牛買犢，則自力耕不勞勸督，以譏諷朝廷鹽法太峻不便也。【誥案】本集『上文侍中論榷鹽書』云：「軾在餘杭時，姦民以兵仗護送，吏士不敢近者。常以數百人為輩，特不為他盜，故上下通知，而不以聞耳。」可與『詩案』互證。

其三

老翁七十自腰鎌，慚愧春山筍蕨甜。　　【烏臺詩案】老翁七十自腰鎌，慚
　　　　　　　　　　　　　　　　　　　　　　愧春山笋蕨甜。

豈是聞韶解忘味，邇來三月食無鹽。

【烏臺詩案】第三首，意言山中之人饑貧無食，雖老猶自採筍蕨充饑，時鹽法太峻，僻遠之人無鹽食，動經數月，若古之聖人，則能聞韶忘味，山中小民，豈能食淡而樂乎？亦以譏鹽法太峻也。

【誥案】本集〈上文侍中論榷鹽書〉云：「私販法重，而官鹽貴，則民之貧而懦者，或不食鹽。往在浙中，見山谷之人，有數月食無鹽者。」據此文，則詩為實錄矣。

其四

杖藜裹飯去匆匆，過眼青錢轉手空。

【誥案】公奏狀：每見散青苗錢，則縣中酒庫暴增，鄉民有徒手而歸者，可為流涕。是此七字註腳。

贏得兒童語音好，一年強半在城中。

【烏臺詩案】第四首意言百姓雖得青苗錢，立便於城中浮費使。卻又言鄉村之人，一年兩度夏秋稅，又數度講納和預買錢，今此更添青苗、助役錢，因此莊家幼小子弟，多在城市，不著次第，但學得城中語音而已。以譏諷朝廷新法青苗、助役不便也。

其五

　　竊祿忘歸我自羞，豐年底事汝憂愁。

　　不須更待飛鳶墮，方念平生馬少游。

【誥案】江藩曰：此首因時政之弊，約子由解組歸田也。我，公自謂也。汝，謂子由也。故用馬少游事作結，與「阿奴須碌碌」二句同意，特未註明子由耳。

　　熙寧六年二月，東坡有〈山村〉五絕，俱是七言絕句之佳構。蓋此時東坡在杭，杭州山水絕佳，對此美景，感時憂民，是以寄興詩文，發抒感慨。

　　其一押麻韵，王易云：「麻馬放縱」（《詞曲史》），觀此詩描摹田家景致，視野寬濶，心胸亦為之一開，採麻韵正宜。編註云：「五絕並佳，而此篇第一。」（《蘇文忠公詩編註集成》卷九）細玩此詩，「竹籬茅屋趁溪斜，春入山村處處花」，其語序正常，節奏順暢。三句轉言「無象太平還有象」，充滿譏諷之意，而末言「孤烟起處是人家」，竟歸結於田家景致，語序復歸正常，可謂順流而下，節奏流利。

　　再者，就造字遣詞而言，「竹籬」、「茅屋」、「溪流」皆是山村景物，「處處花」乃春景之特色，言「春」入山村，倍增栩栩如生之春意。三句言「無象太平還有象」，乃借舊唐書典故出之，「太平」二字正點其春景之美乃時序之安。編註云：「還有象，亦帶諷意，卻以下句瞞過上句。」（見同前）此正見東坡詩承接之妙。人或見稱此「太平之象」乃山村間居，天下太平，然王氏獨見其諷刺之意，實高人一等。

　　蓋人有遇與不遇，詩有幸與不幸，此詩《烏臺詩案》不予論列，究其因，乃東坡文飾之妙，且政敵未曾察覺其深寓焉。馮應榴註（以下簡稱馮註）云：「子由詩云『似恐田家忘帝力，多差使者出催耕』，又『近來南海波尤惡，未許乘槎自在游』等句，亦係譏諷時政，而當時獨免於指摘，豈有幸不幸耶？」（見同前）故東坡偶題，乃見刺於小人，寓物感興，乃流於譏諷，此亦詩之不幸者乎！

　　〈山村詩〉其二押庚韵，王易云：「庚梗振厲」（《詞曲史》），觀此詩，東坡目睹鹽法太峻，不便於民，故為民喉舌，伸張正義，押庚韵可謂妥帖。觀此詩，四句中有三句乃四聲俱備之句式，是以讀來聲調鏗鏘（參見《中國詩學》〈設計篇〉），且究其字句之配置，乃以「上四下三」為常格，是以讀來圓潤（見同前）李重華云：「古體須頓挫瀏灕，近體須鏗鏘宛轉，二者絕不相蒙。」（《貞一齋詩說》）以此觀之，此

詩乃近體之佳篇。

首言「濛濛」以狀烟雨，正爲描摹之勝境，於此幽微之際，雞鳴振厲人心，犬吠表其似有警策之意，「生」與「聲」諧音，此處可視之爲百姓不便於新法之呼聲。三句急轉直抒販私鹽者多帶刀杖，若鹽法寬平，則民不必帶刀劍，而欲買牛買犢，自力耕種，不待勸督也。言不勞「布穀」勸耕，詩遂有含蓄之美。

此詩確涉及勸喻新法，以達民情之意，是以有譏諷意，其言「但令黃犢無人佩，布穀何勞也勸耕」，乃欲朝廷察民所緩急，思有以去蕪存精，以免擾民太甚，其用意乃善，非如小人所言徒務譏誚者！

〈山村詩〉其三押鹽韵，傅庚生云：「收音屬於烏、庵等字，皆極沈重哀痛。」（《中國文學欣賞舉隅》）觀此詩，言山中之人饑貧無食，雖老猶自採筍蕨充饑，採鹽韵表東坡心中之沈痛，聲情正合。詩中又云：「豈是聞韶解忘味，邇來三月食無鹽」，《烏臺詩案》云：「意言山中之人饑貧無食，雖老猶自採筍蕨充饑，時鹽法太峻，僻遠之人無鹽食，動經數月，若古之聖人，則能聞韶忘味，山中小民，豈能食淡而樂乎？亦以譏鹽法太峻也。」知東坡心中之沈痛。

據編註云東坡本集〈上文侍中論榷鹽書〉，論及私販法重，而官鹽貴，則民之貧懦者，不食鹽。居浙中，見山谷之人乃有數月食無鹽者，則此詩乃實錄矣（參見《蘇文忠公詩編註集成》卷九）！東坡以老翁爲言，親採筍蕨充饑，乃人情之所不能堪者，詩人以其敏銳之觀察，發爲詩文，實非無病呻吟之作，且吾人詳觀此詩，或實或虛，皆可明東坡不忍人之襟懷，爲民父母，豈容百姓貧病交加？是以據實以錄，欲感悟人主，詎料權臣弄權，竟致意中傷，君子小人之居心亦可判矣！全詩淡而有味，收束句尤合無限沈重哀痛之意，索索動人，誠爲佳作！

山村詩其四押東韵，周濟云：「東眞韵寬平」（《宋四家詞選目錄序論》），觀此詩言農家耕作，不易繳納賦稅，唯城中兒童，乃得閑暇。此詩押東韵，乃是響韵。何無忌云：「欲作佳詩，必先尋佳韵，未有佳詩而無佳韵者也。」（《拜經樓詩話引》）是以讀來鏗鏘悅耳！

首云：「杖藜裹飯去忽忽，過眼青錢轉手空」，意謂百姓貸到青苗錢，莊家人攜帶子弟赴城中浮費使用，竟至花光所貸之錢。乃言：「贏得兒童語音好，一年強半在城中」，言錢已花盡，而無所得，惟一所得者，即子弟學會城中語音耳，蓋因其泰半時間皆在城中，因以爲言。

此詩針對朝廷所行之青苗錢，本爲美意，欲賑民貧，殊不知百姓所貸之錢，未能善用，以致浮費使盡，及其無力償還所貸之錢，悉入罪坐收，反不便民也。

〈山村詩〉其五押尤韵，王易云：「尤有盤旋」（《詞曲史》），適於表達憂愁之情，

觀此詩，東坡徘徊於鐘鼎山林之際，心緒紛亂，採尤韵確爲適切！

此詩既爲五絕之末，是以總結前述四段山村即景，合而爲一己情感之抒發，是以揭櫫主旨。編註云：「江藩曰，此首因時政之弊，約子由解組歸田也。我，公自謂也。汝，謂子由也。故用馬少游事作結，與『阿奴須碌碌』一句同意，特未註明子由耳。」（《蘇文忠公詩編註集成》卷九）由此可知，子由每憂東坡批評，恐其以此招禍，東坡亦深知之。

詩云：「竊祿忘歸我自羞，豐年底事汝憂愁」，意謂年豐歲熟，人人安樂，還有何事值得汝（子由）憂愁乎？又云：「不須更待飛鳶墮，方念平生馬少游」，馬少游乃馬援堂弟，馬援征交趾，南蠻荒地，下潦上霧，毒氣薰蒸，天上飛鳶皆爲毒霧毒死，紛紛墮水，環境惡劣可知。意謂我（東坡）不必等到如此惡劣環境，才想到馬少游（子由）平時勸戒之語。東坡用典如鹽在水，是以此詩餘味不絕！

山村五絕，若可分言之者，然實脈絡一貫，未可遽分，綜觀其譏鹽法之太峻，諷青苗、助役之不便民，皆爲當時民間之實況，發自東坡悲天憫人之襟懷，是以語皆沈痛，雖知斯言之出，恐將被禍，然如蠅在口，不吐不快，東坡襟懷磊落，個性通脫，由此可見！

八月十五日看潮五絕

其一

定知玉兔十分圓，已作霜風九月寒。

寄語重門休上鑰，夜潮留向月中看。

其二

萬人鼓譟懾吳儂，猶是浮江老阿童。

欲識潮頭高幾許，越山渾在浪花中。

其三

江邊身世兩悠悠，久與滄波共白頭。

造物亦知人易老，故教江水向西流。

其四

吳兒生長狎濤淵，冒利輕生不自憐。　　【烏臺詩案】冒利忘生不自憐。

東海若知明主意，應教斥鹵變桑田。

【公自註】是時新有旨禁弄潮。

【烏臺詩集】熙寧六年，任杭州通判，因八月十五日觀潮作詩五首，寫在安濟亭上。

前三首，並無譏諷，至第四首，言弄潮之人貪官中利物，致其間有溺而死者，

故朝旨禁斷。軾謂主上好興水利，不知利少而害多，言「東海若知明主意，應教斥鹵變桑田」，此言事之必不可成者，譏諷朝廷水利之難成也。其詩係冊子內。

其五

江神河伯兩醯雞，海若東來氣吐霓。

安得夫差水犀手，三千強弩射潮低。

【公自註】吳越王嘗以弓弩射潮頭，與海神戰，自爾水不近城。

熙寧六年八月十五日，東坡觀潮，題詩安濟亭上，名曰「八月十五日看潮五絕。紀評曰：「題目既大，非大篇不足以寫之，只作五絕，未免草草。」（《蘇詩評註彙鈔》卷四）趙註云：「若欲刻畫潮之聲勢，自須大篇；祇寫看潮情思，淡淡著筆，亦復清灑。」（見同前）案：趙註甚是。觀東坡所抒，欲描述片段情思，五篇相連，脈絡不絕，何陋之有？紀氏囿於題面，未詳其真精神也。

五絕之一，點明觀潮時節，押寒韵。據傅庚生云，凡魚、虞、元、寒、刪、先諸韵，收音屬於「烏」、「庵」等字，皆極沈重哀痛（參見《中國文學欣賞舉隅》）。霜風吹拂之九月，乃蕭索之季節，以寒韵押之，益增其淒淒之感。

此首絕句乃一、二句對仗，中「十分」對「九月」乃數字對，兩句合稱「流水對」。以秋月之皎潔，點出秋風之蕭瑟，「玉兔十分」與「霜風九月」，語對而意流，予以輕靈捷健之感。前人以此等詩句，稱之「化盡律家對屬之痕」、「無單弱之病，具聯鎖之意」，此亦宋詩說理與議論之風氣所及，對仗之天地益寬也！

三、四句言「寄語重門休上鑰，夜潮留向月中看」，首點出觀潮之心境，復指出重門難擋美景，末則點出題旨，復補言觀潮時乃中秋夜也。通首將題旨概括略盡，然不失抽絲剝繭之功者，蓋其寫景之真，抒情之切也。

其二云潮勢澎湃，如萬馬奔騰，銜刀渡江，極為壯麗。嚴滄浪言詩體：「其大概有二：曰優游不迫，曰沈著痛快。」（《滄浪詩話》〈詩辨〉）則此詩可稱為沈著痛快，以其所表之境，乃渾括無際之陽剛美，而所繪之景，亦形勢雄偉之陽剛美。

東坡云潮水之聲，如萬人鼓譟，此即詩之擬人法。蓋抽象之聲，吾人以切身經驗言之，則易為他人所解，此詩人獨具匠心，引人入勝之處。三、四句，東坡云潮水之高，如山勢之立於浪花中，吾人一見即知其鮮明意象，此亦東坡擅於寫景之處。詩家常以反問法為轉折，變化詩意，此首絕句云：「欲識潮頭高幾許」，亦即反問法。此等技巧較直敘法佳。

其三云觀潮抒感。詩云：「江邊身世兩悠悠，久與滄波共白頭」，據施註引白樂天詩去：「愁見舟行風又起，白頭浪裏白頭人」，則東坡有感於己仕途多舛，不甚唏

噓其年華老去，才未見賞也！又云：「造物亦知人易老，故教江水向西流」，意謂造物且知人易老，而使江水西流，則我已東來三年矣，人亦老矣！何時得西歸朝廷乎！

看潮五絕，前三首俱無涉《烏臺詩案》，以其未曾提及時事，純爲寫景抒情之作，然感慨良深，其心中失意之情可知也。

其四云朝廷禁弄潮之命，必難行也。詩云：「吳兒生長狎濤淵，冒利輕生不自憐」，謂吳兒自小即近海浪，貪利輕生，不自愛惜生命。又云：「東海若知明主意，應教斥鹵變桑田」，言東海若知明主有禁弄潮之旨，則應讓鹹鹵之海水，變作桑田，則民無可弄潮矣！

東坡此詩，言此禁弄潮之令，勢必難行。《烏臺詩案》云：「至第四首，言弄潮之人貪官中利物，致其間有溺而死者，故朝旨禁斷。軾謂主上好興水利，不知利少而害多，言『東海若知明主意，應教斥鹵變桑田』，此言事之必不可成者，譏諷朝廷水利之難成也。」蓋熙寧中，兩浙察訪使李承之奏請禁止弄潮，然終不能遏也，是以東坡言朝廷徒興水利，必難成也。

此詩採一先韵，據周濟言，則「支先韵細膩」（參見《宋四家詞選目錄序論》），此詩用來表達細膩之情，最爲恰當。東坡以之寄託悲憫胸懷，其細致可知，此詩聲情之密合，亦不言而喻。尤以「東海若知明主意」採假設法翻出新意，使人有耳目一新之感。

其五贊歎海勢之壯大，唯願得似夫差者，以弓弩射潮頭，使無水害，此乃東坡發揮極高度之想像力，而出自一片愛民之美意。

綜觀八月十五日看潮五絕，一氣呵成，脈絡分明，宜相參看，以明來龍去脈。而東坡於此五絕，非徒善於鋪陳設色，且欲表達一片悲憫之情懷，遂欲斥鹵變桑田，強弩射潮低，以紓民困，其愛民之心，溢於言表！

徑山道中次韵答周長官兼贈蘇寺丞

年來戰紛華，漸覺夫子勝。

欲求五畝宅，灑掃樂清淨。

學道恨日淺，問禪慚聽瑩。

聊爲山水行，遂此麋鹿性。

獨遊吾未果，覓伴誰復聽。

吾宗古遺直，窮達付前定。

餔糟醉方熟，灑面呼不醒。　　　　【烏臺詩案】洒面喚不醒。

奈何效燕蝠，屢欲爭晨暝。

【烏臺詩案】熙寧六年，因往諸縣提點，到臨安縣，有知縣大理寺丞蘇舜舉來本縣
界外太平寺相接。軾與本人為同年，自來相知。見軾，復言：「舜舉數日前入州，
卻被訓狐押出。」軾問其故。舜舉言：「我擘劃得人戶供通家業役鈔『規例』一
本，甚簡。前日去呈本州諸官，皆以為然。呈轉運副使王廷老等，不喜，差急
足押出城來。」軾取其『規例』詳看，委是簡便。因問訓狐事。舜舉言：「聞人
說一小話云：燕以日出為旦，日入為夕，蝙蝠以日入為旦，日出為夕。爭之不
決。訴之鳳凰。至路次，逢一禽，謂燕曰，不須往訴，鳳凰在假，或云鳳凰渴
睡。都是訓狐權攝。」舜舉意以此譏笑王廷老等不知是非也。

> 不如從我遊，高論發犀柄。
> 溪南渡橫木，山寺稱小徑。

【公自註】太平寺，俗號小徑山。

> 幽尋自茲始，歸路微月映。
> 南望功臣山，雲外盤飛磴。
> 三更渡錦水，再宿留石鏡。
> 緬懷周與李，能作『洛生詠』。
> 明朝三子至，詩律嚴號令。
> 籃輿置紙筆，得句輕千乘。
> 玲瓏苦奇秀，名實巧相稱。
> 九仙更幽絕，笑語千山應。
> 空巖側破甕，飛溜灑浮磬。
> 山前見虎迹，候吏鐃鼓競。
> 我生本艱奇，塵土滿釜甑。
> 山禽與野獸，知我久蹭蹬。
> 笑謂候吏還，遇虎我有命。
> 徑山雖云遠，行李稍可併。
> 頗訝王子猷，忽起山陰興。
> 但報菊花開，吾當理歸榜。

　　熙寧六年，東坡以提點至臨安，蘇舜舉迎見於太平寺，為言前日入州被訓狐押
出事，因與周邠、李行中游徑山道中，次韻此詩以答周長官兼贈蘇舜舉。《烏臺詩案》
提及「訓狐」之出處，乃蘇舜舉言：「燕以日出為旦，日入為夕，蝙蝠以日入為旦，
日出為夕。爭之不決，訴之鳳凰。至路次，逢一禽，謂燕曰，不須往訴，鳳凰在假，

或云鳳凰渴睡，都是訓狐權攝。」舜舉意以此譏笑王廷老等不知是非也。

東坡此詩云：「奈何教燕蝠，屢欲爭晨暝」，本指舜舉擘劃得人戶供通家業役鈔規例一本，甚簡，然轉運副使王廷老等不喜，以之借喻世事不足論，不如遨遊山水之間，以自解脫。《烏臺詩案》中御史中丞李定所進之劄子，稱東坡「初無學術，濫得時名，偶中異科，遂叨儒館。及　上聖興作，新進仕者，非軾之所合，軾自度終不為朝廷獎用，銜怨懷怒，恣行醜詆，見於文字，眾所共知。或有燕蝠之譏，或有竇梁之比，其言雖屬所憾，意不無所寓，訕上罵下，法所不宥」，則此詩乃東坡有意譏笑轉運副使王廷老等不知是非，然所指乃兼及朝廷用人不當也！

吾人於此詩中，可知東坡流落不偶之心境。詩云：「獨遊吾未果，覓伴誰復聽，吾宗古遺直，窮達付前定」，詩人寂寞，無人可解，唯有歸之於命運之播弄，窮達皆是命定。又云：「我生本艱奇，塵土滿釜甑，山禽與野獸，知我久蹭蹬」，既自知命定流落，乃欲求知於山禽與野獸，此皆極沈痛語，是以全詩充滿歸隱遊仙之意，有遁世遠俗之心也！詩云：「溪南渡橫木，山寺稱小徑，幽尋自茲始，歸路微月映」，歸隱之意可見。又云：「九仙更幽絕，笑語千山應，空巖側破甕，飛溜灑浮磬」，遊仙之情，令東坡暫忘塵勞，皆東坡不得意之語耳！

此詩乃五言古詩，押敬、徑二韵。敬、徑二韵古相通，杜甫早發一詩，即敬中雜徑，東坡此詩或有所倣。葉燮曾言：「樂府被管絃，自有音節，於轉韵見宛轉相生層次之妙。」（《原詩》卷上）至於轉韵與否，端賴聲情相合。或寬平、或幽適、或激越、或驚愕，以轉韵古詩逐段配合，自有神妙之效。

此詩乃贈答之作，首敘題意起。次合說人事，乃發議論，不欲拘拘於俗務。其次寫景，兼有思慕之情。末言心中願望，以明心迹。全詩起承轉合，融合無迹。是以趙翼言：「坡詩不尚雄傑一派，其絕人處，在乎議論英爽，舉重若輕，讀之似不甚用力，而力已透十分。此天才也。」（《甌北詩話》）觀此詩亦如是，似不甚用力，而力已透十分，其有志難伸，一歸之於朝廷任用之人，皆不知是非，如王廷老者，是以君子見倅，賢人遠離也！

全詩計五十二句，二百六十字，若非雄才大略，難作此等五言長篇，而東坡以「訓狐權攝」以譏朝廷所用之人皆不知是非，尤為妙絕。

送杭州杜、戚、陳三椽罷官歸鄉

秋風摵摵鳴枯蓼，船閣荒村夜悄悄。　　【烏臺詩案】秋風瑟瑟鳴枯蓼，船閣荒涼夜悄悄。

正當逐客斷腸時，君獨歌呼醉連曉。　　【烏臺詩案】君獨歌呼醉達曉。

老夫平生齊得喪，尚戀微官失輕矯。

君今憔悴歸無食，五斗未可秋毫小。

君言失意能幾時，月啖蝦蟆行復皎。

殺人無驗中不快，此恨終身恐難了。

徇時所得無幾何，隨手已遭憂患繞。

期君正似種宿麥，忍飢待食明年麨。　【烏臺詩案】期君已似種宿麥，忍
　　　　　　　　　　　　　　　　　　　　　饑待食明年麨。

　　熙寧六年九月，杭州錄事杜子方、司戶陳珪、司理戚秉道，承勘夏沈香冤獄，罷官歸里，東坡作此詩以送之。據《烏臺詩案》云：「熙寧五年，杭州錄事杜子方、司戶陳珪、司理戚秉道，各為承勘本州姓裴人家女使夏沈香澣衣井旁，姓裴家小女孩在井內身死不明事。當時夏沈香只決臀杖二十板，放。後來，本路提刑陳睦舉駁上件公事，差秀州通判張若濟重勘，決殺夏沈香，三官因此衝替。意陳睦舉、張若濟駁勘不當，致此三人無辜失官。軾作詩送之云：『君言失意能幾時，月啖蝦蟆行復皎。』意取盧仝月蝕詩云『傳聞古來說，月蝕蝦蟆精』，同意比朝廷為小人所蒙蔽也。軾亦言杜子方等本無罪，為陳睦舉、張若濟蒙蔽朝廷，以衝替逐人，後當感悟牽復云：『徇時所得無幾何，隨手已遭憂患繞』，意謂張若濟不久自為公事被勘也。」東坡生性好打抱不平，且每於友朋臨行贈別時，屢發議論，以抒己見，於焉可知。

　　此詩乃送別之作，屬應酬詩。葉燮云：「應酬詩有時亦不得不作，雖是客料生活，然須見是我去應酬他，不是人人可將是應酬他者，如此便於客中見主，不失體段，自然有性有情，非幕下客及捉刀人所得代為也。」（《原詩》卷上）此說甚是！東坡此詩即可見其性情。

　　此詩屬七言古詩，押上聲篠韵。押上聲韵者，可表其「舒徐和軟」之聲情（參見《萬樹詞律》）。此詩既形容秋夜，且為送別之作，採上聲韵，益可見其情感之低迴流轉，娓娓道來，頗見情致。

　　首點明時地，此等手法時空交融，意象較鮮明。東坡以「摵摵」形容秋風，可謂善於狀聲，以「悄悄」形容荒村靜夜，可謂善於摹景。於此秋夜，不言客別心酸，而道其腸斷，愈見其形容之逼真，乃至於下句云：「君獨歌呼醉連曉」，一幕道別不捨之情景，益發真切。

　　次以對比手法，同情三掾罷官，憔悴無以具食，此實東坡悲天憫人之胸懷也。詩人於不關心處，乃關心之，此詩人之匠心也。

　　復言陳睦舉、張若濟駁勘不當，致使大才未能施展，此乃深可憾者。東坡具言

「殺人無驗中不快，此恨終身恐難了」，可謂直揭題意，毫無修飾！此四語俱不平之語，然實亦暗指執政者之爲小人所蒙蔽也。

末言無可如何，但靜待時機可也。全詩技巧純熟，尤以勉其「君言失意能幾時，月啖蝦蟆行復咬」，最爲有力。東坡中無他腸，遇事即言，此詩充滿無奈，蓋深勉其東山再起之意也，有譏諷之意，故《烏臺詩案》論列之。

和陳述古冬日牡丹四首

其一

一朵妖紅翠欲流，春光回照雪霜羞。

化工只欲呈新巧，不放閑花得少休。

【烏臺詩案】熙寧六年任杭州通判時，知州係知制誥陳襄，字述古。是年冬十月內，一僧寺開牡丹數朵，陳襄作四絕句，軾嘗和云云。此詩皆譏諷當時執政大臣，以比化工但欲出新意擘畫，令小民不得暫閑也。

其二

花開時節雨連風，卻向霜餘染爛紅。 　　【烏臺詩案】猶向霜林染爛紅。

漏洩春光私一物，此心未信出天工。 　　【烏臺詩案】漏泄春光私一物。

其三

當時只道鶴林仙，解遣秋光發杜鵑。

誰信詩能回造化，直教霜枿放春妍。 　　【烏臺詩案】誰信詩能傳造化。

其四

不分清霜入小園，故將詩律變寒暄。

使君欲見藍關詠，更倩韓郎爲染根。

熙寧六年十月，東坡游寶山廣嚴寺，書雙竹湛師房，有〈和陳襄冬日牡丹〉四首。其一云：「化工只欲呈新巧，不放閑花得少休」，《烏臺詩案》云：「此詩皆譏諷當時執政大臣，以比化工但欲出新意擘畫，令小民不得暫閑也。」是以東坡凡有譬喻之處，然不羅爲罪證也。此四首詩，《烏臺詩案》引論三首，以爲譏諷當時執政大臣，係降於冊子內者。

東坡詩長於譬喻，前已述及。然此四首譬喻特佳，是故廣爲傳誦、抄錄，其意象之鮮明，亦爲詩家所議論，此等巧譬隱喻，自爲有心人附會之，渲染之，以其爲謗語而剌剌不休，然吾人細玩此數詩，應可明其眞象。

其一之七言絕句，押尤韵，依王易言：「尤有盤旋」（《詞曲史》）則押尤韵有婉轉曲折之意，用來形容牡丹花色鮮明，嬌嫩欲滴，十分傳神。

　　葉燮云：「蘇詩包羅萬象，鄙諺小說，無不可用，譬之銅鐵鉛錫，一經其陶鑄，皆成精金，庸夫俗子，安能窺其涯涘？」（《原詩》卷三）觀東坡此四首詩，可知其論確鑿。東坡云：「一朵妖紅翠欲流」，據《老學菴筆記》云，「鮮翠」猶言「鮮明」也，東坡概用鄉語。而以「妖紅」形容牡丹，蓋描摹物態之眞也。東坡首描寫其外形紅豔鮮明，復以雪霜之「白」形成強烈對比，意象鮮活，且以「新巧」出之，不直言其富貴貌，何等出奇之句法，牡丹眞乃造物之巧奪天工。

　　其二言雨中牡丹，承前首而繼言之，牡丹雖處風雨中，然仍風姿綽約，似造化天成，國色天香。錢泳云：「詠物詩最難工，太切題則黏皮帶骨，不切題則捕風捉影，須在不即不離之間。」（《履園譚詩》）東坡此詩，道其神氣，不言其形似，乃詠物詩之難者。

　　此詩押東韵，有寬洪之感，吟詠此詩，猶風聲在耳，牡丹在前，中有詩人之贊歎也。馮註云：「似言新法之害，由於時相，不盡出神宗本意也。」（《蘇文忠公詩編註集成》卷一一）意謂「漏洩春光私一物，此心未信出天工」乃暗指安石也。此乃緣於述古有詩，云：「直疑天與凌霜色，不假東皇運化工」，故此云然。則東坡譬喻之妙，人無出其右者！

　　其三無涉《烏臺詩案》，故不論列之。究其詩意，乃贊歎牡丹爲造化所鍾，得以經霜猶生云云。

　　其四云牡丹清和，情致灑然，復用典益增其餘味。此詩押元韵，據王易云：「元阮清新」（《詞曲史》），以之表達其情致灑然，頗爲相契。

　　此四首詩，乃一氣呵成，前後呼應，十分高明之詠物詩，當前後參核，直指詩意，不宜分以言之。東坡遇景即興，順手拈來，充滿諷刺之意。蓋詩無達詁，則若隱攝之，亦言之成理，東坡深諳此等筆法，自不待言！

和錢安道寄惠建茶

> 我官於南今幾時，嘗盡溪茶與山茗。
> 胸中似記故人面，口不能言心自省。
> 爲君細說我未暇，試評其略差可聽。

【詰案】錢顗、劉琦力攻王安石、曾公亮，並請罷斥，被逐。顗將出臺，於眾座罵御史孫昌齡曰：「君以奴事安石，得爲御史，自謂得策，即我視君，犬彘之不若也。」遂拂衣上馬。以上史傳所載。公此詩雖和寄茶，特有意搭入錢顗并作，故於首節提清脈絡如此。

> 建溪所產雖不同，一一天與君子性。

森然可愛不可慢，骨清肉膩和且正。

雪花雨腳何足道，啜過始知真味永。

縱復苦硬終可錄，汲黯少戇寬饒猛。

草茶無賴空有名，高者妖邪次頑獷。　　【烏臺詩案】高者妖邪次頑獷。

體輕雖復強浮沉，性滯偏工嘔酸冷。　　【烏臺詩案】體輕雖欲強浮泛。

其間絕品豈不佳，張禹縱賢非骨鯁。　　【烏臺詩案】其間絕品非不佳。

【詁案】紀昀曰：將人比物，脫盡用事之痕，開後人多少法門。

葵花玉銙不易致，道路幽險隔雲嶺。

誰知使者來自西，開緘磊落收百餅。

嗅香嚼味本非別，透紙自覺光炯炯。

粃糠團鳳友小龍，奴隸日注臣雙井。

收藏愛惜待佳客，不敢包裹鑽權倖。

此詩有味君勿傳，空使時人怒生癭。

【烏臺詩案】熙寧六年，軾任杭州通判日，因本路運司差往潤州勾當公事，經過秀
　　州，錢顗在秀州監酒稅，曾作臺官，始於秀州與之相見。顗作詩一首，送茶與
　　軾，軾復與詩一首謝之。除無譏諷外，「草茶無賴空有名」二句，以譏世之小人，
　　乍得權用，不知上下之分，若不諂媚妖邪，即須頑獷狠劣。又「體輕」二句云
　　云，亦以譏世之小人，體輕浮而性滯泥也。又「其間」二句云云，亦以譏世之
　　小人，如張禹雖有學問，細行謹防，終非骨鯁之臣。又「收藏愛惜」四句，以
　　譏世之小人，有以好茶鑽貴要者，聞此詩當大怒也。上件係降到冊子內。

　　熙寧六年十一月，東坡前往錢顗處訪之。時錢顗在秀州監酒稅，東坡因本路運
司，差往潤州勾當公事，經秀州。顗作詩一首，送茶與軾，軾復與詩一首謝之，即
為此詩。據《夢溪筆談》云：「古人論茶，未言建溪，然唐人重串茶，已近建餅。建
茶皆喬木，吳、蜀、淮南，惟叢茭而已。」（參見《蘇文忠公詩編註集成》卷一一）
知惠建雖非名茶，然禮輕人意重，東坡意在以詩答贈也。

　　此詩乃七言古詩，娓娓道來，別於一般浩瀚氣勢，然將人比物，其味雋永，脫
盡用事之痕，足見東坡才學俱佳矣！（參見《王文詁案語》）

　　首段破題，由時空交錯，點出溪茶、山茗，皆所熟識；人我交流之中，於建茶
獨有領悟。趙註云：「一譬極醒快，便為下文以古人為比絜根。」（《蘇詩評註彙鈔》
卷四）蓋云「胸中似記故人面，口不能言心自省」，乃痛快沈著之語也。

　　次言建溪茶，自與時人所喜之草茶異，其云「骨清肉膩和且正」，將之擬人化，

正與「一一天與君子性」相呼應。其云「雪花雨腳何足道」，蓋建溪茶質地甚佳，雖不為人深知，然卻自有真味。蓋此處即有意以茶隱攝欲言之人，是以屢採擬人法以出之。

復言茶似君子，其性憨直，力厚而甘，體輕性溫，猶骨鯁之人。

末言此茶不易致，今幸而有之，敢不珍愛之，以待佳客乎？紀昀云：「通篇警策，惟一結太露，雖東坡詩不甚忌露，然西子捧心，不得謂之非病。」（見同前）蓋評其「此詩有味君勿傳，空使時人怒生瘿」兩句。

此詩押韵奇特，平上去入四聲迭相運用，致使文意層層翻疊，產生錯綜流轉之美。詩既有所寓諷，不得不委婉言之，而東坡情感轉折處，韵亦隨之更換，是以此詩跌宕生姿。

《烏臺詩案》云：「草茶無賴空有名」二句，以譏世之小人，乍得權用，不知上下之分，若不諂媚妖邪，即須頑獷狠劣。」以茶喻人，復以草茶喻世之小人，此語有味矣！蓋前云：「建溪所產雖不同，一一天與君子性，森然可愛不可慢，骨清肉膩和且正，雪花雨腳何足道，啜過始知真味永」，正與此處形成強烈之對比，猶如「君子」與「小人」，出處不同，性實相違也！又云：「『體輕』二句云云，亦以譏世之小人，體輕浮而性滯泥也。」東坡既屢稱世之小人徒務急進，此處復進而言其體輕性泥，是汲汲於新法之行，全無顧及百姓疾苦者也！又云：「『其間』二句云云，亦以譏世之小人，如張禹雖有學問，細行謹防，終非骨鯁之臣。」此一語雙關，諷刺之意存焉！末云：「『收藏愛惜』四句，以譏世之小人，有以好茶鑽貴要者，聞此詩當大怒也。」東坡亦知此等譏諷詩文，有以致禍，然滿腔熱血，不為朝廷賞識，復見小人作威作福，自是心中塊壘，一吐為快矣！

綜論東坡此詩，遇事感興，工於譬喻，情有所移，韵亦隨之，然無非對新政用人不當，肆意譏諷耳！自東坡通判杭州，迄熙寧七年六月，共計四年，東坡始終不滿新法，發為詩文，多不平之語，尋繹其脈絡，蓋自唐代杜甫、韓愈、元稹、白居易倡諷諫詩以來，此等抒寫民間疾苦之作，漸為宋人所喜，東坡尤喜杜甫、韓愈等社會寫實之作，絕非無病呻吟、標新立異者可比！

第三節　初守密州（熙寧七年六月～九年十二月）

寄劉孝叔

　　君王有意誅驕虜，椎破銅山鑄銅虎。
　　聯翩三十七將軍，走馬西來各開府。

南山伐木作車軸，東海取鼉漫戰鼓。　　【烏臺詩集】東海取鼉搪戰鼓。

汗流奔走誰敢後，恐乏軍興污資斧。　　【烏臺詩案】後乏軍資污刀斧。

保甲連村團未遍，方田訟牒紛如雨。　　【烏臺詩案】保甲連村團未編，

　　　　　　　　　　　　　　　　　　　　　　　方田訟諜紛如雨。

【《宋史‧兵志》】保甲者，熙寧變募兵之新制也。熙寧三年，始連比其民以相保任。
　詔畿內之民，十家爲一保，五十家爲一大保，十大保爲一都保。有保長、保正，
　應主客戶兩男以上，選一人爲保丁。遂推之五路。四年，詔保丁肄習武事。五
　年，上番於巡檢司，十日一更。初隸司農，八年隸兵部。凡義男保甲民兵，共
　七百一十八萬二千餘人。

【《宋史‧食貨志》】方田之法，分五等以定稅，則凡田方之角，立土爲岸，植本以
　表之。有方帳，有莊帳，有戶帳，分析典賣，官給契，縣置簿，皆以今所方之
　田爲正。見於籍者，二百四十八萬四千三百四十九頃。

　　爾來手實降新書，抉剔根株窮脈縷。

【《宋史‧呂惠卿傳》】惠卿用弟和卿計，置五等丁產簿，使民自供手賞，尺椽寸土，
　檢括無餘，下至雞豚，亦徧抄之。隱匿者許告，以貲三之一充賞。

　　詔書惻怛信深厚，吏能淺薄空勞苦。

　　平生學問只流俗，眾裏笙竽誰比數。

【誥案】《東都事略》：安石爲神宗言朝士朋比之情，且曰：「陛下欲以先王之正道，
　勝天下流俗，故與流俗相爲輕重。流俗權重，則天下之人歸流俗，陛下權重，
　則天下之人歸陛下。今姦人欲敗先王之正道，以沮陛下之所爲，而天下之權，
　已歸於流俗矣。」誥補施註缺文，載此條以見一斑。

　　忽令獨奏〈鳳將雛〉，倉卒欲吹那得譜。

【誥案】紀昀曰：妙於用比，便不露激訐之痕。前人立比體，原爲一種難著語處開
　法門。

況復逐年苦饑饉，剝齧草木啖泥土。　　【烏臺詩案】況復年來苦饑饉，

　　　　　　　　　　　　　　　　　　　　　　剝齧草木啖桑土。

今年雨雪頗應時，又報煌蟲生翅股。

憂來洗盞欲強醉，寂寞虛齋臥空甀。　　【烏臺詩案】寂寞空齋臥空甀。

公廚十日不生煙，更望紅裙踏筵舞。　　【烏臺詩案】更望紅裙踏筵撫。

故人屢寄山中信，只有當歸無別語。　　【烏臺詩集】近來屢得山中信。

方將崔鼠偷太倉，未肯衣冠挂神武。　　【烏臺詩案】猶將鼠崔偷太倉。

　　吳興丈人真得道，平日立朝非小補。

　　自從四方冠蓋鬧，歸作二浙湖山主。

【詁案】曉嵐謂此句，當從〔詩案〕作「四方冠蓋鬧如雲」，誤。前有「紛如雨」，後必不作「鬧如雲」。然篇幅太長，曉嵐未能兼顧也。「污資斧」句，義本不協，故從「污資斧」為可信。若本句極為緊健，且敘吳興丈人本事，只四句，必要「自從」二字貫下，至「湖山主」句止，而後「高蹤」句蕩開，「大隱」句頓住。若從紀說，則「四方」句先已蕩開，至「湖山」而氣已住，下二句更蕩不得，必要刪去以前四句，已直接「去年」讀下故也。久讀當自知之。

　　高蹤已自雜漁釣，大隱何曾棄簪組。

　　去年相從殊未足，問道已許談其粗。

【詁案】熙寧七年，公將赴密，〈與李公擇書〉云：孝叔丈向有徑山之約，今已不遂。其後雖重見於湖，而此約終不果行。故云「去年相從殊未足」也。

　　逝將棄官往卒業，俗緣未盡那得睹。

　　公家只在雲溪上，上有白雲如白羽。

　　應憐進退苦皇皇，更把安心教初祖。

【詁案】時孝叔游心方外，特用「問道」句留作種子，便於此處收煞。否則，公既未退，而孝叔亦不出，此詩無結處矣。其問道一層，且是孝叔丈當日身分。詩法細密如此，若以譚空當一件事論，即大可笑矣。

【烏臺詩案】熙寧八年四月十一日，軾作詩寄劉述。「君王有意」四句，是時朝廷遣使諸路檢點軍器，及置三十七將官。軾將謂今上有意征討西夏，以譏諷朝廷諸路遣使及置將官，張皇不便。又「南山伐木」云云，以譏朝廷法度屢變，事目煩多，吏不能曉。又「況復連年苦饑饉」云云，意謂近來饑饉，飛蝗蔽天，以譏朝廷政事缺失，新法不便之所致。又云酒食無備，齋廚索然，以譏諷朝廷減削公使錢太甚，公事既多，旱蝗又甚，貳政巨藩，尚如此窘迫，所以言山中故人寄信令歸，但軾貪祿，未能便挂冠而去。又「四方冠蓋鬧如雲」二句，以譏諷朝廷近日提舉官所至，生事苛碎，故劉述乞宮觀歸湖山也。其詩不係，朝旨降到冊子內。

　　熙寧七年九月，東坡以太常博士直史館權知密州軍州事，罷杭州通守任。十月，王安石為呂惠卿所排，而曾布亦逐，東坡為詠王莽及董卓詩。時方行手實法，東坡上書，極論手實之酷，并論方田均稅之患，京東河北榷鹽之害，於新法不便民處，頗辨正之（參見《蘇文忠公詩編註集成》卷一二）。熙寧八年四月，乃有此詩。

　　據施註云：「劉孝叔，名述，舉進士。知溫、耀、眞三州，提點江西刑獄，荊湖南北京西轉運使。神宗擢侍御史知雜事，數論事，剴切。會孝叔兼判刑部，與王安石爭謀殺刑名。勅下，封還之。安石白帝，詔開封推官王克臣劾罪。孝叔率御史劉琦、錢顗共上疏，彈奏安石執政以來，未踰數月，中外人情，囂然胥動，專肆胸臆，輕易憲度，驚駭物聽，動搖人心，首以財利，務爲容悅，願早罷逐以安天下。疏上，先貶琦、顗爲監。當開封獄具，以孝叔三問不承，安石欲置之獄，司馬文正、范忠宣力爭之，乃以知江州。踰歲，提舉崇禧觀。東坡倅杭，與孝叔會虎丘，和其二詩，吳興六客堂，孝叔其一人也。初，神宗即位，起安石於金陵，付以大政。而是時帝已有誅滅西夏意，遂用种諤以開邊隙。安石逢迎帝意，且謂鞭笞四夷，必財用豐裕，然後可以行其志。於是終帝之世，以理財爲急，兵連禍結，南征西伐，幾至於亂。帝雖欲改爲，而臣係其用舍，執之愈堅。晚歲始大悔悟，然無及矣。故此詩首言征伐之意。熙寧七年九月，詔開封府界河北京東西路置三十七將副，從樞副蔡挺之請，故云「聯翩三十七將軍，走馬西來各開府」。先是熙寧三年，管勾開封常平趙子幾乞以鄉戶團爲保甲，覺察姦盜，各立首領部轄，因而推及天下，將爲萬世長安之術，乃下司農寺詳定條例行之。上嘗問：「如何可以漸省正兵？」安石曰：「當使民習兵，則兵可省。」然其後保甲不能逐盜而爲盜矣，故云「保甲連村團未徧」。五年，司農丞蔡天申請委提舉司均稅而領於司農，始立方田、均稅之法，詔司農以條約并式頒之天下。方田之法，以東南南北各千步當四十一頃有奇，爲一方，歲以九月，委令佐分地計量，均定稅數，至明年三月畢，揭以示民，仍再期一季，以盡其詞，乃書戶帖連莊帳付之，以爲地符。故云「方田訟牒紛如雨」。七年春，上以大旱，憂見容色，欲罷保甲、方田等事。安石曰：「水旱常數，堯、湯所不免，但當益修人事。」上曰：「此豈細事，朕今所以恐懼者，正爲人事有所未修耳。」初，呂惠卿建爲手實之法，使民自上其家之物產，而官爲注籍，奉使者至析秋毫，天下病之。至八年十月，乃罷。故云「爾來手實降新書，抉剔根株窮脈縷，詔書惻怛信深厚，吏能淺薄空勞苦」。蘇子由擢爲條例司檢詳，與安石議事多忤，罷黜。上曰：「蘇軾如何，可使代轍否？」安石曰：「軾兄弟學本流俗，朋比沮事，若朝廷不行先王正道，則能合流俗朋比之情。」故曰「平生學問止流俗」。是時，「安石凡議其新政者，皆以流俗詆之也。」（《蘇文忠公詩編註集成》卷一三）則是詩之作，乃有意批評新法。蓋新法之行，於焉鼎盛，故東坡詩什復轉爲直指其事，有不平之鳴也。

　　此首七言古詩，氣勢磅礴，筆力萬鈞，足以代表東坡豪壯之詩風。此詩採上聲虁韵。王易云；「上去韵纏綿，魚語幽咽」（《詞曲史》），此詩選用幽咽纏綿之韵，正足將滿腔幽思，婉轉陳述。己既落魄如此，國事蜩螗如彼，懷才不遇，宜辭官以當

歸，而竟貪祿不去，猶棧位而留戀，冰炭滿懷，憂愁悠思，故以比纏綿幽咽之韵，達其迴腸九轉幽怨之情也。

詩云：「君王有意誅驕虜，椎破銅山鑄銅虎」，意謂神宗有誅滅西夏意，乃有終帝之際，以理財爲急，致兵連禍結，南征西伐，幾至於亂。又云：「聯翩三十七將軍，走馬西來各開府」，意謂熙寧七年九月，置三十七將，選嘗經戰陣大使臣專掌訓練，將有正、副，皆給虎符（參見《續資治通鑑長篇》）。又言「南山伐木作車軸，東海取鼉漫戰鼓」，謂新法之行，緊鑼密鼓，人心遑遑，惟恐被禍，故云：「汗流奔走誰敢後，恐乏軍興汙資斧」。此時東坡既權知密州軍州事，總理軍政，與新法之推行乃密不可分，故云：「保甲連村團未遍，方田訟牒紛如雨」，蓋有鑑於保甲未能逐盜而爲盜矣！且熙寧五年，立方田、均稅之法，致民爭訟不已，故云訟牒紛如雨，新法之煩擾由是可知！

次段云：「爾來手實降新書，抉剔根株窮脈縷」，言呂惠卿置手實法，使民自供手實，尺椽寸土，檢括無餘，下至雞豚，亦徧抄之。然東坡極言其害，是以上書言之，神宗採之，因言：「詔書惻怛信深厚，吏能淺薄空勞苦」。紀昀曰：「二句詩人之筆。」蓋感於神宗之罷手實法也。次云：「平生學問只流俗，眾裏笙竽誰比數」，此有感於安石之言「軾兄弟學本流俗，朋比沮事」，因以自嘲如濫竽充數，實無才學，故云：「忽令獨奏〈鳳將雛〉，倉卒欲吹那得譜」。紀昀曰：「妙於用比，便不露激訐之痕。前人立比體，原爲一種難著語處開法門。」（《蘇文忠公詩編註集成》卷一三）此言東坡用事無痕，時有佳譬天成之筆也。

密州地貧，迭有饑饉，東坡既自歎心力不逮，且復以黎民爲憂。詩云：「況復連年苦饑饉，剝嚙草木啖泥土」，民之流亡殆盡，不言而喻。密州蝗害尤劇，所至幾無餘穀，因言：「今年雨雪頗應時，又報蝗蟲生翅股」，民不聊生，孰能不惻？既憂於心，乃莫可如何者，東坡強自解脫云「憂來洗盞欲強醉，寂寞虛齋臥空甒」，借酒澆愁愁愈愁，此東坡之寫照也。繼言之：「公廚十日不生煙，更望紅裙踏筵舞」，一悲一喜，乃成強烈對此。因思「故人屢寄山中信，只有當歸無別語」，「當歸」既爲山中物，亦與訊息相呼應，一語雙關，用語可謂巧矣！東坡本應歸去！然自言貪祿，未便挂冠，此即詩所云：「方將雀鼠偷太倉，未肯衣冠挂神武」，意在自嘲庸碌，是以不見用也。《烏臺詩案》云：「酒食無備，齋廚索然，以譏諷朝廷減削公使錢太甚。」蓋酒食無備，齋廚索然乃實情，東坡以此形容財用之匱絕，實不滿朝廷之減削公使錢太甚也！

次段云：「吳興道人眞得道，平日立朝非小補」，乃轉言劉述於朝廷有功。又云：「自從四方冠蓋鬧，歸作二浙湖山主」，言其反新法，因而被黜。又言：「高蹤已自

雜漁釣，大隱何曾棄簪組」，道劉述不問世事，惟以漁釣射獵爲娛，東坡意頗羨之，然歎己未能相從。

末段言世事無可爲者，未若悠游自適也。故詩云：「去年相從殊未足，問道已許談其粗」，編註云：「時孝叔游心方外，特用問道句留作種子，便於此處收煞。」（見同前）此處蓋指「應憐進退苦皇皇，更把安心教初祖」，若無問道句，則東坡既未退，而孝叔亦不出，此詩即無結處矣。詩法細密如此，絕非蹈空而論者可比。

此詩所言皆及時事，是以執政者聞之側目。東坡憂民憂時，是以即事感興，曾不稍假借，既自歎力未能逮，復高劉述能輕祿挂冠，全詩氣勢逼人，後歸之於贊歎，七言詩如此，神乎其技，無怪乎施補華云：「東坡最長於七古，沈雄不如杜，而奔放過之，秀逸不如李，而超曠似之，又有文學以濟其才，有宋三百年無敵手也！」（《峴傭說詩》）

觀其文學句式，以四三爲主，句末三字以平上去入四聲交錯運用，斬釘截鐵，聲調屬而上舉，可知東坡於詩韵之用心，非一日之功。七言句既足以衍生字義，且能敘述胸中議論，是以博學如東坡，以此發抒情感，自然意氣昂揚，無懈可擊也！

次韵劉貢父李公擇見寄二首

其一

白髮相望兩故人，眼看時事幾番新。　　【烏臺詩案】白髮相看兩故人。

【誥案】劉、李總起。

曲無和者應思郢，論少卑之且借秦。

歲惡詩人無好語，夜長鰥守向誰親。

【公自註】公擇來詩，皆道吳中饑苦之狀。

【公自註】貢父近喪偶。

少思多睡無如我，鼻息雷鳴撼四鄰。

【烏臺詩案】熙寧八年六月內，軾和劉攽〈寄秦子韵〉詩「白髮相望兩故人，眼看時事幾番新」，以譏諷朝廷近日更立新法，事尤多也。【誥案】〈詩集〉論作熙寧六年九月，今依施註，仍與後詩并編密州。照後詩之詩案，更正八年六月，以歸畫一。仍改列〈會獵〉詩前，以證施、查二註之誤，餘詳總集中。〔案〕總案熙寧八年六月〈和劉攽、李常詩〉條下誥，案云：〈年譜〉，熙寧八年，和李公擇來字韵詩。《紀年錄》，八年六月，和李公擇詩，皆不及劉貢父一首。

【烏臺詩案】，六年九月，〈和劉貢父秦字韵詩〉，八年六月，〈和李公擇來字韵詩〉。

查註謂「和劉貢父詩，公自註有公擇來詩，道吳中飢苦之語，公擇以熙寧七年

自鄂移湖，在任兩年改齊，時尙在湖。二詩既係同時，其和劉貢父詩，亦八年所作無疑。依施註，俱編密州卷中。」合註謂「二詩相連，下首，〔詩案〕既作八年，上首『六年』當是刊誤。」今考此二詩一題并作，仍當合編六月。

其二

何人勸我此間來？絃管生衣甑有埃。

綠蟻沾唇無百斛，蝗蟲撲面已三回。

【詁案】公上年赴密州，始入境，見民以蒿蔓裹蝗蟲而瘞之道左，纍纍相望者二百餘里，蓋至是捕蝗已三次矣。

磨刀入谷追窮寇，灑涕循城拾棄孩。

【詁案】公〈論河北京東盜賊狀〉云：比年以來，蝗旱相仍，盜賊漸熾。又〈與文寬夫書〉云：備員偏州、民事甚簡，但風俗武悍，特好強劫，加以比歲薦饑，椎剽之姦，殆無虛日。自軾至此，明立邁賞，隨獲隨給，人用競勸，盜亦斂跡。又自註「近梟數盜」，皆實事也。

【詁案】本集〈與朱壽昌書〉云：「軾向在密州，遇饑年，民多棄子，因盤量勸誘米，得出剩數百石，別儲之，專以收養棄兒，月給六斗。比朞年。養者與兒皆有父母之愛，遂不失所，所活亦數千人。」此條，乃此句本事也。前註不知引此，而謂「棄孩」別本作「棄骸」，誤甚。

爲郡鮮歡君莫歎，猶勝塵土走章臺。

【烏臺詩案】熙寧八年六月，李常〈寄來字韵〉一首與軾，即無譏諷，軾依韵和答云云。此詩譏諷朝廷新法，減削公使錢太甚，及造酒不得過百石，致絃管生衣，甑有塵埃，及言蝗蟲盜賊災傷饑饉之苦，以譏朝廷政事缺失，及新法不便之所致也。九月十四日，準問目有無未盡，軾供曾和李常等詩，即不係冊子內。

熙寧八年六月，東坡作此詩，乃和劉攽、李公擇詩，自註云：「公擇來詩，道吳中饑苦」等語（《蘇文忠公詩編註集成》卷一三），據《續資治通鑑長篇》，則東坡尙未離湖，故道吳中飢苦。此時李常知齊州，攽正於曹州任上（參見《蘇軾詩集》卷一三）

二首皆七言律詩，其一歎時局不可爲，乃欲不問世事，免招非議；詩押眞韵，王易云：「眞軫凝重」（《詞曲史》），用以形容東坡此時之心境，正相得益彰。其二云蝗旱相仍，盜賊漸熾，爲郡鮮歡，慘愴無樂也；詩押灰韵，有沈悶之意（參見《中國詩學》〈設計篇〉），用在此處，聲情正切！

其一云：「白髮相望兩故人，眼看時事幾番新」，意謂新法之行，令人應接不暇，

總起劉攽、李公擇二人，頗為切題。頷聯云：「曲無和者應思郢，論少卑之且借秦」，雖用典，然以新句式出之，可稱「脫胎換骨」，用典無形。頸聯云：「歲惡詩人無好語，夜長鰥守向誰親？」謂貢父近喪偶，李公擇詩道吳中饑苦之狀。此二句固針對實景言，然心實憫百姓之窮苦也。尾聯云：「少思多睡無如我，鼻息雷鳴撼四鄰」，雖意頗稍寬，然實沈痛之語，非沈痛之人，無法得知矣！

《烏臺詩案》云「（首聯）以譏諷朝廷近日更立新法，事尤多也。」此誠確論。蓋「眼看時事幾番新」，乃抒東坡之不見賞，致使無力改革之，蓋歎一己之不遇，怎能不傷情乎？是以言曲高和寡，此亦無可如何者，若非歲惡，焉有此語？

其二云：「何人勸我此間來？絃管生衣甌有埃」，時局之窘迫，詩人慘然不樂，不日無之。頷聯云：「綠蟻沾唇無百斛，蝗蟲撲面已三回」，人民慘遭蝗害，欲飲，酒亦不過百石，此皆實情，令郡守何日能安？更有甚者，「磨刀入谷追窮寇，灑涕循城拾棄孩」，足見密州風俗武悍，特好強劫，加以比歲薦饑，椎剽之姦，殆無虛日。是以東坡直抒胸臆，云：「為郡鮮歡君莫歎，猶勝塵土走章臺」新法之行，事尤多也，是以為郡鮮歡，勝作京兆推官也。東坡眼見時事更新，民益窮困，是故語皆沈痛！

此二詩就事抒情，吾人知東坡心胸坦蕩，是以能一覺至天明，無求於物質之精；然思及時事數新，民不聊生，其心中怛惻，乃溢於言表。吾人必於此等詞句，見其心憂黎民之胸懷，始可言詩矣！

劉貢父見余歌詞數首，以詩見戲，聊次其韻

　　十載飄然未可期，那堪重作看花詩。　　【烏臺詩案】十載漂然未可期。

　　門前惡語誰傳去，醉後狂歌自不知。

　　刺舌君今猶未戒，灸眉吾亦更何辭。

【烏臺詩案】劉攽聞人唱軾新詞，作詩相戲，軾和一首，不合引刺舌以戒言語事戲劉攽，又引郭舒狂言而灸其眉以自比，皆譏諷時人不能容狂直之言也。

　　相從痛飲無餘事，正是春容最好時。

熙寧八年十一月，東坡和劉攽見歌詞以詩見戲，因作此詩。馮註云：「劉貢父彭城集見蘇子瞻所作小詩因寄詩，云：『千里相思無見期，喜聞樂府短長詩。靈均此秘未曾覩，郢客採高空自知。不怪少年為狡獪，定應師法授微辭。吳娃齊女聲如玉，遙想明眸囀黛時。」」（《蘇文忠公詩編註集成》卷一三）東坡此詩次劉貢父韻，然豪情壯志，全無牽強語詞，堪稱佳作。

首云：「十載飄然未可期，那堪重作看花詩」，以時間闊占餘地，以空間追憶往昔，時空交融，氣魄甚偉。頷聯云：「門前惡語誰傳去，醉後狂歌自不知」，此等對

句以人我為對比，益見其不畏流言，心胸坦蕩也。頸聯云：「刺舌君今猶未戒，灸眉吾亦更何辭」，用《隋書》、《晉書》兩故事為典故，《烏臺詩案》云：「劉攽聞人唱軾新詞，作詩相戲，軾和一首，不合引刺舌以戒言語事戲劉攽，又引郭舒狂言而灸其眉以自比，皆譏諷時人不能容狂直之言也。」東坡無畏於權勢，亦不屈於執政小人，其襟懷磊落，自是言語狂直。然當時人不能容狂直之言，是以東坡云：「刺舌君今猶未戒，灸眉吾亦更何辭」。尾聯云：「相從痛飲無餘事，正是春容最好時」，以景作詩，富有餘味。

全詩有感寓，有典故，有自勉，亦有共勉之詞，致使文思起伏，時空交融，此等文字，皆東坡興會淋漓之作也，東坡次韻詩往往見勝於原詩，此次韻詩之極佳者。

第四節　轉知徐州（熙寧十年元月～元豐二年四月）

書韓幹〈牧馬圖〉

> 南山之下，汧渭之間。
> 想見開元天寶年，八坊分屯臨秦川。
> 四十萬匹如雲烟，騅、駓、駰、駱、驪、騮、騵。
> 白魚、赤兔、騂、皇、騩，龍顱鳳頸獰且妍。
> 奇姿逸德隱駑頑，碧眼胡兒手足鮮。
> 歲時剪刷供帝閑，柘袍臨池侍三千。
> 紅粧照日光流淵，樓下玉螭吐清寒。
> 往來蹴踏生飛湍，眾工舐筆和朱鉛。
> 先生曹霸弟子韓，廄馬多肉尻脽圓。
> 肉中畫骨誇尤難，金羈玉勒繡羅鞍。
> 鞭箠刻烙傷天全，不如此圖近自然。
> 平沙細草荒芊綿，驚鴻脫兔爭後先。
> 王良挾策飛上天，何必俯首服短轅。　　【烏臺詩案】王良挾矢飛上天，
> 　　　　　　　　　　　　　　　　　　　　　　何必俯首求短轅。

【烏臺詩案】熙寧十年二月到京。三月初一日，王詵約來日出城外相見。次日，軾與詵相見。次日，王詵送韓幹畫馬十二四，共六軸，求軾題跋。不合作詩云：王良挾策飛上天，何必俯首服短轅。意以驥驪自此，譏諷執政大臣無能盡我之才，如王良之能御者，何必折節干求進用也。其詩即不係，朝旨降到冊子內。

【詰案】紀昀曰：通首傍襯，只結處一著本位，章法奇絕。放翁〔嘉陵驛折枝海棠〕
詩，似從此得法。

熙寧十年，王詵送韓幹畫馬十二匹，共六軸，求東坡題跋，東坡因作此詩。據
查註云：「幹，天寶中，召入供奉，能狀飛黃之質，圖噴玉之奇。開元後，外國名馬，
重譯累至。明皇擇其良者，與中國之駿同頒畫寫之。陳閎貌之於前，韓幹繼之於後，
寫渥洼之狀，若在水中，移驃裹之形，出於圖上，故幹居神品宜矣。」（《蘇文忠公
詩編註集成》卷一五）東坡書韓幹牧馬圖，即以開元天寶時為首，寫馬之形神，幾
可洞達入微。而末二句云：「王良挾策飛上天，何必俯首服短轅」，據《烏臺詩案》
云：「意以騏驥自比，譏諷朝政大臣無能盡我之才，如王良之能御者，何必折節干求
進用也。」則東坡非徒寫馬之形神，且以馬自喻者。

歷來畫馬者多矣，然韓幹〈牧馬圖〉乃因東坡書其後而名益著。東坡以時空交
錯法，點明牧馬之地乃「南山之下，汧渭之間」；牧馬之始乃「開元天寶年，八坊分
屯隘秦川」，當時「四十萬匹如雲煙，騅、駓、騧、駱、驪、騮、騥」，蓋舉馬之能
名者，兼亦言駿馬之不同者，並有「白魚、赤兔、騂、皇、駹，龍顱鳳頸獰且妍」，
以寫其圖中色澤之盛，且馬皆駿美。進言之：「奇姿逸德隱駑頑，碧眼胡兒手足鮮」，
由馬之形而及馬之神，由馬之神進言牧馬之人，層次井然，情味十足。

其次言「歲時剪刷供帝閒，柘袍臨池侍三千」，以彼之身價甚高，見其受賞之其
來有自。而馬之靜時，但見「紅粧照日光流淵，樓下玉螭吐清寒」，其高貴可知；馬
若動時，「往來躞踏生飛湍，眾工舐筆和朱鉛」，生動鮮活，躍然紙上。東坡自各個
角度觀之，則或內或外，或俯或仰，或動或靜，皆能見其細膩之處，可謂善描摹矣！

復言及韓幹畫馬之特色，因言「先生曹霸弟子韓，廄馬多肉尻脽圓」，不明言畫
馬者乃韓幹，而推之於曹霸弟子名姓韓，此蓋隱語，唯博學多識者知之；兼指出韓
幹畫馬之特色，乃「畫肉不畫骨」，著墨不多，然詳明可見。東坡極稱賞此〈牧馬圖〉，
因言「肉中畫骨誇尤難，金羈玉勒繡羅鞍」，此乃一般人畫馬引以為美者，然東坡認
為「鞭箠刻烙傷天全，不如此圖近自然」，至此，乃點明韓幹畫馬之特色乃「近乎自
然」，與世俗之畫馬者乃異。

結語云：「平沙細草荒芊綿，驚鴻脫兔爭後先」，乃歸之於空間之無限大，而圖
中之馬若飛禽走獸之相爭先後，各騁其能，惟韓幹之牧馬圖中，人馬相得，是以意
氣激昂，鶴立雞群。又云：「王良挾策飛上天，何必俯首服短轅」，編註云：「紀昀曰，
通首傍襯，只結處一著本位，章法奇絕」（見同前）。吾人可知，東坡善於經營章法，
以收束全詩，此詩一氣呵成，氣勢完足！

此詩乃七言古體，首以雜言出之，「南山之下，汧渭之間」，紀云：「若第二句去一之字作一句，神味便減」（《蘇詩評註彙鈔》卷六），此即東坡匠心獨運之處，東坡此詩押韻仍爲一韵到底之七言古詩，而句句協韵，故節奏緊湊，氣勢宏偉。

全詩於馬之形、神，刻劃甚工，於牧馬之人，亦頗贊美之，末以騏驥自比，譏諷執政大臣無能盡我之才，此亦哀痛語，吾人當知之。

司馬君實獨樂園

> 青山在屋上，流水在屋下。
> 中有五畝園，花竹秀而野。
> 花香襲杖履，竹色侵杯斝。
> 樽酒樂餘春，棋局消長夏。
> 洛陽古多士，風俗猶爾雅。
> 先生臥不出，冠蓋傾洛社。
> 雖云與眾樂，中有獨樂者。
> 才全德不形，所貴知我寡。
> 先生獨何事，四海望陶冶。　　　【烏臺詩案】四方望陶冶。
> 兒童誦君實，走卒知司馬。
> 持此欲安歸，造物不我捨。
> 名聲逐吾輩，此病天所赭。
> 撫掌笑先生，年來效瘖啞。　　　【烏臺詩案】年來效喑啞。

【《東都事略》】光乞判西京留司御史臺以歸，自是絕口不論事。

【烏臺詩案】熙寧十年，司馬光在西洛葺園，名獨樂。軾於是年五月六日作詩寄題，言四海望司馬執政，陶冶天下，以譏見在執政，不得其人。又言兒童走卒，皆知姓字，終當進用。既言「終當進用」，亦是譏新法不便，終當用光。光卻瘖啞不言，意望光依前正言攻擊新法。九月三日，準問目供訖，不合虛稱無有譏諷，再勘，方招。

【誥案】詩無攻擊之意，其時僅能瘖啞，無可再供，若更望之，是常夢不醒人語矣。
　　此乃貫、定欲陷君實於誅，特坐實之，其坐公不藉此詩也。

　　熙寧十年四月，東坡赴徐州任。五月，讀司馬光所寄〈獨樂園記〉，作此詩。據施註云：「司馬光，字君實。其先河內人，後家陝州夏縣涑水鄉。中進士甲科。仁宗擢知諫院，事英宗、神宗爲翰林學士御史中丞。王介甫爲相，始行青苗、助役、農田水利，謂之新法。光言其害，以身爭之。當時士大夫言新法不便者，皆倚以爲重。

拜樞密副使，以言不行，不受命。除端明殿學士，出知永興軍。力乞歸，以為留司御史臺，提舉崇福宮。閑居十五年，自號迂叟。當熙寧之四年，始家於洛，六年，買田二十畝於尊賢坊北，關以為園，命之曰獨樂。」（見同前）知司馬光乃反對新法之主力，東坡甚敬重之。

此首五云古詩，押上聲馬韵，一韵到底。家麻韵多用於放達自適，恬淡自如之情境，東坡採馬韵形容司馬君實獨樂園之閑適，自屬相宜。

東坡此詩中四句云：「先生獨何事，四海望陶冶。兒童誦君實，走卒知司馬」，舒亶、李定指為「言四海望司馬執政，陶冶天下，以譏見在執政，不得其人。又言兒童走卒，皆知姓字，終當進用。既言『終當進用』，亦是譏新法不便，終當用光。光卻瘖啞不言，意望光依前正言攻擊新法。」然編註云：「詩無攻擊之意，其時只能瘖啞，無可再供，若更望之，是常夢不醒人語矣。此乃亶、定欲陷君實於誅，特坐實之，其坐公不藉此詩也。」此二說，孰是孰非？宜究詩之本文言之。

此詩首言：「青山在屋上，流水在屋下，中有五畝園，花竹秀而野」，語近平易，然景物栩栩，如在眼前。紀昀曰：「直起脫灑」，趙註云：「頗似香山語，雖平易，不傷淺率」（《蘇詩評註彙鈔》卷六）東坡大才，是以有典重句，有平易句，有豪壯語，有旖旎語，此詩既描摹園景，自不宜以豪壯語出之。

詩又云：「花香襲杖履，竹色侵杯斝，樽酒樂餘春，棋局消長夏」，此乃就靜態空間進言動態之生意。「花香」、「竹色」、「樽酒」、「棋局」，何等優雅之情致，令人心曠神怡。尤以「襲」、「侵」、「樂」、「消」等字眼，將情景交融，人我交流，鍊字之工，巧乎無形，東坡不徒善鋪敘，且精於設色入情也！

詩又云：「洛陽古多士，風俗猶爾雅，先生臥不出，冠蓋傾洛社」，乃轉而寫人，言光雖不出門庭，然風雅不減。因此，「雖云與眾樂，中有獨樂者，才全德不形，所貴知我寡」，趙註云：「頓清題旨」，又云：「以下翻出議論」（見同前）東坡以由景及人之手法，慨歎光不獲朝廷青睞，故有此感歎也！

次段云：「先生獨何事，四海望陶冶，兒童誦君實，走卒知司馬」，趙註言：「切，文正生平」，乃東坡以司馬光之聲望慰之，極贊其品德之盛。因言「持此欲安歸，造物不我捨」，歸之於造物所鍾，必不令朝廷投閒置散。

末言：「名聲逐吾輩，此病天所赭，撫掌笑先生，年來效瘖啞」，紀昀言：「末二句終是太露」（見同前）。謂司馬光過於謹慎，國事如此，竟不一言，雖明哲以保身，但豈不辜負天下蒼生之厚望乎！

全詩以景起，贊獨樂園之秀麗，既而美司馬光才德俱全，乃風雅古士，正宜應四方之請，貢獻才力。今乃不然，與造物同遊，此乃聲名所累，無可如何，末言終

歸不問世事，僅效瘖啞。其惋惜之意，溢於言表，乃欲譏見在執政，不得其人，是以言「見童誦君實，走卒知司馬」，必解爲譏新法不便，終當用光，意望光依前正言攻擊新法，乃得詩旨。

和李邦直沂山祈雨有應

　　高田生黃埃，下田生蒼耳。

　　蒼耳亦已無，更問麥有幾。

　　蛟龍睡足亦解慚，二麥枯時雨如洗。

　　不知雨從何處來，但聞呂梁百步聲如雷。

　　試上城南望城北，際天菽粟青成堆。

　　飢火燒腸作牛吼，不知待得秋成否？　　【烏臺詩案】饑火燒腸作牛吼。

　　半年不雨坐龍慵，共怨天公不怨龍。　　【烏臺詩案】但怨天公不怨龍。

　　今朝一雨聊自贖，龍神社鬼各言功。　　【烏臺詩案】今年一雨何足道。

　　無功日盜太倉穀，嗟我與龍同此責。　　【烏臺詩案】無功日盜太倉粟。

　　勸農使者不汝容，因君作詩先自劾。

【烏臺詩案】熙寧十年，軾知徐州日，六月內，李清臣因沂山祈雨有應，作詩寄軾，軾作詩一首與清臣。除無譏諷外，不合言神龍慵懶不行雨，卻使人心怨天公，以諷大臣不任職，不能燮理陰陽，卻使人怨天子，以天公比天子，以神龍社鬼比執政大臣及百職事。軾自言無功竊祿，與龍無異。當時送與。李清臣來相謁，戲笑言，承見示詩，只是勸農使者，不管恁地事。

　　熙寧十年六月，東坡有〈和李邦直詩〉一首，即是此詩。李邦直詩云：「高山高峻層，北山亦嶄崒。坐看兩山雲出沒，雲行如驅歸若呼，始覺山中有靈物。鬱鬱其焚蘭，罩罩其擊鼓，祝屢祝。巫屢舞。我民無罪神所憐，一夜雷風三尺雨。嶺木兮蒼蒼，溪水兮泱泱。雲散諸峰互明滅，東阡西陌農事忙，廟閉山空音響絕。」此乃七言雜體古詩，東坡和此詩時，有意隱攝新法之不合時宜，通篇乃有譏諷之意。

　　首云：「高田生黃埃，下田生蒼耳，蒼耳亦已無，更問麥有幾？」此饑荒之狀，即民不聊生之鐵證，云「更問麥有幾」，實沈痛之語。

　　次言：「蛟龍睡足亦解慚，二麥枯時雨如洗，不知雨從何處來，但聞呂梁百步聲如雷」，言沂山祈雨有應，雨乃自呂梁、百步二洪而來。以「聲如雷」狀雨聲，頗爲傳神。

　　又云：「試上城南望城北，際天菽粟青成堆，飢火燒腸作牛吼，不知待得秋成否？」言年來歉收，百姓飢腸轆轆，不知待得秋收之日否。形容人民「飢火燒腸

作牛吼」，雖用典然極其自然。

繼言之，「半年不雨坐龍慵，共怨天公不怨龍，今朝一雨聊自贖，龍神社鬼各言功」，《烏臺詩案》云：「言神龍慵懶不行雨，却使人心怨天公，以諷大臣不任職，不能變理陰陽，卻使人怨天子，以天公比天子，以神龍社鬼比執政大臣及百職事。」末言「軾自言無功竊祿，與龍無異」，知乃暗中有意言執政者行新法之不便民也，因言「無功日盜太倉穀，嗟我與龍同此責」。

末言：「勸農使者不汝容，因君作詩先自劾」，東坡此詩，當時送與李清臣來相謁戲笑，言承見示詩，只是勸農使者，不管恁地事。

全詩確有暗喻執政不當之意，唯以龍喻之，人皆明其所指，東坡亦險些因此被禍！然其為民請願，乃欲借詩什勸喻，其心可感！此詩文意不同，韵即隨之而轉，間以字句不齊，讀來抑揚頓挫，能展現東坡之才學。

次韵答邦直、子由五首

其一

> 簿書顛倒夢魂間，知我疎慵肯見原。
> 閑作閉門僧舍冷，臥聞吹枕海濤喧。
> 忘懷杯酒逢人共，引睡文書信手翻。
> 欲吐狂言喙三尺，怕君嗔我卻須吞。

【公自註】邦直屢以此見戒。

其二

> 城南短李好交遊，箕踞狂歌不自由。　　【烏臺詩案】箕踞狂歌總自由。
> 尊主庇民君有道，樂天知命我無憂。

【譔案】邦直非尊主庇民者，觀下句似有諷意。

> 醉呼妙舞留連夜，閑作清詩斷送秋。

【公自註】邦直家中舞者甚多。

> 瀟灑使君殊不俗，樽前容我攬須不？　　【烏臺詩案】樽前容我攬鬚不。

【烏臺詩案】李邦直原唱一首云：東來嘗恨少朋游，得遇高人蘇子由。已誓不言天下事，相看俱遣世間憂。新詩定及三千首，曩別幾成二十秋。南省都臺風雪後，問君還記劇談不？《欒城集》〈和李邦直見邀終日對臥商城亭上〉二首云：一徑阪陁草木間，孤亭勝絕俯川原。青天圖畫四山合，白畫雷霆百步喧。烟柳蕭條漁市遠，汀洲蒼莽白鷗翻。客舟何事來恩草，逆上浪濤吐復吞。又：東來無事得遨遊，奉使清閑亦自由。撥棄簿書成一飽，留連笑話失千憂。舊書半卷都如

夢，請簟橫眠似欲秋。聞說歸朝今不久，塵埃還有此亭不？

其三

　　老弟東來殊寂寞，故人留飲慰酸寒。

　　草荒城角開新徑，雨入河洪失舊灘。

　　車馬追陪迹未掃，唱酬往復字應漫。

　　此詩更欲憑君改，待與江南子布看。

其四

　　君雖為我此遲留，別後淒涼我已憂。

　　不見便同千里遠，退歸終作十年游。

　　恨無揚子一區宅，懶臥元龍百尺樓。

　　聞道鵷鷺滿臺閣，網羅應不到沙鷗。

【查註】以上二首，答子由原韵。《欒城集》〈次韵邦直見答〉一首云：真能一醉逃煩暑，定勝三杯禦臘寒。自有詩書供永日，莫將絲竹亂風灘。舞雩何處歸春暮，叩角誰人怨夜漫。聞道丹砂近有術，鎦銖稱火共君看。

【烏臺詩案】李邦直一首云：匙鈔盤蔬強少留，相逢何物可消憂。緣君未得酒中趣，與我漫為方外遊。草亂不容移馬跡，山雄全欲逼城樓。濟時異日須公等，莫狎翩翩海上鷗。

其五

　　五斗塵勞尚足留，閉關卻欲治幽憂。　　【烏臺詩案】五十塵勞尚足留，
　　　　　　　　　　　　　　　　　　　　　　　　　　閉門卻欲治幽憂。

　　羞為毛遂囊中穎，未許朱雲地下遊。

　　無事會須成好飲，思歸時欲賦〈登樓〉。

　　羨君幕府如僧舍，日向城南看浴鷗。　　【烏臺詩案】日向城西看浴鷗。

【烏臺詩案】與李清臣干涉事。軾和清臣，其內一首「五斗塵勞尚足留」云，朱雲，漢成帝時乞斬張禹，成帝欲誅之，雲曰：臣得下從龍逢、比干遊，足矣。龍逢，夏桀臣，比干，商紂臣，皆由諫而死。軾為屢言新法不便，不蒙施行，以朱雲自比。意至明之世，無誅戮之事，故言軾未許與朱雲地下遊。王粲是魏武時人，因天下亂離，故粲在荊州依托，作〈登樓賦〉，賦中有懷鄉思歸之意。軾為屢言新法不便，不蒙施行，有罷官懷鄉之意，亦欲作此賦也。軾在臺於八月二十八日供出，即不係，朝旨降到冊子內。

熙寧十年六月，李清臣按部來徐，東坡邀子由對臥南城亭上，有作〈和清臣、

子由唱和諸詩〉(《蘇文忠公詩編註集成》卷一五),即是此詩。施註據《烏臺詩案》云:「李清臣答弟轍詩二首,批云,可求子瞻和。軾卻作詩二首和清臣,其內一首,當句云『五斗塵勞尙足留』。集中失載此詩,今附於後,又云:軾又用弟轍韵與李清臣六首。蓋東坡次韵,通爲八首,集中止有四首,今收詩集一首,猶逸其三也。」編註云:「施註所做詩案一首,即『五斗塵勞』一章,在《欒城集》,乃次韵邦直之第二首,而查註以爲子由『鷗字韵』已逸,以公詩充數者,以詩論,當是公作。」(見同前)則比五首干係《烏臺詩案》者,唯「五斗塵勞尙足留」一首,而此詩當爲東坡所作,非子由詩。

詩之五云:「五斗塵勞尙足留,閉關卻欲治幽憂」,言爲五斗米而折腰,爲俗務所羈絆,閉門不出,然心思有所作爲,以治時憂。又云:「羞爲毛遂囊中穎,未許朱雲地下遊。」《烏臺詩案》云:「朱雲,漢成帝時乞斬張禹,成帝欲誅之,雲曰,臣得下從龍逢、比干遊,足矣。龍逢,夏桀臣,比干,商紂臣,皆由諫而死。軾爲屢言新法不便,不蒙施行,以朱雲自比,意明之也,無誅戮之事,故言軾未許與朱雲地下遊。」東坡既以毛遂自喻,言己爲囊中之穎,未嘗奉獻心力於朝廷,且未能以死諫之,以感悟人主,此即「幽憂」之所在也。又詩云:「無事會須成好飲,思歸時欲賦登樓」,此轉念之間,唯有飲酒消愁,益增歸鄉之心。《烏臺詩案》云:「王粲是魏武時人,因天下亂離,故粲在荊州依托,作登樓賦,賦中有懷鄉思歸之意。」故東坡以王粲賦登樓自比。末言:「羨君幕府如僧舍,日向城南看浴鷗」,蓋其時李清臣與東坡適爲方外之遊,故云「羨君幕府如僧舍」。《烏臺詩案》亦云:「李邦直一首,云『匙飯盤蔬強少留,相逢何物可消憂。緣君未得酒中趣,與我漫爲方外遊。草亂不容移馬跡,山雄全欲逼城樓。濟時異日須公等,莫狎翩翩海上鷗。』」東坡既屢言新法不便,不蒙施行,有罷官懷鄉之意,欲作〈登樓賦〉,而此處乃承上所言,言清臣能悠游,乃至於城隅看浴鷗,何等逍遙哉!

此詩於形式上已達精鍊之境,除韵腳乃和李清臣詩外,於字句之運用頗爲含蓄。首聯暗用典故,竟能盡合東坡此時「五斗塵勞」之境,「閉關不出」之情。頷聯明用典故,「毛遂自薦」以喻己之不才,「朱雲地下遊」以歎己未許與之同遊地下,正可明東坡之心懷。頸聯不明言思歸,乃以王粲登樓賦詩自比,不言而喻也。將「幕府」喻「僧舍」實爲妙想,看「浴」鷗,化靜爲動,栩栩如生,短短二十八字,乃一波三折,表達心境之轉變,誠爲難得,細玩之乃覺有味也!

臺頭寺雨中送李邦直赴史館,分韵得憶字人字,兼寄孫巨源二首

其一

霜林日夜西風急，老送君歸百憂集。

清歌窈眇入行雲，雲爲不行天爲泣。

紅葉黃花秋正亂，白魚紫蟹君須憶。

憑君說向聾將軍，衰病相逢應不識。

其二

珥筆西歸近紫宸，太平典冊不緣麟。

付君此事寧論晉，載我當時舊〈過秦〉。　　【烏臺詩案】付君此事全書漢。

【烏臺詩案】熙寧十年九月內，李清臣差修國史，軾作詩送清臣云「付君此事全書漢，載我當時舊過秦」。軾於仁宗朝，曾進論二十五篇，皆論往古得失。賈誼，漢文帝時人，追論秦之得失，作〈過秦論〉，《史記》載之。軾以賈誼自比，意欲清臣於國史載所進論，故將詩與清臣。即不係，朝旨降到冊子內。

門外想無千斛米，墓中知有百年人。

【誥案】二句活畫出一惟利是圖，不顧分義之小人，蓋他事不足以誠勉修史，故以鬼恐嚇之也。使公當國，雖一枝筆尚信不過，肯畀以國是乎？可見日後呂大防、劉摯輩，務欲召之之愚。

看君兩眼明如鏡，休把《春秋》坐素臣。

熙寧十年九月，提點京東路刑獄李清臣爲國史院編修官，東坡送行詩，即指此也。（參見《蘇文忠公詩編註集成》卷一五）按《東都事略》云：「李清臣以歐陽修薦，召試，擢集賢校理，尋爲京東提點刑獄，召充國史院編修官，修起居註，知制誥。」又《宋史‧職官志》云：「國初有三館，曰昭文館、史館、集賢院，皆仍前代之制。太宗賜名崇文院，端拱中於崇文院中堂建秘閣，置直閣校理等員。凡直三館及秘閣，與集賢修撰、史館修撰、直龍圖閣，皆爲高等。次曰集賢校理、秘閣校理。卑者曰館閣校勘、史館檢討。均謂之館職。」據查註引《太平寰宇記》言：「戲馬臺，宋於其上置寺，曰臺頭寺。」東坡此二詩，無論寫景言情，敘事論理，其中不乏肯切之言。其二與《烏臺詩案》有涉，因論列之。

詩云：「珥筆西歸近紫宸」，乃就清臣召充國史院編修官，修起居註，知制誥，是以已近紫宸。紫宸者，據《宋史》禮志云，乃常朝之儀，唐以宣政爲前殿，紫宸爲便殿，宋因其制。清臣既位居館職，是以元豐官制行，詔百司朝官以上，每五日一朝紫宸，乃當然耳！就題爲言，殆無餘字。又云：「太平典冊不緣麟」，乃美朝廷得清臣之才華，應無獲麟之歎。首聯就題而抒，頗喜斯人得位，朝廷得人。

頷聯云：「付君此事寧論晉」，趙註云：「兼用陶淵明『不知有漢，何論魏晉』語

意」（《蘇軾詩集》卷一五）又云：「載我當時舊過秦」，《烏臺詩案》云：「軾於仁宗朝，曾進論二十五篇，皆論往古得失。賈誼，漢文帝時人，追論秦之得失，作〈過秦論〉，《史記》載之。軾以賈誼自比，意欲清臣於國史中載所進論，故將詩與清臣。」既承上言清臣任此職，職責所在，不容怠忽；更進言忠讜之論，未可拋置一旁，言詞懇切，發自內心。

頸聯云：「門外想無千斛米」，借丁儀、丁廙不以佳傳，屈於陳壽，因願清臣秉公明裁，善進諍言。又云：「墓中知有百年人」，編註云：「二句活畫出一惟利是圖，不顧分義之小人；蓋他事不足以誠勉修史，故以鬼恐嚇之也。使公當國，雖一枝筆尚信不過，肯畀以國事乎？可見日後呂大防、劉摯輩，務欲召之之愚。」（見同前）一則以公允相勸勉，一則以鬼魂相驚嚇，充滿詼諧，亦言之有理，東坡敘事之贍，令人佩服。

尾聯云：「看君兩眼明如鏡」，總結題旨，言其白黑分明之眸子必能明察秋毫，判明黑白。又云「休把春秋坐素臣」，云既身為館閣，掌管制誥，切莫以修史連累忠臣。二語不卑不亢，一以赤忱出之，首尾呼應，亦襃亦勉，皆以國是相勉，此忠臣孽子之心，孰能逾之？耿耿孤忠，孰與當之？

全詩五十六字，處處策勉清臣絕私利、為公義，必能流芳百世，若淆亂視聽，拒進諍言，當知鬼神自鑑，昭然可信，東坡無事不坦蕩為之，是以己之忠言，亦願清臣多所記載。

此首七律，押平聲眞韵，王易云：「眞軫凝重」（《詞曲史》），東坡以眞韵表達策勉之情，頗為相合。觀其文學技巧，首聯全以史實代稱，足見經史根柢之厚。中二聯對句，人我對言，空間與時間互舉，史事與史事對稱，虛實相應，堪稱璧合，至尾聯乃落實於李清臣之身上，首尾呼應，文義粲然，東坡善使事，殆無疑義！此詩蓋借言敘事，因言有譏諷意！

次韵黃魯直見贈古風二首

其一

嘉穀臥風雨，稂莠登我場。　　【烏臺詩案】莨莠登我場。

陳前漫方丈，玉食慘無光。　　【烏臺詩案】陳前譚方寸。

大哉天宇間，美惡更臭香。

君看五六月，飛蚊殷回廊。　　【烏臺詩案】飛蚊隱回廊。

【詰案】公答詩，在五月之後也。

茲時不少假，俯仰霜葉黃。　　【烏臺詩案】俛仰霜葉黃。

期君蟠桃枝，千歲終一嘗。　　【烏臺詩案】期君看蟠桃。

顧我如苦李，全生依路傍。

紛紛不足慍，悄悄徒自傷。　　【烏臺詩案】紛紛不足惜。

【烏臺詩案】元豐元年二月內，北京國子監教授黃庭堅寄書一封并古詩二首與軾，依韵和答。云「嘉穀臥風雨」至「玉食慘無光」，以譏今之小人勝君子，如稂莠之奪嘉穀。又云「大哉天宇間」至「悄悄徒自傷」，意言君子小人進退有時，如夏月蚊虻縱橫，至秋自息。比黃庭堅於蟠桃，進必遲，自比苦李，以無用全生。又取《詩》云「憂心悄悄，慍于群小」，以譏諷當今進用之人，皆小人也。

其二

空山學仙子，妄意笙簫聲。

千金得奇藥，開視皆豨苓。

不知市人中，自有安期生。

今君已度世，坐閱霜中蔕。

摩挲古銅人，歲月不可計。

閬風安在哉，要君相指似。

元豐元年三月，黃魯直自京上書，并以古風爲贄作報書，東坡見其古風二首，託物引類，深得古人之風，是以次韵此二首詩。據施註云：「黃魯直，名庭堅，分寧人，李公擇之甥而孫莘老之壻也。舉進士，教授北京國子監。東坡見其詩，以爲世久無比作。魯直以書及〔古風二首〕爲贄。公答之曰：「二詩託物引類，眞得古詩人之風。而某非其人也。」其見重之如此。元祐初，召入館，修《神宗實錄》，擢右史。爲韓川所還。紹聖中，出守，坐以《實錄》詆誣，貶官，置黔州，避親，移戎州。淡漠不以遷謫介意，蜀士慕從之游。徽宗立，召用，不起。求當塗，至，九日而罷。舊與趙挺之有小嫌，挺之得政，使者陳舉上所作〈塔記〉，指爲幸災，除名羈管宜州。三年，徙永，未聞命而卒，年六十一。魯直學問文章，天成性得，於詩尤高，善書法，自成一家。東坡所以推揚汲引，如恐不及。與張文潛、秦少游、晁旡咎，俱出其門，天下號元祐四學士。初，遊灊皖山谷寺，樂其林泉，因自號山谷道人。建炎間，贈直龍圖閣。」（《蘇文忠公詩編註集成》卷一六）孫莘老與東坡感情甚篤，屢有唱和，曾以魯直詩文，央東坡稱揚其名，東坡於獲此二詩後，亦爲書以報，云：「其超越絕塵，獨立萬物之表」（見同前）可謂推崇備至！

又據編註云：「魯直詩，其一曰：江梅有佳實，託根桃李場。桃李終不言，朝露借恩光。孤芳忌皎潔，冰雪空自香。古來和鼎實，此物升廟廊。歲月坐成晚，烟雨

青已黃。得升桃李盤，以遠初見嘗。終然不可口，擲棄官道傍。但使本根在，棄捐果何傷。其二曰：青松出洞壑，十里聞風聲。上有百尺絲，下有千歲苓。小草有遠志，相依在平生。醫和不並世，深根且固蔕。人言可醫國，何用太早計。小大才則殊，氣味固相似。」（見同前）此以梅喻東坡，言其如梅，有佳美之果實，乃託根生長於桃李之場圃。既爲當世所嫉，然孤芳異質，借主上之恩光，獨於冰雪中散發芳香。以東坡之大才，乃棄置於外郡，然蓋世之名，則不可掩也。復言其當爲世用，應培植根本，以爲他日之用。東坡感於魯直乃知己，是以次韵二首以答報之。

其一據《烏臺詩案》云：「嘉穀臥風雨至玉食慘無光，以譏今之小人勝君子，如稂莠之奪嘉穀。」又云：「大哉天宇間至悄悄徒自傷，意言君子小人進退有時，如夏月蚊虻縱橫，至秋自息。比黃庭堅於蟠桃，進必遲，自比苦李，以無用全生。又取詩云『憂心悄悄，慍於群小』，以譏諷當今進用之人，皆小人也。」而其二乃無涉詩案，故未論列之。

今根據東坡〈古風〉二首之一，參以陳師伯元精闢之講授，試加詳析之，以探其詩意所本。詩云：「嘉穀臥風雨，稂莠登我場」，《書‧呂刑》云：「稷降播種，農殖嘉穀。」《潛夫論》述赦云：「養稂莠者傷禾稼，惠奸宄者賊良民。」案：嘉穀古謂之粟，即小米，後以爲五穀之稱，稂莠皆害禾苗之雜草。場謂曬穀之場。詩意謂嘉穀倒臥風雨之中，稂莠雜草則登進於曬穀場上，喻俊士茂才之君子棄置於野外，朝廷卻升用奸宄賊民之小人。又云：「陳前漫方丈，玉食慘無光」，《漢書》陳咸傳云：「奢侈玉食」師古注云：「玉食，美食如玉也。」杜子美〈病橘詩〉云：「此物病不稔，玉食失光輝。」詩謂陳列彌漫於方丈前者，皆稂莠雜草，嘉穀等美食慘淡，失去光輝，以喻小人充滿朝廷，君子皆落魄不遇也。東坡以嘉穀喻君子，稂莠喻小人，托物比興，於時事之不滿，溢於言表。

詩又云：「大哉天宇間，美惡更臭香」，趙克宜曰：「此詩用意甚隱，大概謂世之所云美惡者，亦甚無定，而群小氣燄之張，亦有時而息也。」（《蘇詩評註彙鈔》卷七）意謂天宇之大，何事不能發生，美更惡、臭易香，亦甚無定也。既而言：「君看五六月，飛蚊殷回廊」，唐何諷〈夢渴賦〉云：「窗日斜照，飛蚊繞鬢。」意謂君看五六月天氣炎熱時，飛蚊充滿迴廊，喻得勢之小人，氣燄正盛，充滿朝廷。此四句承上而言，謂時局既亂，小人乃氣燄囂張，如飛蚊之擾攘，以蚊之飛喻小人之喧囂，比喻恰到好處，東坡厭棄新法執政者，乃有此妙想。

詩云：「茲時不少假，俯仰霜葉黃」，意謂此種時機不稍寬假，俯仰之間，至秋冬霜降，樹葉凋黃之時，飛蚊自然藏息，不復囂張矣！又云：「期君蟠桃枝，千歲終一嘗。」據《漢武故事》云：「西王母以桃食帝，帝欲留核種之，王母笑曰：此桃一

千年生花，一千年結實，人壽幾何？遂止。意謂期庭堅為蟠桃枝上之桃，千年結實，喻進用遲而終必進用也。此四句乃轉言小人得勢，終未能久，庭堅依附賢者，足以自樂，他日當為朝廷見賞。

末云：「顧我如苦李，全生依路傍」，據《晉書・王戎傳》云：「嘗與群兒戲於道側，見李樹多實，兒輩競趨之，戎獨不往，或問其故，戎曰：樹在道邊而多子，必苦李，取之，信然。」此自比為苦李，以無用而全生。因言：「紛紛不足道，悄悄徒自傷」，據《史記・陳平世家》云：「天下紛紛，何時定乎？」意謂身世紛亂不定，本不足掛齒，但為群小所慍，則憂愁自傷。悄悄，憂貌。東坡自知不見容於當局，是以流露恐懼之情，蓋小人者，得一罪狀，必反覆搜尋，予以入罪，此乃東坡所深知者。

此首五言古詩，採平聲陽韵，據劉師培於《正名隅論》中云：陽類、東類多有「高明美大」之意。東坡以此感懷時事，策勵庭堅，哀傷之餘，仍懷期盼，採陽韵不亦可乎？

全詩明比暗喻，經史子傳悉以入事，吾人知東坡不獨經學佳，且文學創作之技巧已日臻圓熟。以故宋犖云：「余意歷代五古，各有擅場，不第唐之王、孟、韋、柳，即宋之蘇軾、黃庭堅、梅堯臣、陸游，要是斐然，而必以少陵為歸墟。」（《漫堂說詩》）觀東坡此詩與庭堅所贈古風二首，洵非虛美。東坡此詩諷刺深矣！

張安道見示近詩

人物一衰謝，微言難重尋。	【烏臺詩案】人物已衰謝。
殷勤永嘉末，復聞正始音。	
清談未足多，感時意殊深。	
少年有奇志，欲和南風琴。	
荒林蜩螗亂，廢沼蛙蝛淫。	【烏臺詩案】荒林蜩螗亂。
遂欲掩兩耳，臨文但噫瘖。	【烏臺詩案】臨文但噫喑。
蕭然王郎子，來自縋山陰。	
云見浮丘伯，吹簫明月岑。	【烏臺詩案】云見浮邱伯。
遺聲落淮泗，蛟鼉為悲吟。	
願公正王度，〔祈招〕繼愔愔。	

【烏臺詩案】元豐元年八月內，張方平令王鞏將詩一卷來徐州，題封曰〈樂全堂雜詠〉。拆開看，乃是方平舊詩。軾作一詩題卷末，言晉元帝時，衛玠初過江左，不意永嘉之末，復聞正始之音。軾意言人物衰謝，不意復見張方平之文章才氣，

以譏諷今時風俗衰薄也。意以衛玠比方平，故云「清談未足多，感時意殊深」，言我非獨多衛玠清談，但感時之人物衰謝，微言難繼，此意殊深遠也。又「少年有奇志」至「臨文但噫瘇」，意言軾少年本有志，欲和天子薰風之詩，因見學者皆空言無實，或雜引老佛異端之書，文字雜亂，故以荒林廢沼比朝廷新法屢有變更，事多荒廢，致風俗虛浮，學者誕妄，如蜩蜇之紛亂，遂掩耳不欲論文也。又「蕭然王郎子」，以王子晉比王鞏，以浮丘伯比方平也。「願公正王度，〈祈招〉繼愔愔」，據〔左氏〕：楚靈王欲求九鼎於周，求地於諸侯。其臣右尹子革諫王，引祭公謀父之詩曰：「祈招之愔愔，式昭德音，思我王度，式如玉，式如金，形民之力，而無醉飽之心。」靈王不能用，以及於難。軾欲張方平勿為虛言之詩，當作譏諷朝廷闕失，如祭公謀父作〈祈招〉之詩以正之也。

元豐元年九月，東坡作此詩，乃源於元豐元年八月內，張方平令王鞏將詩一卷來徐州，題封曰：樂全堂雜詠，乃是方平舊詩，東坡因以此詩答之。

詩云：「人物一衰謝，微言難重尋」，按《明皇雜錄》云：「李林甫敷奏安詳，貴妃言其風度。上曰：妃尚不識張九齡，此可言人物矣！」杜子美〈四松〉詩曰：「覽物歎衰謝。」又云：「殷勤永嘉末，復聞正始音」，《烏臺詩案》云：「晉元帝時，衛玠初過江左，不意永嘉之末，復聞正始之音。軾意言人物衰謝，不意復見張方平之文章才氣，以譏諷今時風俗衰薄也。」東坡推崇方平，於焉可見。

詩又云：「清談未足多，感時意殊深」，《文選》〈任彥升薦士表〉云：「勢門上品，猶當格以清談。」又杜子美〈公孫舞劍歌〉云：「感時撫事增惋傷。」意謂以方平比衛玠，雖清談未可讚美，而感歎時政之意，殊含深意也。

繼言之：「少年有奇志，欲和南風琴」，《吳志》云：「鄭泉博學有奇志」，《禮記》云：「舜作五絃之琴，以歌南風。」意謂東坡少年本有志，欲和天子薰風之詩。因言：「荒林蜩蜇亂，廢沼蛙蠅淫」，因見學者皆空言無實，或雜引老佛異端之書，文字雜亂，故以荒林廢沼比朝廷新法屢有變更，事多荒廢，致風俗虛浮，學者妄誕。乃言：「遂欲掩兩耳，臨文但喑瘇」，意謂風俗虛浮，學者妄誕，如蜩蜇之紛亂，遂掩耳不欲論文也。

詩意一轉而言：「蕭然王郎子，來自緱山陰」，東坡自註云：「其壻王鞏攜來。」因以王子晉比王鞏。東坡善以其同姓之人為比，詩中屢見不鮮，此即一例。又云：「云見浮丘伯，吹簫明月岑」，蓋以浮丘伯比方平也。此四句乃因王鞏攜方平詩集前來，因美方平之詩超塵絕俗，間言王鞏攜來方平之佳篇。

末言：「遺聲落淮泗，蛟黿為悲吟」，《文選‧左太沖招隱詩》云：「何事待嘯歌，

灌木自悲吟。」意謂此間久不復聞正始之音，正人君子常自悲吟。復云：「顧公正王度，祈招繼愔愔」，《烏臺詩案》云：「據左氏：楚靈王欲求九鼎於周，求地於諸侯。其臣右尹子革諫王，引祭公謀父之詩曰：祈招之愔愔，式昭德音，思我王度，式如玉，式如金，形民之力，而無醉飽之心。軾欲張方平勿爲虛言之詩，當作譏諷朝廷闕失，如祭公謀父作祈招之詩以正之也。」東坡詩大抵有所感而發，不爲無謂呻吟之作，是以亦勉方平，當有所爲而爲。

　　東坡此詩，借古喻今，亦以古諷今，臨詩感發，字字心聲，表面言之，竟無一語有刺激時事者，然實則無一不批評時風澆薄，學者誕妄，處於君王專制之時，復言執政者之失，焉能不惹禍上身？東坡雖有意效其瘖啞，然個性使然，終未能避禍遠害矣。

次韵潛師放魚

　　　法師說法臨泗水，無數天花隨塵尾。
　　　勸將淨業種西方，莫待夢中呼起起。
　　　哀哉若魚竟坐口，遠愧知幾穆生醴。
　　　況逢孟簡對盧仝，不怕校人欺人美。
　　　疲民尚作魚尾赤，數罟未除吾顙泚。

【烏臺詩案】軾知徐州日，有相識浙僧道潛來相看，同在河亭上坐，見人打魚，其僧買魚放生，作詩一首，即無譏諷。軾依韵和詩一首云：疲民尚作魚尾赤，數罟未除吾顙泚。《左傳》云：如魚赬尾，衡流而方揚裔。註云，魚勞則尾赤。是時，徐州大水之後，夫役數起，軾言民之疲病，如魚勞而尾赤也。數罟，謂魚網之細密者，以言民既疲病，朝廷又行青苗、助役，不爲除放，如密網之取魚，皆以譏朝廷新法不便，以致大水之災也。

　　　法師自有衣中珠，不用辛苦泥沙底。

　　元豐元年十二月，東坡有和參寥至徐，并和放魚詩，即爲此詩。按王註韓駒曰：「《參寥子集》此詩序：「虛白齋與子瞻共坐，有客饋魚於子瞻，子瞻遣放之，遂命賦是詩。」又查註參寥原作詩云：「嘉魚滿盤初出水，尚有青萍點紅尾。銀鰓戢戢畏烹煎，崛強有時俄自起。彼客殷勤贈使君，願向中廚薦醞醴。使君事道不事腹，杞菊終年食甘美。傳呼慎勿付庖人，百步洪邊放清泚。回首無欺子產淳，漫道悠然泳波底。」（《蘇文忠公詩編註集成》卷一七）東坡據參寥所作詩和之，中有云：「疲民尚作魚尾赤，數罟未除吾顙泚」，引《詩經・周南》語，譏朝廷新法不便，是以《烏臺詩案》論列之。

詩云：「法師說法臨泗水，無數天花隨麈尾」，據施註引《佛頂心經》云：「觀世音菩薩說此，陀羅尼已天雨寶花，繽紛亂下。」意謂參寥至徐州說法，無數天雨寶花降臨至此。又云：「勸將淨業種西方，莫待夢中呼起起」，據查註引梁武帝〈淨業賦〉云：「見淨業之可愛，以不殺而為因。」又趙註云：「此言不待臨死而懺悔求福也。」意謂參寥法師以不殺為戒，以免臨死乃懺悔求福。

詩又云：「哀哉若魚竟坐口，遠愧知幾穆生醴」，據編註引漢〈楚元王傳〉云：「元王敬禮申公等。穆生不嗜酒，元王每置酒，常為穆生設醴。及王戊即位，常設，後忘設焉。穆生退曰：可以逝矣，醴酒不設，王之意怠，不去，楚人將鉗我於市。遂謝病而去。」意謂憐魚上鉤，實無自知之明，以致受鉗於人。

既而言：「況逢孟簡對盧仝，不怕校人欺子美」，接王註繽曰：「孟簡為常州刺史，與盧仝遊北湖，盡買魚人所獲魚，放之，仝作〈觀放魚歌〉。」而施註引左傳襄公二十五年云：「子美入，數俘而出。杜預曰：子美，子產也。」意謂今乃巧遇兩放魚人，是以得有重生。因言：「疲民尚作魚尾赤，數罟未除吾顙泚：《烏臺詩案》云：「左傳云：如魚禎尾，衡流而方揚裔。註云：魚勞則尾赤。是時，徐州大水之後，夫役數起，軾言民之疲病，如魚勞而尾赤也。數罟，謂魚網之細密者，以言民既疲病，朝廷又行青苗、助役，不為除放，如密網之取魚，皆以譏朝廷新法不便，以致大水之災也。」意謂百姓疲病，新法復起，實不便民也。

末言：「法飾自有衣中珠，不用辛苦泥沙底」，王註引自樂天〈放魚〉詩：「施恩即望報，吾非斯人徒。不須泥沙底，辛苦覓明珠。」意謂參寥衣中，自繫如意珠，不須自魚來之沙底，辛苦覓珠。東坡言己放魚，但不望施報，以答參寥。

而自其文學技巧言之，東坡言佛事、用佛典，能變化句法，以嶄新之面目出之，此其博學大才之佐證。以物寓事，情景交融，此又其鎔裁之功，無怪乎李重華云：「趙宋詩家，歐、梅始變西崑舊習，然亦未詣其盛。至坡公始以其才涵蓋古今，觀其命意，殆欲兼擅李、杜、韓、白之長；各體中七古尤闊視橫行，雄邁無敵，此亦不可時代限者！」(《貞一齋詩說》)於東坡才學，推崇甚夥！

次韻周開祖長官見寄

俯仰東西閱數州，老於歧路豈伶優。

初聞父老推謝令，旋見兒童迎細侯。

政拙年年祈水早，民勞處處避嘲謳。

河吞巨野那容塞，盜入蒙山不易搜。

仕道固應慚孔、孟，扶顛未可責由、求。

漸謀田舍猶懷祿，未脫風濤且傍洲。

惆惆可憐真喪狗，時時相觸是虛舟。

竭來震澤都如夢，只有苕溪可倚樓。

齋釀酸甜如蜜水，樂工零落似風鷗。

【誥案】鷗，各本作甌字，誤，查註疑作鷗。合註引『至元嘉禾志』作鷗。今更正。

遠思顏、柳并諸謝，近憶張、陳與老劉。

風定軒窗飛豹腳，雨餘欄檻上蝸牛。

舊游到處皆蒼蘚，同甲惟君尚黑頭。

憶昔湖山共尋勝，相逢杯酒兩忘憂。

醉看梅雪清香過，夜棹風船駭汗流。

百首共成山上集，三人同作月中遊。

海南未起垂天翼，澗底仍依徑寸麻。

已許春風歸過我，預憂詩筆老難酬。

此生歲月行飄忽，晚節功名亦謬悠。

犀首正緣無事飲，馮驩應為有魚留。

從今更踏青州麴，薄酒知君笑督郵。

【烏臺詩案】元豐三年六月十三日，軾知湖州，有周邠作詩寄軾。軾答云：政拙年年祈水旱，民勞處處避嘲謳，河吞巨野那容塞，盜入蒙山未易搜。自言遷徙數州，未蒙朝廷擢用，老於道路，並所至遇水旱盜賊，夫役數起，民蒙其害，以譏諷朝廷政事缺失，並新法不便之所致也。「仕道」二句，以言已仕而道不行，則非仕道也，故有慚於孔、孟。孔子責求、由云：危而不持，顛而不扶，則將焉用彼相矣。廟，謂顛仆也，意以譏諷朝廷大臣不能扶正其顛仆。軾在臺於九月十四日準問目有無未盡事，軾供出上件詩因依。不係，朝旨降到冊子內。

　　元豐二年四月，東坡知湖州，五月十三日，有〈答周開祖所寄原韻〉，即是此詩。《烏臺詩案》云：「元豐三年六月十三日，軾知湖州，有周邠作詩寄軾。」蓋誤元豐二年為元豐三年，誤五月十三日為六月十三日，東坡於御史臺所供之狀甚夥，是以未能盡記，致有此疏漏，今正之。

　　據查註云：「周開祖名邠。先生倅杭時，周為錢塘令，多唱和詩。又有〈周邠赴闕〉及〈周邠寄雁蕩山圖〉作。蓋周自錢塘赴闕，復出宰樂清，故云：海南未起垂天翼，澗底仍依徑寸麻。惜其未大用於時也。」（《蘇文忠公詩編註集成》卷一九）蓋此詩乃東坡借言記事，批評朝廷政事得失，並新法不便，是以《烏臺詩

案》論列之。

詩首云：「俯仰東西閱數州，老於歧路豈伶優，初聞父老推謝令，旋見兒童迎細侯」，據編註引後漢書云：「郭伋，字細侯，為拜州牧，始至，行部，到西河美稷，有兒童數百各騎竹馬，道次迎拜。」《烏臺詩案》云：「自言遷徙數州，未蒙朝廷擢用，老於道路。」意謂東坡感喟奔波數郡，老於道路，竟未見用，才高志大，豈如伶優供人賞玩乎？感慨良深！

詩又云：「政拙年年祈水旱，民勞處處避嘲謳，河吞巨野那容塞，盜入蒙山不易搜，仕道固應慚孔孟，扶顛未可責由求」，《烏臺詩案》云：「所至遇水旱盜賊，夫役數起，民蒙其害，以譏諷朝廷政事缺失，並新法不便之所致也。仕道二句，以言己仕而道不行，則非仕道也，故有慚於孔孟。孔子責求、由云：危而不持，顛而不扶，則將焉用彼相矣！顛，謂顛仆也，意以譏諷朝廷大臣不能扶正其顛仆。」東坡親睹密州、徐州民皆饑饉，殆因乾旱、水厄，己身為百姓父母官，竟束手無策，因思執政者有以奮起，以紓民困。

繼言之：「漸謀田舍猶懷祿，未脫風濤且傍洲，惘惘可憐真喪狗，時時相觸是虛舟」，言己有心歸隱，然身在宦途懷祿未去，如隨波浮沈之舟，猶未脫去波濤之苦，故只得掌其一郡，猶船之暫泊於洲也。又云：「朅來震澤都如夢，只有苕溪可倚樓，齋釀酸甜如蜜水，樂工零落似風鷗」，意謂己之過去真如夢幻，此間行藏何人能解哉？粗食齋戒一如美食，先前管絃亦已零落。

此詩乃次韻見寄，前段言己之近況，次段乃轉言友朋。詩云：「遠思顏、柳并諸謝，近憶張、陳與老劉」，據編註云：「公舊在湖時，與開祖書云：『可惜開祖不在座。』此句近憶，有此一層在內，故於開祖為尤切也！」（《蘇文忠公詩編註集成》卷一九）蓋東坡所云諸人，乃張子野、陳令舉、劉孝叔也，皆東坡之摯友。又云：「風定軒窗飛豹腳，雨餘欄檻上蝸牛，舊遊到處皆蒼蘚，同甲惟君尚黑頭」，據查註引《苕溪漁隱叢話》云：「吳興，澤國也。春夏之交，地尤卑濕，仍多蚊蚋。子瞻作守日，有詩云：『風定軒窗飛豹腳，雨餘欄檻上蝸牛。』真紀實也。」（見同前）意謂往日舊遊之處，人去景非，而當日遊者，今皆衰老，此情何堪？

詩又云：「憶昔湖山共尋勝，相逢杯酒兩忘憂，醉看梅雪清香過，夜棹風船駭汗流」，因景感興，追溯往昔攬幽探勝，杯酒解憂，泛舟湖上，梅香醉賞，何等愜意！乃復言：「百首共成山上集，三人同作月中遊，海南未起垂天翼，澗底仍依徑寸麻」，往日酬酢，飲酒賦詩，月下同遊，今開祖出宰樂清，未能振翼扶搖直上，而己幸有湖州方寸之地可蔭。此一則追憶先前杭州之遊，一則惜開祖才未見用，而己亦只能在湖州暫停留也。

　　末言：「已許春風歸過我，預憂詩筆老難酬，此生歲月行飄忽，晚節功名亦謬悠」，意謂開祖已允明年來訪，然己所憂者乃年老，欲酬酢唱和，力恐不逮，細思一生時光，匆匆而過，晚年功名已悠悠無計，不禁心灰意冷。因言：「犀首正緣無事飲，馮驩應為有魚留；從今更踏青州麴，薄酒知君笑督郵」，意謂今我如犀首，無事正宜飲酒，所以懷祿不去，亦如馮驩之衣食足也。而後當飲酒，亦知開祖以酒為樂，如陶淵明之笑侮督郵也。

　　自熙寧十年至元豐二年五月，乃東坡轉知徐州之時，眼看黎民騷動，不堪新法侵擾，東坡之言詞愈形鋒銳，遂有李定上書舉發，而有所謂《烏臺詩案》！

第五章 《烏臺詩案》之影響

　　熙寧二年東坡還朝，時值卅四歲，正是壯盛之年。若得展大才，則前途未可限量。而東坡亦深自期許，欲上報明主，下拯群黎。十年之間，歷經通守杭州、密州，轉知徐州、湖州，未曾蒙朝廷大用，乃肇因於新法之行。王安石專權獨斷，援用小人，新法初行，紛擾百姓，東坡素與司馬光厚，與新黨人士之作風自是立異，安石首陷之，次倅之，致使東坡流落不偶，心中不平，發爲詩什，明譏暗諷，然終未能博神宗之信任。

　　至元豐二年，御史中丞李定言：「知湖州蘇軾，初無學術，濫得時名，偶中異科，遂叨儒館，有可廢之罪四。昔者堯不誅四凶，至舜則流放竄殛之，蓋其惡始見於天下也。軾初騰沮毀之論，陛下猶置之不問，容其改過，軾怙終不悔，其惡已著，一也。古人有言曰：「教而不從，然後誅之。」蓋吾之所以俟之者盡，然後戮辱隨焉。陛下所以俟軾者，可謂盡矣！而狂悖之語日聞，二也。軾所爲文辭，雖不中理，亦足以鼓動流俗，所謂言偽而辨，當官侮慢，不循陛下之法，操心頑愎，不服陛下之化，所謂「行偽而堅，先王立法」所當首誅，三也。刑故無小，蓋知而故爲，與夫不知而爲者異也。軾讀史傳，非不知事君有禮，訕上有誅，而敢肆其憤心，公爲詆訾，而又應制舉對策，即已有厭弊更法之意。及陛下修明政事，怨不用己，遂一切毀之，以爲非是，四也。罪有四可廢，而尚容于職位，傷教亂俗，莫甚於此，伏望斷自天衷，特行典憲。」御史舒亶言：「軾近上謝表，頗有譏切時事之言，流俗翕然，爭相傳誦，志義之士，無不憤惋。蓋陛下發錢以本業貧民，則曰：「贏得兒童語音好，一年強半在城中。」陛下明法以課試群吏，則曰：「讀書萬卷不讀律，致君堯舜知無術。」陛下興水利，則曰：「東海若知明主意，應教斥鹵變桑田」陛下謹鹽禁，則曰：「豈是聞韶解忘味，邇來三月食無鹽」其他觸物即事，應口所言，無一不以詆謗爲主，小則鏤板，大則刻石，傳播中外，自以爲能，并上軾印行詩三卷。御史何正臣

亦言：「軾愚弄朝廷，妄自尊大。」詔知諫院張璪、御史中丞李定，推治以聞。時定乞選官參治，及罷軾湖州，差職員追攝，既而上批，令御史臺選牒朝臣一員，乘驛追攝。（《續資治通鑑長編》卷二九九）東坡遂有百三十日牢獄之災。

經本論文第四章詳析《烏臺詩案》詩篇，乃得出此一詩集，於東坡日後各方面影響至鉅，是以就四耑言之：

第一節　人生觀由激進轉入恬淡

自東坡赴御史臺後，幸賴神宗英明，僅責授東坡為檢校水部員外郎黃州團練副使，本州安置，不得簽書公事。然因此詩案株連者甚夥。舉凡東坡詩文酬酢之親朋好友，皆有池魚之殃。史載：「絳州團練使駙馬都尉王詵，追兩官，勒停著作佐郎。簽書應天府判官蘇轍，監筠州鹽酒稅務正字王鞏，監賓州鹽酒稅務，令開封府差人押出門趣赴任。太子少師致仕張方平，知制誥李清臣，罰銅三十斤。端明殿學士司馬光，戶部侍郎致仕范鎮，知開封府錢藻，知審官東院陳襄，京東轉運使劉攽，淮南西路提點刑獄李常，知福州孫覺，知亳州曾鞏，知河中府王汾，知宗正丞劉摯，著作佐郎黃庭堅，衛尉寺丞戚秉道，正字吳琯，知考城縣盛僑，知滕縣王安上，樂清縣令周邠，監仁和縣鹽稅杜子方，監潭州酒稅顏復，選人陳珪、錢世雄，各罰銅二十斤。」（《續資治通鑑長編》卷三百一）由此可知，茲事為禍甚烈。

按《宋史》刑法志所錄：「凡群臣犯法，大者多下御史臺，小則大理寺、開封府鞫治。」又可知東坡《烏臺詩案》，於北宋乃是一樁大事。吾人試探究其心路歷程，則東坡本以為詩文諷諫，庶幾可感悟君上，以止新法之擾民，及至身繫御史臺，獄吏稍見侵，東坡自度不能堪，死獄中，恐不得一別子由，故作二詩授獄卒梁成，以遺子由。詩云：「聖主如天萬物春，小人愚暗自亡身；百年未滿先償債，十口無歸更累人。是處青山可埋骨，他時夜雨獨傷神；與君今世為兄弟，又結來生未了因。」（《蘇軾詩集》卷一九）可說一字一淚，發自真心。又云：「柏臺霜氣夜淒淒，風動琅璫月向低，夢繞雲山心似鹿，魂驚湯火命如雞。眼中犀角真吾子，身後牛衣愧老妻，百歲神游定何處，桐鄉知葬浙江西。」（見同前）亦可見其受驚嚇已極。

是以元豐二年十二月廿八日，東坡蒙恩責授檢校水部員外郎黃州團練副使，乃云：「百日歸期恰及春，餘年樂事最關身，出門便旋風吹面，走馬聯翩鵲唁人。却對酒杯疑是夢，試拈詩筆已如神，此災何必深追咎，竊祿從來豈有因？」（見同前）因被釋而思及此後「樂事」最關身，此等心境之轉換，絕非憑空而來。其二又云：「平生文字為吾累，此去聲名不厭低，塞上縱歸他日馬，城東不鬥少年雞。休官彭澤貧

無酒，隱几維摩病有妻，堪笑睢陽老從事，爲余投檄向江西。」（見同前）此詩顯然有歸去之意，所羨慕者，無非貧而有酒，病而有妻，於東坡而言，足矣！因此，吾人得知：東坡御史臺後，人生觀由激進轉爲恬淡，乃不爭之事實。

再者，東坡曾於〈黃州謝表〉中云：「伏遇皇帝陛下，德刑並用，善惡兼容。欲使法行而知恩，是用小懲而大戒，天地能覆載之，而不能容之於度外。父母能生育之，而不能出之於死中。伏惟此恩，何以爲報？惟當蔬食沒齒，杜門思愆。深悟積年之非，永惟多士之戒，貪戀聖世，不敢殺身。庶幾餘生，未爲棄物。若獲盡力鞭箠之下，必將捐軀矢石之間。指天誓心，有死無易。」（《經進東坡文集事略》卷二五）可知東坡奔放之心境，已轉爲潛藏無疑。

東坡初到黃州，有詩云：「自笑平生爲口忙，老來事業轉荒唐。長江繞郭知魚美，好竹連山覺筍香。逐客不妨員外置，詩人例作水曹郎，只慚無補絲毫事，尚費官家壓酒囊。」（《蘇軾詩集》卷二〇）似乎仍有不平之意。而後黃州中秋，有〈西江月〉一詞云：「世事一場大夢，人生幾度新涼，夜來風葉已鳴廊，看取眉頭鬢上。　酒賤常愁客少，月明多被雲妨，中秋誰與共孤光，把琖淒然北望。」（《東坡樂府箋》卷一）九死一生，異地中秋，心情之落寞，可想而知，但其感激皇恩之心，毫無稍衰（黃州在汴京南面，是以言北望，其忠君愛國之心，仍未稍衰）。東坡《烏臺詩案》，猶如一場夢魘，東坡初歷仕宦之豪情壯志，已有顯著潛藏，是以《烏臺詩案》乃東坡人生觀之轉捩點，於焉可詳。

第二節　詩文內容由時事轉爲田園

黃州貶謫之前，東坡詩殆已刊刻流布。據趙翼云：「以《烏臺詩案》而論，其詩之入於爰書者，非一人一時之事；若非刻有卷冊，忌者亦何由逐處採輯，彙爲一疏，以劫其狂謬？如：『讀書萬卷不讀律，致君堯舜終無術。』則送子由詩也。『贏得兒童語音好，一年強半在城中。』『豈是聞韶解忘味？邇來三月食無鹽。』則倅杭時入〈山村詩〉也。『滄海若知明主意，應教斥鹵變桑田。』則看潮詩也。『根到九泉無曲處，世間惟有蟄龍知。』則咏王秀才家雙檜詩也。此見於奏章者也。其他如：『古稱爲郡樂，漸恐煩敲搒。』則送錢藻出守婺州詩也。『至今天下士，去莫如子猛。』則送子由乞官出京詩也。『橫前坑窐眾所畏，布路金珠誰不裹？』則送蔡冠卿守饒州詩也。『羨子去安閒，吾邦正喧闐。』則廣陵贈劉貢父詩也。『坐使鞭箠環呻呼，追胥保伍罪及孥。』則和李杞寺丞詩也。『顛狂不用酒，酒盡會須醒。』則和劉道原詩也。『近來愈覺世路隘，每到寬處差安便。』則游徑山詩也。『世事漸艱吾欲去。』

則游風水洞詩也。『奈何教燕蝠，屢欲爭晨晦。』則亦徑山詩也。『殺人無驗終不快，此恨終身恐難了。』則送陳睦、張若濟詩也。『草茶無賴空有名，張禹縱賢非骨鯁。』則和錢安道建茶詩也。『況復連年苦饑饉。』則寄劉孝叔詩也。『紛紛不足怪，悄悄徒自傷。』則答黃魯直詩也。『荒林蜩蚻亂，廢沼蛙蟈淫。』則答張安道詩也。『疲民尙作魚尾赤，數罟未除吾顙泚。』則次潛師放魚詩也。『扶顚未可責由求』，則答周開祖詩也。以上數十條，爲李定、舒亶、張璪、何正臣、王珹等所周內鍛鍊者，皆在『詩案』中。豈非其詩早已流布，故得臚列以成其罪耶？按李定、舒亶劾疏，亦只『兒童語音好』及『讀書不讀律』、『斥鹵變桑田』、『三月食無鹽』數條，王珪所奏，亦只咏檜『蟄龍』一條，其餘則逮赴獄時所質訊者，何以詳備若此？按施元之謂：坡得罪後，有司移取杭州境內所留詩，謂之『詩帳』。」（《甌北詩話》卷五）而綜上所論，內容皆言及時事，有所諷諫，是以酬酢送別之間，登臨山水之際，皆語涉朝廷政事。

觀東坡熙寧八年於密州出獵，有〈江城子〉一詞，云：「老夫聊發少年狂，左牽黃，右擎蒼，錦帽貂裘千騎卷平岡，爲報傾城隨太守，親射虎，看孫郎。」（《東坡樂府箋》卷一）可知當時東坡意氣豪情不減。及至黃州之後，東坡自述其環境之差異，云：「元豐二年十二月，余自吳興守得罪，上不忍誅，以爲黃州團練副使，使思過而自新焉。其明年二月至黃，舍館粗定，衣食稍給，閉門卻掃，收召魂魄，退伏思念，求所以自新之方，反觀從來舉意動作，皆不中道，非獨今以得罪者也。欲新其一，恐失其二。觸類而求之，有不可者，於是喟然歎曰：道不足以御氣，性不足以勝習。不鋤其本，而耘其末。今雖改之，後必復作。盍歸誠佛僧，求一洗之。得城南精舍曰安國寺，有茂林脩竹，陂池亭榭，間三日輒往，焚香默坐，深自省察，則物我相忘，身心皆空，求罪垢所從生，而不可得。一念清淨，染汙自落，表裏翛然，無所附麗。私竊樂之。且往而暮還者，五年於此矣。」（《經進東坡文集事略》卷五四）與佛僧相往返，盡是山水田園之間。觀其自敘〈東坡〉一詩，當可相互參證，詩云：「雨洗東坡月色清，市人行盡野人行，莫嫌犖确坡頭路，自愛鏗然曳杖聲。」何等隨遇而安之心態，描摹大自然之景致，已化爲寫其「神」，不徒寫其「形」耳！

試舉其自作詩詞以見之。如：「山城買廢圃，槁葉手自掀」，則次子由詩也。「植杖相逢爲黍客，披衣閒詠舞雩風。仰看落蕊收松粉，俯見新芽摘杞叢」，則次韻樂著作野步詩。「數畝荒園留我住，半瓶濁酒待君溫」，即送別女王城東禪莊院詩也。「數枝殘綠風吹盡，一點芳心雀啅開」，則岐亭道上見梅花，戲贈李常詩也。「二年相伴影隨身，踏遍江湖草木春」，則壽張方平詩也。「人似秋鴻來有信，事如春夢了無痕」，則尋春詩也。（以上分見《蘇軾詩集》卷二○、二一）此等山水田園之作，不勝枚舉。

不僅如此，東坡〈江城子〉詞亦云：「夢中了了醉中醒，只淵明，是前生，走偏人間依舊却躬耕。昨夜東坡春雨足，烏鵲喜，報新晴。　雪堂西畔暗泉鳴，北山傾，小溪橫，南望亭丘孤秀聳曾城，都是斜川當日境，吾老矣，寄餘齡。」（《東坡樂府箋》卷二）東坡自《烏臺詩案》後，詩文內容漸趨山水田園，時與佛僧詩酒酬酢，日益親近，此於詩詞中可見其端倪。

此後，東坡去黃，仍以多數之山水田園爲其詩文創作內容。責授汝州團練副使，有詩云：「橫看成嶺側成峯，遠近高低總不同，不識廬山眞面目，只緣身在此山中」（《蘇軾詩集》卷二三），乃題西林壁詩也。又放歸陽羨，有詞〈菩薩蠻〉一闋，云：「歸去來兮，清溪無底，上有千仞嵯峨。畫樓東畔，天遠夕陽多。老去君恩未報，空回首彈鋏悲歌。船頭轉，長風萬里，歸馬駐平波。　無何，何處有，銀潢盡處，天女停梭，問何事人間，久戲風波。顧謂同來稚子，應爛汝腰下長柯，青衫破，群仙笑我，千縷挂煙蓑。」（《東坡樂府箋》卷二）於田園吟詠之間，透露幾許感喟，是故東坡自《烏臺詩案》之後，每思及朝廷國事，則有無限悲愴，寄題山水田園，以抒一己之感懷，可視爲懷才不遇之心聲耳！

大抵詩人爲詩，不外孔子所言：「詩可以興，可以觀，可以群，可以怨」（《十三經注疏》、論語、卷一七），詩文內容隨其心境轉移，是以東坡《烏臺詩案》之前，心思有所美刺，發而爲詩，無不涉及時事，道其不平之鳴；詩禍之後，心境復歸曠達，是以遨遊山水之間，寄情田園之耕，詩文內容一轉爲抒寫大自然，其影響不可謂不深矣！

第三節　詩文形式漸趨圓融精妙

陳廷焯云：「詞至東坡，一洗綺羅香澤之態，寄慨無端，別有天地。水調歌頭、卜算子、賀新涼、水龍吟諸篇，尤爲絕構。」（《白雨齋詞話》卷一）陳氏所舉之各篇，皆東坡責授黃州團練副使以後作，觀其水調歌頭（明月幾時有，把酒問青天）更爲千古絕唱。然而東坡黃州詩詞，何以多有佳構？欲溯其源，自不得不歸諸《烏臺詩禍》之影響。

東坡於熙寧二年還朝迄元豐二年赴御史臺之十年間，詩文創作形式以策論與詩爲主，然自責授黃州之後，詞作日豐，以至開南宋一派之豪放詞風，竟後世無人不識東坡詞者，蓋肇因於《烏臺詩案》。

東坡於〈答李端叔〉書中云：「軾少年時，讀書作文，專爲應舉而已。既及進士第，貪得不已，又舉制策，其實何所有？而其科號爲直言極諫，故每紛然誦說古今，

考論是非，以應其名耳。人苦不自知，既以此得，因以爲實能之，故譊譊至今，坐此得罪幾死，所謂齊虜以口舌得官，眞可笑也。然世人遂以軾爲欲立異同，則過矣。妄論利害，攙說得失，此正制科人習氣，譬之候蟲時鳥，自鳴自己，何足爲損益。軾每怪時人待軾過重，而足下又復稱說如此，愈非其實。得罪以來，深自閉塞，扁舟草屨，放浪山水間，與樵漁雜處，往往爲醉人所推罵，輒自喜漸不爲人識，平生親友無一字見及，有書與之亦不答，自幸庶幾免矣！」（《經進東坡文集事略》卷四七）書中云「坐此得罪幾死」，即指《烏臺詩禍》；東坡又於書中言「自得罪後，不敢作文字，此書雖非文，然信筆書意，不覺累幅，亦不須示人，必喻此意。」（見同前）可知此一詩案，東坡自忖受聲名之累，不欲再提時事，亦不欲人示其詩文。待罪之身，不復先前之意氣昂揚；此等心境，於其詩文形式之轉變，乃有意無意之間，轉爲抒情寫詞，然有志難伸，忠君愛民之心時隱時現，愈入精微，觀其詞作可知。

　　子由於東坡〈墓誌銘〉曾云：「既而謫居於黃，杜門深居，馳騁翰墨，其文一變，如川之方至，而轍瞠然不能及矣；後讀釋氏書，深悟實相，參之孔老，博辯無礙，浩然不見其涯也。」（《欒城集》卷二五）東坡自案發之後，生活恬淡，心境潛藏，前已提及。然詩文形式乃隨詩文內容而改易，既自知以時事見禍，乃不復提及政事，恣意於詞作乃想當然耳！

　　觀其黃州五年，詞作計六十闋，可知其創作之勤。且迭有新作，如：〈哨遍〉、〈念奴嬌〉、〈醉翁操〉、〈卜算子〉、〈醉蓬萊〉、〈好事近〉、〈十拍子〉、〈瑤池燕〉、〈如夢令〉等，乃杭州、密州、徐州時所無。〈念奴嬌〉一闋，氣魄甚健，可見其生命提升，思想通達，堪爲黃州代表作，詞云：

　　　大江東去，浪淘盡，千古風流人物。故壘西邊，人道是，三國周郎赤壁。
　　　亂石崩雲，驚濤裂岸，捲起千堆雪。江山如畫，一時多少豪傑。　遙想公
　　　瑾當年，小喬初嫁了，雄姿英發，羽扇綸巾，談笑間，強虜灰飛煙滅。故
　　　國神遊多情，應笑我，早生華髮。人間如夢，一尊還酹江月。（《東坡樂府
　　　箋》卷二）

　　綜論前人於東坡〈念奴嬌〉一詞之評述，有胡仔云：「語意高妙，眞古今絕唱。」（《苕溪漁隱叢話》卷三九）李于鱗云：「有翩翩羽化之概，毫不染人間煙火之氣，坡仙之名，殊非虛附。」（《草堂詩餘雋》）又黃蓼園云：「大江二句，是自己與周郎俱在內也。故壘至灰飛煙滅句，俱就赤壁寫周郎之事。故國三句，是就周郎結到自己。人生似夢二句，總結以應起二句。總而言之，題是赤壁，心實爲己而發，周郎是賓，自己是主，借賓定主，寓主於賓，是主是賓，離奇變幻，細思方得其主意處。」（《蓼園詞選》）以上諸評，皆針對其語之精深華妙，情之離奇變幻而言，吾人可於

詞中，得悉東坡自《烏臺詩案》後，方有心境之轉化，乃於詩詞中寄無限之感慨。

究東坡黃州詩，亦復如此！元豐四年正月二十日，東坡往岐亭，郡人潘丙、古耕道、郭遘三人送其至女王城東禪莊院，東坡有詩云：「十日春寒不出門，不知江柳已搖村。稍聞決決流冰谷，盡放青青沒燒痕。數畝荒園留我住，半瓶濁酒待君溫。去年今日關山路，細雨梅花正斷魂。」（《蘇軾詩集》卷二一）編註云：「一片空靈，奔赴腕下。」（見同前）又云：「本意於末句暗藏路上行人四句，結住道中，讀者徒知讚歎，未見其奪胎之巧也。紀昀曰：一氣渾成。」（見同前）此可知東坡詩亦漸趨圓融，不復直抒所見矣！

詩文形式不外乎辭采、聲律、技巧。東坡於《烏臺詩案》中所論列之詩作，喜「託事以諷」，稱「詩文皆有為而作」，辭采多半白描，直抒胸臆。詎料以詩見禍，黃州立後，遂體物賦形，精於用字，舉凡造字遣詞，皆有深一層寓意，推敲之下，漸臻化境。又元豐二年以前，東坡詩文因「盡言無隱」，不顧身害，是以所採詩律，音調慷慨，頗能配合當時感歎之情感。然元豐二年後，情感內斂，所為詩詞復趨為清越、流轉，美如彈丸一般。觀其富想像、長譬喻、善捕捉、美形容，無非表達情景交融之詩詞意境，此等藝術技巧，無法一一列舉，若欲詳究，容俟之異日。

綜上而言，《烏臺詩案》乃東坡一生創作之轉捩點，不徒詩文內容有顯著之不同，且詩文形式亦有漸臻佳境之傾向，心境之轉變可知矣，影響之大亦由此可見也！

第四節　仕宦升沈乃有元祐黨爭

《烏臺詩案》於東坡仕宦升沈，有決定性之影響。蓋神宗自始至終無責備東坡之意，且欲擢於朝廷，若非安石力沮之，則東坡與神宗君臣一時，必能有所作為。史載：「蘇軾繫御史獄，上本無意深罪之，宰臣王珪進呈，忽言蘇軾於陛下有不臣意。上改容曰：『軾固有罪，然於朕不應至是，卿何以知之？』。珪因舉軾檜詩句。上曰：『詩人之詞，安可如此論？彼自詠檜，何預朕事？』珪語塞。惇亦從解之曰：『龍者，非獨人君，人臣俱可言龍也。』上曰：『自古稱龍者多矣，如荀氏八龍，孔明臥龍，豈人君也？』遂薄其罪。」（《續資治通鑑長編》卷三百二）此一對答之際，可知神宗並無罪責東坡之意，且於東坡為詩譏諷一事，視之為詩人之論，其雍容大度，於此可知！

又，《宋史本傳》載「神宗數有意復用之，輒為當路者沮之，神宗嘗語宰相王珪、蔡確曰：『國史至重，可命蘇軾成之。』珪有難色。神宗曰：『軾不可，姑用曾鞏。』鞏進太祖總論，神宗意不允，遂手札移軾汝州，有曰：『蘇軾黜居思咎，

閱歲滋深，人材實難，不忍終棄。』軾未至汝，上書自言飢寒，有田在常，願得居之。朝奏，夕報可。」由斯可言，神宗非特無深責東坡之意，且欲付之國史，於東坡之才學褒賞不已。《烏臺詩案》牽連甚廣，前已述及，然神宗愈重東坡，此後乃有元祐回朝之詔命，吾人不可不詳。

《宋史本傳》又載——（元祐二年）軾嘗鎖宿禁中，召入對便殿。宣仁后問曰：「卿前年為何官？」曰：「臣為常州團練副使。」曰：「今為何官？」曰：「臣今待罪翰林學士。」曰：「何以遽至此？」曰：「遭遇太皇太后、皇帝陛下。」曰：「非也。」曰：「豈大臣論薦乎？」曰：「亦非也。」軾驚曰：「臣雖無狀，不敢自他途以進。」曰：「此先帝意也。先帝每誦卿文章，必歎曰：奇才！奇才！但未及進用卿耳！」軾不覺哭失聲，宣仁后與哲宗亦泣，左右皆感涕，已而命坐賜茶，撤御前金蓮燭送歸院。！——此一對答，亦可證神宗乃一英明君主，始終有晉用東坡之意。而此等極深之信任，實乃基於《烏臺詩禍》之了解。

元祐元年至元祐三年，東坡在朝，歷任禮部郎中，中書舍人，翰林學士兼侍讀，權知禮部貢舉，此時乃東坡一生中，仕宦最得意之時。然不能無所憾者，即是朋黨之禍亦自此始。先是司馬光執政，欲盡去新法，東坡乃主校量利害、參用其長，因與司馬光立異，光有逐東坡之意。會宣仁不次擢用，且諭廷臣。朱光庭，洛黨也；傅堯俞者，即爭役（差役、免役法）為難之人，與王巖叟皆朔黨，交相論難，祖述《烏臺詩案》謗訕之說，論其所撰試館職人策問，有涉諷議先朝之語。東坡抗章自辯，然群小復交攻不已，竟視東坡為川黨。東坡自知積以論事，為當軸者所恨，恐不見容，乃連上乞越狀，元祐四年三月，告下除龍圖閣學士充浙西路兵馬鈐轄，知杭州軍州事。

東坡有〈乞將疏付有司劄子〉，中論及得罪始末甚詳，言：

> 元祐四年四月十七日，龍圖閣學士朝奉郎新知杭州蘇軾劄子奏：臣近以臂疾，堅乞一郡，已蒙聖恩差知杭州，臣初不知其他，但謂朝廷哀憐衰疾，許從私便。及出朝參，乃聞班列中紛然皆言，近日臺官論奏臣罪狀甚多，而陛下曲庇小臣，不肯降出，故許臣外補。臣本畏滿盈，力求閒退，既獲所欲，豈更區區自辯。但竊不平，數年已來，親自陛下以至公無私治天下，今乃以臣之故，使人上議聖明，以謂抑塞臺官，私庇近侍，其於君父，所損不小。此臣之所以不得不辯也。臣平生愚拙，罪戾固多，至於非義之事，自保必無。只因任中書舍人日，行呂惠卿等告詞，極數其凶慝，而弟轍為諫官，深論蔡確等姦回，確與惠卿之黨，布列中外，共讎疾臣，撰造言語，無所不至。使臣誠有之，則朝廷何惜竄逐，以示至公。若其無之，臣亦安

能以皎然之身，而受此曖昧之謗也。人主之職，在於察毀譽，辨邪正。夫毀譽既難察，邪正亦不易辨，惟有坦然虛心而聽其言，顯然公行而考其實，則真妄自見，讒謗不行。若陰受其言，不考其實，獻言者既不蒙聽用，而被謗者亦不為辯明。則小人習知其然，利在陰中，浸潤膚受，日進日深，則公卿百官，誰敢自保，懼者甚眾，豈惟小臣。此又臣非獨為一身而言也。

伏望聖慈，盡將臺諫官章疏降付有司，令盡理根治，依法施行。所貴天下曉然知臣有罪無罪，自有正法，不是陛下屈法庇臣，則臣雖死無所恨矣。

東坡文章為時所重，名重海內，忠義許國，遇事敢言，一心不回，無所顧望（參見《續資治通鑑長編》卷三百一），於此劄子可觀其端倪。然其立朝多得謗毀，蓋以剛正嫉惡，力排姦邪，為王安石、呂惠卿之黨所憎，騰口於臺諫之門（見同前）。然自李定、何正臣、舒亶等與《烏臺詩禍》以來，元祐年間，東坡屢召屢出，無不以此沮之，可見《烏臺詩案》於東坡仕宦升沈，確有決定性之影響。

綜其一生仕宦如下：熙寧三年，還朝。熙寧四年六月，通守杭州，熙寧七年六月，守密州，熙寧十年元月，知徐州。元豐二年，徙知湖州，并有《烏臺詩案》，乃以黃州團練副使安置。元豐七年，徙汝州，書報居常州，旋召知登州。元祐元年入侍延和殿，遷中書舍人，以論事得罪司馬光，自知言不用，乞補外，不許。時臺諫多光之黨羽，惡東坡以直形己，爭求其瑕疵，既不可得，則因緣熙寧謗訕之說以病之，東坡自是不安於朝矣！元祐三年，權知禮部貢舉。元祐四年，以龍圖學士知杭州。元祐六年，召入為翰林承旨，復侍邇英。元祐七年，徙揚州發運司，尋遷禮部，復兼端明殿翰林侍讀二學士。元祐八年，以二學士知定州，復誣以謗訕。紹聖元年，以本官知英州，尋復降一官，未至，復以寧遠軍節度副使安置惠州。紹聖四年，復以瓊州別駕安置昌化。元符三年，初徙廉，再徙永，已乃復朝奉郎，提舉成都玉局觀，居從其便，迄建中靖國元年六月卒。

觀其經歷，時起時仆，皆源於謗訕之說。究其謗訕之說，則不得不推之於《烏臺詩案》之肇禍，其影響之鉅，乃筆墨所難形容者，綜上而論，吾人當了然於心！

結　論

　　自熙寧二年迄元豐二年，乃東坡一生中，意氣最激昂，議論最剛烈之時。出守杭州，至密州，赴徐州，以至移守湖州，幾乎爲執政黨排擠在外，其宦途之坎坷，心中不能無所憾恨！

　　東坡生當北宋之世，濮議既盛，自不免議論朝政，期公忠體國，伸張正義，奈何新法之行，侵擾百姓，東坡自然無法坐視。加之以個性耿介，素喜諧謔，發而爲詩文，無事不言，無理不申，而所爲詩篇，時及執政者之缺失，或褒舊法以抑新法，或借古之政以諷今之世，或送別以惜君子未見賞，或賀升遷勉館閣勇於執言，心中所思，一言以蔽之：新法未可盡行也。

　　古之人，心有所鬱悶，則發而爲言，創作詩文，一以託諷寄寓，感悟君上，一以宣洩情感，以紓憂煩，東坡兼而有之。既見逐於外，乃致力於勤政愛民，民不聊生，思有以救之，然求告無門，是以傾全力從事詩文創作，口誅筆伐，不遺餘力。

　　觀其新法得勢之際，而肆言諸多弊端，書之於四海，傳之於宇內，風行所及，影響至深且鉅！於是新黨人士網羅罪證，皆欲置之於死地而後快。自元豐二年七月追攝，八月，東坡赴臺獄，十二月簽判黃州團練副使，出獄，計百三十日，凡所作詩文涉及嘲諷者，無不逐一令其詳釋之，以見其抨擊時事之烈。是故《烏臺詩案》乃東坡所自言，所論列可視爲東坡之自傳耳！

　　究東坡《烏臺詩案》之前，遇事即言，曾無坑穽之避，雖友朋勸立，子由戒之，亦無法止其滿腹牢騷。及至《烏臺詩案》飽受虛驚一場，乃正視此一現實問題，人生觀自是有所變遷，心境復轉淒涼，無意再及舊事。綜觀此期詩文特色，分述如下：

一、內容上——不滿新法頗多諷喻

　　凡《烏臺詩案》所編列主有關詩篇，咸針對新法不當言之，余揵理之，如下表：

篇名	創作年月	論及新法之內容大要	干涉之人
送錢藻出守婺州得英字	熙寧三年三月	譏當時之人急進也。又言青苗，助役既行，百姓輸納不前，爲郡者不免用鞭箠催督	錢藻
送劉攽倅海陵	三年三月	譏諷朝廷新法不便，不容人直言	劉攽
送曾子固倅越得燕字	三年三月	譏諷近日朝廷進用多刻薄之人，議論褊隘聒喧如蜩蟬之鳴，不足聽也	曾鞏
送蔡冠卿知饒州	三年十月	譏當時用事之人，有逆其意者，則設坑穽以陷之，有順其意者，則以利誘之。	蔡冠卿
送張安道赴南都留臺	熙寧四年八月	言方平乃賢人，朝廷應堅留要任，不可令閑也。	張方平
潁州初別子由二首	四年九月	諷朝廷新法不便也	蘇轍
廣陵邀三同舍，各以其字爲韵，仍邀同賦	四年十月	言杭州監司所聚，初行新法，事多不便也，又：譏執大臣在田里時，自比太公、伊尹，及出而試用，大謬戾，當便罷退，不可再施用也。	劉攽　劉摯
初到杭州寄子由二絕	四年十一月	謂新法青苗、助役等事，煩雜不可辦，亦言己才力不能勝任也	蘇轍
李杞寺丞見和前篇，復用元韵答之	四年十二月	譏諷朝廷新法行後，公事鞭箠之多也，又：譏諷朝廷鹽法收坐同保，妻子移鄉，法太急也。	李杞
戲子曲	四年十二月	譏諷朝廷新差提舉官所至苛細生事，發謫官吏。又：譏諷朝廷鹽法太急也。	蘇轍
和劉道原見寄	熙寧五年三月	諷當今進用之人也。又：今日進用之人，君子小人雜處，如烏不可辨雌雄也。	劉恕
和劉道原寄張師民	五年三月	譏諷朝廷近日進用之人。	劉恕
遊徑山	五年七月	諷朝廷用人多刻薄褊隘之人，不少容人過失。	
湯村開運鹽河雨中督役	五年十月	譏諷朝廷開運鹽河不當，又妨農事也。	王詵

贈孫莘老七絕	五年十二月	言時事多不便，更不可說，說亦不盡也。又言本非興水利之人，以譏時世與昔不同，水利不便而然也。	孫覺
次韻答章傳道見贈	熙寧六年正月	詆毀當時執政大臣，自言不能效班固，馬融苟容依附也。	章傳道
從富陽新城，李節推先行三日，留風水洞見待	六年正月	譏世之小人多務急進也。	李佖
風水洞二首和李節推	六年正月	謂新法之後，世事日益艱難，小人爭進，各務讒毀。	李佖
山村五絕	六年二月	譏諷朝廷鹽法太峻不便也。又：譏朝廷新法青苗，助役不便也。	
八月十五日看潮五絕	六年八月	譏諷朝廷水利之難成也。	
徑山道中次韻答周長官兼贈蘇寺丞	六年八月	譏笑轉運副使王廷老等不知是非也。	周邠　蘇舜舉
送杭州杜、戚、陳三掾罷官歸鄉	六年九月	言朝廷為小人所蒙蔽也。	杜子方、陳珪、戚秉道
和述古冬日牡丹四首	六年十月	譏諷當時執政大臣，以比化工但欲出新意擘畫，令小民不得暫閑也。又言：新法之害，由於時相，不盡出神宗之本意也。	陳襄
和錢安道寄惠建茶	六年十一月	譏世之小人，乍得權用，不知上下之分，若不諂媚妖邪，即頑獷狠劣。又譏小人體輕而性滯泥也，雖有學問，細行謹防，終非骨鯁之臣。	錢顗
寄劉孝叔	熙寧七年九月	譏諷朝廷諸路遣使及置將官，張皇不便。又譏朝廷法度屢變，事目煩多，吏不能曉。且朝廷政事缺失，新法不便所致。又譏朝廷減削公使錢太甚，提舉官所至，生事苛碎也。	劉述
次韻劉貢父，李公擇見寄二首	熙寧八年六月	譏諷朝廷近日更立新法，事尤多也。又譏諷朝廷新法，減削公使錢太甚，並言政事缺失，新法不便之所致也。	劉攽　李常
劉貢父見余歌詞數首，以詩見戲，聊次其韻	八年十一月	譏諷當時人不能容狂直之言也。	劉攽

書韓幹牧馬圖	熙寧十年三月	意以駑驥自比，譏諷執政大臣無能盡我之才。	
司馬君實獨樂園	十年四月	譏見在執政，不得其人。又譏新法不便終當用光，意望依前正言攻擊新法。	
和李邦直沂山祈雨有應	熙寧十年六月	諷大臣不任職，不能燮理陰陽	李清臣
次韵答邦直，子由五首	十年六月	屢言新法不便，不蒙施行，以朱雲自比，並言有罷官懷鄉之意。	李清臣
臺頭寺雨中送李邦直赴史館，分韵得憶字人字兼寄孫巨源二首	十年九月	軾以賈誼自比，意欲清臣於國史中載所進論，故將詩與清臣。	李清臣
次韵黃魯直見贈古風二首	元豐元年三月	譏今之小人勝君子，並言君子小人進退有時，以譏當今進用之人，皆小人也。	黃庭堅
張安道見示近詩	元年九月	譏諷今時風俗衰薄也，又：譏朝廷新法屢有變更，事多荒廢，致風俗虛浮，學者誕妄，如蜩蚻之紛亂，遂掩耳不欲論文也，欲方平勿為虛言之詩，當譏諷朝廷闕失。	張方平
次韵潛師放魚	元年十二月	軾言民之疲病，如魚勞而尾赤也，民既疲病，朝廷又行青苗、助役，不為除放，意譏朝廷新法不便，以致大水之災也。	參寥
次韵周開祖長官見寄	二年五月	譏諷朝廷政事缺失，並新法不便之所致也。	周邠

　　綜論上表所列論及新法之內容大要，吾人得知東坡不滿新法，不外乎二端——朝廷用人不當，新法之行不便民。

　　東坡以為，新法初行，朝廷進用皆刻薄之人，議論褊隘，有逆其意者，則設坑穽以陷之，有順其意者，則以利誘之。執政大臣在田里時，自比太公、伊尹，及出而試用，則大謬戾。新法之後，世事日益艱難，小人爭進，各務讒毀，朝廷為小人所蒙蔽，致使賢人或致仕，或見倅。見在執政，不得其人，乃欲出新意擘畫，令小民不得暫閑；其中兼言新政之害，由於時相，不盡出神宗之本意也。由此觀之，東坡《烏臺詩案》詩篇所不滿之人，乃是行新法之執政大臣，及務急進之權臣小人；

所惋惜之人，乃是自新法見倅之賢者，或不滿新法之君子。東坡眼見時事難任，而己雖有滿腔熱血，愛民赤忱，無奈朝廷小人刻薄狹隘，不容狂直之言，屢進忠言，既不見用，發言為詩，又恐見禍，心中交戰不已，然終宣洩於詩篇，此其一。

其次，新法中，青苗、助役之行，百姓輸納不前，為郡者不免用鞭箠催督，此東坡所親見。朝廷鹽法坐收同保，妻子移鄉，開運河又妨農事，興水利不便於民，朝廷諸路及置將官，張皇不便，減削公使錢，提舉官所至，生事苛碎，民既疲病，朝廷又行青苗、助役，不為除放，以致大水之災，凡此種種，致使新法行後，公事鞭箠日多，煩雜不可辦，皆東坡感同身受，歎風俗之衰薄，感學者之誕妄，新法之不可行，昭然可信，是故東坡發為詩文，頗多諷喻，所抒既皆實情，新法屢更又皆不爭之事，此乃東坡就事論事、實事求是之科學精神，此其二。

此種不滿新法之心態，遂令東坡深感不平。然朝廷既不容直言，東坡乃轉而創作，於詩文中發抒苦悶，指陳時弊，期感悟人主，廢行新法，進而任賢舉能，共謀與國大任。詩文中以騏驥自比，賈誼自況，殷殷自勉，意氣昂揚；以聒耳蜩蟬喻朝廷進用之人，以班固馬融議執政大臣，皆可視為東坡不滿新政人事之反映。而此種不滿之心態，於東坡詩文創作，影響至深且鉅。

當其通守杭州之際，抨擊甚力，幾至遇事則言，牢騷滿腹，發為詩文，巧譬諸方，吾人可自前述詩文見之，此時，友朋雖以勿言時事相戒，然東坡個性通脫，不稍蘊藉，加之以才學淵博，意氣風發，是以文學創作亦豪邁率性，多所抨擊。及至移守密州，嘲諷新法者僅三篇，然所論及之層面亦廣，〈寄劉孝叔〉一篇，兼及新政用人、處事之不便，堪為此期之代表，其心情之苦悶，鬱積之失望，乃欲歸田買山，足見心中之失意。此時文學創作，漸趨圓融，廣採經史，遍作暗喻，正印證西方所言：「文學乃苦悶之象徵。」（《叔本華語》）熙寧十年起，東坡譏諷新法之作又日益增多，乃直指執政大臣不能燮理陰陽，更欲館閣諸公疾言新法闕失，不滿之情緒日張，朝廷執政者亦無法坐視，於是李定、舒亶等人乃上書追攝之。概言之：東坡不滿新法用人不當，生事擾民，法令日更，於是發為詩文，廣加諷喻，影響所及，乃有《烏臺詩禍》。此一詩禍，使東坡如歷浩劫，自是少言時事，心境漸趨平靜，黃州之後，人生境界更向上提升。

二、形式上——各體兼備技巧高妙

東坡於《烏臺詩案》所論及之詩篇中，以五古及七古居多，然五、七言律絕亦精緻可取，可謂各體兼擅，無不可施者。歷來詩家極賞其七古之豪邁放曠，言其五古殊乏氣勝，然東坡乃一天才，無論五、七言古詩律絕，經詳加評析，皆有可取之處。

　　就其辭藻言之，東坡有極淺顯語，亦有極深奧語。寫景則極盡描摹之能事，狀其形、狀其聲，以至於寫其神，可謂入木三分，栩栩如生。抒情則或隱或顯，有以物自比、譬人者，有直寫胸臆，言欲歸隱者，鉅細靡遺，發自眞情。論事則連篇累牘，洋洋灑灑，有激切語，有懇切語，一歸之於忠君愛民，反映人心。或華麗，或平易，要皆引起共鳴，以邀見賞，是以此期之辭藻，各體兼備，技巧高妙。

　　就其聲律言之，東坡此期詩文之用韵，亦能聲情兼顧，以增詩情。聲律和對偶乃是韵文學的內外形式，對偶可使意象凝重平穩，聲律即可烘托意象，激發情感，從而使人觸發聯想，獲豐富之情趣（參見曾師永義〈影響詩詞曲節奏的要素〉）。一般說來，東坡常爲人誤解乃「有才無情，多趣而少韵」（參見《隨園詩話》卷七），然此等說法，失之臆斷，東坡非特精於用韵，且於平仄、韵協之疏密、轉變，運用自如，幾至化境。再者，東坡選韵入詩，皆能強化意象，增進情趣，絕非「才力太大，不屑抽筋入細，播入管絃，音節亦多未協」（見同前）者所能相比。

　　就其技巧言之，東坡善於經營意象。意象之表達，據王夢鷗之看法，若非明喻，即爲隱喻，詩人透過類推之聯想，以及相對之想像，表現出所欲表達之情感，其中含有許多修辭之工夫（參見《文學概論》章一二），而東坡即善於運用此等技巧，以表達其豐富之文學形式。

　　東坡所創作之詩什，既爲抒情，亦爲敘事。其於熙寧二年迄元豐二年間所爲諷刺詩，極盡曲折之隱喻，以詳盡之筆法描寫內心之感受，是以技巧獨高，試究此期詩作技巧舉例言之：

　　詩中常採譬喻法。例：「但苦世論隘，聒耳如蜩蟬，安得萬頃池，養此橫海鱣」（《蘇軾詩集》卷六），以朝廷進用之人，比蜩蟬，其議論褊隘，比作蜩蟬之鳴，聒喧不休；又以橫海鱣喻曾鞏之大才也。又如：「細細龍鱗生亂石，團團羊角轉空巖」（《蘇軾詩集》卷九），以細細龍鱗喻水波，團團羊角喻旋風。又如：「草茶無賴空有名，高者妖邪次頑懭，種輕雖復強浮沈，性滯偏工嘔酸冷」（《蘇軾詩集》卷一一），以茶喻人，復以草茶喻小人。又如：「嘉穀臥風雨，稂莠登我場；陳前漫方丈，玉食慘無光」（《蘇軾詩集》卷一六），以嘉穀喻俊士茂才之君子，稂莠喻奸宄賊民之小人，四句以喻小人充滿朝廷，君子皆落魄不遇也。或明喻，或隱喻，或借喻，皆譬喻得當，且詩中俯仰可得此等詩句，以此技巧經營意象，遂富極大之張力。

　　詩中常用典。例如：「士方在田里，自比渭與莘，出試乃大謬，芻狗難重陳」（《蘇軾詩集》卷六）言執政大臣在田里時，自比太公、伊尹，及出而試用，則大謬戾，當便罷退，此用莊子詆毀孔子之言，皆先王之陳迹，譬如已陳之芻狗難再陳也。又如：「任從飽死笑方朔，肯爲雨立求秦優」（《蘇軾詩集》卷七）乃引用《漢書·東方

朔》傳：侏儒飽欲死，臣朔飢欲死；以及《史記‧滑稽傳》而來，皆爲正史典故。
再如：「馬融既依梁，班固亦事竇，效矉豈不欲，頑質謝鐫鏤」（《蘇軾詩集》卷九）
乃引漢梁冀、竇憲因時君不明，驟躋顯位，驕暴竊威福用事，而馬融、班固二人皆
儒者，並依托之。此皆用典之例，餘者不勝枚舉，詳見各篇分析，即可明其底蘊。

　　詩中善描摹，寫景詩此等技巧，恰似神來之筆，尤爲精熟。例如：「橫前坑窣眾
所畏，布路金珠誰不裹」（《蘇軾詩集》卷六）活現出一幅生動情境。又如：「重樓跨
空雨聲遠，屋多人少風騷騷」（《蘇軾詩集》卷七）意象鮮明，聲形俱現。再如：「稻
涼初吠蛤，柳老半書蟲，荷背風翻白，蓮腮雨退紅」（見同前）以實景實境，推出一
層新意，用字精密，情趣橫溢。他如：「薨薨曉鼓動，萬指羅溝坑」（《蘇軾詩集》卷
八），「溪橋曉溜浮梅萼，知君繫馬巖花落」（《蘇軾詩集》卷九），「秋風摵摵鳴枯蓼，
船閣荒村夜悄悄，正當逐客斷腸時，君獨歌呼醉連曉」（《蘇軾詩集》卷一〇）「一朵
妖紅翠欲流，春光回照雪霜羞」（《蘇軾詩集》卷一一）等等，皆能體物賦形，描摹
入微，令人玩賞再三，不忍釋手！

　　詩中多對比。例如：「近別不改容，遠別涕霑胸」（《蘇軾詩集》卷六）遠近對比。
又如：「去年送劉郎，醉語已驚眾，如今各飄泊，筆硯誰能弄」（見同前），今昔對比。
再如：「宛丘先生長如丘，宛丘學舍小如舟」（《蘇軾詩集》卷七），大小對比。又如：
「公廚十日不生煙，更望紅裙踏歌舞」（《蘇軾詩集》卷一三），悲喜對比。凡此等對
比技巧，屢見不鮮，是以吾人細玩其詩，能感受到其強烈之情感，或詼諧，或感歎。

　　詩中有設問法。例如：「那因江鱠美，遽厭天庖膻」（《蘇軾詩集》卷六），又如：
「人生無離別，誰知恩愛重」（見同前），「了不見慍喜，子豈眞可人」（見同前），「遲
鈍終須投劾去，使君何日換聾丞」（《蘇軾詩集》卷七），「鹽事星火急，誰能卹農耕」
（《蘇軾詩集》卷八），「獨遊吾未果，覓伴誰復聽」（《蘇軾詩集》卷一〇）由此可見，
其心中於時政困惑無比。

　　詩中亦多感歎。例如：「世事徐觀眞夢寐，人生不信長轗軻」（《蘇軾詩集》卷六），
「嗟我久病狂，意行無坎井」（見同前）又如：「歲荒無術歸亡逋，鵠則易畫虎難摹」
（《蘇軾詩集》卷七），「如今衰老俱無用，付與時人分重輕」（見同前），再如：「嗟
余老矣百事廢，卻尋舊學心茫然」（見同前）「世上小兒誇疾走，如君相待今安有」
（《蘇軾詩集》卷九），此等詩句，俯拾可得，可見東坡心中之悲歡，無日或已！

　　其他如夸飾、疊字、映襯、轉化……等修辭方法，錯綜使用，技巧純熟，無法
盡列。然由以上歸納得知：此期東坡文學創作之技巧，已達十分高明之境地，無論
辭采、聲律、技巧各方面，皆值得重視，予以深究！

三、特色上——托物寄興言之有物

自盛唐杜甫，創作社會寫實之作品，而有「詩史」之稱，而後白居易承之，主張文學應「以情爲根，以義爲實，以言爲苗、以聲爲華」，是以新樂府運動如火如荼展開，諷喻詩亦隨之而起。舉凡爲君爲臣爲民爲物爲事而作者，皆可視之爲諷喻詩（參見《中國文學史》卷一七）。

韓愈承元白新樂府而起，以文爲詩，氣象雄渾，其筆力剛勁，務去陳言，可謂開東坡詩之先鋒。而就前二節之綜論，可知東坡《烏臺詩案》之內容，泰半不滿新法，頗多諷喻，其形式則各體兼備，技巧高妙，形成此一時期作品之特色，亦即「托物寄興、言之有物」，足爲早期詩文及黃州詩詞之分界。

蓋東坡不獨沿襲杜甫、白居易、韓愈等諷諫詩之影響，亦深受宋代文風之左右，而有以文入詩之傾向。明茅坤首標舉，「唐宋八大家」之稱，以爲唐宋之古文運動，東坡亦主其流。

東坡既以才學爲詩，以有所爲而爲之精神發爲創作，自是滿腔政治抱負，欲施行於世，是以初仕宦即上萬言書，論科舉，議新法，此皆欲爲世用之明證。《烏臺詩案》所論列之詩，多托物寄興，言之有物，細玩之，可觀其忠義奮勇之心，直貫日月。

元好問曾云東坡詩「滿心而發，肆口而成」（《遺山文集》卷三六），所謂「不自緣飾，因病成妍」（見同前），亦即言其詩什有眞感情、眞思想。當其志不得伸，乃云「莫嗟天驥逐羸牛，欲試良玉須猛火」（《蘇軾詩集》卷六），當其惜君子才不見賞，即云：「爾來再傷弓，戢翼念前痛」（見同前）當其惋百姓之入罪，則云：「獸在藪，魚在湖，一入池檻歸期無，誤隨弓旌落塵土，坐使鞭箠環呻呼」（《蘇軾詩集》卷七），譏新法不便民，則云：「疲民尙作魚尾赤，數罟未除吾纇泚」（《蘇軾詩集》卷一七）此皆托物寄興，欲達諷人之詩旨。是以吾人可知：東坡《烏臺詩案》論列之詩，其特色乃托物寄興，言之有物，屬於「甘心赴國憂」之典型。

東坡《烏臺詩禍》得以倖免於難，此一特色不可不明。觀其未仕宦之前，詩風俊逸，頗有廓清時局之壯志，〈和子由苦寒見寄〉云：

> 人生不滿百，一別費三年，三年吾有幾，棄擲理無還。長恐別離中，摧我鬢與顏。念昔喜著書，別來不成篇。細思平時樂，乃爲憂所緣。吾從天下士，莫如與子歡，羨子久不出，讀書蝨生氈。丈夫重出處，不退要當前。西羌解仇隙，猛士憂塞壖。廟謨雖不戰，虜意久欺天。山西良家子，錦緣貂裘鮮。千金買戰馬，百寶裝刀鐶。何時逐汝去，與虜試周旋。（《蘇軾詩集》卷五）

此等氣慨，乃欲身赴戰場，與西夏一決雌雄，方肯干休，何等氣魄，何等奮勵！若以此與黃州詩互校，吾人當可見其心境變化之遽。〈紅梅〉三首之一云：

> 怕愁貪睡獨開遲，自恐冰容不入時，故作小紅桃杏色，尚餘孤瘦雪霜姿。
>
> 寒心未肯隨春態，酒暈無端上玉肌，詩老不知梅格在，更看綠葉與青枝。
>
> （《蘇軾詩集》卷二一）

前後二詩，判若二人，一俊逸，一深婉；一激進，一恬淡，若乃此等轉變，經第四章詳析《烏臺詩案》詩篇研究，即熙寧二年迄元豐二年間，東坡所爲詩文醞釀《烏臺詩禍》，而後乃有此詩風之轉化，由此亦知其間詩文之特色，不同於前後二期。

　　是故王文誥《蘇海識餘》言：「（東坡）到鳳翔，首作石鼓歌，已出昌黎之上，不可壓也。自此以後，熙寧還朝一變，倅杭守密，正其縱筆時也。及入徐、湖，漸改轍矣！元豐謫黃一變，至元祐召還又改轍矣！紹聖謫惠州一變，及渡海而全入化境，其意愈隱，不可窮也。」（《蘇文忠公詩編註集成》〈識餘〉一）是故《烏臺詩案》論列之詩篇，乃可爲其早期詩文及黃州詩詞之分界，於東坡一生影響至深且鉅，自不待言。

主要參考書目

經　部

1. 《毛詩正義》，（漢）鄭玄箋・（唐）孔穎達疏，藝文印書館影印《十三經注疏》本。
2. 《周禮註疏》，（漢）鄭康成注・（唐）賈公彥疏，同前。
3. 《春秋左傳正義》，（周）左丘明撰・（晉）杜預注・唐孔穎達疏，同前。
4. 《論語注疏》，（魏）何晏注・（宋）邢昺疏，同前。
5. 《孟子注疏》，（漢）趙岐注・（宋）孫奭疏，同前。

史　部

1. 《史記》，（漢）司馬遷撰，藝文印書館影印二十五史。
2. 《漢書》，（漢）班固撰，同前。
3. 《後漢書》，（南朝宋）范曄撰，藝文印書館影印二十五史。
4. 《魏書》，（北齊）魏收撰，同前。
5. 《晉書》，（唐）房喬等撰，同前。
6. 《舊唐書》，（晉）劉昫撰，同前。
7. 《新唐書》，（宋）歐陽修等撰，同前。
8. 《南史》，（唐）李延壽撰，同前。
9. 《北史》，同前，同前。
10. 《宋史》，（元）脫脫撰，同前。
11. 《續資治通鑑長編》，（宋）李燾撰，世界書局影印本。
12. 《東坡烏臺詩案》，（宋）朋九萬撰，藝文印書館影印本。
13. 《《東都事略》》，（宋）王稱撰，文海出版社影印本。
14. 《戰國策註》，（漢）高誘註・（宋）姚宏補註，藝文印書館影印本。
15. 《蘇東坡傳》，（民國）林語堂著，遠景出版事業公司。
16. 《中國通史》，（民國）傅樂成著，大中國圖書公司。

17. 《簡明二十五史》,(民國)李唐著,國家出版社。
18. 《國史大綱》,(民國)錢穆著,台灣商務印書館。
19. 《蘇東坡新傳》,(民國)李一冰著,聯經出版事業公司。

子　部

1. 《淮南子》,(漢)劉安撰,中華書局四部備要本。
2. 《論衡》,(漢)王充撰‧高蘇垣集註,台灣商務印書館影印本。
3. 《世說新語》,(南朝宋)劉義慶撰、楊勇校箋,文光圖書公司影印本。
4. 《列子》,(周)列禦寇撰,中華書局四部備要本。
5. 《莊子注》,(周)莊周撰、(晉)郭象注,世界書局影印本。
6. 《抱朴子》,(晉)葛洪撰,台灣商務印書館影印本。

集　部

1. 《楚辭章句》,(戰國)屈原撰、(漢)王逸注,台灣商務印書館影印本。
2. 《揚子雲集》,(漢)揚雄撰,同前。
3. 《李太白集》,(唐)李白撰,同前。
4. 《杜詩詳註》,(唐)杜甫撰、(清)仇兆鰲注,同前。
5. 《柳河東集》,(唐)柳宗元撰、(唐)劉禹錫編,同前。
6. 《韓昌黎集》,(唐)韓愈撰、(宋)魏仲舉編,同前。
7. 《劉賓客文集》,(唐)劉禹錫撰,同前。
8. 《孟東野集》,(唐)孟郊撰、(宋)宋敏求編,同前。
9. 《白香山詩集》,(唐)白居易撰、(清)汪立名編,同前。
10. 《司馬溫公文集》,(宋)司馬光撰,同前。
11. 《臨川集》,(宋)王安石撰,同前。
12. 《嘉祐集》,(宋)蘇洵撰,同前。
13. 《欒城集》,(宋)蘇轍撰,同前。
14. 《宋刊施顧註蘇詩》,(清)施元之、顧景蕃合註,汎美圖書公司影印本。
15. 《蘇詩補註》,(宋)蘇軾撰、(清)查慎行註,新文豐出版公司影印本。
16. 《蘇文忠公詩合註》,(清)馮星實輯訂,中文出版社。
17. 《蘇文忠公詩編註集成》,(清)王文誥編註,台灣學生書局影印本。
18. 《蘇詩評註彙鈔》,(清)趙克宜註,新興書局。
19. 《蘇軾詩集》,(清)王文誥、馮應榴輯註,學海書局。
20. 《東坡樂府箋》,(民國)龍沐勛校箋,華正書局。

詩文評

1. 《滄浪詩話校釋》,(宋)嚴羽撰、(民國)郭紹虞校,正生書局。

2. 《苕溪漁隱叢話》，（宋）胡仔撰，中華書局影印本。

3. 《歲寒堂詩話》，（宋）張戒撰，藝文印書館。

4. 《藏海詩話》，（宋）吳可撰，同前。

5. 《誠齋詩話》，（宋）楊萬里撰，同前。

6. 《詩法家數》，（元）楊載撰，同前。

7. 《詩法體要》，（明）楊良弼撰，廣文書局。

8. 《麓堂詩話》，（明）李東陽撰，藝文印書館。

9. 《四溟詩話》，（明）謝榛撰，同前。

10. 《藝苑巵言》，（明）王世貞撰，同前。

11. 《唐音癸籤》，（明）胡震亨撰，世界書局。

12. 《南濠詩話》，（明）都穆撰，藝文印書館。

13. 《雲濤小書》，（明）江進撰，同前。

14. 《師友詩傳錄》，（清）郎庭槐編，同前。

15. 《師友詩傳續錄》，（清）劉大勤編，藝文印書館。

16. 《帶經堂詩話》，（清）王士禎撰，廣文書局。

17. 《古詩平仄論》，（清）王士禎撰，藝文印書館。

18. 《七言詩平仄舉隅》，（清）翁方綱撰，同前。

19. 《談龍錄》，（清）趙執信撰，同前。

20. 《漫堂說詩》，（清）宋犖撰，同前。

21. 《圍爐詩話》，（清）吳喬撰，廣文書局。

22. 《甌北詩話》，（清）趙翼撰，同前。

23. 《說詩晬語》，（清）沈德潛撰，中華書局。

24. 《原詩》，（清）葉燮撰，藝文印書館。

25. 《拜經樓詩話》，（清）吳騫撰，同前。

26. 《野鴻詩的》，（清）黃子雲撰，同前。

27. 《履園譚詩》，（清）錢泳撰，同前。

28. 《說詩管蒯》，（清）吳雷發撰，同前。

29. 《貞一齋詩說》，（清）李重華撰，同前。

30. 《峴傭說詩》，（清）施補華撰，同前。

31. 《隨園詩話》，（清）袁枚撰，廣文書局。

32. 《聲調四譜》，（清）董文渙撰，同前。

論著期刊

1. 《四庫全書總目提要》，（清）永瑢・紀昀等撰，台灣商務印書館影印本。

2. 《梁啓超學術論叢》，（民國）梁啓超著，南嶽出版社。

3. 《詩詞曲作法研究》，（民國）王力著，新文出版社。

4. 《詞曲史》，（民國）王易著，廣文書局。

5. 《詩詞曲叢譚》，（民國）黃勗吾撰，洪氏出版社。

6. 《中國文學欣賞舉隅》，（民國）傅庚生撰，地平線出版社。

7. 《中國文學發展史》，（民國）劉大杰撰，華正書局。

8. 《文藝心理學》，（民國）朱光潛撰，台灣開明書店。

9. 《詩論新編》，（民國）朱光潛撰，洪範書局。

10. 《時代與感受》，（民國）牟宗三撰，鵝湖出版社。

11. 《文學概論》，（民國）王夢鷗撰，藝文印書館。

12. 《宋詩研究》，（民國）胡雲編著，宏業書局。

13. 《修辭學》，（民國）黃慶萱撰，三民書局。

14. 《中國詩學·設計篇·鑑賞篇》，（民國）黃永武撰，巨流圖書公司。

15. 《詩學》，（民國）張正體、張婷婷撰，台灣商務印書館。

16. 〈王安石之變法與黨爭〉，（民國）方豪撰，民國43年《民主評論》卷五，期一。

17. 〈王安石曾布與北宋晚期官僚的類型〉，（民國）劉子健撰，民國49年《清華學報》卷二·期一。

18. 〈北宋新舊黨爭與其學術政策之關係〉，（民國）雷飛龍撰，民國54年《政大學報》十一期。

19. 〈王安石變法失敗的原因──一個經濟觀點的解釋〉，（民國）丘爲君撰，民國67年，《史繹》期一五。

20. 〈從蘇東坡的小學造詣看他在詩學上的表現〉，（民國）陳師伯元撰，《古典文學》第九集，冊上，學生書局。

21. 〈影響詩詞曲節奏的要素〉，（民國）曾師永義撰，民國65年《中外文學》卷四，期八。

22. 《蘇東坡文學研究》，（民國）洪瑀欽撰，文化大學博士論文。